Scarlet
스칼렛
www.b-books.co.kr

Scarlet
스칼렛

www.b-books.co.kr

후작과 나

너에게로 가기까지

SCARLET ROMANCE STORY

후작과 나

너에게로 가기까지

정유석
장편 소설

Contents

본문 중에 영어 대화는 " "로 한국어 대화는 「 」로 표기했습니다.

1.

여기서 무슨 짓을 해도 밖에 들리지 않을걸?

오늘 드레스의 컨셉이 어깨를 드러내는 것이었는지, 파티에 참석한 여자애들 모두 어깨를 드러낸 아이보리색 공단 드레스 차림이었다.

게다가 닉 앞에 선 여자애는 남자인 그보다 더 넓은 어깨를 드러낸 것으로도 모자라 네크라인까지 끌어 내려 가슴골이 훤히 들여다보일 지경이라, 가뜩이나 지루하던 닉은 민망하기까지 했다.

그래서 여자애에게 억지 미소와 함께 샴페인 잔을 들어 보이고는 고개를 돌려 목을 축이는 찰나 튜더 양식의 크고 긴 창밖으로 희끗한 무언가가 움직이는 것이 보였다. 무언가가 어둠이 내리깔린 더닝튼 성의 넓은 정원 위를 가로지르고 있는 것이다.

눈을 가늘게 뜨고도 모자라, 흰 드레스 셔츠와 검은 나비넥타이로 조여진 목을 비스듬히 기울이면서까지 그 움직임을 쫓던 닉의 입가가 슬며시 당겨 올라갔다. 맞은편에 섰던 여자애는 자기에게 보내는 미소로 생각했는지, 얼굴을 붉히며 잔을 다시금 부딪쳐 왔다.

닉이 중얼거렸다.

"실례."

그러고는 밤 10시가 넘은 시각인 지금까지 내내 그러했듯, 몇 걸음 걷기도 전에 또다시 누군가에게 잡히지 않도록 베란다로 향하는 가장 가까운 문을 열고 나섰다.

조금 전 주시하던 방향을 훑으니, 유령처럼 희끄무레한 무언가가 건물 모퉁이를 빠르게 돌아가고 있었다. 들고 있던 잔을 베란다의 육중한 돌난간에 내려놓은 그도 빠르게 걸음을 옮겼다.

쭉 뻗은 다리로 긴 회장을 지나 건물 모퉁이를 도니, 반대편 모퉁이 끝에 자리한 오랑주리의 문이 닫히는 것이 시선 끝에 잡혔다.

열대 기후가 아닌 영국에서 오렌지를 비롯한 열대 과일을 키울 수 있게 만든 온실인 오랑주리는 낮의 기온이 아직 남아 포근할 테니 잠옷 바람으로 돌아다니는 꼬마 유령이 향하기에 딱 맞춤인 곳이다.

회랑을 벗어나 잔디밭으로 들어서니 발소리가 나지 않았다. 그러니 오렌지 나무 사이에 숨은 누군가는 그가 이렇게 다가가고 있는 것을 알아채지 못할 것이다.

쿵.

달칵.

내부 온도가 내려가는 것을 방지하기 위해 문 위에 설치한 강력

한 도어 클로저 때문에 문 닫히는 소리가 육중했고 이어 그가 잠금 버튼까지 누르자, 어딘가에서 숨을 삼키는 소리가 들려오는 듯했다. 작고 여린 목울대가 꼴깍하는 모습을 바로 곁에서 지켜보지 못한 것이 아쉬웠다.

그의 입가가 옆으로 길게 당겨 올라가며 오늘 파티가 시작된 이후 처음으로 절제되지 않은 미소를 지었다. 가지런한 이를 환히 드러내고 수려한 눈가도 한껏 접히는.

이윽고 그가 다니는 런던 기숙학교의 나름 조신하다는 여자애들이 가장 육감적이라고 투표한 입술도 기꺼이 열렸다.

"두근두근~ 두근두근~ 가슴이 콩닥거리는 검은 머리의 작은 소녀는 어디 있을까?"

놀리듯, 혹은 노래하듯 그가 중얼거리는 소리에 꼬마 유령의 흰 잠옷 자락이 펄럭이는 소리가 들린 듯도 했다. 안 그래도 그의 어깨에 미치지도 못하는 키로 더 꼭꼭 숨기 위해 숨까지 죽이고 있을 터. 그마저도 긴장될 지경이었다.

아직 온도 조절기가 켜지기 전이지만, 역시나 내부 기온은 낮에 달궈진 기운이 남아 있어 그런지 꽤 높았다. 닉은 나비넥타이를 끌러 내고 재킷을 벗은 뒤, 드레스 셔츠의 단추까지 두어 개 풀어내야 했지만, 꼬마 유령은 춥지 않을 테니 다행이었다.

온통 휘황찬란한 빛이 밝혀진 성에서 흘러나온 빛이 오랑주리의 유리 천장을 통해 스며든 탓에 대낮처럼 밝지는 않아도 어둡다는 생각은 들지 않았다. 사물을 가늠하지 못할 정도는 더더욱 아니었고.

그 안에서 열대 과일들이 뿜어내는 달착지근한 향들은 자잘한

9

물방울에 스며들어 그의 코를 강하게 자극했다. 아찔한 향은 썩 취향에 맞지 않았으나 그럼에도 이곳은 그가 좋아하는 곳이었다. 꼬맹이와 함께라면.

"여기 있나?"

바나나 나무의 큰 이파리를 건드려 보는 척하자, 저쪽에서 부스럭하며 나뭇가지를 밟는 소리가 들려왔다. 제풀에 놀라 뒷걸음치는 것이겠지. 그의 미소가 커지며 성큼성큼 걸음을 옮겼다.

그의 어깨 높이를 넘는 오렌지 나무 그림자에 군더더기가 붙어 있었다. 마치 그 뒤에 누군가가 웅크리고 있는 것처럼. 오호라. 거기 있었군.

어느 쪽을 향해 앉아 있는지는 구분이 가지 않아, 잠시 고민했다. 어느 쪽이든 어설픈 유령 흉내를 내는 꼬맹이는 100프로 놀랄 것이니 상관없을 테지만.

깜짝깜짝 잘 놀라는 것은 심장이 약해서라며 그 애의 엄마이자 성 안 살림의 총책임자인 에반스 부인은 걱정하곤 했지만, 닉은 그 애가 놀랄 때 외치는 비명 소리가 마음에 들었다. '악!', 또는 '흐익!'. 혹은 아무 소리도 없이 크게 숨만 들이마실 때도 있었지만, 그 반응들은 늘 그를 잔뜩 흥분하고 기대하게 만들었다. 바로 지금처럼.

열여덟 살 때 이미 6피트(180cm)를 넘어선 키를 더 늘여서는 오렌지 나무 뒤를 넘겨다보니, 꼬맹이는 잔뜩 웅크리고 앉은 채였다. 흰 잠옷 차림으로 등을 동그랗게 말고 말이다.

그는 팔을 들어 오렌지 나무 너머로 뻗었다. 움직임을 따라 천이 스치는 희미한 소리는 9월의 풀벌레 소리에 묻혀 티도 나지 않았다. 바닥만이 기괴하게 꿈틀거리는 손이 가냘픈 소녀에게 다가가고 있는 그림자를 담을 뿐.

방향이 달라 소녀가 그림자를 볼 수 없는 것이 유감이었다. 그림자의 손이 소녀의 머리에 닿자— 그는 손끝에서 순간적으로 펄떡거림을 느꼈다.

"히엑……!"

놀란 꼬마 유령은 그의 예상대로 뒤로 넘어가며 엉덩방아를 찧었다.

그제야 닉은 낮게 쿡쿡거리며 나무 뒤로 돌아갔다. 그가 모습을 드러내자 꼬마 유령도 웃음을 터뜨렸다. 놀래 주려다가 오히려 제가 당한 것이 어이없으면서도 즐겁고 기뻐 견딜 수 없다는 높은 웃음소리였다. 역시나 그를 흥분시키는 소리.

하지만 그 웃음소리는 화급히 입을 틀어막은 작은 손에 의해 흔적도 없이 사라졌다. 그가 눈을 크게 뜨며 묻는 표정을 지으니, 입을 막지 않은 한 손으로 성 쪽을 가리킨다. 파티 때문에 조용해야 한다는 의미였다.

닉은 고개를 저었다.

"그럴 필요 없어. 여기서 무슨 짓을 해도 밖에는 들리지 않을 테니까."

"정말?"

그가 전혀 줄이지 않은 목소리로 대답하니, 속삭임으로 시작된 꼬마 유령의 목소리가 안심했는지 끝이 조금 더 크고 길게 올라갔다.

"물론. 보여 주지."

그는 두 손을 내밀어 꼬마 유령의 엉덩이와 등을 받쳐 안아 들었다. 작은 몸이 제 몸에 와 닿는 동시에 가는 다리가 제 허리에 둘러졌다. 순식간에 족쇄를 채우듯 제 허리를 돌아가는 그 움직임이 더 자극적인지, 들춰진 잠옷 자락 아래의 엉덩이와 그의 손바닥 사이에 겨우 얇은 팬티 한 장만 자리한 것이 더 자극적인지 알 수 없었다.

고개를 숙여 얄팍한 어깨에 입술을 살짝 누르니, 가슴이 저릴 만큼 따뜻한 체온이 느껴졌다. 지루하고 번거롭던 파티에서의 피로가 싹 가시는 기분이었다.

꼬마 유령을 안은 채로 몇 걸음을 더 걸어 들어가니, 오렌지 나무로 둘러싸인 나무 벤치가 나왔다. 금속 주조로 팔걸이를 두른 벤치로 어머니인 더닝튼 공작 부인께서 딱딱함을 보완하기 위해 레이스 달린 푹신한 쿠션을 늘어놓은 곳이었다.

그 한가운데에 꼬마 유령을 내려놓고 허리를 펴려 했지만, 그의 허리에 감긴 다리에서는 힘이 빠지지 않았다. 그런 탓에 몸을 일으키는 그의 움직임을 따라 하체가 들리니, 꼬마 유령은 벤치에 앉은 것이 아니라 등을 대고 누운 모양새가 되었다. 흰 쿠션 위에 흐트러진 검은 단발머리가, 언젠가 영화에서 본 물속 인어의 그것처럼 흐트러졌다.

닉의 눈에 불꽃이 스쳐 갔다.

쯧. 서두를 생각은 없었는데. 막 열일곱 살이 된 열댓 명의 소녀들이 당장 내일이라도 결혼식을 올릴 듯 신랑 후보를 찾아 눈알들을 굴려 대는 지루한 파티로 서둘러 돌아갈 생각은 없으니, 천천히 여유 있게 즐기다 가도 되는 건데 말이었다.

무릎께에 걸린 잠옷 자락을 위쪽으로 밀어 젖히니, 여전히 제 허리를 감고 있느라 벌어진 다리 사이에 자리한 연한 색 팬티가 눈에 들어왔다. 그 팬티 위쪽으로 그가 손가락으로 즐겨 찌르는 배꼽이 자리한 납작한 배와 더 위로는 막 돋아나기 시작해서 브래지어를 해야 할지, 말아야 할지 고민일 정도로 풋내 나는 가슴까지 들여다보였지만, 그건 나중이고. 그의 시선이 다시 팬티로 내려왔다. 조도 탓인지, 잠옷 그림자 아래의 팬티 색을 정확히 알아볼 수 없었다. 새로 샀는지 본 적이 없는 것이기도 했고.

　"분홍이야, 하늘이야?"

　"노랑."

　종알거린 꼬마 유령이 그걸 못 맞히냐는 듯 눈을 흘긴다. 그러고는 짓궂은 미소를 머금는데, 그 미소가 사라질 때까지 홀린 듯 바라보던 닉이 손을 움직였다. 허리에서부터 가는 허벅지를 훑다가 이윽고 그 사이에 자리한 작은 팬티 위에 가서 멈추었다.

　두근. 맥박이 느껴지는 것도 같았다. 제 손에서 느껴지는 것인지, 꼬마 유령에게서 느껴지는 것인지는 모르겠지만, 중요치 않았다. 곧 한 몸이 되고 나면 동시에 뛰게 될 테니까.

　손바닥으로 노란색 팬티 전체를 품듯이 덮자, 벤치 위로 늘어져 있던 작은 손이 바르르 떨리더니 공작 부인의 레이스를 비틀었다.

　"좋아?"

　꼬마 유령, 진이 고개를 끄덕이니 찰랑이는 검은 머리칼이 다시 움직였다.

　진의 엉덩이 아래쯤에 자리한 그의 아랫도리에 힘이 들어간 건 당연했지만, 그에 꼬마 유령이 몸을 뒤채며 깔깔거리는 웃음을 토할 줄은 몰랐다. 성에 눈뜬 지 얼마 되지 않은 여성의 수줍음이 묻어나는 그 웃음은 그를 더욱 흥분시켰다.

이럴 때면 정말 꼬맹이라는 애칭에 걸맞게 열세 살 즈음의 여자아이처럼 여겨진다. 동양인 중에서도 그리 크지 않은 키로 5피트가 간신히 넘는 데다가 마른 편이라 더 그럴지도. 진은 두 살이 더 어린 동급생들조차 도리어 자신을 훨씬 어리게 본다며 투덜대곤 했다. 그 사람들은 이런 웃음을 본 적 없을 텐데 뭘 보고 그러는지.

의아함은 오래가지 않았다. 발랑 까진 또래들보다 순진해 터져서 평소에는 맹하다 싶을 지경이었지만, 이렇게 그를 바라볼 때면 급해지는 것은 도리어 그였으니까.

"이번 주는 톰이 몇 번이나 네 치마를 들췄지?"

진이 학교에 들어가던 날부터 짓궂게 괴롭히던 녀석인데, 10년이 넘도록 여전했다. 고등학생이라면 그런 장난을 접을 만도 한데.

이제는 한국에서 영국으로 입양되어 말도 통하지 않는 낯선 이들 틈바구니에서 당황스러워 울음을 터뜨리던 어린애는 아니니, 제법 쌀쌀맞게 대처도 할 줄 안다지만, 뒤에서 다가와 불시에 치마를 들추고 도망가는 데에는 수가 없다는 것이다.

그런 녀석의 행태에 진은 늘 분해했지만, 닉은 나서 주기는커녕 도리어 유쾌함까지 느끼고 있었다. 녀석이 진을 좋아하는 것이 분명하고 그것을 여전히 유아적으로 표현하는 모양인데, 진은 진저리를 치곤 하니 말이다. 아마도 녀석이 진에게 고백하고 쫓아다녔다면 닉도 진작 무슨 조치를 취했을 것이다.

"백만 번."

"설마."

양 눈썹을 들어 올리며 믿을 수 없다는 듯 말하는 그의 손가락은 팬티 아래로 느릿느릿 기어들어 가고 있었다. 초조한 듯, 설레는 듯 작은 입술을 축이며 진이 다급히 말했다.

"정말이야."

"그러게 내버려 둔 거야?"

허리를 숙여 그 입술에 놀리듯 입을 맞추고 떨어지자, 더 닿아 있고 싶은 듯 힘겹게 고개를 들어 올린다. 그가 매정히 멀어진 탓에 그의 턱에 간신히 닿았다 떨어져 내리며 서운한 표정을 짓는다. 딱하긴 해도 애태우는 묘미가 더 쏠쏠하다.

대신 손가락으로 작은 진주 같은 알갱이를 불시에 건드리자, 작은 몸이 크게 펄떡였다. 그가 다른 손으로 가는 다리를 굳건히 잡고 있는 탓에 허리에 두른 다리가 멀어지지는 않았다.

"으응……!"

신음 같은 대답.

"왜? 날 질투 나게 하려고?"

"응? 질투가 나?! 정말?"

달뜬 얼굴에 순수한 기쁨이 번졌다.

순간 닉은 차가운 손이 제 심장을 움켜쥐는 것 같은 공포를 느꼈다. 제기랄. 묻지 말았어야 했는데. 자신을 질투하게 하려고 진이 과장하고 있다는 것을 알면서도 왜 또 물었는지. 썩어 빠진 만족감을 충족시키고 싶었다 변명하기에는 비열한 짓이었다.

화제를 돌릴 필요가 있었다. 그래서 검지에 힘을 주어 아래의 틈을 파고들었다. 제 허리에 감은 다리가 경련하며 조여들었다. 그리고 역시나 비열한 입으로 지껄였다.

"정말 팬티를 백만 번이나 보여 줬으면 색깔마다 다 보여 줬겠네. 내가 본 적 없는 이것도."

이제 상기된 작은 얼굴에서 제대로 된 대답을 할까 말까 하는 망설임이 보였다. 그가 매정히 검지를 잡아 **빼자**, 대번에 애원조로 돌변했지만. 귀여워 미칠 것 같은 얼굴이었다.

"아니, 아니! 교복 스커트 안에는 반바지를 입었어!"

이 비열하고 오만한 놈이 무슨 짓이든 다 해 줄 수밖에 없는 그런 얼굴.

"정말?"

그의 손가락이 부드럽게 문지르며 주위를 맴돌자, 숨넘어가는 소리를 내며 고개를 끄덕였다.

"다시?"

다시 넣어 주느냐는 물음이었지만, 답을 몰라 묻는 것은 아니었다. 진이 아까 그 질문을 다시 할까 봐 주의를 돌리려고 한 말이었을 뿐.

"응, 응!"

작은 틈으로 파고든 손가락이 대번에 깊이 잠겨 들자, 진의 고개가 젖혀지며 눈동자가 뒤로 넘어갔다. 그 모습에 닉도 점점 차오르는 흥분을 다스렸다.

"그리고 또 뭘 해 줄까?"

"다!"

"다? 어떻게 다?"

"다, 다, 다……!"

그가 목을 울리며 웃자, 힘겹게 눈을 뜬 진이 그를 향해 손을 뻗었다. 이대로 놀림받다가는 속도가 아주 부진할 것을 직감한 탓일 터.

허리에 감긴 다리에 단단히 힘이 들어간 것을 확인하고는 두 손으로 작은 엉덩이를 받쳤다. 그러자 진의 상체가 일으켜지며 작은 스프링처럼 튀어 올라 그에게 달려들었다.

그는 마주 다가온 얼굴과 제 얼굴을, 그리고 입술과 입술을 맞대었다. 작고 고른 이를 지나 뜨겁고 달콤한 혀를 가만히 맛보고는 여전히 깊이 희롱하고 있는 아래와 마찬가지로 깊숙이 침범해 들었다.

이제는 그도 참을 수 없어졌다. 더 이상 놀릴 여유가 남아 있지 않을 정도로 바지 안에 갇힌 아랫도리도 불편했고.

진의 팬티에서 빼낸 손을 내려 짐짓 침착하게 바지 지퍼를 열자, 전혀 침착하지 못한 존재가 튀어나왔다. 그 존재를 받아들여 줄 작은 몸이 바로 제 품에 있다는 건 더할 나위 없는 기쁨이었다.

작은 입술과 혀가 맹목적으로 그의 혀를 핥다가, 입가며 뺨, 귀까지 동에 번쩍 서에 번쩍 하니 닉의 얼굴에 다시 미소가 번졌다. 벤치에 앉자, 꼬마 유령 진이 물었다. 그녀는 여전히 그의 손에 들리다시피 한 채로 그의 배쯤에 안긴 채였다.

"좋아?"

그가 고개를 끄덕이며 진을, 자신의 곤두선 남성 위로 천천히 내려놓았다. 무더운 여름에 시원하게 덮고 자는 데 그만인 아주 얇디얇은 이집트산 면 시트 같은 감촉이 제 남성을 감싸며 조여들자, 몸속에서 수천 개의 폭죽이 터지는 것 같았다.

겪을 때마다 매번 머리꼭지가 뒤흔들릴 만큼 격렬한 감각이었다.

허리 아래의 육체적인 것만으로는 불가능할 만큼 말이다. 분명 허리 위쪽 어딘가와 함께 어우러진 것이다. 일테면 아까 공포를 느끼던 가슴 같은 것.

언젠가 이 환장할 것 같은 갈증이 좀 해소되고 난 뒤에는 그 현상에 대해 분석해 볼 수 있을 터였다.

오늘은 더닝튼 성에서 소녀들을 위한 댄스파티가 열리는 날이었다. 3년에 한 번씩 열리는 파티에 초대되는 17세에서 20세 사이의 소녀들은 더닝튼은 물론 런던까지 아우르는 귀족가에서 엄선된 영애들이었다.

이 파티를 위해 소녀들은 몇 개월 전부터 미용, 드레스, 춤 등 파티 참가 준비를 한다. 그런 수고를 마다하지 않는 이유는 파티에 참석한 사교계 명사들에게 자신을 소개함과 동시에 마음에 드는 남편을 찾기 위해서라고, 진의 반 친구 로라가 말했다.

귀족은 아니지만, 귀족에 대해 지대한 관심을 갖고 있는 그 애는, 아직 스무 살도 되기 전에 남편 사냥꾼으로 나서는 소녀들을 비웃었다.

그렇지만 같은 학교에 다니는 다른 아이들처럼 더닝튼 성에 사는 진에게 파티를 보고 나서 나중에 파티에 대해 말해 줄 수 있느냐고 묻는 것을 보면 비웃으면서도 동경하는 마음이 공존하는 듯했다. 옛날보다 귀족에 대한 개념이 옅어진 오늘날이지만, 귀족 사회에 대한 평민의 호기심일 수도 있고.

그 부탁에 미안하지만, 진은 고개를 저었다. 성 안 살림의 총책임자인 에밀리 에반스에게 입양된 동양 여자애는, 하다못해 음료를 서브하는 허드렛일로도 파티장에 들어갈 수 없었으니 말이다.

정원에서 이러고 있는 것도 허용되는 행동은 아니었다. 심지어 에밀리는 바쁜 와중에도 고용인들의 거처가 있는 4층까지 올라와 그녀가 잠자리에 드는 것을 보고 나가기까지 했으니까. 말 잘 듣는 딸이 되어 볼까도 했지만, 역시나 잠이 오지 않았다.

결국 얼마 못 가서, 신발도 신지 못한 채 도둑고양이 같은 발걸음으로 하인들이 쓰는 뒤쪽 계단을 내려와 집 밖으로 빠져나왔고, 파티 장소인 1층의 너른 홀이 들여다보일 만한 곳에 와 기웃대고 있던 참이었다.

이렇게 밖에서 파티장 안을 기웃대는 것만으로도 학교에 가서 떠벌릴 내용은 많았지만, 진 스스로가 여자애들 드레스가 어떤지 귀족들은 춤의 스텝을 얼마나 우아하게 밟는지 전혀 관심이 없었다.

대신 그녀는 실크와 보석으로 휘감은 가슴 커다란 여자애들이 득시글거리는 속에서 닉을 지키기 위해 면 잠옷 차림이지만 하이에 나처럼 눈을 번득이느라 바빴다.

하지만 닉에게 들킬 생각까지는 없었다. 샹들리에 아래에서 반짝이는 귀족 소녀들에 비하면 자신이 너무도 초라한 것을 모르지 않았으니 말이다. 검은 턱시도와 눈부시게 흰 셔츠 차림의 닉을 홀린 듯 멍하니 바라보고 있지 않았더라면 그가 시선을 들기 전에 때맞춰 고개를 숙일 수 있었을 텐데 안타깝다.

무심히 들었던 시선이 가늘어지며 초점을 맞춰 오자 후다닥 돌아서 내뺐지만 잠시 후 회랑을 울리는 발자국 소리는 그의 것이었다. 이렇게 된 이상 잡히지 않아야 나중에 발뺌이라도 할 수 있을 듯싶어서 잔디밭을 가로질러 뛰어서는 오랑주리까지 숨어들었는데도 결국 발각되고 만 것이다.

"좋아?"

진은 그에게 입 맞출 때마다 묻곤 했다. 닉은 키스가 좋으냐는 말로 알아들을 테지만, 그녀는 그의 끄덕임을 자신을 좋아한다는 말로 받아들였고 그것을 몇 년 동안 차곡차곡 제 가슴에 쌓아 두었다.

물론 닉의 대답이 건성일 수는 있다. 뭐, 키스는 몰라도 적어도 자신의 몸속을 파고드는 걸 정말 좋아하는 것만은 분명했다. 겉으로는 다른 여자애들과 달리 볼륨감이 없이 **빼빼** 마른 몸이지만 안쪽은 그다지 차이가 없는 건가?

하여간에 정말로 다행이었다.

2.

못된 짓

    동양인과 서양인의 발육은 확실히 달랐다. 같은 학년의 여자아이들은 벌써 몇 년 전부터 성인처럼 가슴이 커다랬고 엉덩이도 빵빵했으니까.

    그에 비해 자신의 엉덩이는 일곱 살 적 그대로인 것 같았다. 가슴은 지난봄에 초경을 치른 뒤 조금 봉긋해지긴 했지만. 그래 봤자 몇 달 사이 커지면 얼마나 커졌겠는가. 그나마도 만지면 만질수록 커진다는 로라의 말에 매일 꼬집고 주물러서 조금이나마 커진 것 같다. 그래도 같은 학년 애들에 비하면 두 살 많은 게 아니라, 열두 살쯤 어리다고 해도 될 정도로 여전히 밋밋해서 밥맛이 떨어질 정도였지만.

    그런 납작한 가슴을 닉의 입술이 다급하게 빨아들였다. 가슴이

21

부풀지도 않았는데 이렇게 짜릿한 느낌이니 나중에 빅토리아나 로라만큼 가슴이 부풀고 나면 얼마나 더 좋아지는 거지? 그때에도…… 닉이 이렇게 해 준다면 좋겠는데. 그래 준다면 지금만큼 짜릿하지 않아도 마냥 좋을 텐데.

"그렇지, 닉?"

"음?"

다른 쪽 가슴까지 번갈아 빨아들이던 그가 잠시 입을 떼고 올려다보는데, 그가 내놓은 가슴에 알싸한 느낌이 지나갔다. 어두워서 보이지 않았지만 평소처럼 불그스름한 잇자국이 남았을 것이다. 늘 갖는 생각이었지만, 문신처럼 그대로 남아 영원히 지워지지 않았으면 하는 자국이.

진이 떨리는 미소를 지어 보이자, 닉의 입술이 올라와 그 입술을 덮었다.

사랑해, 닉.

비록 단 한 번도 말해 본 적 없었지만, 가슴속으로는 수없이 한 말이었다. 정말 많이 사랑하니까.

이어 닉의 남성이 제 몸을 가르고 들어오자, 몸속에 그를 위한 공간을 내어 주기 위해 폐까지 쪼그라드는지 숨이 절로 차올랐다.

할딱이며 숨을 가다듬자, 그녀가 버거워하는 것을 눈치챘는지 닉이 그녀를 조금 내려놓았다. 그의 남성이 조금 빠져나가 이제 귀두 정도만 삽입된 상태였지만, 엉덩이를 쥔 손에서는 여전히 힘이 빠지지 않은 채였다. 경험상 이 상태나 그녀의 손목만큼이나 굵은 기둥이 반 이상 삽입되나 숨 쉬기 어려운 것은 마찬가지다. 그러니,

닉과 가까운 것이 좋다.

그래서 오늘도 닉의 목을 두른 팔에 힘을 주며 재촉했지만, 그는 여전히 죽고 싶을 만큼 느리게 움직였다. 그래도 오늘은 삽입이라도 빨랐으니 다행인 건가? 처음처럼 그가 언제든 그만둘까 봐 노심초사할 필요는 없으니?

아니, 곧 파티로 돌아가야 해서일지도 모르니 다행은 아니다. 한순간이라도 닉을 파티장에서 떼어 놓으려면 오늘은 평소처럼 재촉하는 대신 오히려 시간을 끌어야 할지도 모른다.

그가 서둘러 돌아가겠다고 하면 말릴 수는 없지만 그렇다고 자신이 서둘러서는 안 된다. 집착하는 걸로 보일 수 있으니.

그를 미래의 남편감으로 점찍으려고 혈안이 된 여자애들을 경계하던 것조차 들킬 생각은 아니었지만, 결국 그를 이렇게 나오게 만듦으로써 여자애들로부터 잠시라도 떼어 놨으니 목적의 반은 성공한 셈으로 치고. 이제 그가 하고 싶은 대로 놔두어야 할 것이다.

오늘이 토요일이니 내일 밤, 그가 다시 기숙사로 돌아가게 되면 언제 다시 보게 될지 모를 얼굴이나 한 번이라도 더 봐 두어야겠다.

자신이 휘황찬란한 성의 불빛 속에서 닉에게 손을 내밀고 춤을 출 수 있는 귀족 가문의 아가씨는 아니지만, 그 빛 속에서 파티의 가장 멋진 남편감이라는 니콜라스 웨즐리, 더닝튼 후작을 이렇게라도 몰래 차지할 수 있으니 기적 같은 일 아닌가.

때문에, 바람이 불 리 없는 오랑주리 안에서 어쩐지 제 가슴에 벌써부터 한겨울 바람 소리가 들리는 착각 따위 서둘러 내던져 버리고 고매하신 더닝튼 후작의 얼굴을 올려다보았다.

눈을 깜박여 초점을 맞추니 그 또한 자신을 마주 보고 있었다. 몸속에서 묵직하게 움직이는 이질감에 저도 모르게 엉덩이를 들썩이자, 그가 입 모양으로 물었다. '왜?' 하고.

아무것도 아니라는 듯 고개를 저었다.

"아파? 너무 급하게 넣었나?"

거듭 고개를 저었지만, 더닝튼 후작의 우아한 미간 사이의 실금은 사라지지 않았다. 엉덩이를 쥔 손에 힘이 더 들어가는 것을 보면 들어 올려 몸을 빼내려는 의도였다.

그만두는 것은 서두르는 것보다 더 나쁘다. 그래서 앙큼하게도 얼른 몸을 움츠리며 아픈 양을 했더니, 예상대로 닉이 대번에 놀라 움직임을 멈췄다.

진은 작게 중얼거렸다.

"그러니까 더 아파."

아픈 게 엉덩이가 아니라 마음이라는 말은 덧붙이지 않았다. 닉이 바라지 않는 말일 테니까.

"미안."

엉덩이에 힘을 주어 내리누르자, 반쯤 빠져나가던 귀두는 물론 굵은 기둥까지 한 마디쯤 더 품을 수 있었다. 그제야 안도의 한숨을 내쉬며 그의 어깨에 뺨을 비볐다.

세상에서 제일 듣기 좋은 목소리가 다시 물어 왔다.

"정말 괜찮은 거야?"

사려 깊기도 하지. 마음이나 감정의 교류는 원하지 않아도 그 밖의 것에 대해 그가 신경 써 주고 있다는 것은 분명했다. 자신의 처지에서는 그게 감지덕지인 것도 알고 있었고.

"응, 정말, 정말."

엉덩이를 받친 손이 그녀를 더욱 끌어당겨 서로의 배가 맞닿았다. 얇은 잠옷과 그의 드레스 셔츠가 사이에 있었지만, 체온은 전해졌다. 좋았다.

엉덩이를 슬금슬금 더 아래로 내리자, 맞닿은 그의 몸에 경련이 스쳐 가는 것이 느껴졌다. 그가 인내력의 한계에 거의 다다랐다는 뜻이었다. 그의 귓가를 더듬던 진의 입가에 미소가 비어졌다.

좋았다. 그를 품는 순간만이 정말로 살아 있는 것 같은 기분이었다. 지금 성을 온통 밝히고 있는 샹들리에처럼 온몸의 모든 불이 환히 켜져서는 그를 환영하고 사랑했다.

그의 손에 의해 단번에 내리눌러진 엉덩이가 테니스와 펜싱 등으로 다져진 탄탄한 허벅지에 가 닿자, 그의 옆구리에 닿아 있던 가느다란 다리가 바르작거리다 못해 달달 떨렸다. 긴 손가락이 이제는 자신의 허벅지에 닿아 있는 엉덩이에서 떠나, 허벅지며 다리를 쓰다듬으며 돌아다녔다.

느릿한 처음. 견디다 못한 급한 삽입. 그에 이어지는 위로까지. 배려받고 사랑받는 느낌이었다. 그게 아니라도 자신을 보는 그의 시선을 보면 알 수 있었다. 순간적으로 제 입을 덮치며 목구멍 깊숙이 혀를 집어넣다가도 순식간에 힘을 빼며 상냥하게 입 안을 훑는 것을 보면 말이다. 그대로 계속해도 괜찮다고 아무리 말해도, 웃으며 고개를 젓는 것도.

제 몸 안을 휘젓고 다니는 절제란 없는 존재도 마찬가지였다. 참지 못하고 몇 번을 거세게 쳐올리다가도, 그녀가 미간을 곤추세우면 잠시 움직임을 멈추고 키스로 달래 주곤 했다. 그것이 견딜 수 없이 좋아서 멀어지는 닉의 아랫입술을 물고 놓아주지 않으면, 그는 다시 흥분해서 몸을 움직이고. 통증과 흥분으로 그녀의 입이 커다랗게 벌어지며 숨을 들이마시려 애쓰면, 잠시 턱이며 귓가로 물러나고.

언젠가 그의 차에서 그랬던 것처럼 넓은 오랑주리의 커다란 유리창들이 모두 그들이 내뿜는 입김으로 뿌옇게 변할 때까지 있고 싶었지만, 천국의 달콤함은 그렇게 길지 않았다.

"니콜라스?"

순식간에 얼어붙은 닉의 움직임 끄트머리로 진의 할딱이는 숨결이 미처 감추지 못하고 내뱉어졌다.

이어 잠긴 문고리를 흔드는 소리까지 들려왔다. 목소리의 주인은 닉의 동생 빅토리아였다.

"오빠, 거기 안에 있어?"

닉과 시선을 맞춘 진은, 그에게서 어디로 튈지 모르는 자신을 초조해하는 기색을 읽고는 우스웠다. 설마 내가 무슨 소리라도 낼까 봐? 그와 자신, 둘만이라면 그의 눈이 휘둥그레질 만한 일을 서슴지 않고 벌이지만, 다른 누군가가 관련되면 극도로 소심해지는 것을 모르니 그러는 것이다. 그가 다른 누군가에게 곤란한 상황이 되는 것은 진 스스로가 결코 원하지 않는 바인데.

그래서 놀려 주고 싶어 장난꾸러기처럼 빙글거렸더니, 닉의 표정은 변하지 않았지만 대신 몸속의 남성이 크게 꿈틀했다. 그가 경고 조로 고개를 저었지만, 그의 어깨에 놓여 있던 진의 손가락은 태양신 같은 금빛 머리카락으로 기어들어 가 머릿속을 살살 긁어 댔다. 다시 꿈틀하는 느낌에 진 자신의 아랫배까지 움찔거렸다.

"하긴 오빠일 리 없지."

중얼거림에 이어 '대체 누가 남의 온실에서 못된 짓을 하느냐.'는 중얼거림이 점차 작아지는 것으로 보아 다시 성으로 돌아가는 듯했다. 오랑주리 안에서 문을 걸어 잠근 것이 누구인지, 파티에 참석한 이들 중 보이지 않는 이들을 가려내기 위해 재빨리 성으로 돌아가는 것일 수도 있다.

닉과 같은 부모에게서 나온 공작가의 영애였지만, 고상한 귀족의 탈 뒤에 은근히 심술궂고 음흉한 마음을 감추고 있는 것을 진은 알고 있었다. 그녀뿐만 아니라 웨즐리家 사람 중에 닉 말고 진이 좋아하는 사람은 없었지만.

그제야 진이 아랫배의 움찔거림을 간신히 참고 속삭였다.

"못된 짓이 뭐지?"

닉이 두 손으로 엉덩이를 감싸 쥐고 거세게 당겼다.

"이런 짓."

얼마간 지체되었던 것을 보상이라도 할 듯 이후에 그는 사정을 봐주지 않았다. 어쩌면 빅토리아가 그를 찾으러 나왔다는 것은 다른 누군가가 그를 찾는다는 뜻이기도 하니, 서둘러 돌아가기 위해서였을지도 모르지만.

물론 그렇게 돌아가는 그도, 오렌지 나무 사이의 벤치에 가슴까지 밀려 올라간 잠옷 아래로 두 다리를 여전히 활짝 벌린 자신을 두고 돌아서기는 아쉬웠을 것이다. 평소라면 한두 번쯤은 더 했을 테니.

진은 그가 조금이라도 더 아쉬워했으면 하는 생각에 다리 하나를 슬쩍 들어 세웠다. 그녀가 의도하는 바를 잘 알고 있다는 듯, 그녀에게 시선을 주지 않고 넥타이를 바로잡으며 그가 중얼거렸다.

"오늘은 더 이상 안 돼. 내일 다시."

"어디에서 보는데?"

진이 부어오른 입술을 달싹여 속삭였다. 닉처럼 평상시의 톤으로 말해도 누가 듣는 이는 없겠지만, 어슴푸레한 빛 속에서 그를 몰래 훔친 대가로 그 정도는 해야 할 것 같았다.

"오전에 승마를 갈 거야."

숲속 작은 집에서 보자는 말이었다.

진은 자전거를 타고 갈 것이다. 고용주의 말을 마음대로 탈 수도 없지만, 그 큰 짐승은 무섭기만 해서 내어 준다고 해도 결코 타고 싶지 않아서 그녀는 자전거를 이용해 너른 영지를 오가곤 했으니까.

오두막집에서 보려면 그만하는 것이 맞다. 오늘 밤 무리하면 내일 자전거 타는 것을 그가 허락지 않을 테니까.

대신 오두막집에 간 뒤에는 마구 무리를 할 수 있다. 한적한 숲에 자리한 그곳에서는 밖에서 문고리를 흔들며 훼방 놓을 사람도 없고 성에서 내려다보이는 트리 하우스처럼 늘 주의를 기울일 필요도 없으니까. 기대감에 가슴이 두근거렸다.

매무새를 가다듬은 닉이 허리를 깊이 숙여 입가에 키스해 왔다. 진도 더 이상 그를 붙잡지 않고 그저 입술만 살짝 들어 올려 입맞춤을 받았다. 그리고 마지막 말을 잊지 않았다.

"입에서 내 냄새가 나."

사실이었다. 닉은 세찬 움직임 중에 간혹 그녀를 밀어 내고는 그녀의 아랫도리를 한참이나 빨아 대는 것을 즐기는 편이다. 그럴 때면 입에서 민망한 냄새가 나곤 했고 오늘도 어김없었다. 물론 그 사실을 입 밖에 내어 말하는 것은 민망함을 알리기 위해서는 아니었다.

닉은 예상대로 목울대가 꿈틀하며 시선을 아래로 내리다가 자제력을 발휘해 얼른 거두었다. 이제 그는 진의 바람대로 더 아쉬워할 것이다. 내일 아침 일찍 말을 타고 나갈지도 모르고.

모두 다, 작년에 자신이 그렇게나 애걸하고 매달릴 때마다 매번 냉정하게 뿌리치던 더닝튼 후작이라고는 믿어지지 않을 만한 모습이었다. 하지만 그때를 상기시켜서 그를 곤란하게 할 생각은 없었다. 잠시 잠깐 놀리려다가 그가 다시 도덕성을 되찾게 되어 자신을 외면하면 곤란한 것은 저일 될 테니까.

자신이 가고 나면 서둘러 방으로 돌아가라는 그의 말대로, 오랑주리의 문이 닫히는 소리가 나자마자 진은 몸을 일으켰다. 다리를 오므리는 중에 아랫배에 약간의 뻐근함이 스쳐 갔지만, 평소처럼 후들거리는 다리에 힘을 모으는 데에 집중했다.

벤치 아래에 떨어진 팬티를 주워 드는데, 그 옆으로 떨어진 희멀건 액체가 눈에 들어왔다. 볼 때마다 어쩐지 아까운 생각이 들었다.

지난봄에 첫 생리를 시작한 이후로 닉은 절대로 그녀의 몸속에 사정하지 않았다. 조금 전에도 마찬가지로 사정 직전에 몸을 빼내어 바닥에 쏟아 낸 흔적이다.

솔직히 전에는 그와의 섹스에 정신적인 면이 많았기에 신체적인 쾌락이 그리 우선시되지 않았다. 하지만 초경 이후, 그와 섹스를 해도 그가 자신의 몸속에 파정하던 때 느끼던 정신적인 충족감이 느껴지지 않았고 그게 서운했다. 그래서 몇 번이나 졸랐지만 닉은 강경했다.

'안 돼.'

'돼!'

'안 돼. 널 위해서야.'

히잉…… 널 위해서라니. 그 말 한마디를 뱉고 나면 그는 어떤 말로도 꿈쩍하지 않았다. 단 한 번 금기를 깬 것만으로도 족해야 할 정도로 말이다. 계속 조른다면 이 모든 걸 그만두겠다는 협박을 한 적이 있으니, 진도 적당한 선에서 조르기를 멈추곤 했다.

아니, 실제 그가 그래 주기를 바라는 것이 아니라, 그저 제 바람을 전하는 정도라고 하는 것이 맞았다. 금기를 깼던 그가 얼마나 경직됐었는지를 모르지 않으니.

'괜찮아?'

전화를 걸어온 그는 그렇게 물었다. 괜찮은 게 어떤 건데? 생리를 하는 것, 아니면 하지 않는 것? 내 몸, 아니면 내 마음?

그때처럼 그의 가슴이 조여드는 것 같은 물음을 다시 듣는 것은 자신도 싫긴 했지만…….

숲속의 작은 집에서 함께할 때의 기억이었다. 작년에 자신이 그를 처음으로 꾀어냈을 때—로라는 남녀 사이의 첫 섹스를 그렇게 불렀다— 처녀막이 파열된 이후 혈흔이 다시 비친 것은 한 해 만이었는데, 그것이 첫 생리라는 것도 진은 알아채지 못했다. 솔직히 초경이 너무 늦어져서 자신은 평생 생리를 하지 않을 것 같다며 포기하고 난 다음이었으니까.

조용해진 닉이 그녀를 말 등에 태워서 천천히, 정말 지루해 죽을 정도로 천천히 성으로 돌아와서는, 숲에서 발견했다며 에밀리에게 그녀를 넘겨 줄 때까지도 그의 얼굴이 왜 그리 창백한지 알 수 없었다. 그가 주중에 기숙사에서 그녀에게 전화를 걸어왔을 때, 평소라면 그에게서 전화가 온다는 건 상상도 할 수 없는 그 순간에야 이유를 알게 되었다.

임신. 그가 우려했던 것은 그것이었다.

그만큼 그 주말은 격렬했었다. 학기말 시험에 전념하고자, 그 전 주말에 돌아오지 않은 탓에 2주 만에 돌아온 그는 로라의 말대로라면 '쌓인 것'이 많았던 모양이었다. 함께 지낸 금요일이 지나고 토요일에도 그리고 다음 날인 일요일에도 그가 원하는 장소로 가는 진의 아랫도리에서는 여전히 그의 체액이 흘러나오고 있었으니까.

그때의 그는 그런 그녀의 모습에 유별나게 열광하며 매번 또다시 그녀를 가졌고 두어 주쯤 지난 부활절 방학 끝자락에 그녀는 첫 생리를 시작했다. 따지자면 그들은 가임기 내내 섹스를 한 것이 되는 것이다.

진은 이제 여자가 되어 그에게 더욱더 어필할 수 있는 존재가 되었다는 생각에만 들떠 있었고, 뭐든지 알고 있는 박학다식한 더닝튼 후작은 침묵으로 일관하며 학교로 돌아가서는, 한 달 후에 그녀가 두 번째 생리를 시작할 때쯤 전화를 걸어왔던 것이다.

잔뜩 경직된 목소리로 배가 아프냐며 첫마디를 건넸다. 처음에는 무슨 말인지 몰랐는데, 그 전화가 사흘 연거푸 오고 나서야 이유를 알게 되었다. 그가 두려워하고 있는 것은 자신의 임신이었다.

생리를 했으니 임신이 아닌 것 아니냐는 진의 말에, 확신할 수 없는 거라고. 그래서 다음 생리를 기다렸다고 했다. 안도하는 목소리로 그렇게 말하는 것에서, 그가 무척이나 두려워했다는 것을 진은 깨달았다.

어쩐지…… 가슴이 아팠다. 이유를 정확히는 알 수 없었지만 그도 어리고, 자신도 어려서라고 자위했다.

임신이 아닌 것이 확인되는 한 달 동안 닉은 테니스 경기를 이유로 주말마다 더닝튼 성으로 돌아오지 않았는데, 빅토리아와 공작부인이 나누는 얘기에서 테니스 대회는 이미 끝났고 닉이 지역 대학교 부분에서 우승을 한 뒤라는 이야기를 들었을 때부터 가슴이 아팠다. 대회가 끝났는데도 어째서 주말에 성으로 돌아오지 않았는지 당연히 그에게 묻지 못했다.

그것이 이후로 그가 그녀의 몸속에 사정을 하지 않는 것에 크게 반발하지 못하는 이유가 되었다. 그때처럼 그가 또다시 돌아오지 않을까 봐.

그가 오지 않으면 자신은 그에게로 가지 못하니까. 더닝튼 공작의 아들인 더닝튼 후작과 고용인 딸과의 관계는 그런 것이었다.

그의 이런 행동은 일종의 거부라 할 수 있지만, 입 밖에 내어 불평해서는 안 되는 종류였다. 며칠 동안이나 배를 움켜쥔 채 식은땀을 흘리게 하는 지독한 생리통보다 그의 그런 거부가 더 아팠다.

그런 이유로 스스로를 단련시킨 진은 지금도 그 흔적을 냉정히 외면하고는 벤치를, 그리고 오랑주리를 떠났다.

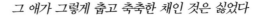

3.

그 애가 그렇게 춥고 축축한 채인 것은 싫었다

할머니……?

자신은 다시 어려져 있었다. 시선이 버스 좌석의 등받이보다도 더 아래인 것을 보면 분명했다.

그 높은 등받이 사이로 보니, 할머니가 버스 차창 너머로 옆 버스에 오르고 계셨다. 흰머리에 옥색 저고리를 입으신 자신의 할머니. 화장실 가신다고 하셨는데, 왜 다른 버스에 타시는 거지?

그때 자신이 탄 버스의 문이 닫히고 천천히 움직이기 시작했다. 안 되는데……!

이대로라면 어린 자신은 미아가 될 것을 알았기에 큰 소리로 할머니를 부르려 했다. 하지만 목소리가 나오지 않았다. 누군가 목을 조르는 것처럼.

그래서 진은 그런 제 목을 쥐어뜯으며 목소리를 내려고 했다. 그 때 불길이 보였다……! 시뻘겋게 타오르는 불길. 그 속에서 괴로워 하는 사람은…… 아빠……?!

「안 돼……!」

있는 힘을 다해 외치는데, 그때 어떤 속삭임이 들려왔다.

「우리 진이, 할머니 모시고 잘 갔다 와~」

희미하지만 검은 머리칼의 여인이 그렇게 상냥하게 속삭이는데, 순간 가슴이 견딜 수 없이 아파서 퍼뜩 눈이 뜨여졌다.

눈앞에 보이는 이는 양어머니 에밀리였다. 진을 흔들어 깨우는 참이었는지, 그녀의 두 팔을 잡은 채로 잔뜩 염려스러운 표정이었다. 에밀리의 갈색 머리가, 평소와 같은 그 머리가 어쩐지 무척이나 낯설어 보였다. 원래는 좀 더 진한 검은색이었던 것 같다는 생각이 자꾸만 들었다.

하지만 전처럼 기억은 순식간에 달아나 버리고 그녀는 현실로 돌아왔다. 그런데 에밀리가 잔뜩 걱정스러운 표정이었다.

"괜찮아요…… 또 꿈을 꿨나 봐요."

진은 자신이 또 한국말을 했나 보다 짐작했다. 꿈결인지 잠결인지 몇 마디 해 놓고는 그 꿈처럼 제가 뱉고도 전혀 기억하지 못하는 말을 에밀리에게서 전해 들었었지만, 역시나 무슨 뜻인지 알지 못하는 말이었다.

제가 뱉었다는 그 말과 비슷한 발음의 맘이라는 단어를 말할 때마다 가슴이 아파서 양어머니를 이름인 에밀리로 부르고 있는 것이 미안할 뿐이었다.

다감하지만 물을 만지는 일이 많은 탓에 늘 까끌하게 건조한 손이 다가와 진의 눈가를 살며시 문질렀다. 울기도 했나 보다. 하지만 이젠 기억도 나지 않는 꿈인데 뭘.

웃어 보이려는데 저도 모르게 코가 훌쩍여졌다. 마치 한참이나 운 것처럼.

에밀리가 일상적인 질문을 했다.

"토요일인데 오늘은 뭘 할 거니?"

진이 당황한 것을 기민하게 알아채고 화제를 돌린 것이다.

진의 시선이 벽에 걸린 시계로 날아갔다. 오전 6시 3분. 꿈 때문에 조금 일찍 깼지만, 상관없었다. 침대에서 일어나 앉으며 진이 개운하게 말했다.

"오전에는 숲에 갈래요."

닉과의 약속 때문이 아니라도 책과 물병을 앞 바구니에 담은 채 자전거로 숲을 쏘다니는 것은 진의 일상이었으니 에밀리에게 다른 설명을 덧붙일 필요는 없었다.

"어제는 늦게까지 일이 많으셨죠?"

"뭘. 파티가 성공적으로 끝나서 다행이었지."

진이 일어난 침대를 정리하던 에밀리가 시트 끄트머리에 붙은 잔디 두어 개를 여상하게 털어 내는 것을, 기지개를 펴던 진은 보지 못했다.

"점심 먹기 전에 돌아올 거지?"

그렇게 묻는 에밀리의 목소리가 평소와 다름없었으니 당연했다.

"음······ 글쎄요."

샌드위치를 싸 갈까 잠시 고민했다. 닉이 언제 올지 알 수 없는 일이니.

닉이 일찍 온다면 점심 도시락을 함께 먹으며 그와 더 오랜 시간을 함께 보낼 수 있을 텐데. 하지만 닉까지 먹으려면 1인분보다 훨씬 더 많이 준비해 달라고 해야 하는데 뭐라고 둘러대지? 로라와 함께 간다고 할까? 한참 먹을 때이니 많이 싸 달라고?

"그 전에 돌아오렴. 숲은 연약한 여자애에게 늘 다정한 것만은 아니니."

에밀리는 진이 숲에서 오랜 시간을 보내는 것을 늘 염려하곤 했다. 가끔 떠돌이 개 같은 것들이 위협적으로 으르렁거리기는 하지만, 이쪽에서 알아서 피하면 강간 범죄가 많이 일어나는 런던과는 비교도 되지 않을 만큼 안전한 곳인데. 그나마 아예 가지 말라고 하는 것은 아니니 다행이었지만. 그래서 진도 적당한 선에서 응하곤 했다.

"혹시 비가 온다면 그칠 때까지 기다려야 하니까 샌드위치를 싸 주시면 감사하고요. 넉넉하게요."

"아, 그렇구나."

"토마토 빼고요."

"물론이지, 토마토 빼고. 참."

기분 좋게 욕실로 향하던 진이 에밀리를 돌아보았다.

"12학년 마지막 시험은 어땠어? 이번엔 만족스러운 결과가 나왔니?"

아. 참담했던 결과가 떠올라 차마 말로 답하지 못한 진이 낙담한 모습으로 가방째 집어 들어 건넸더니, 에밀리는 싱긋 웃으며 받아들었다.

"나는 네가 공부까지 잘하기를 바라지 않는다니까 그러네."

"그래도 잘하고 싶어요. 로라네 오빠는 늘 탑을 유지하는데 그게 로라네 엄마의 최고 자랑거리래요."

"공부는 잘해도 그 애는 천식이 있다며. 사람마다 중요하게 여기는 것이 다른 거야. 난 네가 씩씩한 것만으로도 감사한단다."

에밀리의 다감한 미소를 진이 못마땅한 얼굴로 받았다.

"씩씩도 하고 공부도 잘하면 좋겠죠."

"그럼 일단 씩씩한 것에 감사하고 공부는 차차 하도록 하자."

"벌써 13학년인데, 이래서 케임브리지 대학교에 들어갈 방법이 있긴 할까요?"

다음 주면 벌써 13학년이 시작되는 가을 학기인데, 성적이 좀처럼 오르지 않는 것이 한탄스러워 하는 말이었다. 진은 창밖으로 올해 케임브리지의 MBA 과정에 진학한 닉과의 약속 장소인 작은 집이 있는 숲을 바라보며 자조하느라 양어머니의 어깨가 순간적으로 굳어 드는 것을 알아채지 못했다.

"노력하면 되지. 나는 널 믿는단다."

"세상에서 에밀리만 날 믿나 봐요."

"또 누가 믿어 줬으면 좋겠니?"

생각해 둔 사람이 있지만, 곧이곧대로 말할 수 없었다. 에밀리가 아니라 그 누구에게도. 그래서 에둘러 말했다.

"누구에게나 신뢰 가는 사람이란 좋은 거니까. 예를 들면— 니콜라스처럼?"

"후작님은 그렇지."

고용인들은 꼭 앞에서가 아니라도 경의를 표하기 위해 늘 존칭을 붙여야 하는 것이 이 성의 전통이지만, 에밀리는 진이 이름만 불러도 그냥 두었다. 고용인이 아니라서 그런가? 딱히 다른 누군가에게 그를 언급할 필요가 없어 문제가 되지 않았을지도 모르고.

성이 웨즐리인 사람들 앞에서는 꼭 존칭을 붙이라는 얘기만 한 번 들었고 진이 굳게 고개를 끄덕인 이후로 다시는 그런 일이 없어서 잘 모르겠지만.

당연하게 닉이라는 호칭도 용납되지 않았다. 이름을 그렇게 줄여 부르는 것을 질색하는 그가 진, 자신에게만 허락했으니 남들 앞에서는 꼭 니콜라스라고 불러야 한다.

"얼른 씻으렴."

어영부영 대화를 끝내며 에밀리가 나가자 진은 욕실로 들어갔다.

거실 건너편 자신의 방으로 건너간 뒤에야 에밀리는 창밖으로 잔뜩 구름이 낀 탓에 해가 떠도 우중충할 것 같은 하늘을 바라보며 안타까운 한숨을 쉬고는 일하러 내려갈 채비를 서둘렀다.

🌹

"귀족가의 아가씨가 스캔들 따위에 신경을 쓰다니, 바람직하지 않다."

아침 식사를 하러 식당으로 향하던 닉은 식당 입구에 다가갈 즈음 안에서 흘러나오는 어머니의 말씀을 어렴풋이 들었다. 그와 빅토리아에게 늘 단정하고 도도해야 한다고 가르치시는 분이라 지저분한 스캔들에 귀를 어지럽히는 걸 싫어하시는데. 아마도 아침부터 빅토리아가 무슨 얘기를 꺼낸 모양이다.

"하지만 어머니는 궁금하지 않아요? 대체 누가 감히 우리 오랑주리에서—"

아. 빅토리아가 하려는 이야기를 눈치챈 닉은 빅토리아의 말을 끊듯 쿵쿵거리는 발소리를 내며 식당 안으로 들어갔다.

"안녕히 주무셨어요, 어머니?"

그의 등장에 우아한 귀부인인 어머니는 옆에 앉아 속살거리던 빅토리아에게 눈치를 주어 입을 다물게 하셨다.

그가 자신의 자리인 긴 테이블의 한쪽 끝에 앉자, 메이드가 오렌지주스를 들고 다가들었다. 쪼르륵. 맛깔나는 빛깔의 액체가 유리잔에 담기는 것을 보고 있노라니 다른 종류의 갈증이 일었다. 지난밤 시간이 부족해 충분히 풀어내지 못한 탓이었다. 마음이 자못 급해졌다.

아침 메뉴 중에 송이버섯을 곁들인 오믈렛을 주문받은 메이드가 물러서자, 어머니께 자리에 안 계신 아버지에 대해 여쭈었다.

"조찬 모임이 있어 일찍 나가셨다."

주스 잔을 집어 드는 그에게 답하시는 어머니의 얼굴에 궁금증이 잔뜩 어려 있었다. 닉은 속으로 한숨을 쉬었다. 서둘러 일어나기는 글렀다.

"파티는 어땠니, 니콜라스?"

그 질문에 빅토리아까지 호기심 어린 시선을 그에게로 향했다.

"제가 아니라, 사교계에 데뷔한 빅토리아에게 하실 질문인 것 같은데요?"

그의 말에 단박에 얼굴을 찡그린 빅토리아는 스무 살로 어젯밤

사교계에 데뷔했다. 원래대로라면 3년 전에 데뷔했어야 마땅하지만, 파티를 앞두고 갑자기 수두에 걸리는 바람에 얼마나 아쉬워했는지. 그래서 이번 파티를 두고 몇 달 전부터 법석이었다.

친애하는 동생의 데뷔가 새삼 궁금해서 물은 건 아니었다. 자신에게 향하는 어머니의 관심을 돌리기 위해서였을 뿐.

"중간에 없어진 오빠를 찾느라고 하워드 경과 시간을 보내지 못했단 말이야. 내가 얼마나 찾아다녔는지 알아? 뭐 그렇게 지루하다고 중간에 한참이나 사라진 거야?!"

머금은 오렌지주스를 삼킨 닉이 입매를 닦고는 중얼거렸다.

"네가 에드워드와 시간을 보내지 못한 것이 어째서 내 탓이라는 거지?"

"난 안면이 없잖아. 오빠 케임브리지에서 함께 공부하고 있으니까 자연스레 자리를 마련해 주기를 기대했다고."

어머니가 빅토리아의 투덜거림을 가만히 들어 주시는 이유는, 그 억지에 동조한다기보다는 파티 중간에 나가 어디에 있었는지 마찬가지로 궁금해서일 것이다.

"네 말대로 지루해서 빠져나갔다면 설마 네게 들킬 곳에 숨었을 것 같아? 내가 태어나서부터 살아온 곳인데?"

그건 그렇네— 라는 얼굴로 빅토리아가 입을 비죽였다.

"그래서—"

빵에 버터를 바르시던 어머니께서 그제야 입을 여셨다.

"마음에 드는 아가씨는 있었니?"

살짝 내리뜬 시선에는 아닌 척하시지만 지대한 관심이 묻어 있었다.

닉이 건성으로 중얼거렸다.

"그랬다면 중간에 나갔으려고요."

"지성에 외모까지 갖춘 아가씨들이 그렇게 많았는데? 우리 후작께서는 눈높이가 상당한 게로구나."

가문과 재력이 아리따웠다는 것이겠지요. 속마음과 달리 그는 시니컬하게 들리지 않도록 최대한 정중히 입을 열었다.

"그렇게 어린 여자애들에게 눈높이를 맞추라는 게 더 웃기죠. 다 오래된 관습일 뿐이에요. 저도 아직 결혼을 생각할 나이가 아니라 와닿지도 않고요. 한 10년 후라면 모를까."

진이 그의 눈에 들어온 건 그 애들보다 훨씬 더 어릴 적이긴 하지만 괜찮다. 가식은 영국 귀족이 갖춰야 할 필수적인(?) 요건 중 하나니까.

"그 10년 후를 위해 어제 같은 파티를 마련한 것이지 않니. 좋은 아가씨를 택해서 천천히 보다가 그때쯤 결혼식을 하라고 말이다."

마침 식사를 가져온 메이드 때문에 대답할 필요가 없었다. 메이드가 나가자마자, 빅토리아가 눈치 없이 계속했지만.

"난 레이디 셀린이 좋던데. 영지도 이웃에 있고 어려서부터 보면서 자랐잖아."

더더구나 셀린이라니.

제 동생이지만, 저런 말을 할 때면 대체 무슨 의도인지 알 수가 없다. 어머니께서 셀린을 마음에 들어 하시는 것을 알고 일부러 비위를 맞추려는 것인지, 아니면 저하고 쿵짝이 잘 맞아 그런지. 닉은 그 두 경우 모두 마음에 들지 않는 바였다.

"방금 전만 해도 하워드가 좋다고 하더니, 이제는 셸린이 좋다고? 레즈비언이 될 셈이야?"

닉은 속이 뒤틀렸지만 짐짓 평이한 어조로 물었다. 여동생이 좋아한다는 이유로 셸린을 결혼 상대자로 택할 생각은 없었고 빅토리아 또한 그런 강요가 옳지 못하다는 것을 알아야 했다.

하지만 역시나 빅토리아는 제 오지랖이 넓은 것은 깨닫지 못하고 그저 굉장한 모욕을 당했다는 얼굴로 어머니를 쳐다보았다. 편을 들어 달라는 뜻이었다. 어머니께서 그러시기 전에 닉이 선수를 쳤다.

"지금은 그저 학업에 열중하고 싶어요."

틀린 말은 아니었다. 1년 과정의 MBA를 제대로 끝내려면 다른데 신경 쓸 시간은 많지 않으니까.

그리고 송이버섯을 포크로 찍어 입에 넣은 것은, 이만 식사를 하겠다는 뜻이었다. 접시에 시선을 고정시키고 왕성하게 씹고 있노라니, 의도대로 어머니께서 말씀을 이을 타이밍이 지나갔다. 하지만 완벽한 손짓으로 찻잔을 들어 한 모금 드시면서도 여전히 시선은 제게 향해 있는 것을 알았다.

"학교생활은 그만하면 잘하고 있는 것이니 걱정 않는다. 외할아버지 바람대로 케임브리지도 무난히 들어갔으니 MBA도 잘 해내겠지. 이번 크리스마스 방학에는 여행을 좀 다녀오는 것이 어떻겠니? 스키를 좀 타도 괜찮고. 작년에는 MBA를 준비하느라 그랬다 치고, 수석으로 시험을 통과하고도 지난여름 방학에도 내내 더닝튼에만 틀어박혀 있었는데, 답답하지 않니? 견문도 좀 넓혀야지."

그전에는 이틀밖에 되지 않는 짧은 주말 방학에조차 여기저기 다니기를 즐겨 했는데, 작년부터 시간만 났다 하면 더닝튼 성에서 꼼짝 않고 지낸 것을 꿰고 계신 것이다.

하지만 어머니께서 말씀하시는 견문은 말 그대로의 여행이 아니라 어젯밤 파티와 다르지 않은 것이다. 니스의 해변에 가도 스위스의 스키장에서도 어김없이 영국을 비롯한 유럽 귀족가의 아가씨들과 마주칠 테니까. 속이 뻔히 들여다보이는 우연을 가장해 말이다.

"나중에요. 지금은 괜찮아요."

"난 네가 지나치게 공부에만 열중하는 것이 아닌가 걱정이 되어서 하는 말이다."

"그게 아니면 운동이고. 보세요, 어머니. 식당에 승마 장갑까지 들고 왔잖아요. 오빠는 여자애들에게는 영 관심이 없다니까요. 내가 레즈비언이라면 오빠는 게이도 아니고 아무도 좋아하지 않는 불쌍한 사람이야."

빅토리아가 톡 하니 끼어드는 것이 반가운 것은 처음이었다. 어머니께서 아주 짧은 한숨과 함께 포크와 나이프를 집어 드셨으니까.

"이제 식사들 하자."

대화가 끝나 다행이다. 하지만 어머니께서 좀 더 진지한 대화를 계획하고 있다는 인상을 지울 수 없었다. 오늘 당장은 아니더라도 10년이 지나기 전에 말이다. 닉 자신도 더닝튼 후작으로서의 의무를 영원히 피할 수 없다는 것을 알고는 있다. 하지만 적어도 결코 어기고 싶지 않은 선약이 있는 오늘 아침은 아닐 테니

다행이었다.

식사를 마치고 양해를 구한 뒤 서둘러 자리에서 일어났다. 갈증이 심해진 탓이었다. 오렌지주스를 두 잔이나 마셨지만 그런 것으로 풀릴 만한 종류의 갈증이 아니니 당연했다.

서둘러 마구간으로 향하는 길에 기어이 빗방울이 떨어지기 시작했다. 이런.

"한바탕 쏟아질 것 같은데 오후에 타시지요, 후작님."

마구간을 돌보는 이가 권했지만 닉은 머리를 저으며 서둘러 장갑을 꼈다. 자신이 비를 맞는 것이 문제가 아니었다. 어젯밤에 자신이 오전이라 했으니 진은 벌써 출발했을 텐데. 느려 터진 자전거로 한 세월 갈 테니 아직도 도착하지 못했을 것이고, 그것은 지금쯤 그 애도 비를 만났을 거라는 말이 된다. 제길.

비가 그쳐야 집에 돌아올 수 있을 텐데, 그렇게 되면 몇 시간이나 젖은 채로 있게 될지도 모르는 것이다. 아니, 숲속의 집에 있는 동안은 벗고 있다고 해도 다시 돌아오게 될 때는 축축한 옷을 입고 와야 한다. 아무리 온화한 9월이라 해도 영국 날씨는 하루에 사계절이 다 들어 있으니 오한을 경험하기 십중팔구다. 그 애가 그렇게 춥고 축축하게 있는 것은 그가 싫었다.

서둘러 말에 올라타서는 말의 옆구리를 걷어찼다. 얼른 따라잡아 하다못해 1초라도 비를 덜 맞게 하고 싶어서였다. 테니스 대회에서 지역 결선에 올랐을 때보다도 심장이 더 빨리 뛰는 것 같았다.

그렇게 달려가는 그의 뒷모습을 성의 많은 유리창 중 하나에서 내다보는 이가 있었다. 검은 메이드복에 흰 앞치마 차림의 에밀리였다. 그녀는 검은 말을 탄 후작의 모습이 빠르게 멀어지는 것을 지켜보다가, 그 위로 빗줄기를 뿌리기 시작하는 먹구름을 다시 근심스럽게 올려다보았다.

4.

그냥 해 본 말이야

닉은 오늘만큼 속도를 높여 말을 달린 적이 없는 것 같았다. 특히나 잔디 위에서는 말발굽에 잔디가 패는 것이 싫어서 빅토리아처럼 말을 빨리 달리는 일이 거의 없었는데 말이다.

숲으로 접어들 때쯤 비는 본격적으로 쏟아지기 시작했고 아슬아슬하게 나뭇가지를 피해 고개를 숙이는 것이 위험해 조금 줄였던 말의 속도는, 저 앞 나무 사이로 온통 녹색이어야 할 숲에서 보일 리 없는 붉은 빛깔을 언뜻 발견하고는 다시 빨라졌다.

나뭇잎을 때리는 시끄러운 빗소리 때문에 말발굽 소리를 듣지 못했는지, 그가 지척에 다다르고 나서야 붉은 옷자락을 머리에 뒤집어쓴 고개가 뒤를 돌아본다.

제길. 옷자락 사이로 드러난 얼굴은 벌써 추위에 파랗게 질려 있었다. 그러면서도 도로록 움직여 오는 검은 눈망울에는 숨길 수 없는 기쁨이 번져 났다. 하지만 닉은 기쁘기는커녕 가뜩이나 악물고 있던 입매가 더욱 단단해졌다.

유인원들 중 인간만이 눈에 흰자가 노출되어 있는 이유는 시선 교류를 통해 감정을 공유하기 위해서라고 했다. 즉 자신의 감정을 더 잘 드러내기 위해서. 그 눈이 누구를 보는지, 누구를 향하는지 상대에게 제대로 보여 주기 위해서라고.

그 이론에 따르면 같은 흰 바탕에 올려진 것이라면 그 차이가 더 극명한 검은 눈동자가 더욱 감정을 잘 드러내 주게 되는 것 아닐까. 검은 눈동자를 가진 동양인이 회색이나 푸른 눈을 가진 서양인보다 인간으로서 더 진화되었다고 볼 수 있다는 말이다. 그 말은 동양인이 덜 진화된 종족이라며 원숭이니 뭐니 해 가며 비웃는 빅토리아 같은 서양인들은 제대로 알지도 못하고 지껄이고 있다는 뜻이 되는 것이고.

닉은 그 검은 눈망울이 자신에게 똑바로 향할 때마다 느껴지는 감정이 달갑지 않았다. 가슴에 쿵 하고 무언가가 떨어지는 것 같은데, 정확히는 알 수 없어도 그것이 제게 썩 달가운 것은 아니라는 것을 알았다.

태어나는 순간부터 후작의 신분이었고 그 외 모든 면에서도 역시 남부러울 것 없는 생활을 누리며 살아온 그가 그런 극도의 감정을 느끼는 경우는 드물었다.

그래서 처음에는 저도 모르게 시선을 피하게 되지만, 그렇게 외면하는 건 더 힘들었다. 결국 다시 시선을 주게 되는데, 진의 눈동자가 여전히 자신을 향해 있지 않으면 또 다른 불편한 느낌이 들곤 했다.

즉, 진이 자신을 봐도 그렇지 않아도 모두 싫은 것이다. 자신의 그런 종잡을 수 없는 마음 상태를 알아보고자 심리학책을 뒤져 봤지만, 명쾌한 답변을 얻지 못했고 증상은 계속됐다. 진을 처음 본 12년 전부터.

적어도 지금은 비 때문에 그 시선을 피할 겨를이 없어 다행이라고 해야 하나. 제길. 비가 점점 더 쏟아지기 시작했다.

멈춰 선 자전거 옆에 말을 세움과 동시에 진의 겨드랑이 아래로 두 손을 넣어 단번에 안아 올렸다. 보통 성인 남성보다 키와 덩치가 월등한 그의 입장에서 온 힘을 다해 들어 올린 탓에 진은 마치 헝겊 인형처럼 공중에서 흔들렸다.

그래도 아랑곳 않고 얼른 제 앞에 앉혔다. 급한 움직임에 옷자락이 아예 얼굴에 푹 씌워졌다. 그것을 걷어 내려는 손길을 저지하고는 대신 안장 머리의 고리를 잡게 했더니, 반항의 신음이 터져 나왔다.

"으응……!"

"가만있어! 젖는다고!"

수긍하지 않고 다시 옷자락을 젖히려는 이유를 안다. 자신의 얼굴을 보고 싶어서겠지.

그래서 닉은 그 고개를 억지로 제 턱 밑에 가두고는 말을 다시 출발시켰다. 품 안의 존재가 조금이라도 비를 덜 맞도록 제 고개와 어깨를 잔뜩 숙인 채 말의 배를 연거푸 걷어찼다. 젖은 풀들이 말 발굽에 거세게 채여 흩날리는 뒤로, 쓰러진 자전거만이 쏟아지는 빗속에 남았다.

성의 주방 일을 배우고 있는 수습 직원인 사라가 11시 티타임에

곁들일 타르트를 정확한 모양으로 자르는 것을 지켜보고 있던 에밀리의 귀에 유리창을 때리는 빗방울 소리가 들려왔다. 진이 숲속의 작은 집에 도착하기에는 턱없이 부족한 시각이었다.

시선을 타르트에 고정시킨 에밀리가 짧은 한숨을 내쉬자, 사라는 제가 무엇을 잘못했는가 하고 어깨를 움찔했다. 하지만 에밀리의 머릿속은 온통 다른 생각으로 가득 차 있었다. 진이 평소처럼 물과 책만 챙기기에 카디건도 하나 챙겨 주긴 했지만 그녀가 할 수 있는 것은 그것뿐. 그 이상은 후작님의 몫이었다.

"에반스 부인, 차는 어떤 걸로 준비할까요?"

"됐어요. 차는 내가 준비할게요."

사라가 고개를 끄덕이며 돌아서자, 에밀리 에반스는 기계적으로 공작 부인께서 즐겨 마시는 차를 챙기면서도 진이 젖을 것을 걱정했다. 실상 비에 젖는 것보다 후작과 함께하는 시간을 더 걱정해야 하는 것을 모르지는 않았다.

알고 있었다. 후작과 진 사이에 어떤 일이 일어나고 있는지.

열아홉 살이니만큼 진이 알아서 하도록 놔두어야 한다는 것을 안다. 하지만 진은 자신의 남편이 불 속에서 목숨을 바쳐 살려 낸 딸이었고 저 또한 한국의 입양 기관에서 처음 본 순간 어릴 적에 잃은 딸 제니퍼와 무척이나 비슷한 이미지에 바로 사랑에 빠졌다. 그래서 그 아이는 아직은 입양을 기다리는 아이가 아니라고, 부모가 찾으러 올지 모른다는 말을 듣고도 당시 미국 대사였던 공작님의 연줄을 이용해 바로 다음 날로 아이를 데리고 비행기를 타지 않았던가.

그러니 지금도 그 아이를 찾고 있을지 모를 친부모를 대신해 더욱더 사랑해 주어야 한다는 마음도 있었다. 하지만 사랑만으로 해결할 수 없는 문제도 있었다.

'진에게는 사소하다고 볼 수 없는 문제가 있어요. 의사를 소개해 드릴 테니 한번 데려가 보시는 게 좋겠어요.'

열한 살 때, 진의 담임인 윌슨 선생님의 권유에 아이를 병원으로 데려가 이것저것 검사를 진행했었다.

이유는 안타깝게도 아이가 배운 것을 다음 날에 전혀 기억하지 못한다는 것이었다. 배울 때만 해도 반의 다른 누구보다 뛰어난 이해력으로 선생님을 들뜨게 할 정도였지만, 하루가 지나고 나면 언제 그랬냐는 듯 하얗게 잊었다. 그런 척도 아니고 정말로.

몇 주든 몇 달이 지나서든 그걸 기억해 낼 때도 있지만, 매일 이어지는 학습이 연결되지 않고 정기적으로 치는 시험 점수도 낮으니, 학습 부진아로 볼 수밖에 없다는 것이다.

공부를 떠나서 평소의 진은 오히려 또래 아이들보다 특별하다고 할 수 있을 만큼 어른스러웠기에 에밀리는 검사를 받고 상담을 거치는 동안 상당한 괴리감을 느낄 수밖에 없었다.

병명은 유아 기억상실증(Infantile Amnesia)의 확장이었다. 어린 시절을 모두 다 기억하는 사람은 없다. 오래된 기억을 잊어 가는 것은 '정상적인' 망각으로 생각되지만, 사실은 미성숙한 상태에서 받아들여진 기억에 대한 자아의 방어적 노력이라고 했다. 한마디로 기억하기 힘든 기억을 의도적으로 지워 버리는 것이라고.

진은 유아기를 벗어날 즈음인 일곱 살 무렵 미아가 되었고 양부모인 에반스 부부에게 익숙해질 즈음 화재가 나 자신을 살리려던 양아버지마저 잃었다. 안 그래도 입양 후 학교에 보내는 과정에서

때를 놓쳐 1년 늦어졌는데, 연달아 일어난 그 충격적인 사건으로 인해 1년이 더 늦어졌더랬다.

한데 그것으로도 모자라 진이 유아 기억상실증의 방식을 버리지 못하고 계속 고수하고 있다는 설명이었다. 너무 고통스럽고 충격적이었던 사건을 매일 억누르고 지우기 위한 과정을 되풀이하다 보니, 학습에 대한 내용까지 모두 지워 버리고 만다는.

의사가 길게 설명해 주지 않아도 매일 밤 그 아이를 괴롭히는 악몽을 곁에서 수없이 지켜본 에밀리는 당장에 이해하고도 남았다. 끔찍한 기억이 되살아나거나 언제든 반복될 수 있다는 공포 속에서는 견뎌 낼 수 없어 간신히 찾아낸 방법일 터였다. 어떻게든 살아남기 위해.

의사는 그때의 기억들을 끌어 올려 의식적으로 다시 경험하게 하면 극복할 수도 있다고 했지만, 그 성공 가능성을 들은 에밀리는 대번에 거절했다. 100프로 성공한다 해도 그 끔찍한 기억들을 떠올리게 하고 싶지 않은데 실패라도 하면— 열한 살은 일곱 살보다는 나았지만, 그 끔찍한 기억들을 떠올리기에는 아직 어렸다.

에밀리는 아이가 그 기억을 감당할 나이가 될 수 있을 때까지 안온하게 보호해 주고 싶었다. 한데 열아홉 살이 된 지금까지도 아직 꿈을 꾸며 힘들어하고 있으니 걱정이었다.

'유아기에서 자연스럽게 넘어오는 과정이 없었으니, 정서적으로 매우 불안한 상태일 겁니다. 지금껏 가족들이 깨닫지 못할 정도로 겉으로 드러나지 않았던 이유는 여러 가지가 있을 수 있습니다. 두려움 때문에 스스로를 완벽하게 억누르고 있을 수도 있지만, 그건 아직 어린 경우에는 불가능하니, 진의 경우에는 자신이 집착하는 물건이나 사람에게 의지하며 이겨 내고 있는 상황일 겁니다. 가족에게 버려지고, 또 양아버지까지 잃었다면 그 상대는 사람이 될 가능성이 크죠.'

'그 말씀은, 가족을 잃었으니, 또 다른 누군가를 가족처럼 생각해서 의지한다는 말씀인가요?'

'가족 정도면 다행일 겁니다. 인격이 제대로 성숙하기 전에 다시 또 그 상대를 잃는다면—'

의사는 지금까지 사무적이던 모습을 버리고 잠시간 무척이나 안타까운 표정을 지었다.

'이전의 기억까지 모두 몰려와 아이가 완전히 무너져 버릴지도 몰라요. 제가 보기엔 에반스 부인이 무척이나 아이를 사랑하시는 것 같으니, 그 상대가 부인이었으면 하지만 알 수 없는 일이지요. 여기 이 사람일 수도 있고요.'

심리 검사에서 아이가 지금 살고 있는 곳과 가족을 그린 그림을 가리키는 의사의 손끝으로 에밀리의 시선이 떨어졌다.

뒤로 더닝튼 성이 있고 그 앞에 자신과 진이 손을 잡고 웃고 있는데, 그 옆으로 우거진 숲속에 누군가가 서 있었다. 금발 머리에 푸른 눈을 한 남자가.

고용인이 30명이 넘으니 여기저기에 정원을 다듬는 이도 있고 에밀리와 함께 성 내부에서 일하는 고용인들도 작게 그려져 있었지만, 그중에서도 유독 크게 그려져 있는 사람이었다.

그가 누구인지 에밀리는 단번에 알 수 있었다. 성에 사는 이 중 금발 머리에 푸른 눈을 가진 사내는 두 사람이었고 그중 한 사람인 더닝튼 공작은 고용인들을 하찮게 여겨 눈이 마주치는 일조차 거의 없는 분이었으니. 남은 한 사람은 지금 그 애를 만나러 숲속으로 가고 있는 더닝튼 후작이었다.

그러니 가만 두고 볼 수밖에 없는 것이다. 나이가 들면 점차 나아지겠지 했지만, 아이가 나이를 먹어 갈수록 그런 기미는 보이지 않았다. 밤이면 악착같이 꿈속을 찾아오는 기억을 고통스런 외침으로 밀어냈고 낮이면 더닝튼 후작이 기숙학교에서 돌아오길 일주일 내내 기다렸다. 그러다 그가 떠나는 일요일 오후가 되면 하늘이 무너진 듯 침통해했고.

열여섯 살 즈음이면 인격 형성이 이루어진다는데 진은 여전히 불안정한 상태였다.

그러다 작년 어느 날 우연히 발견한 팬티로 인해 후작님이 집착이 아닌 진의 모든 것이 되어 가고 있다는 걸 알았다. 밤마다 곁에서 지켜보기 힘들 정도로 악몽에 시달리는 모습을 보노라면 눈을 뜨고 있는 순간에라도 누군가를 기대하며 눈망울을 빛내는 것이 다행이라고 생각할 수밖에 없었고. 그 상대가 자신이었더라면 정말 좋았겠지만, 아닌 것을 어쩌랴.

알 수 없는 한국어로 무언가 연신 전하려 애쓰면서 우는 아이를 공작가의 집사였던 자신의 남편이 밤이고 낮이고 안고 달랜 기억 때문에 금발 머리에게 집착하는 것인지도 모른다. 지금은 죽고 없는 남편의 머리칼도 붉은 기가 도는 금발이었으니까.

하여튼 에밀리는 나이는 어른이지만 생각은 아이 같은 진이 이 힘든 시기를 어떻게든 정신이 붕괴되지 않은 상태로 이겨 내길 바랐다. 최악을 피하기 위해 차악을 선택하는 것이냐며 돌을 던져도 상관없었다. 아이의 정신이 어린 것이 가장 걸리는 사람은, 아무리

제 속으로 낳은 자식이 아니라 해도 그 애의 어머니인 에밀리 자신이니까.

케임브리지 대학교에 가고 싶다는 이야기는 에밀리도 오늘 처음 들었다. 생각해 보니 당연한 것이었지만. 후작님이 다닌 대학교이니 가고 싶은 것이다.

그러지 못하면 아이가 실망하고 절망할 텐데 그곳이 가고 싶다고 갈 수 있는 학교가 아니었다. 옥스퍼드와 함께 영국에서 가장 오랜 전통과 유서를 자랑하는 학교이니 죽어라 공부해도 갈까 말까 한 곳이란 말이다. 게다가 제대로 공부를 하려면 아이의 기억력이 살아나야 하는데 그러면 묻어 두었던 힘든 기억들이 모두 깨어날지도 모르지 않나.

이러지도 저러지도 못할 상황이 답답해서 무거운 한숨을 내쉬었더니, 찻잔을 준비하던 사라가 움찔하며 눈치를 보았다.

숲속에 자리한 작은 집에 도착해 허겁지겁 안고 들어간 진에게서 붉은 카디건을 벗겨 내자, 여전히 한쪽 귀에는 이어폰이 껴진 채였다. 말발굽 소리를 듣지 못한 것은 빗소리 때문이 아니라 늘 귀에 꽂고 다니는 이어폰 때문이었나 보다.

젖은 겉옷과 신을 벗기고 담요로 둘둘 싸매어 안락의자에 앉혔다. 벽난로에 불을 지피고 뜨거운 코코아까지 타 들고 나서 다시 안락의자를 돌아볼 때까지 그의 귀에는 아무 소리도 들리지 않았다. 붉은 카디건을 벗겨 내는 순간에 저를 향하던 미소 때문에, 그 순간의 먹먹함이 긴 여운을 남겼던 것임을 그는 알지 못했다.

"왜 그렇게 못 들어? 닉이 더 젖었다니까."

진의 목소리마저도 듣지 못했다. 먹먹함이 정말 심했나 보다.

진은 여전히 추운지 목소리가 달달거리지만, 아까보다는 입술에 좀 더 핏기가 돌았다. 이제야 한숨을 돌렸다.

"내가 말을 보고 올 동안 세 모금 마셔야 해."

그녀가 단걸 그리 좋아하지 않는다는 것을 알지만 당을 섭취하는 게 나을 듯해서 단서를 붙이니, 찡그린 얼굴이면서도 머그잔을 입으로 가져간다.

서둘러 나가서 말을 돌봐 주고 들어와 보니 착하게도 여전히 머그잔을 들고 호호거리고 있었다.

그제야 젖은 머리에 신경이 가 닿았다. 욕실로 가서 수건 두어 개를 잡아채 머리를 닦으며 나왔다. 그나마도 진의 근처에 다다라서는 수건을 내던지고 셔츠를 벗어 내렸다.

저를 향해 있던 까만 눈망울이 커지며 벽난로의 불꽃까지 설핏 비쳤다. 몸을 데우는 데는 사람의 체온이 최고라 벗는 참이었지만, 오해한다 해도 상관없었다. 이후의 그의 계획도, 그리고 애초에 여기 온 목적도 다르지 않았으니까.

바지 지퍼를 내리는데, 어디선가 희미한 음악 소리가 들려왔다. 안락의자 발치에 팽개쳐진 진의 바지 주머니에서 비죽 튀어나온 휴대폰에서 나오는 소리였다. 아까 그가 옷을 벗기는 와중에 이어폰 잭이 빠지는 바람에 음악이 재생되고 있는 듯했다.

— *사랑한 것을 후회하면서도 여전히 소중한 그 사람. 내가 그의 첫사랑이 되고 싶네*

젖은 바지에서 다리를 빼내는 그의 움직임이 거칠어졌다.

"노래가 마음에 들지 않아?"

약간 잠긴 목소리가 작게 물어 왔다. 아닌 척하며 완벽히 속여 넘기기에 진은 자신에 관한 한 무척이나 눈치가 빠른 편이니, 그냥 우기는 수밖에.

"글쎄. 요즘 즐겨 듣는 노래야?"

— 그 사람이 단순한 애인이 아닌 나의 영원한 반려가 되어 줬으면

신랄하게 비틀어지려는 입가에 힘을 주어야 했다.

"응, 한 백만 번쯤 들은 것 같은데— 싫으면 끌까?"

이후 가수가 누구니, 이 가수가 제일 나으니 어쩌니 하는 진의 말보다 흐느끼듯 나지막한 목소리로 노래하는 가사가 더 크게 들려 왔다.

— 그는 내 마음을 여는 열쇠를 가지고 태어난 사람. 그에게 전해 주세요, 조금이라도 더 일찍 와 달라고

구질구질한 사랑 타령일 뿐인데 기분이 왜 이런지 모르겠다. 말 그대로 구질구질해서 그런지도.

"아니. 네가 듣고 싶으면 들어. 그저 옷이 잘 안 벗겨져서 그래. 비가 지겨워. 나중에 프랑스나 미국에 가서 살 거야."

둘러대느라 한 말이었지만, 그 말이 오히려 진의 얼굴색을 변하게 만들었다. 뒤늦게야 그것을 깨달은 닉은 벽에 머리라도 박고 싶었다. 그가 기숙사에 가는 것조차 초조해하고 불안해하는 것을 알면서 그딴 소리를 하다니.

그래서 진의 앞에 무릎을 꿇고는 두려움이 짙게 드러난 얼굴을 급히 부여잡고 입술을 밀어붙이면서도 차마 말하지 못했다. 그런 곳에 가게 되면 당연히 널 데려갈 거라는 말을. 그러고 싶다는 말을.

— 얼마나 애타게 기다리고 있는지, 나의 반려가 될 그 사람을

입 안까지 얼어붙은 듯 아무런 반응이 없는 진 때문에, 그리고 구질구질한 가사가 가슴속 어딘가를 피가 나도록 긁는 것만 같아서 결국 닉은 고개를 들고 중얼거렸다.

"그냥 해 본 말이야."

그 말에 여전히 불안해하는 눈가가 천천히 접히더니 고개를 끄덕였다. 아주 안도한 건 아니었다. 눈을 내리깔아 표정을 숨기는 것이지. 가슴의 긁힌 상처에서 피가 흘러내렸다.

"오후에는 학교로 돌아가야 하는데, 계속 이러고 있을 거야? 지금 아니면 언제 볼지 모른다고."

진이 마지못해 고개를 흔들자, 습기를 머금어 군데군데 뭉친 앞머리가 이마에서 흔들거렸다. 그래도 시선은 올라오지 않았다.

그는 그 눈가가 대번에 동그래지는 방법을 알고 있었다. 두 손을 담요 아래로 넣어, 가는 발목을 잡았다. 그리고 제가 주시하고 있던 눈가에 의아함이 담기기도 전에 두 다리를 옆으로 벌림과 동시에 담요 아래로 머리를 집어넣었다.

두터운 담요 속이라 거의 빛이 스며들진 않았지만, 원하는 목표물을 찾기에는 충분했다. 단숨에 팬티를 옆으로 밀어 내고 입을 크게 벌려 달콤한 곳을 머금었다. 그러자 작은 몸에 경련이 스쳐 가며 기대대로 알아들을 수 없는 신음이 터져 나왔다.

"아, 안⋯⋯! 흐으⋯⋯ 하⋯⋯!"

그가 입을 가져다 댈 때마다 민망한 건지, 부끄러운 건지 늘 이런 반응이었다. 처음 자신을 유혹할 때 제 남성을 입에 물기까지 한 녀석치고는 참으로 앞뒤가 맞지 않는 행동이었지만. 그래도 다

행이었다. 제 말실수가 그대로 묻혀 버렸으니.

여린 피부를 빨아들이고 희롱하는 것에 집중하고는 있지만, 담요
에 가려진 그의 푸른 눈동자는 여전히 미래의 그 '나중에'를 향한
쓸쓸함을 담고 있었다.

어쩌면 실수가 아닐지도 몰랐다. 지금부터 준비해도 그 '나중에'
가 되면 감당하기 어려울지도 모른다고 스스로 깨닫고 있는 것일지
도. 진이 아니라 바로 자신이 말이다.

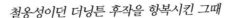

5.

철옹성이던 더닝튼 후작을 항복시킨 그때

군이 벽시계를 보지 않아도 시간이 한참이나 지났을 것이다. 11시
는 훌쩍 넘었을 것이다. 닉이 두 번이나 파정한 뒤 엎드린 진의 목
덜미에 얼굴을 파묻고 까무룩 잠이 들었으니까.

진은 잠이 오지 않았다. 조금 후 그가 일어나면 학기 중에는 적
어도 2주 후에나 볼 수 있을지 모르는데 잠이 올 리가. 그나마도
그가 특별히 더 공부해야겠다고 마음먹는다면 한 달 뒤로 미뤄질지
도 모르는 일이니 말이다.

어젯밤 성의 아래층에서 새어 나오는 불빛들이 하나둘 꺼진 이
후에도 거의 자지 못했다. 고용인 숙소가 있는 4층의 제 침대에 옹
송그리고 누워 있는 동안 닉은 그 아이보리색 드레스 군단 모두와
돌아가며 춤을 추었을지도 모르는 일이니 당연했다. 그러다 그중

어느 하나에게 오래도록 시선이라도 준다면 자신 따위는……

그 끔찍한 밤이 어서 지나길 바랐더니, 이제는 일요일이다. 그와 헤어질 시간이라는 말이다.

조금 울어 깔깔한 눈을 억지로 감은 진은 천국 같았던 지난 한두 시간과 지옥 같을 앞으로의 2주를 번갈아 생각했다. 그리고 지금 좁은 안락의자에서 닉과 벗은 몸을 겹치고 있는 이 순간을 그대로 저장해 놨다가 2주간의 미칠 것 같은 기다림의 시간 동안 꺼내 볼 수 있다면 참 좋겠다고 애타게 바랐다. 사람들은 그런 기술이나 개발하지, 왜 쓸데없이 이런저런 윤리니 규범이니를 만드느라 바쁜지 모르겠다.

답답한 마음에 숨을 참고 있었는지 저도 모르게 크게 숨을 들이쉬었다. 그 움직임에 닉이 조금 뒤척이자, 제 허벅지 뒤쪽에 닿아 있던 그의 남성이 수없이 쓸려 예민해진 여성에 닿았다.

어젯밤의 그 여자애들은 춤을 추면서 기껏 그의 어깨에 손을 올리는 정도에 만족했을 것이고 이런 경험은 그 누구도 하지 못했을 텐데도 진은 손톱만큼의 우월감도 생기지 않았다. 엉덩이를 조금 움직여 다시 그 감촉을 느꼈다.

아까 그렇게나 뜨겁고 단단했던 기운이 사라지고 그저 따뜻하고 조금 말랑하기까지 했다. 그것도 좋았지만, 이건 이것대로 좋아서—마치 그와 나눠 본 적 없는, 하지만 자신은 늘 하고 싶었던 이야기를 나누는 것만 같아서— 다시 엉덩이를 움직이려는데, 목덜미에 닿아 있던 닉의 입이 순간적으로 벌어지더니 그녀의 살갗에 이를 세웠다. 버릇없는 새끼 강아지에게 경고의 의미로 목덜미를 무는 어미 개처럼 이에 힘이 들어가 있었다.

"더는 안 돼."

잠결이라 가라앉은 닉의 목소리는 진이 무척이나 좋아하는 것이었다. 다른 어떤 여자애도 들어 보기 힘든 목소리이니 말이다. 그녀가 지켜볼 수 없는 평일에, 그가 머무는 기숙사가 정말 교칙대로 철저하다면 말이지만.

물론 내용은 마음에 들지 않았다. 오늘 더 이상의 섹스는 안 된다니. 아까의 두 번 모두 굉장히 거칠고 길었기 때문일 테지만.

학교에서 주워들은 경험담에 비하면 그는 늘 정도를 두곤 했다. 가볍게는 세 번. 심하면 두 번.

밤새도록 대여섯 번이나 했다는 애들도 있던데. 뭐, 십 대 애들이 경쟁하듯 자기는 몇 번 했니, 자기는 더 했니 하는 말들이 과장됐을 수도 있겠지만.

물론 닉과 학교의 시시한 다른 남자애들을 비교할 생각은 아니었다. 닉은 닉일 뿐이다. 그리고 이건 순수하게 그와 자신 사이의 일이고. 그러니 되고 안 되고를 결정하는 일에 자신도 반은 권리가 있는 게 아닌가?!

"돼."

"자전거 타고 돌아가야 하잖아."

자신을 생각해 주는 것에는 고양이처럼 목에서 가르릉 하는 소리를 낼 수 있을 정도로 좋았지만 그는 오늘 저녁에 케임브리지로 돌아갈 것이라 마냥 좋아할 수만은 없었다. 그가 다니는 학교는 남녀 공학이니까.

전에 다니던 런던의 사립 고등학교가 어젯밤 사교계에 데뷔하던 여자애들만큼이나 가문은 좋은데 머리는 좀 모자란 아이들이 많았다면, 지금은 무려 케임브리지이니 머리 좋은 여자애들이 득시글거 린다는 말이었다. 진의 공부를 봐주는 걸 보면 그는 공부 잘하는 여자애를 좋아하는 듯해서 걱정이었다.

고등학교에서는 기껏 여학생들이 닉의 얼굴을 한 번이라도 보려 고 아우성치는 정도였지만, 대학교는 자유로우니 대시도 더욱 적극 적이라고 했다. 함께 그 이야기를 하던 공작 부인과 빅토리아가 그 것이 당연하다는 듯 어깨를 으쓱였다는 말을 메이드인 마가렛이 주 워들었고, 그 이야기를 또 다른 메이드와 쉬쉬거리면서 주고받는 말을 진이 또 어깨너머로 들은 것이다.

어떻게 들었든 닉에게 내색할 수 있는 내용은 아니었다. 그저 그 가 다시 제 곁으로 돌아올 때까지 혼자 전전긍긍할 뿐.

"걸어서 끌고 가면 돼."

자신과 한 번이라도 더 해서 그가 전보다 더 만족스러워한다면 다음에 돌아올 때까지 그 여자애들 중 어느 누구도 거들떠보지 않 을지 모르는 일 아닌가. 이대로 그만두었는데, 2주나 한 달 동안 아쉬움에 참지 못하게 돼서 아무 여자애나 거들떠보게 된다면…….

"그렇게 돌아가기엔 멀어. 비가 또 올지도 모르고."

진의 팔베개를 하고 있던 손이 다가와 그녀의 턱을 치켜들고는 뒤에서 입술이 가까이 와 겹쳐졌다. 키스는 길었다. 그것으로 만족 하라는 뜻이었다.

진은 그럴 수 없었다. 아무리 기숙사라지만, 언제 어디서든 틈새 는 있었다. 성의 수많은 고용인들의 눈을 피해 자신과 닉이 어디서 어떻게 함께했는지를 생각하면 학교에서도 충분히 있을 수 있는 일 이니까.

심지어 그들은 공작 부인이 책을 읽곤 하는 스너그 소파가 있는 룸에서도 섹스한 적이 있었다. 창가에 자리한 상자 같은 그 소파는 진의 활짝 벌린 두 다리를 걸치기에 딱 알맞은 폭이었다. 닉은 그때 자신의 몸속으로 들어오면서 그녀의 머리 뒤에 자리한 창 너머로 정원사들이 정원을 가꾸는 것을 보았다고까지 했다.

"충분히 말렸다구. 그리고 가다가 또 젖어도 괜찮아. 성에 가서는 바로 갈아입을 수 있잖아."

진이 앞으로 늘어뜨렸던 손을 들어 제 허벅지 뒤에 나란히 놓인 탄탄한 허벅지를 재빠르게 쓸었더니 역시나 움찔한다. 다리 사이에 닿았던 남성도 순식간에 뜨거워졌고. 그나마 닉이 허리를 뒤로 빼는 바람에 아쉽게도 멀어졌지만.

한숨이 나오려는 것을 참은 진이 아무렇지 않게 말했다.

"이든 스미스가 최근에 서른 번째 여자애와 자는 기록을 세웠대."

같은 학년에서 가장 키가 크고 어른스러운 남자애였다. 키는 닉보다도 더 큰 것 같았다. 다른 여자애들은 근사하게 여겼지만 진은 그가 거인병에 걸렸다고 생각했다. 키는 닉 정도가 딱 적당했다.

"그런 얘기들을 떠벌린다고?"

의심스러운 목소리면서도 그녀의 엉덩이를 밀어 내던 손길이 멈칫했다. 진의 의도에 반쯤 걸려든 것이다.

"응. 사실이라 자랑하는 건지, 아니면 여자애들의 대시를 기다리는 건지는 모르겠지만."

"그래서?"

그의 목소리가 잠결과는 다른 차원으로 낮아졌다. 뒤통수를 노려보는지 목덜미에 와 닿는 콧김도 거셌다.

"뭐가 그래서야?"

진은 순진한 척 되물으며 그제야 고개를 돌려 그를 마주했다. 그는 겉으로는 담담한 것 같아도 실상은 그렇지 않다는 것을 알고 있었다.

"작년에 네가— 그럴 때, 언급했던 애가 그 애잖아."

"그럴 때? 아, 음. 그랬나?"

앙큼하게도 기억이 잘 안 나는 척은 했지만, 그럴 리가. 그때 느꼈던 자부심이 순식간에 목구멍까지 들어찼다. 철옹성이던 더닝튼 후작을 항복시킨 그때를 잊을 리가.

작년 여름 방학 때, 성에서 200야드(약 180미터)쯤 떨어진 트리 하우스에서였다. 숲 초입에 자리한 그곳은 실제로 살아 있는 나무 네다섯 개를 지지대 삼아 알래스카에서 나온다는 습기에 강한 통나무로 데크와 벽체를 지은 곳이다. 아랫마을의 웬만한 집 크기는 족히 넘는 내부에는 부엌부터 시작해 욕실에 건식 사우나까지 갖추고 있었다.

순수하게 닉만을 위해 지어진 곳이라, 그 외에는 벽 없이 트인 채로 그가 공부하거나 책을 읽기 편하도록 소파와 러그들이 깔려 있었다.

그런 곳에, 로라가 어릴 적에 입었다는 흰색의 짧은 핫팬츠를 빌려 입은 진이 들어섰다. 오후에는 보통 그곳에서 책을 읽곤 하던 습관대로 오늘도 역시 닉이 책을 들고 가는 것을 보고는 따라온 참이다.

여름에도 시원한 곳이라, 3층 높이의 나무 계단과 데크를 살금살금 걸어간 진이 문을 열고 들어섰을 때, 짙은 파란색 폴로셔츠와 회색 반바지 차림의 닉은 러그 위에 배를 깔고 엎드린 채 책을 보고 있었다.

"책 읽으려고 왔는데."

마침 고개가 문 쪽을 향하고 있던 닉의—성 아랫마을에서 불리는 별명인— '왕자님의 푸른 눈동자' 가 날아와서는 자신의 드러난 다리를 빠르게 훑고 올라왔다. 그 시선의 움직임을 놓치지 않은 진은 자신감을 얻었고 그래서 넉살 좋게 덧붙이기까지 했다.

"닉이 있는 줄은 몰랐네~"

닉은 여전히 그녀를 쳐다보기만 할 뿐 말이 없었다. 혹시 긴장으로 지나치게 높아진 제 목소리를 알아챈 것일까? 아니면 경계하는 걸까?

"방해되면 나갈까?"

"……아니. 어차피 각자 책 읽는 건데 방해는 무슨."

"그렇지?"

하지만 그는 그 넓은 트리 하우스 안에서 진이 하필 자신의 옆으로 냉큼 다가가 똑같이 엎드린 자세를 취할 줄은 몰랐나 보다. 세워 두었던 셔츠 깃의 모양이 일그러질 정도로 고개를 뒤로 젖힌 채 그녀를 건너다보는 걸 보면 말이다. 하지만 진은 아랑곳 않고 책을 펴 읽는 척을 했다. 이렇게 나란히 있는 자세를 그가 자연스럽게 받아들일 때까지.

일곱 살 때부터 그를 봐 오면서 감정적 교류가 전부였지, 이렇게 신체적으로 가까워진 적은 별로 없었다. 진 혼자 키워 오던 감정을 드디어 내보이겠다고 마음먹은 것은 순전히 그녀만의 결정이었다. 물론 계기가 있어서였지만.

방학 직전에 들은 이야기였다. 제 친구의 사촌형이 닉과 같은 케임브리지를 다니는데 닉이 그 학교에서 유명인이라는 것이다.

영국에 재력 있는 귀족 가문의 장남이 어디 한둘이겠느냐마는, 그중에서도 명석하고 훤칠하니 잘생기기까지 한 사람이 그것도 케임브리지를 다니기란 쉽지 않아 그렇다고. 오죽하면 여학생들이 그의 얼굴을 한 번이라도 더 보고 한 번이나마 더 그와 마주치기 위해 혈안이 되어 있다는 게 아닌가. 그 이야기에 진은 진심으로 충격을 받았다.

여학생들이 난리라고 해서 닉이 그 여자애들 중 하나와 사귄다거나 하는 말은 없었지만, 언제고 충분히 일어날 수 있는 일이라는 사실을 자각한 탓이었다. 충격을 넘어 겁도 더럭 났다. 닉을, 그리고 그 미소를 다른 누군가가 차지한다는 생각만으로도 잠이 오지 않았다.

늘 제게 친절하고 사려 깊게 대해 주는 닉의 행동이 자신을 여자로 보는 것은 아니지 않은가. 로라도 말했다. 그건 가족이지 남녀 관계는 아니라고.

그래서 진은 머리를 짜냈다. 여름 방학이 시작되어 집에 돌아온 그를 마구간 앞에서 처음 만났을 때, 따뜻하게 미소 지으며 인사하는 그에게 달려가 덥석 안아 버린 것이다. 그의 목에 팔을 감으며 매달렸지만 다음 순간 그는 엉덩이를 어색하게 뒤로 **빼며** 물러났다.

서운했지만 성에 딸린 건물 앞이고 누구든 볼 수 있는 곳이라 그랬을 것이라는 자기 위안을 방패 삼아, 승마 가는 그의 뒤를 자전 거를 타고 열심히 쫓아갔었다.

성이 있는 완만한 언덕에서도 한참을 내려간 숲의 개울가에서야 간신히 그를 따라잡았다. 말에게 물을 먹이려고 멈춰 섰을 뿐이었 는데 진은 그가 자신을 기다리고 있었다고 착각을 했다. 그래서 대 뜸 제 마음을 고백했다.

"사랑해, 닉."

"……나도 널 좋아해. 하지만 그 둘은 다른—"

잠시 침묵하던 그가 입을 떼자마자 그에게로 달려갔다. 좋아한다 질 않는가! 그거면 되는 거다!

이번에는 그가 엉덩이를 빼든 말든 힘껏 목에 매달리며 그 입 술에 입을 맞췄다. 그의 두 손이 그녀의 허리를 잡고 떼어 내기 직전에 그의 이가 잠깐이었지만 분명히 그녀의 아랫입술을 물었 다.

하지만 다음 순간 냉정히 그녀를 떼어 내고 차갑게 돌아서 가 버 린 그는, 그날 밤 차를 끌고 마을로 내려갔다. 17세 생일이 지나고 얼마 안 돼 바로 운전면허를 따긴 했었지만 그건 나이가 되어 딴 것일 뿐 딱히 차를 모는 것을 즐기지 않아 운전하는 것을 본 적이 없었는데 어쩐 일인가 싶었다.

학교도 줄곧 타지에서 다녀서 아는 사람도, 딱히 볼일도 없을 텐 데— 하는 의아함에 진은 성에서도 한참을 걸어 내려간 언덕 어귀 쯤에서 서성이고 있었다. 그러다 정작 차의 불빛이 비치기 시작했 을 때는 나무 뒤로 숨었지만.

성으로 곧장 올라가지 않고 그녀를 지나치자마자 옆의 숲 쪽으로 방향을 튼 차는 닉의 파란색 컨버터블이 맞았다. 벌써 10시가 넘은 시각인데, 저쪽에는 왜?

어둠 속에서 눈을 가늘게 뜨고 보니, 지붕이 열린 컨버터블의 조수석에 누군가 타고 있는 것 같았다. 나갈 때 혼자 나간 터라 누굴 태우고 올 리도 없는데. 목받이를 잘못 봤나?

얼마 가지 않아 커다란 나무 덤불 뒤에 숨듯이 멈춘 차는 헤드라이트는 껐지만 시동은 끄지 않아 진이 다가가는 소리가 들리지 않을 것이다. 아니, 들린다 해도 평소 닉이 가는 곳마다 살금살금 따라다닌 전적이 있어 잽싸게 숨을 자신이 있었다.

혹시 술을 마셨나? 그래서 술이 깰 때까지 잠시—라고 생각하는 순간, 젊은 여자의 웃음소리가 어둠 속을 울렸다. 순식간에 진의 온몸에 오싹하고 소름이 돋았다.

닉 말고도 누군가 또 있는 것이 분명했다. 잠시 멈칫했던 진의 발걸음이 다시 이어졌다. 닉의 차 안에서 무슨 일이 일어나고 있는지 확인하려는 이유였지만 한편으로는 보고 싶지 않기도 했다. 차의 꽁무니에서 10야드쯤 떨어진 곳까지 다가가자 어둠에 익숙해진 눈에 닉의 모습이 들어왔다.

조수석 쪽으로 반쯤 몸을 돌린 그는 고개를 뒤로 젖히고 있는데, 조수석 쪽에는 아무도 보이지 않았다. 자신이 잘못 들은 모양이었다. 아…… 다행이었다. 학교에서 여자애들이 그를 쫓아다닌다는 말을 듣고 너무 걱정을 하다 못해 환청까지 들리는 거야—라고 생각하는 순간 조수석에 나타난 사람이 있었다. 어두운 빛깔의 긴 고수머리를 뒤로 젖히며 고개를 드는 사람은 여자였다. 그녀는 운전석에 앉은 닉 쪽으로 상체를 숙이고 있었기 때문에 방금 전에는 보이지 않았던 것이다. 마을의 잡화점에서 본 적이 있는 그 여자가 닉을 향해 미소 지었다.

얼어붙은 채로 그 모든 것을 보고 들은 진은 그제야 덜덜 떨리는 몸을 돌렸다.

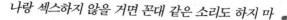

6.
나랑 섹스하지 않을 거면 꼰대 같은 소리도 하지 마

진은 무슨 정신으로 방까지 올라왔는지 기억나지 않았지만 생각보다 쉽게 잠에 빠졌다. 자고 나서도 몸이 떨리는 것을 보면 침대에 눕자마자 정신을 잃었는지도 모르겠고.

닉이 다른 여자하고 그럴 수 있다는 것은 적지 않은 충격이었다. 그렇지만 그는 불결하니 뭐니 하며 포기할 수 있는 존재도 아니었다. 그러니 그를 온전히 자신만이 차지할 수 있는 방법을 생각해 내야 했다.

다음 날에는 손톱까지 물어뜯어 가며 기를 쓰고 머리를 쥐어짰다.

첫 경험이 두렵지는 않았다. 오히려 잡화점 직원 정도의 스킬을 쌓기 위해 정말 누군가와 먼저 잘까도 생각했지만, 그건— 구역질이 나서 패스.

지난밤 보니 닉은 경험이 꽤 있는 것 같았으니 어찌어찌 될 듯하고. 우선 기회를 만들어야 했다. 그가 계속해서 엉덩이를 빼거나 돌아서 가 버린다면 자신이 아무리 별의별 스킬이 있어도 소용없을 테니까.

방학 전에 로라에게서 야동을 빌릴 생각을 하지 못한 것이 뼈저리게 후회되었다. 로라는 휴대폰도 터지지 않는 스코틀랜드의 할아버지 댁에 다니러 가서 한참 후에나 온다는데, 겨우 얻어 놓은 것이 배꼽이 드러나는 탑과 반바지 따위라니. 남녀 사이의 일이라면 뭐든지 아는 것 같은 그 애와 연락도 되지 않으니, 오로지 혼자 해결해야 했다.

네 번째 손톱까지 물어뜯고 나서야, 진은 방을 나섰다. 뒷계단으로 조심조심 내려가서는 모자를 푹 눌러쓰고 자전거를 달렸다.

마을로 내려가서 잡화점 맞은편에 멈춰 섰다. 계산대에서 사람 좋은 미소를 띠며 물건을 계산해 주는 여자는 어제의 그 여자가 맞았다. 치렁치렁하던 검정 고수머리를 얌전히 잡아맨 채였지만 확실했다.

손님이 무얼 부탁했는지 카운터를 돌아 나와 안내해 주는데, 앞치마 아래로 아주 짧은 미니스커트를 입고 있었다. 허벅지도 굵으면서 저게 웬. 진의 눈에는 그냥 뚱뚱하고 가슴 큰 멍청이일 뿐인데 닉의 눈에는 그 짓을 함께 하고 싶을 정도로 매력적으로 보였다고? 어떻게 그럴 수 있지?

닉이 정말로 저 여자를 사랑해서는 아닐 것이다. 하지만 저런 멍청이는 앞으로도 계속 나타날 것이고 그들에게 다시 닉을 빼앗기지 않으려면 강력한 무언가가 필요했다.

여자를 다시 한 번 노려본 진은 급히 성으로 돌아왔다. 자전거를 타고 오르막길을 오르느라 토할 지경까지 헐떡이면서 생각했다. 이 길에서 멈추지 않으면 닉은 자신의 것이 될 거라고. 길고 긴 언덕길을 끝까지 올라가기만 하면 닉을 차지할 수 있노라고.

처음에 조금 힘들 땐 희한한 주문을 걸었다 생각했지만 점점 오기가 생겼다. 한 바퀴만 더! 조금만 더!

걸어 올라와도 숨을 몰아쉴 만한 길을 기어이 자전거로 다 오르고 난 뒤에 진은 바닥에 널브러졌다. 기차 화통처럼 씩씩거리다 보니, 어제 닉이 차를 세웠던 근처였다. 지난밤의 충격이 다시 새록새록 솟아났지만 재빨리 억눌렀다. 그리고 다짐했다. 반드시, 기필코 닉을 차지하고 말겠다고. 닉은 반드시 제 남자여야 한다고!

그래서 이렇게 트리 하우스로 쳐들어온 것이다.

"고민이 있어."

여전히 책을 보면서 진이 중얼거리자, 닉이 그녀를 건너다보는 것이 곁눈질로 보였다. 모로 누워 한 팔로 머리를 받치고 진을 넘겨다보는 모습은 지난번에 엉덩이를 뺀 것처럼 잔뜩 경계하는 모습이었다.

진은 지난 몇 번의 시도처럼 서투르거나 서둘러서는 안 된다고 스스로를 다독였다. 어린애 같은 시도였으니 어린애처럼 거부당한 것이 당연했다. 스무 살인 닉은 나이보다도 더 어른스러우니 자신도 성숙하게 행동해야 통할 것이다.

"섹스하고 싶어."

사랑한다고 고백하고, 그래서 사랑을 나누고 싶다는 소리 따위 지껄이는 건 애들이나 할 법한 짓이다. 어른답게, 성인답게 접근해야 한다.

그 나름 메가톤급 폭탄에 닉은 아무런 반응이 없었지만 시원스럽게 통풍이 되던 트리 하우스 내부의 공기는 그대로 멈춘 것 같았다. 닉의 말문이 막힌 것이다. 엉뚱하게도 진은 거기서 자신감을 얻었다. 뭐라 해도 긍정적으로 받아들일 자세가 이미 되어 있었다.

더구나 그녀는 가끔 아주 뻔뻔해질 때가 있었다. 바로 동양인인 자신을 비하하는 이들과 마주칠 때였다. 상대가 손가락으로 눈가를 옆으로 찢으며 비웃으면 마찬가지로 눈을 가늘게 뜨고 봐 주었고 앞의 행위를 말로 표현한 'Slit'이라는 단어를 들으면 '그래, 나 여자야.'라고 말해 주었다.

그러면 상대는 보통 그 반응을 이해하지 못하고 '너는 미개해서 영어도 못 하는구나.'라며 더 비웃곤 했다. 그러면 진은 의기양양하게 말하곤 했다. '너야말로 그 단어가 포르노에서 무슨 뜻인지 모르는 어린애 같은데.'라고.

내가 미개한 거라면, 단어의 뜻도 제대로 알지 못하면서 지껄이는 너는 뭐냐는 말이었다. Slit은 원래 좁고 긴 구멍을 뜻하는 말이니, 조금만 생각해 봐도 여성의 성기를 뜻하는 말임을 알 수 있다.

상대방은 뒤늦게 그 말을 알아듣고 얼굴을 붉히며 말없이 가 버리거나 간혹 욕지거리를 내뱉지만, 그 짧은 대화에서 누가 이겼는지는 상대도 진도 분명히 알고 있었다.

그렇게 뻔뻔하게 다져 온 배짱을 늘 상냥하고 저를 배려해 준 닉 앞에서 쓰게 될 줄은 몰랐지만 어쩔 수 없다.

"그래서 상대를 물색 중이야."

그 상대가 꼭 닉이어야 하는 건 아니라는 뉘앙스가 담긴 말에 그 제야 닉이 입을 열었다.

"……누굴 사랑해서도 아니고 그저…… 섹스를 하고 싶어서 상……대를?"

더듬는 것이 아니라, 기가 막혀서 말이 느릿하게 나오는 것 같았 다. 자신이 어른스럽게 대화로 접근하는 방식이 먹히고 있는 것이 다.

적어도 그대로 나가 버리지 않고 이렇게 반응을 보여 준다는 것 만으로도 닉이 정말은 자신에게 관심이 있다고 믿고 싶었다. 사랑 이 빠져서 서운하지만 뭐 어떤가. 닉이 아직 제 앞에 있다는 게 중 요하지.

"여자들은 그게 그거야. 남자들처럼 대놓고 섹스하고 싶다고 말 할 수 없으니, 사랑 운운하는 거지. 지난번에 닉한테 사랑한다고 말했던 것도 그런 거고."

"그 말은 나와……."

"응. 닉과 섹스하고 싶다는 말이었지."

닉은 다시 입을 다물었다. 그래서 진은 별스럽지 않다는 투로 중 얼거렸다.

"아직 첫 경험을 하지 못한 친구들끼리 이번 여름 방학 때 처녀 성을 버리는 것을 방학 숙제로 삼았거든."

열여섯 살인 애들도 있어 약간 무리수가 있다고는 생각했지만 닉이 평민 아이들의 순수함이나 당돌함에 대해 딱히 기준을 가진 것이 없기를 기대했다.

"겨우…… 12학년이잖아?!"

"그게 뭐?"

진은 벌떡 일어나 앉아 후드티를 벗었다. 안에는 배꼽 한참 위까지 드러난 핑크색 탑을 입고 있었다. 의도한 대로 그의 시선이 진의 가슴을 스치고 지나가더니, 다시 돌아와 뚫어져라 저를 바라보았다. 밋밋함을 지적하는 건가?

진은 당당히 제 가슴을 가리키며 말했다.

"나만 이렇지, 다른 아이들은 벌써 이따만하다고."

마지막으로 진이 수박 두 덩이를 가슴에 끌어안은 포즈를 취하고 나서야 닉의 시선이 떨어져 나갔다. 기대대로 평민은 본능적이고 원초적인 욕구에 좀 더 일찍 눈을 뜨는가 보다는 생각을 했으면 좋겠지만, 어쩐지……

"가슴이 크다고 어른은 아니야. 그리고 다른 아이들과 똑같이 행동할 필요는 없고. 물론 성적 호기심을 가질 만한 나이라는 건 이해해. 하지만 네 나이 때엔 그것 말고도 관심을 가질 만한, 그러니까 좀 더 건전한 무언가를 찾아볼 수 있—"

"나랑 섹스하지 않을 거면 꼰대 같은 소리도 하지 마."

고개를 홱 돌려 그녀를 노려보는 닉의 얼굴에 핏기가 조금 가신 것도 같았다. 자신이 어떻게 그를 비웃을 수 있는지에 놀란 것인지, 아니면 그 말의 내용에 놀란 것인지 모르겠지만.

하는 수 없다. 그딴 학교 선생님 같은 말이나 듣자고 밋밋한 가슴을 드러낸 것은 아니었으니까.

"하여튼 묻고 싶은 게 있어."

"……뭔데?"

"첫 상대를 아직 경험이 없는 열여섯 살짜리 남자애로 택하는 것이 나을까, 아니면 걔네 형이랑 자는 게 나을까? 걔네 형은 스물 두 살인데 경험이 많대."

트리 하우스가 시원하긴 했지만 추울 정도는 아닌데 닉은 정말로 하얗게 질려 있었다. 진이 다른 남자애와 잔다는 말을 해서인지, 아니면 요즘 고등학생의 행태를 듣고 영국의 미래가 걱정되어서인지는 모르겠지만.

자신은 닉이 아니니 아무것도 확실한 건 없다. 설사 자신이 그라 해도 뭐가 문제겠는가. 당장 홀딱 벗고 이런 짓 저런 짓을 하면 되는데.

"난 처음이니까 상대도 처음이어야 손해 보지 않을 것 같기도 한데, 그렇다고 상대까지 처음이라 제대로 할 줄 모르면 재미가 없을 테니까— 걔네 형이 마을의 여자 반이랑 놀아났다는 말이 있거든. 즉 제대로 할 줄 안다는 거지."

대체 어디까지 말하는지 들어 보려는 것인지, 아니면 정신이 유체 이탈을 했는지. 말이 없는 닉을 두고 진은 골 빈 여자애처럼 끝없이 주절거렸다.

"물론 그럴 가능성이 얼마나 있는지 모르겠지만 첫 단추를 잘못 끼워서 평생 섹스에 대한 불신을 갖고 살긴 싫어. 그건 굉장히 즐거운 놀이라고 들었으니까—"

"그만."

말을 막는 닉의 목소리가 버석거렸다.

뒤늦게 순진한 척 눈을 깜박였더니 닉이 천천히 일어나 앉았다.

"넌 며칠 전에 내게 사랑한다고 했는데, 그게— 섹스하자는 말이었다고 했어. 그렇지?"

진은 재깍 대답했다.

"맞아."

"그런데 오늘은 누구와 섹스할지 골라 달라는 거야?"

"응. 닉이 싫어했잖아. 언젠가 사회 과제 때문에 경찰관과 인터뷰를 했는데, 바쁜지 귀찮아하는 기색이 역력하더라고. 결국 과제는 B밖에 못 맞았어. 그러니 싫어하는 닉하고 해 봤자 재미없을 게 뻔해. 닉한테도 실례고 나한테도 득 될 게 없잖아. 남자가 닉만 있는 것도 아니고."

여전히 굳은 얼굴로 그녀의 재잘거림을 경청하던 그의 눈동자가 도르륵 구르는 걸 보니 말을 고르는 것 같았다. 진은 숨을 죽였다. 역시나 그는 신중하게 입을 열었다.

"넌 잘못 생각하고 있어. 그건— 첫 경험은 굉장히 소중한 거야. 이다음에 네가 깊이 사랑하게 될 사람을 위해 남겨 두는 것이 아깝지 않을 만큼. 그러니 한때의 즐거움을 위해 그걸 망쳐 버리지 마. 그게 내가 널 위해 해 줄 수 있는 최—"

선생님 같은 말에 뱃속이 뒤틀렸다. 굉장히 소중한 거니까, 닉과 함께 하고 싶은 건데.

그래서 말을 끊고 들었다.

"어젯밤에 닉과 잡화점 여자를 봤어. 우선은 미안."

자신이 보고 있던 걸 알았는지 닉의 표정에는 그다지 변함이 없다.

"훔쳐보려던 건 아니었는데, 우연히 그렇게 됐어. 하지만 닉도 그 여자를 사랑한다거나 해서 그랬던 건 아니잖아? 본인도 실천하지 못하는 것을 자기보다 나이 어린 사람에게 강요하는 사람을 꼰대라고 한다니까."

"그런 흉한 짓거리를 하고 싶다고?"

"흉하다니? 그런 짓을 닉은 왜 했어? 설마 그 여자와 그런 짓을 하고 싶었던 게 아니라 내게 보여 주고 싶었던 거야? 내가 포기하게 만드려고?"

닉은 순간적으로 말문이 막힌 듯 대꾸가 없었다. 쥐를 너무 구석으로 몰면 고양이를 무는 법.

"그건 아닐 거라 믿어. 어른들끼리만 즐거운 놀이를 하려는 거라면 몰라도."

진이 '놀이'라는 말에 순진하게 눈을 깜박이자, 답답해 죽겠다는 듯 닉이 미간을 일그러뜨리더니 중얼거렸다.

"잘못하면 나쁜 병균이 옮을 수도 있어."

어른들은 원래 말문이 막히면 말을 돌리지.

"걱정 마. 5학년 때부터 콘돔이라는 문명의 이기에 대해 배웠거든. 그러고 보니 학교에서 5학년들한테 성교육을 한다는 건 그때부터 섹스를 해도 된다는 뜻 아냐? 그에 비하면 열여덟 살인 나는 할머니라고."

닉이 가만히 그녀를 노려보자 진은 어깨를 으쓱였다.

"아님 말고."

"누구를 선택하든 가슴이—"

그의 시선이 다시 내려갔다 올라왔다.

"그런 상태로는 어떤 남자도 널 받아 주지 않을 테니 괜히 상처받지 말고 얌전히 대학에 갈 때까지 기다—"

훈계가 먹히지 않으니까 유치하게 인신공격이다. 하지만 진도 지지 않고 대꾸했다.

"가슴이 좀 그렇지? 그래서 로라한테 가슴이 커 보이게 하는 브래지어랑 뽕도 빌려 뒀어. 섹스할 때는 하체만 벗으면 되는 거니까, 위쪽은 벗지 않으면 돼. 그러니까 재미없게 김새는 얘기는 그만두고— 그래서 열여섯 살이 좋겠어, 스물두 살이 낫겠어? 닉은 해 봤으니까 알 거 아냐?"

입을 다문 닉은 진이 자신에게서 구하고 싶은 조언이, 섹스를 하고 안 하고가 아니라 누구와 하는 것인지를 그제야 절감한 모양이었다.

"뭐야, 할 말 없어? 첫 경험이 너무 오래전이라 기억이 안 나는 거야? 아니면 아직 스무 살밖에 되지 않아서 스물두 살 남자에 대해서는 잘 모른다거나? 어쨌거나 해 줄 말이 없다면 하는 수 없지, 그냥 내가 알아서 할게."

어깨를 으쓱이며 진은 여전히 말이 없는 닉을 두고 책과 후드티를 주섬주섬 챙겼다. 그러면서 생각 없는 척 중얼거렸다.

"오늘 밤에 비가 안 왔으면 좋겠다."

"……왜?"

뜬금없이 웬 날씨 얘긴가 싶은지, 갸웃한 목소리였다.

"여태 말했잖아, 방학 숙제 해야지. 난 숙제 밀리는 거 싫어. 뭐 하러 방학 끝날 때까지 기다리겠어? 일단 이든과 해 보고 나서—"

"누구……?"

그녀의 뒤에서 닉이 목이 졸린 것 같은 소리로 빠르게 물었다. 아니, 말을 끊은 것도 같았다.

"이든 스미스, 그 열여섯 살짜리 말이야. 해 보고 나서 재미없으면 바로 걔네 형하고 해 봐야 하니까 시간도 절약할 겸 오늘 밤 일찌감치 마을로 내려가려고. 닉 말대로 소중한 경험이 될 텐데 기왕이면 화창한 게 좋잖아?"

어깨 너머로 그렇게 말을 끝낸 후, 트리 하우스를 아주아주 천천히 걸어 나오는데 닉은 그녀를 붙잡지 않았다.

답답해 미칠 지경이라, 뒤돌아서서 책을 그의 머리로 던져 버리고 싶었지만 참았다. 닉에게도 충격을 흡수할 시간은 줘야 하는 거니까. 그리고 생각할 시간도.

트리 하우스의 계단을 내려오면서 하늘을 보니, 해가 아직도 저만치 떠 있었다. 한숨이 나왔다. 몇 시간을 어떻게 기다리지?

성의 아침은 일찍부터 시작되는 편이라, 에밀리는 늦어도 10시 전에 잠자리에 들곤 했다. 그 전에 진이 잠자리에 드는 것을 지켜봐 주려고 하는 터라 진은 졸리지 않은데도 에밀리를 위해 억지로 잠자리에 든 적도 많았다. 하지만 그날 밤 진이 자진해서 침대로 가겠다고 나선 것은 9시가 되기도 전이었다.

"방학해서 그동안 하고 싶었던 것을 하느라 피곤했나 보구나."

그동안 하고 싶었던 것이라니. 에밀리는 영지를 쏘다니거나 책을 읽는 등의 일을 언급한 것이겠지만 정작 진이 한 일과는 완전히 다른 종류였다. 뭐, 전체적으로는 틀리지 않아 진은 애매한 미소로 동의하는 척했다.

에밀리에게서 굿나잇 키스를 받고 눈을 꾹 감고 있으려니, 얼마 지나지 않아 에밀리의 침실 문이 닫히는 소리가 들려왔다. 그것이 신호라도 된 양 눈을 번쩍 뜬 진은 몸을 벌떡 일으켰다. 원피스 잠옷을 재빠르게 머리 위로 벗자, 안에는 낮에 입고 있던 탑과 반바지 차림이었다.

샌들을 들고 불이 꺼진 거실을 맨발로 지나서는 조심스레 뒷계단을 내려갔다. 비는커녕 별도 달도 다 떠 있으니 무대 장치로는 완벽했다. 이제 상대 배우만 때맞춰 등장하면 된다!

성 밖으로 나와서는, 평소 마을로 내려갈 때 타는 자전거를 탈까 말까 망설였지만 그냥 걸어가기로 했다. 어차피 마을까지 갈 생각은 없었으니까. 내리막이 시작되는 곳까지 가도 닉이 쫓아오지 않으면 그의 방으로 쳐들어갈 생각이었다.

오늘 더닝튼 성에 귀족은 닉뿐이니까. 공작께서는 1년의 태반이 그렇듯 런던에 가셨고 공작 부인과 레이디 빅토리아는 방학을 맞아 어제 여행을 떠났으니, 2층에는 닉 외에 그녀의 기고만장한 작태를 목격할 사람이 없는 것이다.

진은 닉이 지켜보고 있을 만한 유리창 안을 눈으로 연신 훑으면서 천천히 성을 돌아 나가기 시작했다. 반대편으로 돌아가는 것이 더 가깝지만 일부러 닉의 방이 있는 쪽으로 돌아가고 있는 중이었다.

정확히 닉이 어떤 행동을 할지는 알 수 없었다. 창문 너머로 소리를 지를지, 아니면 머리끝까지 화가 나서는 2층 그의 방에서 뛰어내릴지. 그런 긍정적인 생각을 하며 한껏 치뜬 눈으로 닉의 방 창문을 올려다보며 걸어가는데, 누군가 갑자기 제 바로 앞에 성큼 나타났다!

7.

나도 이제 그만둘 단계는 지났다고

나타난 사람은 바로바로 닉이었다! 성 밖에 군데군데 밝혀진 불빛을 피해 성의 그림자 속에 서 있었던 모양이다. 와우! 이런 장면은 상상하던 리스트에 없었는데! 정말로 그가 자신을 만류하러 나선 것이다!

현기증이 날 것 같은 이유가 밤이 되어 더욱 진해진 인동초와 로즈메리 향 때문은 아닐 것이다. 하지만 진은 이후로 이 순간을 떠올릴 때마다 그 향기들이 생생하게 코를 스쳐 갈 것을 믿어 의심치 않았다.

"아이, 깜짝이야……."

진은 정말 놀란 데다가 당장에 달려들어 끌어안고 싶었지만 간신히 스스로를 억누르고는 가식적인 말을 중얼거렸다.

닉은 박력 터지던 등장과 달리 그런 그녀를 물끄러미 내려다보고만 있었다. 낮과 달리 흰 폴로셔츠와 긴 슬랙스 차림이긴 했지만 차림만으로는 자신을 막기 위해 온 건지 아닌 건지, 좀 더 자세히 말하자면 쇼를 계속해야 하는 건지 아닌 건지 알 수 없었다. 결국 기다리다 못해 다시 입을 연 것은 진이었다.

"왜, 무슨 일이야? 나 좀 바쁜데. 약속 시간에 늦어서—"

"⋯⋯따라와."

휙 몸을 돌린 그가 트리 하우스로 향했다. 진은 두 주먹을 불끈 움켜쥐고는 속으로 환호성을 질렀다. 끼얏호!!!

군데군데 켜진 불빛으로 인해 닉의 그림자는 사방으로 길게 늘어졌는데, 진의 앞쪽으로 드리워져 있던 것이 빠르게 멀어지고 있었다. 진도 벅찬 가슴을 안고 서둘러 발걸음을 옮겼다.

어두운 시간에 트리 하우스에 가 본 적은 없었다. 불이 밝혀져 있지 않은 내부는 창을 통해 스며든 성의 희미한 불빛에 간신히 가늠만 될 뿐이었다.

그 한가운데에 우뚝 서 있던 닉이 문을 닫고 돌아서는 진을 향했다. 그나마 희미한 빛이 들어오는 창을 등지고 선 그는 그저 실루엣만 보였지만 진 역시 굳이 불을 켜지 않았다. 남녀 사이의 관계에 있어서 밝은 조명이 무드를 깨는 짓이라는 것은 여덟 살만 돼도 아는 것일 테니 말이다. 그녀는 겁도 없이 안쪽으로 몇 걸음 더 들어섰다.

"네 애초의 목적이 뭐였는지 알아. 지난 며칠 동안 몇 번이나 보여 줬으니까."

이번에는 닉이 먼저 입을 열었다. 아니, 그러도록 입을 꾹 다물고 있던 진은 몇 번이나 신중히 골라졌을 법한 그 어조에, 생각이 없는 여자애처럼 어깨를 들었다 놓았다.

"그러니 넌 이든인지 그 형인지 뭔지 하는 놈하고 아무 짓도 할 생각이 없는 거야. 괜히 내게 겁주려는 거지."

"그게—"

도도하신 후작께서 정확히 자신이 의도한 대로 나오고 있다니! 진은 어둑함 속에서 제 쭉 찢어진 입가가 보일까 걱정이 됐다.

"왜 닉한테 겁주는 게 되는데?"

닉이 한 방 먹은 듯 움찔하는 것이 느껴졌다. 여자애들의 유치한 말싸움은 말꼬리 잡는 것에서 시작한다. 게다가 진은 자신을 제외한 동양인이라고는 눈을 씻고도 찾아볼 수 없는 마을의 학교에 10년 넘게 다니고 있는 덕분에 말꼬리 잡는 것에 충분한 트레이닝이 된 상태였다. 심지어 요 몇 년간은 그 어떤 말싸움에서도 져 본 적이 없었다.

게다가 이 정도는 약과다. 만약 학교에서 알아주는 막무가내이거나 제 잘못을 인정 않는 애들과 싸우는 중이라면 더 심하게 몰아붙였을 것이다. '겁먹었어? 왜? 막상 마을에 간다니까 아까워졌어? 그래서 어쩌라고?' 등등.

닉은 이미 충분히 알아들었을 것이니 그럴 것까지는 없다 싶었다. 혹시나 마지막으로 떠보려던 생각은 접었을 테니까.

"내가 오늘 아무 짓을 하지 않아도— 넌 오늘 마을에 가지 않을 거야. 오늘뿐만 아니라 앞으로도."

"그건 닉의 추측일 뿐이잖아. 발 달린 짐승이 어딘들 못 가겠어."

"대체 그런 말은 어디서 배운 거야? 이런— 못된 작전도 마찬가지고."

못됐다는 말을 할 때의 닉은 답답하다 못해 어떡해야 할지 모르겠다는 듯 손바닥을 위로 들어 올리는 몸짓을 취했다.

작전이라는 말은 어울리지 않는다. 수법이나, 수작 혹은 음모가 좀 더 적당하지.

"훈계하려고 부른 거면, 말했다시피 시간이 없어서—"

그리고 그 음모는 아직도 진행 중이었다.

"거기 서!"

도리어 아량 넓은 사람처럼 중얼거리며 반쯤 돌아서던 진은, 처음으로 닉이 제게 언성을 높이자 멈칫했다. 그가 이번에도 잡을 것을 예상하며 한 일이긴 했지만.

조금 놀란 진이 다시 그를 향했다.

"무슨 일을 벌이려는 건지 자각은 하는 거야? 아무리 봐도 넌 지금 판단력이 열서너 살 정도밖에 안 되는 거 같아. 지금 네가 내게 바라는 일로— 언젠가 네가 오늘을 후회하면서 나를 비난하게 될 수도 있다는 말이야. 그러니 나이가 몇 살이라도 많아서 분별력이 조금이라도 더 있는 내 말을 듣는 게 좋아. 난 네가…… 날 미워하길 바라지 않는다고."

방금 전 소리 지른 사람답지 않게 그는 말끄트머리에서는 심지어 거의 속삭이고 있었다.

비난이라니. 닉은 겨우 두 살 많을 뿐이다. 나중에 후회하게 된다 해도 그를 비난할 수 없을 만큼 그 또한 어른은 아니라는 말이다.

"닉도 후회할 것 같아?"

"······."

그가 답할 타이밍이 지났다.

뒤늦게라도 그가 대답할까 봐 겁이 난 진이 잽싸게 덧붙였다.

"지금 같아선 어떤 일이 있어도 비난하지 않을 것 같지만 나중 일이니 나도 알 수는 없어. 하지만 아무 일도 하지 않는다 해도 후회할 거야. 어차피 후회할 거라면 해 보고 후회할래. 다들 언젠가 하는 일이잖아? 난 이미 다 컸다고."

"아무리 나이가 찼다고 해도 아직 몸이 덜 자라서—"

설득력이 떨어지는 핑계라는 것을 닉 자신도 알고 있다는 것을 진은 눈치챘다.

"내 발육 상태를 꼬집는 거라면 나도 알고 있거든?! 그리고 난 덜 자라지 않았어. 다 자란 거고 동양인은 원래 이래."

닉이 믿지 않는다는 듯 입술을 비틀었다.

"즐겁기는커녕 아주 불쾌한 행위일 수도 있다는 말이야. 말했다시피 넌 아직—"

"영감탱이처럼 그 어리다는 소리 한 번만 더 했다가는 언젠가 아니라 지금 이 순간부터 미워해 주겠어!"

닉 스스로도 설득력 없는 확신에 짜증이 난 진이 쏘아붙이자, 그가 잠잠해졌다.

잠시 침묵을 견디고 서 있던 진은 발걸음을 내디뎠다. 닉은 이대로 까만 밤이 하얗게 샐 때까지도 제 발로는 결코 움직이지 않을 것임을 알았기 때문이다. 밀고 당기려는 게 아니라, 처음이 어색하고 낯선 그녀가 머뭇거리다 먼저 물러나는 것이 그의 다음 대책인 것을 눈치챈 것이다. 하지만 천만의 말씀이었다.

진은 흰 폴로셔츠의 가슴팍에 코가 닿을 지경까지 가까이 가서는 슬쩍 고개를 들었다. 1피트도 떨어지지 않은 거리에서 보니, 어둠 속에서 그의 눈까지 보였다. 그녀를 똑바로 내려다보지도 못하고 뒤쪽 어딘가를 보고 있었다. 잔뜩 긴장하고 있다는 의미였다.

키스를 하고 싶었지만, 그가 또 물러설까 봐 겁이 났다. 그래서 그가 좋아하는 것부터 시작하기로 했다.

시선을 그의 허리 벨트로 내렸다. 금속성의 버클이 어둑한 속에서도 구별할 수 있을 정도로 광택이 났다. 손을 들어 그걸 건드리자, 닉이 눈에 보일 정도로 흠칫했다. 6피트(180cm)가 넘는 키를 해서는, 자신보다 1피트(30cm)는 작은 여자애 때문에 저렇게 놀란다고?

쯧. 진의 이성은 혀를 찼고 이기심은 환호성을 지르며 핑그르르 한 바퀴를 돌았다. 세상일은 뭐든 상대적인 거다!

다시 손을 가져가도 그는 움직이지 않았다. 진은 두어 번의 헛손질 후에 버클을 끌러 내고 바지 단추를 풀었다. 그때까지 가만있는 닉을 슬쩍 올려다본 진은 지퍼를 단번에 내렸다.

지익, 지퍼 내려가는 소리에 턱을 앙다무는지 뒤쪽의 빛을 받은 그의 턱선이 꿈틀거렸고 이어 낮은 속삭임이 들려왔다.

"진짜 후회할 거야."

진이 대답했다.

"그래야 마음이 편하다면 그런 걸로 해."

말을 끝내자마자 진은 그 앞에 무릎을 꿇었다. 코앞에 그의 열려진 바지가 있었다. 어두운 안쪽, 바지처럼 진한 색 팬티 앞섶이 여성인 자신의 몸과 달리 불룩 튀어나와 있는 것이 보였다.

남자는 여자와 달리 앞트임이 있는 팬티를 입는다 어쩐다로 시작했던 성교육 시간의 말미에 선생님이 은근한 미소와 함께 덧붙였었다. 야동에서는 커다란 성기를 가진 남성만이 여성을 만족시켜줄 수 있는 것처럼 나오지만, 실상 그것은 남자들의 로망이고 실제로는 발기했을 때 2인치(약 5cm) 정도 길이로도 여성을 만족시킬 수있다고.

다들 의외의 지식에 고개를 끄덕였지만, 로라는 코웃음을 치며진에게 귓속말을 했었다. 시각적 만족은 만족이 아니냐고. 그 정도크기의 남자는 어디 가서 팬티를 벗기도 창피할 거니까, 결과적으로 여성을 만족시킬 기회조차 얻지 못할 거라고도 했다.

그때는 그냥 고개를 끄덕이고 말았는데, 때문에 이렇게 떨릴 땐어떻게 해야 하는지 들을 기회를 놓쳤다. 그래도 처음이자 마지막이 될지 모를 이 기회를 우물쭈물하다 놓칠 순 없다.

그래서 지난밤 잡화점 직원이 했을 것을 상상하며, 최대한 자연스럽게 보이려고 애쓰며 손을 가져갔다. 괜찮다. 잘할 수 있을 것이다. 이론적으로는 살아 있는 성 백과사전인 로라 데이비스가 제단짝 친구니까. 단지 실전 경험이 전무할 뿐.

천천히 팬티를 끌어 내리자, 그 안에서 가둬져 있어 답답했던 양툭 하고 튀어나오는 것은— 2인치하고는 거리가 멀어도 한참 먼존재였다. 그것을 보며 진은 기억을 되짚었다. 이게 발기한 상태는아닐 것이다. 로라 말로는 남자들은 한참이나 공을 들여야 발기를한다고 했으니까. 그럼 이게 발기하게 되면 얼마나 더 커지는 거지? 지금도 내 손목보다는 굵어 보이는데?!

조금 놀라서 저도 모르게 닉을 올려다보니, 그는 어느새 고개를 숙여 그녀를 내려다보고 있었다. 그의 파란 눈이 어둠 속에서 새카맣게 보였다. 기대하는 걸까? 그녀가 뭔가 하기를? 어젯밤 그 여자처럼? 못할 건 없다.

　천천히 입을 가져다 그 끄트머리를 머금었다. 혀를 움직이기도 전에, 혹은 무슨 맛이 나는지 느끼기도 전에 닉이 급하게 숨을 들이켜는 소리를 냈다. 그리고 손이 다가와 진의 머리카락을 덥석 움켜쥐었다.

　처음에는 어젯밤 그 여자한테 그랬던 것처럼 그의 아랫도리에 눌러 대려고 그러는 줄 알았다. 자신이 하는 것이 마음에 들어서.

　하지만 아니었다. 머리는 머리대로 아프도록 뒤로 당겨지고 그의 몸은 멀어졌다. 닉이 놀라서 그녀를 잡아떼는 동시에 몸을 빼낸 것이다.

　또 그만두려고? 안 돼!

　진이 도리질을 치며 머리를 흔들자, 머리카락이 뽑힐 듯 아팠다. 그러자,

　"무슨 짓이야!"

　하고 닉이 날카롭게 질책했다.

　"닉이야말로 또 왜 그래? 나도 잘할 수 있어! 이러는 거 좋아하잖아."

　"좋아하지 않아……!"

　울상이 돼서 항변하던 진은 그제야 이해했다. 확실히 지난밤에는 자신에게 보여 주기 위해서가 맞았던 것이다. 무서워서 마구 도망갈 줄 알았나 보다. 그 여자가 좋아서가 아니었던 것이다. 기분이

나아졌다. 아주아주 훨씬.

"보통 남자들은 좋아한다던데. 아닌가?"

"너야말로 딴 남자들 얘기 좀 그만해!"

"아, 미안."

"두 번 다시 이런 짓도 하지 말고. 알았어?"

진의 저항이 멈추자, 으르렁대면서도 머리카락을 쥔 손에는 힘을
뺐다.

"어…… 음…… 응."

잠깐이었지만, 뜨거우면서도 묘한 감촉에 입이 얼얼한 것도 같았
다. 그래서 저도 모르게 시선이 다시 그의 앞섶으로 향했지만 그나
마도 그가 몸을 숙여 그녀의 겨드랑이 아래를 잡고 일으키는 바람
에 시야에서 사라졌다. 어릴 적 그랬던 것처럼 그의 허리에 얼른
다리를 감자, 더욱 가까워진 그의 푸른 눈이 그녀를 흘겨보는 것
같았다.

"지금이라도 안전한 네 침대로 돌아가 다시 잠자리에 들 수 있
어."

진도 눈을 흘기며 대꾸했다.

"이든도 아직 기다릴 거야."

더닝튼 후작의 입가가 비틀어졌지만, 욕설이 새어 나오는 진귀한
광경은 보지 못했다. 대신 그는 결심한 듯 뒤쪽에 자리한 카우치로
걸어갔다. 등받이를 젖히면 침대가 되는 형태로 그가 버튼을 누르
자, 기이잉— 소리를 내며 등받이가 내려갔다.

그동안 그의 몸에 찰싹 달라붙어 있는 진의 모습을 동양인이라
며 경멸하던 사람들이 봤다면 slit 대신 monkey라고 놀렸을 것이

다. 이번만은 진도 큰 소리로 동의했을 것이고.

닉이 그녀를 이제 평평해진 카우치에 내려놓으려고 하자, 진은 팔다리에 힘을 주며 다시 매달렸다. 닉이 여전히 이 상황을 무산시킬 기회를 노리고 있다고 생각했기 때문이다.

한데 그가 뜻밖의 말을 입 밖에 냈다.

"알았어, 알았다고."

거의 앓는 소리였다. 진이 깜짝 놀라 고개를 젖히고 보니, 그가 아랫입술을 악물고 있었다.

"나도 이미 그만둘 단계는 지났다고."

그가 그 말을 하는 순간, 진은 제 엉덩이 아래에서 무언가 꿈틀거리는 것을 느꼈다. 그는 내려놓으려 하고 진은 매달리는 상황에서 조금 더 아래로 내려간 그녀의 몸이 그의 아랫도리를 짓누르게 되었던 것이다. 다시 꿈틀.

그게 무엇인지 진이 눈치챘다. 세상에나, 닉이 발기한 것이다! 자신 때문에!

몸 구석구석에 찬란한 환희가 들어차는 것을 느끼며 진은 그를 놓아주었다. 로라가 말하던 오르가슴이 이보다 더 좋을 리 없겠지만 그렇다고 그만두진 않을 것이다. 닉은 그녀를 천천히 카우치 위에 내려놓았다. 멀어지기 전에 긴 손가락으로 뺨 위에 흐트러진 그녀의 머리카락을 쓸어 넘겨 주기도 했고.

몸을 세운 그는 이제 창에서 들어오는 빛을 정면으로 받고 있었다. 잠시 어둠 속에 파묻힌 진의 눈을 찾는 것 같던 그는 셔츠를 머리 위로 벗어 냈고 이어 바지와 팬티까지 함께 벗어 내렸다. 이제 남성 주위로 돋은, 당연히 머리카락과 똑같은 금빛 털까지도 어렴풋이 알아볼 수 있었다. 그 아래로 당당히 우뚝 선 남성은 물론이고.

아까보다 더 커진 건가? 비슷한 것 같은데? 내가 팬티에서 꺼낼 때도 저랬던 것 같은데? 그때도 발기해 있던 상황인데 내가 처음이라 몰랐던 건가? 심지어 입에 물기도 전인데 어떻게 흥분을 했지? 로라 말로는 손과 입으로 한참 동안 공을 들여야 한다고 했는데?!

생각이 꼬리에 꼬리를 물었고 그 시간이 꽤 지나도록 닉은 그대로 서서 진이 자신의 몸을 바라보게 내버려 두었다. 그리고 물었다.

"무섭지 않아?"

"닉이잖아."

닉의 나직한 물음에, 진은 미지의 세계에 빠져 허우적대던 상황임에도 불구하고 무슨 그런 어리석은 소리를 하느냐는 듯 0.5초도 지나지 않아 대답했다. 그 말에 잠시 멍해졌던 닉은 피식 웃으며 두 손으로 자신의 얼굴을 쓸어내렸다. 마치 그녀를 외면하려는 듯. 하지만 그럴 순 없을 것이다.

8.

언제든 그만두고 싶으면 말해

"이리 와."

진이 손짓을 하자, 그가 혀를 찼다. 마치 '널 어쩌면 좋으니' 라는 표정으로.

그래서 진은 혹시라도 그가 결정을 번복하기 전에 뭔가 마음을 안정시키는 말을 해 주어야겠다 싶었다. 그래서 머리를 쥐어짰다.

"날 잡화점 그 여자라고 생각해."

"진이잖아."

어이없다는 투는 조금 전 그녀의 말투를 그대로 따라 한 것이었다.

"그럼 눈을 감든자— 아니, 그건 안 되겠구나. 더 깜깜한 데로 갈까?"

트리 하우스의 창에는 커튼이 없어서 좀 밝은가 싶어 제안했더니, 닉이 고개를 저었다.

"더 환하게 밝히지 못하는 것이 문제인데."

"어째서?"

"잘 봐 두길 원하니까."

"누가? 내가?"

경험 없는 자신이 잘 배워 두길 바란다는 말일까? 앞으로는 아까 같은 서툰 행동을 하지 않도록?

"너뿐만 아니라…… 나도."

그가 가까이 다가와 그녀의 앞에 무릎을 꿇었다. 그 시선은 아까의 그처럼 실루엣만 비칠 진의 얼굴에서 눈을 찾아 헤매고 있었고 손은 카우치 아래로 늘어진 종아리에 와 닿았다.

"언제든— 그만두고 싶으면 말해."

닉의 기다란 손가락이 종아리의 맨피부를 안심시키듯 천천히 문질렀다. 손이 따뜻했다. 묘한 열기가 담긴 것 같았다.

"그만둘 단계는 지났다며?!"

왜 한 입 갖고 두말하느냐고 진이 볼멘소리를 내자, 그가 쉰 목소리로 짤막하게 웃었다.

"나 스스로는 그렇다는 말이야. 네가 그만하라면 당연히 널 위해 그만둘 수 있어."

"날 위해?"

"그래, 널 위해."

"날 위한 건 내가 원하는 거라고 몇 번을 말해야 해?"

말하다 보니, 또다시 어리단 면박을 할 여지를 준 것이라 진은 잠시 긴장했다. 하지만 닉은 눈치 빠르게 입을 다물었다. 학습 효과가 꽤 마음에 들었다. 사랑한다고 다시 말하고 싶었지만, 분위기를 망칠까 봐 그만두었다.

대신 그 입을 그에게 가져갔다. 고개를 기울여 그의 것에 닿기 직전까지 가까이 갔는데도 그의 푸른 눈은 그대로 뜨여진 채 그녀를 빤히 바라보고 있었다. 영화에서 보면 뭔가 기대하거나 음미하듯이 눈을 감지 않나?

새가 쪼듯이 입을 댔다 떨어져도 그대로였고 다시 한 번 반복해도 역시나였다. 어린애 같은가?

초조해져서 제 입술을 혀로 축이다가는 문득 떠오른 생각에 혀를 내밀어 그의 입술도 핥았더니, 닉이 그제야 눈을 꾹 감았다 떴다. 그냥 깜박이는 정도가 아니라, 아주 꾹.

다시 해 보려고 하니, 종아리를 만지고 있던 닉의 손에 힘이 들어갔다. 다시 들려온 그의 목소리는 역시나 가라앉다 못해 잔뜩 쉬어 있었다.

"차라리— 내가 하는 게 낫겠어. 나중에 네가 비난하고 싶어질 때, 난 아무 짓도 하지 않았다는 비겁한 소리 따위 하기 싫으니까."

"뭐야, 닉이 날 겁탈했단 소리라도 할 것 같아?"

"차라리 그게 나아. 지금은 거꾸로— 네가 날 겁탈하려는 상황이잖아. 그것도 협박으로."

지루한 교내 신문에 '수석 가정부의 딸이 더닝튼 후작을 협박해서 겁탈하다'라는 헤드라인이 올라간다면 쇼킹할 것이다. 그 생각에 저도 모르게 씩 찢어지는 입가에 닉의 입술이 와 닿자, 진은 그가 아직 눈을 뜨고 있는지 어쩐지 확인할 겨를도 없이 눈이 감겼고 이후로는 도통 뜰 수가 없었다.

생전 처음으로 제 입 속에 들어온 타인의 혀는 굉장히 조심스러우면서도 귀여웠다. 장남이 여기저기 더듬듯 치아며 입술을 더듬더니, 그녀의 혀가 건드리자 움찔 놀라 물러서기도 했다. 기세등등해진 진이 쫓아가 툭툭 건드리니, 그것을 세차게 빨아들였다.

혀뿌리가 뽑힐 듯 아파진 진이 희미하게 신음을 내뱉자, 깜짝 놀라 놓아주기도 했다. 살짝 떨어진 잇새로 청결한 숨을 내뱉더니, 두 팔로 진을 힘껏 안았다. 그의 커다란 한 손이 그녀의 뒤통수를 어루만지더니 귓가에 속삭였다.

"언제든 후회하고 언제든 비난해도 좋아. 넌…… 지금 어리니까."

분명 금지시킨 말을 다시 언급하긴 했지만 그만두기 위해서가 아니라는 것을 진도 알았다. 그렇다고 수긍하는 것은 아니었지만 그래도 그렇다고 해야 닉이 조금이라도 편해질 것 같아서 살짝 고개를 끄덕였다.

닉의 손이 뒤통수를 받치더니 그 귓가에 입술이 닿았다. 흐익……! 낯선 느낌에 깜짝 놀라 고개를 떼었다. 순간적으로 등줄기가 짜릿했었다. 잘 모르겠지만 부정적인 것은 아니었다. 다시 경험하고 싶었다. 그래서 그녀보다 더 놀란 얼굴의 닉에게 중얼거렸다.

"다시 해 봐."

그 말에 닉이 순간 미소 지었다. 늘 격식을 차려 희미하게 입꼬리만 올렸다 내리는 것이 아닌, 가지런한 이가 몇 개나 드러나고 눈가가 휘어질 정도로 정말 예쁜 미소를. 자신과 있을 때만 보여 주는 것이었다.

어쩌면 이렇게까지 닉을 몰아붙이게 만든 힘을 준 것은 저 미소를 자신에게만 보여 주기 때문이었는지도 몰랐다. 닉 또한 자신을 사랑한다는 확신을 갖게 해 준 결정적인 증거이니 말이다. 이렇게 그를 몰아붙여도 된다는 허가라고 할까.

"또 웃어 봐."

"이봐, 웃으면서 키스까지 동시에 할 순 없어."

툴툴대면서도 더 크게 웃음을 짓는다. 여왕의 충실한 웰시 코기처럼 그녀가 시키는 거라면 뭐든 할 태세였다. 진짜 여왕이 된 기분이었다. 귀족보다도 낮은 평민 주제에 말이다.

"천천히 해. 방학은 이제 시작이니까."

여전히 미소를 단 닉이 못 말리겠다는 듯 고개를 설레설레 흔들자, 진이 입술을 내밀어 잽싸게 그 미소를 훔쳤다. 이제 자신만의 것이었다. 예쁜 미소도 그리고 닉도.

"아파?"

"음…… 아닌 것 같아."

닉은 대부분 눈을 감고 있는 진에게 수없이 물었다. 눈을 뜨고 닉을 보려고도 했지만 자꾸만 저절로 감겼다. 기분이— 끝내줬던 것이다. 다른 손의 움직임이나 수없이 입을 맞춰 주는 것 말고도 그의 커다란 한 손은 진의 머리를 아기처럼 감쌌고 머리카락 속으로 파고든 손가락 끝이 그녀의 두피를 수시로 간질이고 살살 긁어대는데— 그것만으로도 간질거림이 수시로 등줄기를 내달리는 통에 카우치에 나른하게 늘어진 채로 손가락 하나 까딱하기 싫었다. 이대로 시간이 멈췄으면 하는 생각도 몇 번이나 했다.

닉이 수없이 묻는 이유는 좀 달랐다. 아까 핫팬츠와 팬티를 벗긴 후 그가 잠시 동안 제 여성을 뚫어져라 바라보았다. 그때 그곳에 허리를 구부릴 정도로 찌르르하는 통증이 느껴졌다. 솔직히 닉은 별로 한 것이 없는데 이상하지 않은가.

그 뒤로도 몇 번이나 그랬으니, 닉이 자꾸만 묻는 것이다.

"왜 그래?"

"모, 몰라, 이상해……."

닉이 아무리 다재다능하다지만, 눈으로 레이저를 쏘는 능력은 없는데 말이다. 진이 다시 허리를 구부려서 통증이 지나가기를 기다리다 허리를 폈다.

"그러다 안 그러다 해?"

"으응……."

"잠깐만."

달래듯 진의 등을 쓸어 주던 닉이 잠시 생각하다 그녀의 다리 사이로 손을 가져갔다. 그의 손가락이 자신도 샤워 때나 만지던 부위에 닿자마자 다시 통증이 일었다. 진의 몸이 부르르 떨리자, 등을 쓸던 손은 어느새 멈추었고 여성에 닿은 손은 그대로였다.

오히려 무언가를 찾는 듯 더듬거리던 손가락은 작은 주름들을 헤치고 어딘가를 엄지로 꾹 눌렀고 그건— 아까보다 더 심한 통증을 불러일으켰다.

자신도 모르게 크게 신음 소리까지 뱉은 진은 그가 그만둘까 봐 놀라서는 뒤늦게 제 아랫입술을 깨물었다. 하지만 걱정과 달리 그의 손은 멀어지기는커녕 그대로 누른 채 살살 문지르기까지 했다. 평소 여성의 입구라고 생각했던 곳과는 전혀 다른 부분이었다.

"흐으…… 앗!"

통증은 점점 더 크게, 그리고 거듭해서 찾아왔고 닉의 손가락도 더욱 집요하게 따라붙더니 더 이상 참을 수 없을 정도라고 생각된 마지막에는 손바닥으로 여성 전체를 감싸고 문질렀다. 그의 손바닥은 따뜻한 정도인데, 그 손이 닿은 제 여성에는 불이 붙은 것 같았다. 한껏 구부러진 허리를 펼 수도 없었고 연거푸 터져 나오는 신음을 멈출 수도 없었다. 막무가내로 고조되던 무언가가 하얗게 명멸했다.

정신을 차리고 보니, 모로 누운 그녀를 안고 마주 누운 닉이 그녀의 등을 쓸어내리고 있었다.

"……아픈 게 아니었던 거지?"

제 이마에 닿아 있던 닉의 입술이, 고개의 끄덕임을 따라 움직였다. 손이 여전히 여성을 달래듯 가만히 감싸고 있는 것처럼.

방금 전 경험한 것은 로라가 말하던 오르가슴이었다. 견딜 수 없다는 점에서 통증과 미묘하게 닮아 있어 헷갈렸던 것이다. 어느 단계를 넘어서고 나면 몸이 자신도 모르게 움찔거리고 마구 떨려서 흡사 물에 빠진 것처럼 닉에게 매달려야 했으니— 이든이나 그 형과 함께 하는 것은 상상도 할 수 없을 종류의 경험이었다.

닉이 끝까지 거절했다면 언제고 다른 남자와 함께 했을지 모를 것인데, 그랬다면 정말로 트라우마가 생겨서 두 번 다시 하고 싶지 않았을, 닉이라서 진짜로 천만다행인 그런 것이었다.

그래서 나름 감사 인사를 전했다.

"그런 거 몰랐다고 그만두면 정말 싫어할 거야."

"……난 성 니콜라스가 아니야."

어린이들의 수호신인 성 니콜라스처럼 그녀를 보호해 주지 못한다는 말이니, 그만두지 않겠다는 말이었다. 신이 난 진이 종알거렸다.

"난 그런 사람은 모르고 얼마 전까지는 성 요한 보스코랑 친했어."

청소년의 수호신인 성 요한 보스코랑도 이제 친하지 않다는 말은 자신이 어른이라는 주장이었다. 알아들었는지 이마에 닿아 있던 입술에서 '쿡' 하고 웃음이 새어 나오더니, 이어 힘을 주어 눌러 왔다. 그리고 여성에 닿아 있던 손가락이 움직이며 다리 사이로 더 깊이 파고들었고 진은 그를 위해 다리를 벌려 주다 못해 한쪽 다리를 들어 닉의 다리에 걸쳤다.

다시 약한 통증— 뭐라고 부르는지는 모르겠지만, 아까와 같은 오르가슴을 기대하는 떨림 같은 게 등줄기를 스쳐 갔다. 본격적으로 파고든 손가락이 아까 문지르던 부분보다 뒤쪽을 매만지기 시작하자, 크게 숨을 들이마셨다. 들이마실 때도 떨리더니 내쉬는 건 더 떨렸다. 닉이 기민하게 다시 물었다.

"아파?"

"아니."

여전히 간헐적으로 떨림이 스쳐 갔지만 그게 통증이 아니라는 건 이제 확실히 안다. 아프지는 않은데 민망할 정도로 물기가 느껴졌다. 아까 놀라서 오줌이라도 지렸나 싶어서 안절부절못할 지경으로. 아직도 닉의 손이 닿아 있는데. 불결하다고 생각하면 어쩌지?

"저기…… 좀 닦고 올까?"

여전히 이마며 눈가 근처에 수없이 키스를 하던 닉이 고개를 뒤로 젖히고 시선을 맞춰 왔다. 파란 눈동자가 옅은 빛 속에서 한순간 하얗게 보였다. 분위기를 깨는 것 같겠지만, 닉이 불결하다고 생각하는 것보다는 나으니까.

"그럼 티슈라도."

하도 정신이 없어서 트리 하우스의 어디쯤에 티슈가 있었는지도 생각나지 않았다. 닉이 긴 팔로 집어 주면 잽싸게 닦아 내고 나서 다시…….

아니, 고개를 돌려 직접 찾아볼까 하는 순간, 여성에 닿아 있던 손가락 중 하나가 아주 조금 안쪽으로 파고들었다. 어어.

샤워하면서 호기심에 슬쩍 넣어 봤던 제 손가락과는 달랐지만 그다지 불편하지 않았다. 좋지도 않았지만 아프지도 않았다. 그럼 된 거 아닌가? 난 처음이잖아. 영화처럼 키스로 시작했으니 다음 날 날이 밝은 뒤, 두 사람이 마주 보고 웃으면 되는 거지, 뭘.

제가 말했던 것도 잊고 그런 생각에 빠져 있는데, 닉이 가만히 중얼거렸다.

"원래 그런 거야. 일종의 윤활유지."

그 말을 하면서 닉이 그 시선을 집요하게 따라붙은 이유는 손가락을 더욱 깊이 밀어 넣어도 되는지를 알아보기 위해서라는 것을 다음 순간 저도 모르게 터져 나오는 신음에 놀라면서 깨달았다. 충격이 등줄기를 거쳐 목까지 치미는 바람에 고개가 저절로 뒤로 젖혀졌다.

"흐읏."

맞아, 성교육 시간에 배웠지. 삽입을 돕기 위해 윤활유 비슷한 것이 여성의 몸에서 나온다고. 남성도 그렇긴 한데, 오르가슴과 상관없이 거의 처음부터 나오는 여성과 달리, 남성은 사정 직전에 쿠퍼액이 나온다고 들었다. 같은 수업을 듣는 아이 중에 성이 쿠퍼인 아이가 있어서 다들 한바탕 웃어 젖혔던 기억도 희미하게 난다.

제 배에 닿아 아까부터 꿈틀거리던 닉의 남성 끄트머리에서도 물기가 느껴지는 것 같은데? 사정 직전에 나온다며? 사람마다 다른가?

몸속에서 움직이는 닉의 손가락 때문에 다시 허리와 고개가 저도 모르게 제멋대로 비틀렸고 그 바람에 닉의 남성이 눈에 들어왔다. 아까보다 더욱 팽창한 것 같았다. 참을 수 없을 것 같아 보였다. 닉도 많이 흥분해 있는 것이다. 삽입도 안 했는데? 설마 나 때문에 그렇게까지?

닉이 몸을 조금 아래로 내리자, 그의 입술이 코쯤에 와 닿았고 쿠퍼액의 잔흔이 아랫배를 타고 내려가서는 그녀의 여성에서 흘러나온 질척함과 섞여 드는 게 느껴졌다. 가슴이 너무 뛰어서 목구멍으로 튀어나올 것 같았다! 드디어!

"아프면 말해."

아플 것이라는 사실을 두 사람 모두 알고 있지만, 아무리 아파도 진이 결코 말하지 않을 것을 알기 때문에 닉도 자꾸만 저 말을 하는 것이리라. 그래서 그 말은 정말로 아프게 하고 싶지 않다는 소리로 들렸고 진은 그것으로 족했다. 아픔이 찾아오기도 전에 이미 위로받은 것이니.

손을 들어 닉의 뺨을 건드리니, 피부마저 펄쩍 놀라는 느낌이었다. 닉도 긴장하고 있는 것이다. 그녀처럼 경험이 없어서는 아닐 테니 그녀를 배려하느라 그런 모양이다.

닉이 그 손바닥에 얼굴을 비비며 입을 맞췄고 진은 그 부위를 통해 따뜻한 무언가가 제 몸속으로 흘러 들어오는 느낌을 받았다. 가슴이 따뜻해지고 포근한 느낌이 들었다. 그것은 마치 자신의 사랑 고백에 대해 닉도 그렇다는 답을 하면 어떨까라고 상상하던 느낌과 무척이나 흡사했다. 그래서 그렇게 믿기로 했다. 닉이 자신을 사랑한다고.

그의 손가락이 천천히 빠져나간 입구에 뜨겁고 마찬가지로 축축한 무언가가 와 닿았다. 한두 번 살짝 미는 것 같기도 했다.

크게 숨을 몰아쉰 진이 숨을 내뱉는 순간, 그것이 안으로 밀고 들어오기 시작했다.

"멈출 때 되면 멈추겠지. 안 그래?"

티슈 갑에서 미친 듯이 티슈를 뽑아내는 닉을 바라보며 진이 그런 말을 던졌지만, 닉은 들은 척도 않고 다시 피를 닦아 냈다.

"자꾸 닦으니까 좀 아프다고."

그 말에 흠칫했지만 문질러 닦지 않고 살짝살짝 누르는 행동으로 바뀌었을 뿐 후작님의 시종 코스프레는 그대로였다. 카우치에 누운 진 옆에 꿇어앉다시피 한 채로 그녀의 다리 사이를 닦아 내는 것 말이다. 게다가 닉이 카우치 옆의 조명부터 시작해서 벽이며 사방팔방 조명을 모두 밝혀 놔서 더 민망하다. 자기는 바지라도 걸쳤지.

다 엉망이 됐다. 제 첫 경험이 끝까지 가지 못한 이유는 여성에서 자꾸만 나오는 피 때문이 아니라 생각보다 많은 피의 양에 놀란 닉 때문이었다. 솔직히 무척 아프긴 했지만, 처녀막이 파열될 때는 대부분 그렇다고 하니 이를 악물고 참았고 아픔도 점점 덜해지는 것 같았는데.

하지만 자신의 허벅지까지 묻은 피를 본 닉은 하얗게 질리더니 응급실에 가자고 했다. 그러니 끝까지 갈 수 있었을 리가.

피는 계속해서 찔끔거리며 나왔고 꿇어앉아 코를 박다시피 살피고 있는 닉의 얼굴도 여전히 창백했다. 그만두게 하려고 별별 소리를 다 해 봤지만, 여차하면 몸 안에 약이라도 바를 기세였다. 자신이 처음인 것이 문제가 아니라, 처음인 여자애와 처음 해 본 닉이 문제였던 것이다.

9.
이럴 땐 날 말려야 해

"닉이 해 본 여자애 중에 처음인 애는 없었어?"

"몰라. 관심 없었어."

환부(?)를 들여다보는 표정과는 달리 대답은 건성이었다.

"흐응, 나쁜 남자구나."

"이 여자, 저 여자한테 친절한 얼간이보다는 나아."

"이 여자, 저 여자하고 해 봤다는 소리야?"

그 말이 어떻게 그 말이냐는 듯 흘끗 노려보더니, 다시 제 할 일만 한다.

진이 다시 종알거렸다.

"걱정하지 마. 망가지진 않았을 거야."

닉이 하나도 위안이 되지 않는다는 투로 한숨을 팍 쉬었다.

"다음에 또 쓸 수 있을 거래도."

"그래서가 아니야. ……아직도 아픈 거지?"

닉이 의기소침하게 물었다.

"자고 나면 괜찮아질 거야."

"그럼 밤새도록 아플 거라는 말이야?"

"자꾸 바보같이 굴래? 시간이 해결해 준다는 말이잖아."

바보라는 말을 들은 충격보다, 그 시간이 얼마나 될지 모른다는 막막함이 더 충격이었는지 닉은 다시 한숨을 쉬었고 진은 다시 물었다.

"제대로 못 해서 아쉽지 않아?"

"난 짐승이 아니야."

닉이 더닝튼 가문의 상징인 사자처럼 이를 드러내고 잔뜩 으르렁거리는 얼굴이 조금 웃겼다.

"닉이 계속 했어도 짐승이라는 생각 따윈 안 했을 거야."

"넌 무조건 나를 좋게 생각하니까."

"무조건은 아니야. 늘 이유는 있었어."

닉이 한숨을 쉬었다.

"고맙지만 그래도 네가 올바른 판단력을 가지길 바라."

어리다는 얘기를 돌려 말하는 걸 모를 줄 알고?!

"그러니까 키스해 줘."

우울해하던 닉은 진의 말에 기가 막힌 표정을 지었지만 순순히 다가왔다. 그의 맨팔이 겨드랑이 아래로 들어와 진을 안아 들었고 한층 가까워진 얼굴이 그녀를 들여다보았다.

"상태가 안 좋아지면 꼭 말해 줘야 해."

진이 고개를 끄덕인 뒤에야 그의 입술이 내려왔다. 미안함, 위로, 그리고 마무리 짓지 못한 격정 등이 어우러진 깊은 입맞춤이었다. 그건 진이 겪고 있던 육체적인 통증에 대한 충분한 위안이 되었고 앞으로 있을 일에 대한 거부감 또한 없애 주었다.

다음 날엔 닉의 전화와 문자에 괜찮다는 답변만 연발하면서 4층 제 방 침대에서 꼼짝도 않고 누워 있어야 했던 주제에 그다음 날엔 다시 쌩쌩한 모습으로 마구간 근처를 기웃거릴 정도로.

평소대로라면 닉이 벌써 말을 타고 나갔을 시간이었다. 그렇다면 자신도 자전거를 타고 닉을 찾아 나설 생각이었다.

우선 닉의 말인 니콜라오가 있는지 마방을 확인하러 갔던 진은 어둑하고 무더운 마방 안에서 말을 쓰다듬고 있는 닉을 발견했다. 이틀 전 밤처럼 우울한 얼굴이던 닉은 진이 반가움에 씩 웃어 보여도 그저 말없이 그녀를 돌아보기만 했다.

마구간을 관리하는 이들이 혹여 볼까 싶어 복도 양쪽을 살핀 진이 열린 마방 문 안쪽으로 서둘러 들어서며 입 모양으로 '왜?' 하며 물었지만 그의 표정은 나아지지 않았다. 진이 조금 더 걸어 들어가자, 닉의 시선이 내려가며 그녀의 걸음걸이를 살폈다. 아하.

그날 밤 트리 하우스에서 내려오는데, 걸을 때마다 다리 사이 안쪽 어딘가가 불편해서 어기적거리던 것을 떠올리는 모양이었다. 성까지 걸어오는 모습을 뒤에서 못마땅하게 지켜보기도 했었다. 그러니 뒷계단으로 올라가는 그녀를 덥석 들어 안고 4층까지 데려다주었겠지. 누가 볼까 봐 내려놓으라는 숨죽인 애원에도 닉은 꿋꿋하게 4층까지 올라갔었다.

"이제 괜찮아."

작게 속삭인 진이 제자리에서 폴짝 뛰는 시늉까지 했지만 닉의 표정이 여전했다. 그래서 진이 다가들어 그 우울한 입술에 입을 맞췄다. 한껏 발돋움을 해서야 간신히 닿을락 말락 하는데도 닉은 고개를 숙여 주는 배려조차 보이지 않았다. 왜 이렇게 비사교적이람?

오기가 발동한 진은 팔을 그의 목에 감고 다리로는 나무를 타고 기어 올라가듯 그의 허리에 감아서는 간신히 그와 비슷한 눈높이까지 등정했다. 순전히 혼자의 힘으로 말이다.

"괜찮다고. 얼굴 풀라고."

진이 다시 한 번 입을 맞추자, 닉은 그제야 한숨을 쉬며 그녀에게 팔을 둘러 왔다. 엉덩이를 받친 팔이 그녀를 더욱 높이 안아 들었다.

닉을 조금 내려다보는 위치까지 올라간 진이 다시 입을 맞추자, 그의 입술도 움직이며 거듭 입을 맞췄다. 혀를 섞지 않고 그저 순수하게 입만 맞추었는데도 그의 마음이 느껴졌다.

자신이 그를 사랑하는 만큼 그 또한 자신을 염려하고 사랑하지 않는다면 느껴지지 않는 진심이었다.

숨이 막힐 만큼 무더운 여름, 비록 남의 시선을 피한 마방 안이었지만 서로의 목과 어깨에 얼굴을 파묻고 위안과 위로를 주고받는 그들은 이제 연인이었다. 나이와 신분 혹은 인종에 상관없이.

진은 그 관계가 영원하지 않을 거라고는 꿈에도 생각지 못했다. 그렇게 12학년 여름에 그와의 관계가 시작되었다.

그렇게 1년이 지난 지금에도. 닉과의 관계를 유지하려면 그가 다시 더닝튼으로 돌아올 때까지 다른 여자애들에게 관심을 갖지 않도록 만들어야 했다.

"그래서?"

"뭐가 그래서야?"

"이든 스미스가 그 많은 여자애들과 섹스한 게, 지금 우리가 그만 일어나서 옷을 입어야 하는 것과 무슨 상관인데?"

그래서 한 번이라도 더 할 기회를 만들려던 진은 닉이 다시금 성으로 돌아갈 것을 종용하자 낙담하고 말았다. 그래서 상처받은 듯 중얼거렸다.

"지금 싸우자는 거야?"

"내가 보기엔 네 고집이 받아들여지지 않으니까 막무가내로 트집을 잡으려는 것으로 보이는데?"

뜨끔했지만 진은 물러서지 않았다.

"고집이 아니라 주장이지. 돈독한 관계를 오래 유지하기 위한 일종의—"

"네 가슴이 왜 바람만큼 빨리 자라지 않는 줄 알아?"

닉이 뜬금없이, 그리고 쌀쌀맞게 진의 말을 가로막았다. 닉이 자신에게 쌀쌀맞다니, 아주 드문 경우였다. 그것만으로도 놀라운데, 그 내용 좀 봐……!

"무, 무슨 말을 하고 싶은 거야?"

"먹기도 조금 먹지만 그 새 모이만큼 먹는 게 모조리 입으로 가기 때문이야. 그러다가는 키도 안 큰다."

홀딱 벗고 마주 누워서 아주 단정한 목소리로 그렇게 모욕적인 말을 할 수 있는 능력은 진 같은 평민에게는 결단코 없는 것이었다. 귀족과 평민의 차이인 건가? 하지만 이 평민에게도 맷집이라는 특수 능력이 있다고!

"동양인은 이게 표준이라니까. 그리고 그 가슴에 조금 전까지 달라붙어 있었던 건 닉이거든?!"

"난 네 작은 가슴이 싫다고 한 적 없어. 네가 그랬지. 매번 네가 투덜거린 이유가 '난 괜찮은데'라는 말을 듣기 위해서였는지는 몰라도 난 정말 괜찮아."

조금 전 계획했던 속셈도 모자라 아주 오랫동안 착착 진행해 온 음모까지 순식간에 너덜너덜해졌다. 어떻게 이럴 수 있지? 귀족의 또 다른 특수 능력인가? 제 속셈을 빤히 꿰뚫는 거?! 에잇, 분하닷!

"나에 대해 너무 많은 것을 알고 있군. 죽여 줘야겠어."

닉의 목을 조를 듯 두 손을 내밀었다.

"그래도 안 돼."

이런, 은근슬쩍 스킨십을 시도해 아까의 목적을 달성하려던 속셈을 간파한 것이다. 말은 그렇게 하면서도 닉은 그녀가 몸 위로 기어 올라가는 것을 내버려 두었다. 그렇다고 어떻게 닉의 목을 조를까.

진은 급기야 키득거리는 웃음을 터뜨렸고 두 손으로 얼굴을 가렸다가 닉의 목에 파묻었다. 슬며시 고개를 들고 닉의 얼굴을 내려다보니 닉도 이제는 미소를 머금은 채였다. 감정적으로 닉에게 가장 가까이 닿은 기분이었다. 마치 마법처럼.

그래서 한동안 그 얼굴을 황홀하게 내려다보았다. 점차 웃음은 가라앉았지만 서로를 향한 따뜻한 시선은 그대로였다. 진이 중얼거렸다.

"내가 말처럼 닉을 타고 앉았어."

"그래."

"닉은…… 무슨 일이 있어도 니콜라오를 어딘가에 팔아 버리지 않겠지?"

몇 년 전에 외조부로부터 선물받았던 망아지는 지금 근사한 흑마로 자라 있었고, 닉은 집에 머물 땐 손수 돌봐 줄 정도로 그 말을 사랑했다. 경제적인 형편이 넉넉한 이들은 자신이 타던 차도 남에게 넘어가는 게 싫어서 그대로 차고에 몇십 년이고 묵혀 둔다. 그러니 애정하며 타던 말이 늙어서 주인을 태울 수 없게 된다고 해서 팔아 버리거나 할 리 없었다.

"물론이지."

"그럼 나도 닉을 팔아 버리지 않을게."

닉의 얼굴에서 서서히 웃음이 걷혔다. 두 사람을 감싸고 있던 마법이 사라진 듯.

팔아 버리지 않고 영원히 간직하겠다는데 기뻐해야 하는 것이 맞지 않나? 푸른 눈동자에 커튼이 드리워지더니 마침내 중얼거렸다.

"진짜 돌아갈 시간이야."

상체를 일으킨 닉이 진을 그대로 안아 들고 욕실로 향했다. 닉의 어깨에 얼굴이 기대어진 진은 불안해졌다. 대체 내가 뭘 잘못한 거지?

"닉……?"

그 떨리는 부름에 닉이 우뚝 멈춰 섰다. 고개를 들어 보니 그는 진을 보고 있지 않았다. 작은 집의 내부 어딘가를 뚫어져라 노려보는데, 그곳에 흥미가 있어서가 아니라 그녀를 외면하기 위해서인 것 같았다.

진이 손을 들어 그의 얼굴을 자신에게 돌렸지만, 푸른 눈동자는 한참 뒤에야 그것도 뻣뻣하게 진에게로 향했다. 밖에는 비가 개었는데. 그래서 사라진 줄 알았던 우중충한 먹구름이 닉의 푸른 눈동자 안으로 옮겨 와 있었다. 어쩐지 그 모습에 가슴이 저려 와서, 진은 열심히 사과의 말을 생각해 냈다.

"저기, 닉을 말 취급해서 기분 나빴다면 미안해. 난 그저…… 닉이랑만 섹스할 거라는 말이었어. 다른 남자애랑은 절대로 아무 짓도 하지 않을 거라고…… 그건 닉을 버리는 게 되니까. 그게 어떤 기분인지 누구보다도 내가 잘 아니까…… 그러니까 난 닉을 절대 버리지……."

한국에서 입양된 자세한 과정에 대해서는 알지 못한다. 하지만 아이 혼자 입양 기관에 있게 된 경위를 꼭 설명 들어야 아는 것은 아니었다. 가족에게 버려졌겠지. 의도했든 아니었든 간에. 즉 살아 있는 부모가 버렸든, 아니면 부모의 죽음으로 오갈 데 없어졌든 간에 말이다.

그래서인지 사랑한다면 결코 떠나거나 버리지 않아야 한다는 믿음을 은연중에 갖게 되었다. 그리고 제가 가진 물건이나 사람 중에 1순위가 바로 닉이니까, 꼭 말해 주고 싶었던 것뿐인데.

닉을 사랑하는 걸 결코 멈추지 않겠다고 말하고 싶었다. 그나마도 더 싫어할까 봐 말을 바꾼 건데 닉은 그저 쳐다보기만 하니, 하던 말도 제대로 끝내지 못했다. 그럼 그것 때문에 마음 상한 것도 아닌가? 대체 어디쯤에서 마음이 상한 건지 모르겠어서 제 속도 상했다. 그래서 주저리주저리 말을 이었다.

"바보라고 한 것도 미안해. 다신 안 그럴—"

닉의 얼굴이 다가왔다. 그리고 입술도.

주저주저 사과를 하던 진의 입술이 거칠게 벌려졌다. 한껏 밀려 들어온 그의 혀는 그녀가 하지 못한 말들까지 깡그리 빨아들일 듯 사나운 기세로 헤집고 다녔다. 너무 거세게 빨아들이고 잡아채는 바람에 혀며 입술에 얼얼한 아픔까지 느껴졌지만, 그가 멀어지기는 커녕 다시 다가와 줬다는 안도감에 젖은 진은 신음 소리도 내지 않았다.

옭아매듯 안고 있던 그의 두 팔이 마치 자신을 짜부라뜨리기라 도 할 듯 여기저기 옮겨 가며 힘을 주어 당겨 안아 왔다. 이상했다. 닉의 반응은 팔아 버리지 않겠다는 말을, 팔겠다로 들은 사람 같았 다. 마치 다시는 키스할 수도, 끌어안을 수도 없는 사람처럼.

그래서 다시 정확히 말을 해 주려고 입을 떼려 하는데, 그의 입 술이, 그리고 손이 그럴 짬을 주지 않았다. 뒤통수로 올라온 손 하 나가 갈고리같이 머리채를 잡아채어 쥐고는 조금도 떨어지지 못하 게 하는 것이다. 숨도 막혀 오는데.

결국 이대로는 폐가 터져 버릴 것 같다는 생각이 드는 순간에야 고개를 든 닉이 주위를 두리번거렸다. 진이 크게 가슴을 들썩이는 데 닉은 결심한 듯 그녀를 그대로 바닥의 러그 위에 내려놓았다.

바닥에 등이 닿자마자, 다리 사이에 무릎 꿇고 앉은 닉이 그녀의 허벅지를 잡고 거센 손짓으로 끌어당겼다. 벗은 등에 바닥의 깔깔 한 러그가 쓸려지자 낯선 감촉에 진이 몸을 움츠렸지만, 다리를 벌 리는 닉의 손길은 가차 없었다. 마치 그녀가 도망이라도 치겠다고 한 것처럼 조금도 멀어지지 못하게 했다.

어쨌든 자신의 말 때문에 닉이 이러는 것이니 미안하기도 했지만 조금 무섭기까지 했다. 대체 왜 닉이 저런 표정인 건지. 조금 울고 싶기도 했다. 잘못 들은 것 아니냐고, 정말 팔지 않을 거라고 다시 말해 주고 싶었지만 역시나 자신이 잘못 생각하는 것일까 봐, 그래서 닉의 얼굴이 더 굳어질까 봐 더 이상 입이 떨어지지 않았다.

한껏 벌어진 채 그녀의 여성을 덮은 닉의 입 안은 이전처럼 뜨거웠고 이어 여기저기 헤집고 다니는 그의 혀도 여전히 열정적이어서 다행이었지만…….

얼얼하던 곳에 다시금 찌르르하는 통증이 일어 진은 몸을 뒤챘다. 허벅지며 엉덩이를 연신 탐욕스럽게 주무르던 손이 옆구리며 배를 쓰다듬으며 올라오더니, 가슴 가운데 볼록한 부분을 꾹 누르며 문질렀다. 순간적으로 진의 몸이 물고기처럼 파닥이자 닉이 시선을 들었다. 움직임을 멈춘 입술이 조금 들리더니, 무겁게 중얼거린다.

"앞으로 이럴 땐 날 말려야 해."

시선은 그녀를 향하고 있었지만 잔뜩 젖고 흥분된 여성 가까이에서 하는 말이라 그 울림이 아랫배를 통해 올라와 뇌에 전해지는 것 같았다. 그런데 무슨 말인지 알아들을 수가 없었다. 찌르르하는 흥분에 정신이 없어서였다.

"지금은 말고. 앞으로는 꼭."

말을 끝내자마자, 사진에서 보았던 다비드상 같은 닉의 상체가 들리며 그녀의 엉덩이를 아래로 끌어 내렸다. 그 아래에는 집요하던 입보다도 뜨겁고 다짐 같은 목소리보다도 강한 존재가 도사리고 있었다.

몸이 벌어지고 있었다. 늘 그랬지만 이번에도 역시 상상 그 이상이었다. 그에 따라 진의 입이 벌어지는 것을 바라보며 닉이 그녀의 엉덩이를 더욱 깊숙이 내리눌렀다. 앞서의 행위들 때문에 좀 더 수월하기는 했지만, 평소답지 않게 닉의 강압적인 손길은 머뭇거림을 용납하지 않았다. 몸 안에 순식간에 들어차는 존재로 인해 숨을 들이쉬고 내쉬는 아주 잠깐의 짬도 마찬가지였고.

반쯤 구부러진 채 닉을 향하고 있는 몸 때문에 바닥에 늘어져 있던 진의 손이 허우적대다 제 옆구리 아래를 받치고 있던 닉의 허벅지에 부딪혔다. 뭔가 움켜쥘 곳을 찾아 그 단단한 근육 위를 더듬거렸을 뿐인데 엉덩이를 잡고 있던 닉의 손에 힘이 들어가며 그녀를 더욱 끌어당겼다. 말리려는 줄 알았나?

이제 진의 입이 한껏 벌어졌다. 닉이 이 정도로 깊이 들어온 것은 처음이기 때문이었다. 뭔가 뿌듯하면서도 살짝 겁이 나는 기분이었다. 그리고 그를 받아들이기 위한 공간을 내기 위해 몸속 어딘가가 한껏 이지러지는 것만 같은 기분이었고.

조금 물러났다가 다시 밀고 들어올 때마다 그 전보다 더욱 깊이 들어왔고, 허리까지 거칠게 쳐올리자 그들은 마치 한 몸인 양 가까워졌다. 그 행위는 닉의 이마에 부드럽게 컬 진 금빛 머리카락이 땀에 젖어 뭉친 뒤에도, 혹은 연신 신음을 내지르던 진의 목이 잔뜩 쉬어 버린 뒤에도 계속되었다. 마지막으로 진의 안에 파정하고 나서야 끝이 났다. 몸속에 파정한 것은 작년 이후로 처음이었다.

거친 숨결이 가라앉기도 전에 닉은 힘없이 늘어진 진을 안아 들고 욕실로 갔다. 따뜻한 물이 떨어지는 샤워기 아래에 서서 그녀의 한쪽 다리를 욕조 가장자리에 올려놓게 한 채 그 다리 사이에 손가락을 넣어 몸속을 긁어내면서 닉이 중얼거렸다.

"……꼭 말려야 해."

몇 번이나 거듭되는 그 말에 닉의 가슴에 얼굴을 기대고 있던 진도 매번 착하게 고개를 끄덕였다. '이렇게 다정히 대해 주는데 왜 그래야 하지?' 라는 속마음과 달리 말이다. 아까 찾아온 울적함이 닉에게 스며들어 무척이나 오래 머물 것처럼 보였기 때문이다.

10.

'감히'와 '네가'

빅토리아는 늦은 시간에야 제 방으로 들어섰다. 저녁 식사 내내 긴장했던 탓에 너무 피곤해서 샤워는커녕 화장도 지우지 않고 침대에 쓰러지고 싶었다. 지금이야 아직 젊으니 괜찮다 해도 피부 노화가 시작되는 몇 년 후를 생각하면 이래선 안 되는 걸 안다. 그래서 초인적인 힘을 짜내어 간신히 화장대 앞에 앉았다.

거울 속에 비친 자신이 눈에 들어왔다. 오빠처럼 금발에 푸른 눈이었다면 하고 아쉬워한 적도 있지만, 어머니를 닮은 갈색 머리에 회색빛 눈동자면 어떤가. 무려 더닝튼 공작의 영애로서 앞으로 유서 깊은 하워드 백작가의 안주인이 될 몸인데.

거울 속의 자신에게 싱긋 웃어 보인 빅토리아가 긴 머리칼을 들추고 귀걸이부터 빼려는데, 아뿔싸, 오른쪽 귀걸이가 보이지 않았다!

진땀이 났다. 어머니께서 돌아가신 외할머니로부터 물려받으신 것으로 자신이 작년에 사교계에 데뷔할 때 주신 것인데! 대체 어디서 떨어뜨렸지?

시간에 쫓기며 성을 나서느라 뒤의 고리를 제대로 채우지 않았던 모양이다. 혹시 초대를 받아 갔던 하워드 백작가에서 떨어뜨린 것이라면 매무새가 칠칠치 못하다는 말을 들을지도 모르는데!

장차 외교관이 되고 싶어 하는 하워드 경이 갑작스럽게 모의 UN에 참가하게 되는 바람에, 가을 중간 방학을 맞이한 빅토리아가 더닝튼 성으로 돌아와 함께하기로 예정되었던 내일의 저녁 식사가 급히 오늘로 앞당겨졌었다.

중요한 약속인 만큼 빅토리아도 여유 있게 준비하기 위해 런던의 대학교에서 오늘 오전에 출발해 돌아오는데 글쎄 고속도로 어딘가에서 교통사고가 난 탓에 차가 막혀 예상보다 지체된 것이다. 원래 20분 정도 여유 있게 도착해야 예의 있는 것임에도 불구하고 어머니와 자신이 탄 차가 하워드 백작가에 도착한 시간은 약속 시간인 7시에서 5분이나 지난 뒤였다.

때문에 귀족으로서 품위 없는 행동을 가장 경멸하는 어머니께서는 가는 차 안에서도 그렇고 오는 차 안에서도 내내 굳은 표정이셨다.

그런데 귀걸이까지 잃어버렸다는 말씀을 어떻게 드린다지? 다이아몬드여서가 아니라, 유품이라 돈으로 살 수 없는 물건이니 문제였다. 아이 참, 몸도 피곤한데 대체 무슨 일이라지……. 있는 대로 짜증이 났지만 성질대로 해 붙일 수 없는 문제였다.

가만 보자. 돌아오는 차 안에서 시트에 기대어 잠깐씩 졸았는데 혹시 그때 떨어졌나? 그럼 우선 차 안을 찾아보아야겠다. 한데 11시가 넘었으니 고용인들을 부릴 수 있는 시간은 지나 있었다.

게다가 기사인 스튜어트는 내일 오빠를 데리러 일찍 출발해야 하니, 어서 쉬라고 어머니께서 말씀하시지 않았나. 자는 그를 귀찮게 했다가 오빠를 데리고 오는 길에 문제라도 생기면 큰일이다.

어쩔 수 없다. 내일 아침 스튜어트가 출발하기 전에 차고에 가 보는 수밖에.

귀족으로서 고용인들과 말을 섞는 것을 천박하게 생각하시는 부모님의 눈에 띄지 않기 위해 그녀는 이른 시간으로 알람을 맞춰 놓았다.

다음 날 아침은 10월 중순의 날씨치고 쌀쌀했다. 빅토리아는 한껏 꾸몄던 지난밤과는 비교도 되지 않을 정도로 부스스한 맨얼굴이며 손질되지 않은 머리를 감춰 주기에 적당한, 후드 달린 티셔츠를 입고 방을 나섰다.

어머니 침실 쪽을 곁눈질하며 빠르게 계단을 내려가서는 성의 뒤편으로 나갔다. 막 떠오르는 햇살이 정면으로 눈을 찌르고 있어 후드를 더욱 깊게 눌러쓰고 성 뒤편에 자리한 부속 건물 중 하나인 차고로 향했다.

모퉁이를 돌아가니 스튜어트가 차고 앞에서 차를 닦고 있었다. 아직 출발 전이라 다행이구나 생각하며 서둘러 다가가려는 순간, 반대편에서 걸어오는 누군가를 발견했다.

혹시라도 레이디가 교양 없이 고용인에게 그것도 첫새벽부터 말을 걸었다는 얘기가 공작인 아버지 귀에 들어갈까 봐, 그 사람이

지나간 후에 볼일을 봐야 하나 싶어 시선을 주며 멈춰 서는데— 순간 '저 애가 대체 누구지?' 싶었다.

얼마간 발레를 배운 빅토리아는 평소 몸가짐이 우아하다는 소리를 꽤 듣는 편이었다. 무대에서 천박하게 광대처럼 춤추기 위해서가 아니라 귀족가의 영애로서 고상한 몸가짐을 갖고자 배운 터라 빅토리아 스스로도 꽤 자부심을 가질 정도로 효과가 있었다.

한데 지금 저쪽에서 걸어오는 여자애도 마치 발레를 배운 듯 가볍고 경쾌하게 걸어오고 있었다. 게다가 밝은 미소에 마침 떠오르는 아침 햇살까지 비추니, 마치— 흰 백조처럼 보였다!

그제야 상대가 누군지 알아보았다. 몇 년 전까지만 해도 머리도 까맣고 얼굴도 까만 채로 어미 잃은 원숭이처럼 늘 울던 그 계집애였다. 다시 눈을 씻고 봐도 틀림없었다. 아주 잠시였지만 빅토리아는 숨을 죽이고 지켜보았다.

자신과 동갑인 그 애는 실제로 춤을 추는 것은 아니었다. 그저 무언가가 무척이나 기분이 좋은 듯 흥에 겨워 걸어오는 것뿐이었고, 다시 자세히 보니 얼굴이 이전보다 하얘진 것도 아니었다. 그저 여전히 평민 유색 인종에 지나지 않았다.

한데 방금 전에는 왜 그렇게 보였지? 아직 피곤이 가시지 않은 자신이 아침 햇살에 얼비친 것을 잘못 봤나? 물론 그럴 가능성이 100프로다. 당연하지 않은가. 고용인의 양녀인 데다가 동양 출신의 미천한 고아가 아닌가. 한국인가 하는 나라에서 그 부모조차 버린 아이다.

게다가 저 애를 언급해야 할 일이 있었는데, 이름도 몰라서 그냥 편하게 Slit(길게 찢긴 구멍이라는 의미로 동양인의 쌍꺼풀 없는 눈을 비하하는 말)

이라고 불렀다가 오빠한테 된통 혼난 적도 있어 괜스레 싫은 감정을 갖게 하는 아이였다.

그래서 보통은 쌀쌀맞게 외면하고 혹시라도 저 애가 멀찌감치 스치기라도 할 양이면 그때의 울분이 새록새록 떠올라서는 혼잣말로 Slit이라고 중얼거리는 습관까지 붙었다.

"스튜어트 아저씨!"

빅토리아가 그렇게 멈춰 서 있는 동안, 먼저 차고에 다가간 Slit이 스튜어트를 불렀다. 빅토리아는 어머니께서 아시면 질책하실 일이지만 저도 모르게 그들의 대화에 귀를 기울였다.

"닉을 데리러 언제쯤 출발하세요?"

닉이라고? 순간 빅토리아의 입술이 보기 싫게 일그러졌다. 잘못 들었나 싶었지만 그럴 리 없었다. 운전기사가 데리러 갈 '닉'은 오빠밖에 없으니까. 한데 저 계집애가 어째서 오빠를 부르는 것이며 호칭도 저런 거지?

어릴 적에는 자신도 '닉'이라고 불렀는데, 언젠가부터 오빠가 절대로 그렇게 부르지 못하게 했다. 자신뿐만 아니라 그 어느 누구한테도 마찬가지였다. 그런데 오빠가 설마 저런 계집애한테 그 이름을 허락해 줬을 리가 없다! 그냥 저 혼자 뒤에서 저렇게 부르는 것일 텐데 그것만으로도 저따위 평민 계집애에게 모욕당하다 못해 오빠를 빼앗긴 것만 같은 기분이었다!

게다가 오빠를 데리러 가는 것에 대체 무슨 볼일이라지? 다른 수많은 여자애들처럼 오빠를 동경하나? 더닝튼 성에 살고 있으니, 오빠에게 접근할 기회가 더 많다고 생각했나?

말도 안 되는 생각이라고 고개를 저으면서도 자신이 조금 전 착각했던 저 애의 모습을, 돌아올 오빠도 볼 수 있을 거라 생각하니 끔찍해졌다.

늘 곧고 올바른 탓에 빅토리아를 따끔하게 지적하는 일이 있어 조금 짜증 나는 오빠이지만, 미래의 더닝튼 공작을 저런 천박한 원숭이 따위와 잠시라도 함께 묶어 생각한다는 것조차 불결했다. 빅토리아의 한껏 움켜쥔 주먹이 부르르 떨리는 것은 10월의 아침 날씨가 쌀쌀해서가 아니었다.

"공작 부인께서 너를 찾으시는데, 혹시 무슨 일이 있었니?"

"아……니요?"

2시쯤에 도착한다고 했다. 보통 방학을 맞으면 스튜어트 아저씨가 빅토리아와 닉을 함께 데리고 오곤 했는데, 어제 빅토리아가 먼저 돌아왔다. 그 말은 닉은 오늘 혼자 올 것이니, 그 시간쯤 성 어귀에 나가 있으면 조금 더 빨리 닉을 볼 수 있게 된다는 뜻이었다! 설레서 미칠 것 같았다.

그래서 점심을 먹자마자 들떠서 아래층으로 내려가던 진은 급히 계단을 오르던 에밀리와 마주쳤다. 뜬금없는 질문이었지만 에밀리도 어딘지 모르게 걱정스런 안색이라 진까지 조금 불안해졌다.

"내가 모르는 일은 없어야 해. 정말 아무 일도 없었니?"

"정말 모르겠는데요……."

생활 공간이 다르니 거의 그럴 일이 없지만, 정원에서라도 어쩌다 마주치면 진이 고개 숙여 인사를 해도 받기는커녕 시선도 주지 않고 지나치는 공작 부인께서 어째서 자신을 찾으시는지 정말 모를 일이었다.

"일단 가 보자."

공작 부인께서 차를 즐겨 마시는 응접실에 이르자, 에밀리가 혼자 들어가야 한다고 했다. 대신 노크를 해 주고 안에서 들어오라는 목소리가 들리자 진의 등을 살짝 밀었다.

진이 쭈뼛거리는 걸음으로 안으로 들어서자, 엄숙한 표정의 초상화들이 걸린 벽과 광택이 돌도록 잘 닦인 오크 가구들로 둘러싸인 가운데 실크를 씌운 소파에 앉은 공작 부인이 찻잔을 들고 있었다. 그 화려하면서도 위엄 있는 모습에 진은 조금 주눅이 들었다. 닉을 만나기 위해 차려입은 프릴이 달린 베이지색 블라우스와 꽃무늬 스커트도 갑자기 초라하게 느껴졌고.

"넌 매너도 모르니?"

게다가 응접실 한쪽의 피아노에서 일어서던 빅토리아가 핀잔을 주는 바람에 더욱 당황했다. 노크 이후 들어오라는 말이 들려서 들어온 건데, 그리고 들어와서 자기가 한 짓은 공작 부인께 인사한 것 외에는 아무것도 없는데 매너 운운하다니……?

"피아노 연주를 하고 있는 와중에 노크를 하면 어쩌자는 거냐고!"

진은 조금 전 자신이 들어올 때 얼핏 피아노 소리가 들렸던 것을 기억해 냈다. 하지만 분명 에밀리가 노크하기 전에는 아무 소리도 들리지 않았다. 잔뜩 긴장한 자신이라면 모를까 에밀리가 그런 실수를 했을 리 없다.

분명 공작 부인이 들어오라고 한 뒤에 피아노를 치기 시작한 것 같은데. 정말 피아노를 치는 중이었다면 공작 부인도 들어오라는 말씀을 하지 않으셨어야 하는 것이 아닌가?

혹시 방의 방음이 잘 되어 있어 피아노 소리가 밖에 들리지 않은 것이라면 공작 부인의 들어오라는 목소리도 들리지 않았어야 한다. 품위 있는 부인께서 피아노 소리보다 더 크게 소리를 치지는 않았을 것이니 말이다.

정작 들어오라는 말에 들어왔으니 괜찮다고 말씀해 주셔야 할 공작 부인도 찻잔 너머로 진을 빤히 바라볼 뿐 아무 말씀을 하지 않으셨다.

어쩐지 괜히 트집을 잡으려는 것 같은 생각이 들어 억울했지만 고용인의 딸 처지에 고용주의 딸을 상대로 따져서 이겨 봤자 더 피곤해질 뿐이니, 그냥 사과를 하는 게 빨리 끝나리라.

"죄송합니다. 밖에서는 듣지 못했어요."

진이 중얼거리자, 빅토리아는 사과를 받아들인다는 말도 없이 피아노를 돌아 나온다. 그리고 횡하니 진 옆을 지나치더니 반대편 소파로 가 앉아 진을 빤히 쳐다보았다.

'Ching.'

자신을 스쳐 가던 빅토리아가 그녀에게만 들릴 정도로 작게 중얼거린 말이었다. 동양인을 비하하는 말이었지만 엄밀히 말하면 그건 중국 사람을 뜻하는 말이었다. 난 한국에서 왔는데. 그걸 지적해 봤자 소용없다. 빅토리아에게는 단어가 아니라 자신에 대한 경멸을 드러낸다는 게 중요한 것일 테니까.

조금 전 피아노 소리만큼이나 엉뚱한 트집이니 무시하자 생각하려 했지만 이어 들려온 공작 부인의 말씀에는 그럴 수가 없었다.

"니콜라스를 닉이라고 부른다고?"

진은 숨이 턱 하고 막혔다. 뭐라고 대답해야 할지 몰라 가만 서 있자, 빅토리아가 먼저 나섰다.

"잡아뗄 생각 말아. 아침에 내가 운동 나가다가 네가 운전기사한테 그렇게 말하는 걸 들었으니까. 아주 우연히 말이야."

진은 혀로 입술을 축였다. 어서 이 상황을 끝내고 나가서 닉을 기다려야 하는데…….

공작 부인이 다시 물으셨다.

"대답은?"

대답해야 했다. 하지만 그 뒤의 대화가 어디로 흘러갈지 겁이 났다. 그래서 갑자기 닉이 아주아주 많이 보고 싶어졌다. 평소에도 정말 많이 보고 싶었지만 지금은 특히 더.

"……예."

진의 반응을 예상치 못했는지 공작 부인의 한쪽 눈썹이 미묘하게 움직였다.

"니콜라스가 허락했니?"

이어 나온 또 다른 질문에, 왠지는 모르지만 그렇다고 대답해서는 안 된다는 걸 알았다.

"……아니요."

그 답에, 공작 부인이 방금 전의 질문을 입 밖에 낸 자신조차 마음에 들지 않는다는 듯 씁쓸함이 감돌던 입가를 단정히 바로잡았다. 지금의 표정은 말하자면 '그러면 그렇지'였다. 혹은 '내가 지금 왜 저런 평민 아이와 말을 섞고 있어야 하는 거지?'거나.

"한데, 감히 그리 부른다고? 그리고 어째서 너 따위가 스튜어트에게 그런 걸 물었지?"

찻잔을 내려놓고 본격적으로 답을 추궁하는 공작 부인과 무엇이든 샅샅이 찾아낼 듯 살피는 빅토리아의 시선 아래서 진은 머리를 쥐어짰다. 고용주의 기준에서 크게 벗어나지 않는 범위 내에서, 그리고 또 다른 질문거리나 의혹을 남기지 않을 정도의 답이 필요했다.

어차피 모두 거짓말이 될 테니 어떤 것도 어설프기는 마찬가지일 테지만.

'감히'와 '너 따위'라는 단어에 대해 반발하고 싶으면서도 자신의 처지에 어쩜 그리 잘 어울리는 걸까 하는 생각만 머리를 맴돌았다.

"빨리 대답하라고."

빅토리아가 목소리를 높여 추궁했고 진의 어깨가 움찔했다. 자칫 잘못 대답했다가는 혹시라도 닉을 다시는 볼 수 없을까 봐 겁이 났다. 다시는 닉 옆에 가지 못하게 될까 봐. 그래서 뭐라 대답해야 할지 입이 떨어지지 않는데— 노크 소리가 들렸다.

공작 부인의 허락이 떨어지자 다시 문이 열리고 들어온 사람은 에밀리였나 보다. 돌아보지도 못한 진을 쳐다보며 공작 부인께서 느릿하게 말씀하신 내용을 보면.

"에밀리. 방금 당신 딸에게 묻고 있던 중이야. 어째서 기사에게 니콜라스를 데리러 가는 시간을 물었는지."

진은 에밀리까지 곤란한 지경에 빠지거나 혹은 에밀리까지 자신을 추궁하게 될 것을 생각하니, 눈앞이 캄캄해졌다.

"죄송합니다, 공작 부인. 진이 방학 과제 때문에 마을 친구 집에 가지러 갈 것이 있다고 했는데, 아이가 타고 다니는 자전거에 싣고 올 만한 크기가 아니었어요. 유화 그릴 때 쓰는 큰 캔버스 아시지요? 제가 운전해서 데리고 갔다 와야 하는 건데 마침 오늘 비번이 아니라서— 아이가 그걸 들고 언덕을 올라올 때 힘들 것 같아서 갈 때라도 스튜어트에게 태워다 달라 부탁을 할까 했습니다. 감히 후작님께서 타시는 차에 아이를 태우는 것은 아닌 것 같아 결과적으로는 그만두긴 했지만, 제가 생각 없이 굴어 심려를 끼쳤네요. 정말 죄송합니다."

비굴하지 않고 매끄럽게— 에밀리가 거짓말을 했다. 의심을 담고 가늘게 뜨고 있던 공작 부인의 눈은 평소대로 나른하게 내리뜬 채로 돌아갔고 진은 눈을 굴리지 않기 위해 안간힘을 썼다.

"흠, 그랬군."

충분한 해명과 더불어 사과가 이어졌으니 공작 부인도 끝까지 물고 늘어질 생각은 없는 듯했다. 평소라면 그것만으로도 불쾌해하고도 남았을 일이지만, 닉과 관련이 없다는 안도감에 무척이나 너그러워진 것 같았다.

"이 앤 아직 영어도 제대로 하지 못하나 봐? 니콜라스를 닉이라고 불렀다기에 이유를 물었더니 대답을 못 하네."

"그게…… 요즘 학교에서 이름을 줄여 부르는 것이 유행이라서요."

이번에는 진이 간신히 대답했다. 최악의 상황을 벗어나니, 그제야 머리가 돌아가기 시작한 모양이었다. 아니면 에밀리라는 지원군이 뒤에 서 있어서인지도 모르고.

"제 이름도 엠이라고 불러도 되느냐고 하더군요."

에밀리가 다시 거들자, 공작 부인이 '역시 평민들이란—' 하는 표정을 지으며 다시 찻잔을 집어 들었다. 공작 부인의 눈길에서 한국인 입양아에 대한 흥미가 빠르게 사그라졌다.

응접실을 나와 뒷계단까지 걸어가는 동안 에밀리와 진은 아무 말도 하지 않았다. 계단에 이르러서도 올라가라는 짧은 말을 남기고 다시 일하러 돌아서는 에밀리에게 진이 작게 중얼거렸다.

"죄송해요……."

거짓말을 하게 만든 것도 미안했고 자세한 설명을 요구하지 않는 것도 고마웠다. 더 물을 법도 하건만, 에밀리는 아무 말 없이 진의 손을 힘주어 잡았다 놓고는 몸을 돌렸다.

침울한 얼굴로 유리창을 내다보니, 차고 앞에 아직 스튜어트 아저씨의 차는 돌아오지 않은 상태였다. 하지만 지금은 닉을 마중하러 나가서는 안 된다는 것을 본능적으로 알았다. 빅토리아가 부엉이같이 무서운 눈으로 어디선가 지켜보고 있을지 모르지 않나.

진은 무서운 발걸음으로 계단을 올라갔다.

"아, 정말 이상했는데……!"

응접실에서는 벼르던 만큼 캐내지 못한 빅토리아가 어머니 눈치를 보며 중얼거리고 있었다. 귀걸이를 잃어버린 것도 슬그머니 그 애 일에 묻을 생각이었는데!

"저 애가 니콜라스와 교류가 있다는 네 말은 어차피 맞지 않았어. 두 사람 사이에 뭔가 그렇게 부를 만한 일이 있었다면 싫어하는 이름으로 부를 리가 없지 않니?"

듣고 보니 그것도 그렇다. 오빠가 없는 자리에서라도 닉이라고 호칭하면 그 말을 듣는 여자애들이 뭔가 빅토리아 자신을 더 특별한 존재로 여길 것 같아 친구들 앞에서는 그렇게 부르곤 하는 저처럼 저 계집애도 그런 걸지 모를 일이니.

게다가 가문 대대로 케임브리지에 들어가는 것이 전통인데, 자신이 그 전통을 지키지 못하고 그보다 못한 대학교에 진학한 것에 대해 어제 하워드 경의 고모님이 꼬집어 말한 것에 스트레스를 받아서 조금 더 예민하게 굴었을 수도 있다.

"그건 그렇네요."

"쓸데없는 데 신경 쓰지 마라. 참 하워드 경에게서 연락은 있었니?"

"아직이요. 그런데, 곧 올 것 같아요. 어제도—"

딸이 얼굴에 화색이 돌며 어제 주고받은 대화를 풀어놓는 것을 건성으로 들으면서 공작 부인의 시선이 시계로 향했다 돌아왔다. 니콜라스가 돌아오려면 얼마나 남았는지를 체크한 것이었다.

11.
개자식

밤 11시가 넘어 트리 하우스에 드디어 불이 꺼졌다. 4층 자기 방에서 낮부터 내내 그곳만 바라보며 초조함을 곱씹던 진은 결국 참지 못하고 방을 나섰다. 닉이 보고 싶어 죽을 것 같았다.

닉이 기다리고 있을 트리 하우스에 가기는커녕 방에서 내려오지도 못하다가, 기다리다 못한 닉이 성으로 돌아오는 것 같자 더 이상 견디지 못한 것이다.

아까 취조하듯 다그치던 빅토리아도 지금쯤 잠자리에 들었기를 바라며 계단을 까치발하고 달려 내려갔다. 발소리를 내지 않으려고 신발은 신지 않았다. 조금이라도 서둘러 내려가야 닉이 자신의 방으로 올라가기 전에 얼굴이라도 볼 수 있을 테니까.

뒷문으로 나서서도 멈추지 않고 그대로 정원으로 가 잔디밭을 가로지르며 무작정 달려가다 보니, 정원에는 멀리서 들려오는 분수의 물줄기 소리만 가득할 뿐 닉은 어느 곳에도 보이지 않았다. 진은 금방이라도 울음이 터질 것 같았지만 입술을 앙다물고 사방을 두리번거렸다.

벌써 성으로 들어갔을 리가 없는데, 길이 엇갈렸나? 아무리 다리가 길어도 그렇지, 그렇게 빠르게 가 버렸을 리가……! 천천히 좀 걷지!

눈물이 차올라 흐릿해지는 눈을 빠르게 깜박이면서, 여기저기 켜진 정원등에 의지해 제자리에서 몇 번을 맴돌며 두리번거리는데, 저만치 미로의 입구에서 언뜻 움직임이 보였다. 설마……?

소매로 눈을 훔치고 다시 자세히 보니, 상대가 한 걸음 더 나섰다. 밝은 색 셔츠. 그리고 익숙한 실루엣. 닉이었다……! 아아!

다시 빠르게 맺힌 눈물이 후드득 떨어짐과 동시에 그쪽을 향해 발걸음을 떼었다. 한 발, 두 발. 다음 순간에는 전속력으로 달리기 시작했다. 스타킹만 신은 터라 간혹 잔디의 날카로운 부분이 밝히기도 했지만, 상관없었다. 닉이 바로 저기 있는데, 발바닥에 유리조각이 박힌다 해도 대수인가!

마구 달려가서는 닉의 품에 뛰어들었다. 아아, 닉!

그녀를 받아 안은 닉이 뒷걸음질 치며 미로의 그림자 속으로 스며들었다. 미로 정원 안에도 군데군데 등이 밝혀져 있지만, 웬만한 사람의 키를 넘기는 미로 벽의 높이 때문에 밖에서는 전혀 보이지 않으니 진은 마음 놓고 그의 목에 팔을, 그리고 허리에 다리를 감고 매달렸다.

보고 싶었다는 말을 할 겨를도 없이 그의 목에 얼굴을 파묻고 그리운 체취를 들이마셨다. 그의 셔츠에 거듭해서 얼굴을 문질렀지만, 눈물은 어쩐 일인지 끝도 없이 흘러나왔다.

귓가에 서럽도록 그립던 목소리가 낮게 울렸다.

"울보."

"누가…… 히잉……."

아닌 척 잡아떼고 싶었지만, 목소리에 울음이 묻어나서 실패했다.

"그러게 왜 이렇게 늦게 왔어? 가려던 참이었잖아."

"몰라……."

사실대로 말했다가는 닉도 신경을 쓰며 두 번 다시 보지 말자고 할까 봐 그럴 수도 없었다. 그래서 눈물이 더 쏟아졌다.

"얼굴 좀 보여 줘."

닉이 고개를 뒤로 젖혀 거리를 두려 했지만 진은 더욱 기를 쓰고 그의 목에 달라붙었다.

"무슨 일…… 있구나."

닉이 기민하게 물었지만 진은 그저 고개를 저었다. 닉이 가늠하는 듯 잠시 조용하다 입을 열었다.

"난 또 네가 이든을 만나러 간 줄 알았지."

코가 찡하다가 그 말에 쿡 하고 웃음이 터지고 말았다.

"아이 참, 더럽게 콧물 나왔잖아."

"내 뒷주머니에 손수건 있어."

진이 더듬거리며 손을 뻗어 닉에게서 손수건을 꺼내 들었다. 청결한 냄새가 나는 그것에 팽 하고 코를 풀자, 어둠에 반쯤 가려진 닉의 얼굴이 미소 지었다. 그러고는 발걸음을 옮기기 시작했다. 밖으로 나가는 건가?

벌써 헤어지는 건가 싶어서 화들짝 놀랐는데, 다행히 방향이 미로 안쪽이었다. 안도감에 젖어 다시 닉의 목에 팔을 둘렀다. 그는 진의 엉덩이를 받쳐 안아 들고는 천천히 걷는 양이 산책이라도 하려는 모양이었다.

진도 이제 눈물이 그쳐서 선명해진 눈으로 닉을 열심히 살폈다. 머리카락을 좀 다듬은 것 같고.

"키가 좀 더 큰 것 같아. 그렇지?"

정원등에 비친 그들의 그림자가 정원수를 다듬어 만든 미로 벽에 길게 늘어졌다.

"반 인치쯤."

"우와!"

진은 그의 키가 클 때마다 근사하다 생각했고 자신과 점점 차이가 벌어지는 것 같아 속상하기도 했다. 비단 키만 문제가 아니었다. 자신은 내내 더닝튼에 처박혀 있는데, 닉은 런던으로 케임브리지로 점점 더 발전하고 멋진 어른이 되어 가고 있었다. 그와의 거리가 점점 멀어지는 것이다. 그의 옷깃을 부여잡은 손에 힘이 들어갔다.

"부러우면 식사를 조금 더 하라니까."

"많이 먹는다니까. 좀 무거워진 것 같지 않아?"

팔을 한 번 들썩여서는 진을 들었다 내린 닉이 흐응— 하고 콧방귀를 뀌었다. 잘 모르겠다는 뉘앙스였다.

"닉이 늘 아래층에 있으면 매일매일 많이 먹을 텐데."

지독한 근심과 우려를 잠시 밀어 두고 너스레를 떨었다. 닉이 코

너를 돌자, 가을 장미 향기가 맡아졌다. 미로의 중앙에 가까워지는 모양이었다.

"거짓말. 어차피 내가 보지 않는다고 대충 먹을 거면서."

빠르게 내려온 닉의 입술이 진의 아랫입술을 물고 살짝 빨아들였다 멀어졌다. 서로 빈정대듯 주고받는 말과는 다르게 애정이 담뿍 담긴 키스였다. 다시 눈물이 날 것 같았다. 그래서 부러 목에 힘을 주었다.

"누가 들으면 내가 맨날 거짓말만 하는 줄 알겠네. 속아서만 살았어?! 2차 성징이 드러나니까 들어갈 데 들어가고 나올 데 나오는 거지. 그래서 전체 몸무게는 그대로고."

순간 닉의 손이 그 말을 부정하듯 진의 살점 없는 엉덩이를 주물렀다. '나올 데'가 그의 손에 꽉 차지도 않는다는 걸 입증하려는 것이다.

"서양인 손은 원래 커. 동양인의 엉덩이는 원래 작고."

"동양인이라고는 본 적도 없으면서."

이번에는 닉이 진의 어깨를 앙 하고 물었다 놓았다.

"인터넷이라는 게 있잖아."

"그걸로 어떻게 제대로 알아. 난 런던서 동양인 여자애들 많이 봤다고."

"……이뻐?"

"엉덩이 큰 동양 여자애들을 봤다는 말이잖아."

닉이 기가 막힌 듯 콧김을 뿜으며 말했다.

"걔들 엉덩이도 만져 봤어? 같은 학교야?!"

제가 듣고 싶은 말만 듣는 진이 엉뚱한 질문들을 쏟아붓자, 닉이 한숨을 쉬었다.

"그래, 내가 졌다. 내가 졌어."

"응. 보통 한국 여자들은 엉덩이가 작대."

"그래, 너 다 이기세요~"

진은 그의 목에 더욱 크게 팔을 둘렀고 닉의 팔도 그녀를 다시 고쳐 안았다. 다시 한 몸이었다. 그리고 영원히 그랬으면 하는 사이 미로의 중앙에 이르렀다.

전대의 공작께서 말년에 관절염을 앓으면서 성 이곳저곳에 벤치를 많이 놓았기에 이곳에도 흐드러지게 핀 가을 장미를 빙 둘러 가며 벤치가 있었다. 거기 어딘가에 앉을 줄 알았던 닉이 그대로 주변을 한 바퀴 돈 후 다시 미로를 나가기 시작했다.

"벌써 가는 거야?"

"응."

몇 주 만에 보는 건데, 벌써? 학업에 열중인 닉이 주말에도 잘 오지 않아 여름 방학 이후로 거의 얼굴을 보지 못했다.

닉은 대학교 때부터 그랬다. 처음에는 케임브리지 말고 다른 학교로 가면 안 되는 거냐고 물었더니, 옥스퍼드도 그렇다고 했다. 전통이니 그런 것 따지지 말고 그냥 아무 대학교나 가라고 빈말을 던지기도 했지만, 닉이 시시한 대학교를 나와 시시한 어른이 되는 것은 더 싫었다. 자신이 참으면 되는 거니까.

하지만 그리움은 정말 힘든 것이었다. 내일모레까지는 더닝튼에 있겠지만, 그래도 오늘은 금방 만났는데!

"저기 벤치에 잠깐 앉았다 가면 안 돼?"

"너 컨디션 안 좋아 보여."

닉은 발걸음을 멈추지 않고 중얼거렸다.

"아닌데?"

"비밀 만드는 거 아닌데?"

잡아떼는 뉘앙스와 똑같이 대꾸한다는 건 역시나 믿지 않는다는 뜻이다.

"비밀은 무슨! 닉한테는 비밀 만들지 않기로 했잖아."

이곳에 온 뒤로 처음에는, 그러니까 아버지가 돌아가시기 전까지는 한국에 편지를 썼었다. 지금은 보고 싶었던 이가 누구인지 호칭조차 기억나지 않지만 한동안 매일매일 줄기차게 말이다.

한데 그렇게 쓴 편지를 부칠 수 없었다. 마을의 우체통에 넣었다가는 더없이 잘해 주는 양부모님이 알고 서운해할까 봐였다.

부치지 못한 편지를 들고는 인동덩굴 뒤에서 울고 있던 진을 발견해 준 사람이 닉이었다. 먼발치서 몇 번 본 적 있는, 머리카락이 금실같이 예쁜 오빠.

그는 진이 눈물을 닦도록 아까처럼 손수건을 빌려주고는 더듬거리며 풀어놓는 사정 얘기를 들은 뒤에 자기가 대신 편지를 부쳐 주겠다고 나섰다. 자기는 기숙학교 때문에 런던을 자주 오간다고, 그러니 멀리 가서 부쳐 주겠다고. 런던이 어딘지 모르겠지만, 성 아래 마을보다는 먼 곳인 것 같아서 너무 기뻤다.

그가 편지를 부쳐 주는 대가는 간단했다. 그에게는 비밀을 만들지 않는 것. 쳐다봐도 자꾸 쳐다보고 싶은 그 예쁜 오빠는 마음도 넓어서 겨우 그런 조건으로 수고스런 일을 대신해 주었다.

신이 나서 매일 편지를 쓰고 또 썼지만 답장은 오지 않았다. 주소가 잘못되었는지, 아니면 지금은 기억도 나지 않는 그 주소에 그녀를 찾고 싶은 가족이 없었는지는 모르겠지만.

그렇게 편지를 쓰고 기다리다 집에 불이 났고 양아버지가 돌아가셨다. 한동안 굉장히 심하게 앓고 난 진은, 이후로 편지 쓰는 일은 그만두었다. 주소도 잊었고 기억도 모두 희미해진 탓이었다.

그래도 닉은 남아 있었다. 그는 더닝튼에 돌아올 때마다 그녀를 찾아 주었다. 그러다 진이 그를 꼬셨고. 공작 부인께서 아시면 경기할 만한 일이었다. 아까 낮처럼 넘어가기는커녕 에밀리와 자신 모두 이곳에서 쫓겨날지도 모르는 아주 큰일.

"그런 줄 알았지. 근데 지금 넌 확실히 무슨 일이 있는데 얘길 안 하고 있어."

눈치도 빠르다.

"졸업반이라 그래."

한순간 우뚝 멈추었던 닉이 다시 발걸음을 옮기며 중얼거렸다.

"그래, 그런가 보네."

이젠 그녀의 수법에 통달해서 기함하는 일은 별로 없지만, 방금 전에는 조금 놀란 게 확실하다. 아니, 아주 많이.

"그래도 아주 잠깐 동안은 좀 놀랐지? 걱정했지?!"

닉이 말없이 그녀를 안은 팔을 다시 추슬렀다. 그의 어깨에 고개를 착 기대고 있으니 미로 입구가 너무도 금방이었다. 혼자 들어가면 찾아 나오기도 힘든 길인데, 아무리 닉이 미로를 외우고 있고 다리가 길다고 해도 너무 빨리 나온 것 아닌가? 아, 정말 닉과 함께 있으면 시간이 너무 빨리 가 버린단 말이다!

진은 절대로 떨어지지 않을 듯 매달리며 애원했다.

"키스해 주면 들어갈게."

미로의 마지막 벽 뒤에 선 닉이 진을 내려놓기까지는 열 번이 넘는 키스가 필요했다. 물론 그로서는 진을 말리는 입장이니 다행이었지만, 그가 진처럼 조르는 입장이었다면 그대로 들여보냈을 리가 없다.

어두운 미로의 그림자에 몸을 숨긴 채 그 작은 몸으로 파고들어서는 다시 또다시— 날이 새서 자신들을 가려 주던 고마운 그림자가 사라질 때까지 멈추지 않았을지도 몰랐다. 두 번 안을 것 한 번으로 줄이고 세 번 보고 싶은 것 두 번으로 줄이겠다고 다짐했어도 말이다.

물론 지금으로서는 쉽지 않지만, 적어도 진이 대학교를 졸업할 때까지는 해낼 수 있을 것이다. 아니, 반드시 그래야 한다.

제 품에서 빠져나가 잔디밭을 가로지른 작은 그림자가 성의 뒷문으로 들어가는 것까지 지켜본 닉은, 미로 안으로 들어가 반대편으로 나와서는 나무 그림자를 밟으며 성으로 향했다. 누구에게도 들켜서는 안 됐다. 자신을 위해서가 아니라 진을 위해서다.

지금 두 사람의 관계를 누군가에게 들킨다면 불리한 쪽은 전적으로 진이니까. 그가 상황을 통제할 수 있게 되기 전에, 그리고 진이 감당할 수 있게 되기 전에 그런 일이 발생하는 것은 결코 용납하지 않을 생각이었다.

1층 로비로 들어서자, 갖가지 가문의 문장이 뒤섞인 더닝튼 가문의 문장이 눈에 들어왔다. 명문가와 혼인을 할 때마다 그 가문의 문장을 섞어 온 탓에 문장 가운데의 방패는 작은 문장 조각들로 뒤덮여 있었다.

어른들은 거기에 하워드와 스펜서의 문장을 더 추가하고 싶어 하시고 빅토리아도 기꺼이 따를 참이었지만— 닉은 그 문장을 차갑게 외면하며 계단으로 향했다. 계단 난간이 시작되는 곳에 장식된 실물 크기만 한 사자 얼굴이 그의 생각을 무엄하다며 흘끗 노려보는 듯했지만, 무심히 스쳤다.

몇 주 동안 쌓인 성적인 욕구 위에 진이 나타나지 않는 바람에 지난 몇 시간 동안 노심초사한 스트레스까지 없고 보니, 좀 피곤한 듯도 싶었다.

그런 생각으로 2층 자신의 방 문을 열고 들어서던 그는 멈칫했다. 문을 향해 정면으로 놓인 소파에 어머니께서 앉아 계셨던 것이다. 순간적으로 온몸의 땀구멍이 따갑도록 자극되었다. 겁을 먹은 것이다. 들켰을까 봐. 지금 당장 모든 걸 끝내야 하나 싶어서.

하지만 그는 침착하게 눈을 깜박여 놀란 기색을 털어 내고는 안으로 들어섰다.

"아직 안 주무셨어요?"

"간만에 돌아온 아들 얼굴 한 번 더 보고 싶어서."

닉은 어깨를 으쓱하며 테이블로 가 시계를 풀어 내려놓았다.

"저녁 식사도 먹는 둥 마는 둥 하고는 어딜 갔었니?"

"더닝튼에서 제가 갈 데가 어디 있다고요. 니콜라오 들여다보고 트리 하우스에 갔었죠. 거기가 편한 거 아시잖아요."

"그건 알지만— 이제 대학원에도 갔고 하니, 어릴 적처럼 그곳에서 보내는 시간이 많지 않을 것 같은데."

평소 어머니와 나누던 대화와는 미묘하게 달랐다. 무슨 일이든 시키기 전에 그가 알아서 하는 편이었기 때문에 빅토리아와 달리 그에게는 생전 무슨 일을 해라 마라는 말씀을 할 필요가 없는 것을 자랑으로 여기시던 어머니께서 갑자기 왜 이러시는지.

기묘한 위화감에 긴장한 닉의 눈에 조금 열린 창문의 커튼이 들어왔다. 천천히 창문가로 향했다. 조금 열린 커튼 사이로 트리 하우스가 정면으로 보였다. 조금 방향을 트니, 미로도 위에서 내려다보였고, 어머니도 같은 곳을 보셨을 가능성이 있었다.

"이번 주말도 내내 더닝튼에 있을 계획은 아니겠지?"

"아직 잘 모르겠어요. 대학교 때보다 학업량이 많으니 좀 쉬면서 재충전하는 게 우선일 것 같아요."

여기저기 켜진 정원등 때문에 낮보다도 오히려 잘 보이는 듯했다. 미로 중앙의 장미 봉오리들까지 똑똑히 보일 지경이었고. 그렇다면 사람은 더욱 또렷이 보였을 테지.

"즐기지 말라는 말은 아니다."

닉의 속눈썹이 내려와 눈동자를 감추었다. 그리고 천천히 돌아서 어머니를 향했다.

"학교는 충분히 즐기고 있어요."

"공부를 얘기하는 게 아니야. 네 나이 또래의 남자들이 즐기는 것을 말하는 거지."

모든 것을 다 안다는 듯 그를 똑바로 바라보시는 어머니의 눈길을 닉은 담담하게 마주했다. 반가움 말고 진의 눈물의 이유가 되었던 또 다른 감정이 어쩌면 어머니로 인해 생겨난 것일 수도 있다는 생각이, 그제야 들었다.

맹목적으로 저만 바라보는 아이이니, 혹시라도 자신과의 관계가 불안해질 수 있는 것에는 눈을 감을 것이고. 당연히 자신에게 말할 수 없었을 테니까. 어머니께서 눈치채시면 자신이 당장에라도 모든 걸 그만둘까 봐.

"어차피 놀이는 한때이니 당장 집어치우라는 말은 아니다. 그 놀이를 그만둬야 하는 시점만 잘 판단한다면 말이야. 난 내 아들이 앞으로 어떤 위치에 서게 될지, 그리고 그걸 안정적으로 누리기 위해 어떤 선택을 해야 할지에 대해 대강은 가늠하고 있으리라 믿는다."

모자 사이에 잠시간 침묵이 감돌았다. 이윽고 닉이 입을 열었다.

"그 놀이가— 제 위치나 명성에 티끌만 한 오점이라도 남길 법한 것이긴 할까요?"

어머니의 입가가 순간적으로 올라갔다 내려오며 눈가가 풀어지셨다. 그가 의도한 대로였다.

"나도 나이를 먹는가 보구나. 알 건 다 아는 널 붙들고 쓸데없는 잔소리를 하는 걸 보면."

나름의 사과셨다. 그가 마지막으로 쐐기를 박았다.

"걱정 마세요. 에드워드 8세 같은 멍청한 판단은 하지 않습니다."

그는 미국인 이혼녀와 결혼하기 위해 왕위까지 동생에게 넘겼던 왕으로, 현재 국왕은 그의 조카다. 그는 일평생 행복하다 말했지만 딱 한 번 측근에게 그 선택을 후회한다는 말을 흘렸고, 이후 그는 영국 왕실과 귀족들에게 두고두고 잘못된 선택을 한 패배자로 낙인 찍혔다.

에드워드 8세처럼 놀이를 사랑으로 착각하는 우를 범하지는 않을 것이니 안심하시라는 말이었다.

"원, 애도. 어미의 오지랖을 탓하려고 그렇게 멀리 갈 것까지는 없다."

아들이 그런 패배자와 스스로를 비교한다는 것 자체만으로도 불쾌하셨는지 어머니는 자리를 털고 일어나셨다.

"그럼 주말은 편할 대로 쉬고 크리스마스에는 꼭 어디라도 가보자."

"예."

"쉬렴. 내일 보자."

"어머니도 안녕히 주무세요."

어머니 뒤로 문이 닫히고 그는 혼자가 되었다. 다 아시면서 그가 스스로 정리할 때까지 묵인해 주겠다는 말씀이셨다. 아들이 고용인의 딸과 섹스하는 것을 '놀이'라고 표현하시다니, 우리 공작 부인께서는 참으로 고상하시지 않은가.

금고를 열고 시계를 넣던 그의 시선이 금고의 맨 아래 칸에 자리한 상자로 떨어졌다. 마지막 편지를 넣어 둔 지 벌써 11년이 넘었다. 알 수 없는 문자가 쓰인 편지 봉투들은 겉면이 노랗게 바랜 것도 있었다. 부쳐 주기로 했던 편지들. 런던으로 가져가 부쳐 주마 해 놓고는 이 방 안을 떠난 적도 없는 편지들이었다.

만약에 그것들이 이 방 안을 떠났다면 진 또한 한국으로 돌아갔을지 모른다.

그런데 그것들이 지금 그의 금고 안에 있었다. 그래서 진이 여전히 그의 곁에 있는 것이고. 때문에 그것들은, 닉이 어머니를 비웃을망정 이기적이라고 나무랄 수 없는 이유였다. 이기적인 것으로 치자면 세상에서 자신을 따라올 개자식은 없을 테니까.

짐짓 무심하게 시선을 뗀 그는 금고 문을 닫았다. 어서 잠자리에 들어야 내일 아침에 조금이라도 일찍 숲속 작은 집으로 승마를 갈 수 있을 테니까.

12.
무슨 일이 있어도 널 아낀다고 약속해

「우리 진이, 할머니 모시고 잘 갔다 와~」

꿈속에만 들어오면 자주 듣는 따뜻한 말이 들려왔다. 지나치게 밝은 햇빛을 등지고 저를 향해 있어 얼굴은 자세히 보이지 않았지만, 제게 내미는 손은 또렷이 보였다. 그런데 그 손이 점점 붉게 물들어 갔다. 피……?

퍼뜩 잠이 깼다. 잠시간 멍한 머릿속으로 먼저 떠오른 사람은 닉이었다. 어제 별로 보지 못했는데, 어서 일어나서 닉을 보러 가야겠다 하는데— 어쩐지 엉덩이 아래가 불편했다. 설마……?

욕실로 달려가 보니 생리였다. 불규칙적이더니 하필 지금이라니! 끝나려면 며칠이나 기다려야 하는데, 그렇게 되면 주말은 지나가 버린다! 아아…… 닉!

욕실 거울 속에서 울상이 된 못난이가 저를 바라보고 있었다. 게다가 밖에는 비까지 오고 있으니 닉은 승마를 가지 않을 것이다. 숲속 작은 집에서 볼 수 없다. 성하고 멀어서 좀 더 마음 놓고 볼 수 있는데.

트리 하우스에서라도 볼 수 있을까 문자를 했더니, 손님들이 오셔서 낮에는 꼼짝할 수 없을 것 같다 했다. 밤이나 되어야 볼 수 있다는 뜻이었다.

생리 첫날에는 양이 많지 않아서 혹시 했더니. 저녁이 될수록 양이 많아져서 낙담하고 말았다. 그렇지 않다 하더라도 닉을 속여 넘긴다는 보장은 없어서 진은 하루 종일 컴퓨터에 매달려 있었다. 자신의 경험이 친구 로라의 이론을 넘어선다는 것을 깨달은 이후로 무언가 궁금한 것이 있을 때면 인터넷에서 정보를 얻었다. 오늘도 마찬가지였고.

닉은 저녁 식사 후에야 간신히 어머니에게서 놓여날 수 있었다. 샤워 후 곧장 트리 하우스로 향하자니 고단했던 하루가 저절로 떠올랐다. 방학 때마다 이런저런 귀족가의 아들딸들과 적절히 어우러질 수 있는 여행을 마다하던 이유를 이제 눈치채셨으니, 어머니께서 오늘은 그 손님들을 아예 더닝튼으로 초대하신 것이다.

물론 손님들 접대에 참석하는 걸 거절할 수도 있었다. 진과의 관계가 그다지 중요치 않다는 변명이 제대로 먹혀들자면 이전의 대충 겉돌던 방식을 고수하는 것도 괜찮았고. 갑자기 살가운 아들이 되어 식사며 파티에 잘 끌려다닌다면 진에 대해 모두 인정하는 꼴이 될 수도 있으니까 말이다.

하지만 그는 그러지 않았다. 혹시라도 어머니께서 진을 다시 만나실지도 몰라서였다. 에반스 부인은 응접실에서 어머니께 별 얘기 하지 않았다지만, 그 얘기조차 온전히 믿기지 않으셨으니 제 방에서 기다리다 내다보신 게 아닌가. 진이 조금이라도 시달림을 당하지 않게 하려면 일단 어머니의 비위를 최대한 맞추는 것이 옳았다.

어머니의 눈에 띌까 봐 뒷계단으로 내려가던 닉은 아까 자신의 방에서 에반스 부인이 시선을 피하던 것을 떠올렸다. 책상의 배치 문제로 그녀와 얘기할 것이 있다며 제 방으로 불렀을 때였다.

어머니의 질문에 둘러댔다는 내용을 듣자마자, 그녀가 진과 자신의 관계를 모두 짐작하고 있음을 깨달았다. 진과 문자로 주고받은 내용에 따르면 캔버스에 그림을 그리는 것은 진의 지난주 과제였으니까.

의심스레 물으시던 어머니께 그런 거짓말을 할 정도라면 이미 오래전부터 알고 있는 듯했다. 하지만 에반스 부인은 그가 진을 데리고 하는 행동을 비난하기보다 다른 얘기를 했다. 진을 병원에 데려갔던 얘기를. 생각지도 못했던 이야기였다.

"진이 기억력이 없다는 생각은 한 번도 해 본 적이 없습니다. 뭐든 잘 기억하는 편이에요."

"후작님과 관련된 일만 그렇습니다. 그래서…… 제가 아무 말씀도 드리지 못하는 것이고요."

닉은 지금껏 전혀 알지 못했던 자신의 어리석음에 기가 막혔다. 당황한 그의 시선에, 그의 정돈된 방에 가지런히 놓인 이런저런 눈에 익은 물건들이 하나둘 흔들거리는 느낌이었다.

"학교 수업도 혼란스럽겠네요."

"그런 편입니다."

"……알겠습니다. 나가 보세요."

에반스 부인에게 너무 뻔뻔히 굴었다는 생각도 없지 않아 있었다. 사죄까지는 아니라도 사과라도 했어야 하는 것이다. 하지만 그는 그럴 마음이 없었다. 그가 미안해해야 할 사람은 세상에 진 단한 사람뿐이니까.

이후로도 저녁 식사가 끝날 때까지 진중하게 자리를 지켰지만, 성의 뒷문을 나서는 발걸음은 급했다. 혹시 성에서 어머니가 자신을 지켜보고 있다면 여전히 비로 질척거리는 바닥을 빨리 지나가고 싶어서라고 생각하길 바랐다. 저 멀리 보이는 트리 하우스가 어둑한 것이 진짜 이유라고는 상상도 못 하시게 말이다. 진은 불도 켜지 않은 채 기다리고 있을 것이 뻔했고, 저녁은 또 어떻게 했는지 걱정이었다.

안으로 들어서자, 역시나 진은 소파에 오도카니 앉아 담요를 어깨에 걸친 채 음악을 듣고 있다. 또 그놈의 구질구질한 곡이겠지.

그가 전등 버튼을 누르자, 금세 밝아지는 불빛을 따라 진의 검은 눈동자가 떠지며 그를 향했다. 그에게는 그것이 불빛이었다. 검은 그것이 이내 환하게 반짝거리기 시작했다.

"닉!"

진이 자신을 부르는 소리가 좋았다. 진을 처음 만났을 때, 니콜라스라는 자신의 이름이 왜 그렇게 기냐기에 그럼 '닉'이라고 부르라 했더니, 자기 이름처럼 그도 한 발음이라며 울던 얼굴로 미소 지은 모습이 여전히 잊히지 않는다.

이후 성에 돌아갔는데, 어머니가 자신을 닉이라고 부르는 순간 싫은 느낌이 들었다. 그 작은 동양 여자애와의 순간이 더럽혀지는 느낌이랄까. 그래서 그는 진을 제외하고 자신을 아는 모두에게 선언했다. 앞으로는 자신을 니콜라스라 부르라고.

그래도 닉이라고 부르며 친근감을 표시하고 싶어 하는 이들은 어디에나 있었다. 그가 그 부름에 대답은커녕 쳐다보지도 않아, 친하기는커녕 도리어 외면을 받은 뒤에야 모든 사람들이 그가 원하는 대로 따르기 시작했다.

"썰렁한데 난로라도 켜지. 그 정도는 괜찮다니까."

혹시 혼자 와 있는 것이 누구에게 들키기라도 할까 봐 전등은 물론 난방도 켜지 않곤 하는 습관은, 그가 아무리 잔소리를 해도 달라지지 않았다. 달려와 안기는 몸에도 따뜻한 기운이 전혀 없다. 이래서 자신이 빨리 왔어야 하는 건데.

난방 버튼을 올리고 벽난로에도 급하게 가스를 켜는데도 가슴에 껌딱지처럼 달라붙어 있는 진은 고개만 저을 뿐 아무 말도 하지 않는다. 어머니께 불려 간 것이 충격이었던가.

이윽고 소파에 앉은 그가, 마주 안은 진의 어깨에 다시 담요를 두르고 꼭 끌어안았다. 그의 허벅지에 앉은 진은 여전히 어리고 작아 보여서…… 가슴 언저리가 쓰라렸다.

"아직도 말 안 해 줄 거야?"

"말해 주면 들어줄 거야?"

들어주다니. 무슨 일이 있었는지 말해 주는 것 외에, 나한테 부탁할 일이 뭐가 있지? 설마…… 그만두자는 말은 아닐 것이다. 자신이 먼저 하면 했지, 결코 진이 먼저 할 말은 아니었으니까. 그런 상상만으로도 등줄기로 한기가 스쳐 갔다.

"내가 인터넷에서 찾아봤는데 말야—"

시작이 그가 생각하던 내용과 전혀 동떨어져 있었다. 순간적으로 안도하며 뭐든 들어주겠다고 다짐을 했지만, 다음 순간 그의 입이 딱 벌어졌다.

"생리 중에는 말야, 항문 섹스를 하면 된대."

"……그 말은 네가 지금 생리 중이라는 말이겠네."

"응. 이대로라면 최소 4일 후에나 섹스할 수 있고 그러면 주말은 끝난다고."

"그 말은 어제오늘 시작했다는 말이고 넌 아직 배가 아플 거라는 말인데— 그 상태라면 전혀 욕구가 없다고 네 입으로 전에 그랬었잖아."

닉은 신중하게 말을 골랐다. 진이 지나치게 맹목적으로 그를 향하고 있지만, 자칫 쉽게 말을 해서 티끌만 한 상처라도 주는 일은 없도록 하고 싶었기 때문이다. 그래서 어머니를 포함해 앞으로 그 애를 힘들게 할 모든 사람들로부터 완벽히 지켜 주고 싶지만…… 힘들 것이다.

"닉에게는 있을 거잖아. 벌써 본 지 한참 된 데다가 다음 주에도 올지 말지 모르는데—"

"잠깐. 난 그 짓밖에 모르는 짐승이 아니라고 몇 번을 말해 줘야 하는 거지?"

"남성한테는 지속적으로 섹스를 생각하게 하는 세포가 있대. '예쁜꼬마선충'이라는 걸로 실험을 했는데, 수컷에게는 먹는 것보다 섹스가 더 중요하다는 결론이 나왔다니까."

"넌 지금 날 모욕하고 있어. 너희 학교 남자애들은 아랫도리만 생각하는지 몰라도 난 안 그래."

"모욕하려는 게 아니라, 난 성의 다양성과 성적 취향에 대해 폭넓게 이해한다는 걸 보여 주려는 거라고. 인간이야 이성적으로 억누르고 있다 뿐이지 닉의 몸에도 그 세포가—"

"그걸 다 외웠어?"

"그걸 외워야 기억해? 그냥 인터넷 기사를 읽었을 뿐인데."

진이 순진하게 반문했다. 에밀리에게서 들은 내용대로였다. 진은 그와 관련한 것들은 결코 잊는 법이 없었다.

순간 그는 발달 장애를 떠올렸다. 자세히는 알지 못하지만, 영화 등을 통해 음악이든 예술이든 어느 한 분야에 뛰어난 능력을 보이는 대신 그 외의 부분에 대해서는 인지 능력이 떨어지는 병증 말이다. 진에게는 그 뛰어난 능력이 자신에 관한 것이 아닐까? 애석함보다는 뿌듯함이 앞서다니, 난 소시오패스다.

"그래. 네 말은 다 알아들었어. 네가 이러는 이유는 나 때문이라는 거니까, 일단 내가 하고 싶어지면 얘기할게. 지금은 하고 싶지 않고. 됐지?"

"왜 하고 싶지 않아? 불결해서?"

한숨이 나오려는 걸 참고 중얼거렸는데도 진은 수그러들지 않았다. 도리어 역공을 했다.

"탐폰 쓰면 돼."

닉은 그것에 대해 설명이 필요할 정도로 어리거나 상아탑에 갇혀 있는 것은 아니었지만, 순간적으로 놀라움을 감추지 못했다.

"도대체…… 공립학교를 다녀 본 적 없는 내가 순진한 거야, 아니면―"

"내가 좀 조숙한 거야. 어른들도 항문 섹스는 다 해. 닉만 모르는 거야."

이제 거꾸로 가르치기까지 한다.

"난 그저 그런 어른이 아닐 뿐이야. 너도 그런 어른으로 자라지 않을 거고."

"그럼 어른 되기 전에 해 보자."

억지인지 논리인지, 대화의 방향을 가늠하기 힘들다.

"싫어."

"그럼, 검색이라도 해 봐."

그러고는 휴대폰을 찾으려는 듯 그의 카디건 주머니를 뒤적인다. 닉은 간신히 다시 한숨을 참으며 그 손을 잡고 끌어당겼다.

"무슨 검색을 해?"

"닉이 뭔가에 대해 선입견을 갖지 않는 어른이 되었으면 좋겠다는 말이야."

논리도 참 우스우면서도 괴팍하다.

"다른 사람들이 그……걸 절대로 하지 않는다는 게 아냐. 하는 사람들도 있겠지. 하지만 많이들 하지 않는다는 건 알아. 사람들이 많이 하지 않는 것에는 이유가 있―"

솔직히 자신 또래 중 연하와 섹스하는 놈이 많지도 않을 테고, 애초에 어린 진의 고집에 못 이기는 척 넘어간 주제가 옳기에는 낯뜨거운 말이긴 했지만 그는 물러서지 않았다.

"그럼, 역사 공부 안 해."

에밀리와 대화한 후 진에게 문자를 보냈었다. 역사 공부를 봐줄 테니 책을 가져오라고. 테이블 위를 보니, 진의 가방에서 비죽이 나온 책이 보였다. 저에게만큼은 전속력으로 달려오는 아이이니 공부도 자신이 봐주면 좀 나아지지 않을까 해서 시도하려던 것인데, 시작도 하기 전에 엎어질 판이다.

"네 공부거든!"

"그러니까 내가 안 한다고."

닉은 몇 번째인지 모를 한숨을 참으면서 생각했다. 자신이 진의 버릇을 망치는 건지, 진이 자신을 뜻대로 휘두르고 있는 건지 알 수 없다고.

"……검색만 해 보는 거야."

그 말에 신이 난 진은 그의 무릎을 베고 누웠다. 머리며 어깨를 비비적거리며 기대감 어린 눈으로 올려다보니, 그는 하는 수 없이 휴대폰을 꺼내 들었다. 작은 손가락이 올라와 못마땅함에 굳은 턱을 쓸며 재촉하는 바람에 검색창에 입력을 했고. 하지만 몇 분도 채 지나지 않아 그 손을 잡아챘다.

"설마 지금 탐폰이라는 거 하고 있는 건 아니지?"

"으……엉?"

"못 들은 척하지 마."

빠르게 쏘아붙이고는 다른 손으로 진의 이마를 짚었다. 그는 너무 당황스러워서 그 이마가 뜨거운지 아닌지 판단이 되지 않았다.

"하고 있지?!"

"으…… 어……."

그의 다그치는 기세에 놀랐는지 또다시 얼버무린다. 제게 말을 꺼냈다면 이미 그러고 있을 가능성이 컸다! 생각 같아서는 고래고래 소리 지르고 싶었지만, 어금니를 지그시 물고 또박또박 말했다.

"당장 빼."

"왜애……?"

역시나. 닉은 머리끝까지 화가 났다.

"1분, 아니 10초 줄 테니까, 지금 당장 욕실에 가서 패드로 바꾸고 와. 안 그러면 내가 직접 욕실에 같이 들어갈 거야."

여전히 이유를 물으려는 얼굴에 대고 연거푸 말했다.

"일단 갔다 와서 말해. 다시 묻거나 한시라도 지체하면 그땐— 정말 화낼 거야. 아니, 가 버릴 거야. 그러니, 당장, 당장, 당장!"

가 버리겠다는 말이 나오자마자 진은 제 가방을 잡아채서는 욕실을 향해 뛰어갔다. 얼마 뒤, 욕실의 물 내리는 소리가 났다.

닉은 쭈뼛거리며 욕실을 나오는 진을 노려보았다. 영문을 모르겠다는 얼굴로 눈치를 보며 슬금슬금 제 옆에 와 앉으려는 순간에— 그 엉덩이 아래에 손을 넣었다. 붉은색 스커트 아래로 속옷보다 두툼한 부분이 만져지자 그제야 안심하고 손을 뺐다. 물론 진은 펄쩍 뛰며 프라이버시가 어떻고 자기를 못 믿니 어쩌니 비난했지만 그는 단호하게 중얼거렸다.

"네 프라이버시보다 네 안전이 더 우선이야."

"대체 그게 무슨 말이야?!"

진이 새된 소리를 질렀다. 닉은 아까 검색하던 기사를 보여 주었다. 탐폰 사용 시 독성으로 인한 쇼크사가 일어날 수 있고 실제 미국에서는 여자아이가 며칠간 사경을 헤맸다는 기사였다.

기사를 꼼꼼히 읽은 진이 투덜댔다.

"장시간 사용했을 때라잖아."

역시 제게 유리한 내용은 빨리도 찾아낸다.

"그 애매한 '장시간'에 대한 언급이 없어. 사람마다 다를 거라는 말이지."

"얘는 나보다 어리잖아! 난 학교를 늦게 다닐 뿐이지 나이는 어른이라고!"

"나이가 문제가 아닌 거 알지? 사진을 봐. 이 애는 너보다 덩치가 훨씬 큰데도 큰일 날 뻔했다잖아."

그가 기사에 나온 여자애를 가리켰다. 진은 눈에 빤히 보이는 것을 두고도 계속 우기기는 뭐한지 눈알을 굴렸다.

"미국에서 한 해에 100명이면…… 음, 비율이 많지는 않은 거잖아? 우리 영국보다 훨씬 인구가 많으니까."

지독히도 자기중심적인 논리다. 여전히 우기고 싶은 거지. 그렇지만 내 입장에서 자기중심적인 논리를 따라오지는 못한다.

"100명이 아니라 1명이라 해도 그 안에 네가 포함될 수 있는 행동은 절대 안 돼."

진은 그제야 정신을 차렸다. 자신이 죽는다는 사실은 와닿지 않았지만, 죽으면 다시는 닉을 볼 수 없을 게 아닌가. 큰일 날 뻔했다.

"날 봐."

닉이 그녀의 어깨를 잡고 말했다.

"무슨 일이 있어도— 널 아낀다고 약속해. 그게 정말로 내가 원하는 거야."

가까이 다가온 푸른 눈동자가 그녀의 눈을 번갈아 들여다보며 다짐시켰다.

"뭐 그렇게 비장하게까지—"

"대답해."

"어, 응……."

그제야 닉이 안아 줬다. 기다란 손가락이 머리를 쓸어내리며 다시 귓가에 속삭였다.

"반드시 기억해. '무슨 일이 있어도' 야. 알겠어?"

"응."

가슴에 맞대어진 그의 심장이 유난히 크게 뛰는 것 같았다.

"그럼, 다른 방법을 강구해 보,"

"아니, 네가 말하는 그 섹스도 검색해 봤어. 좋지 않아. 그러니 다른 방법은 그만둬. 아무것도 하지 마."

"잘 찾아보면 방법이 있을 거야."

"위생적으로 좋지도 않고, 남자만 좋은 거래. 그러니 안 할 거야."

위치가 좀 그래서 위생적으로 문제가 되는 건가? 그래도 남자라도 좋으니 다행이지 않나?

"잘 씻으면 된다니까."

"그 얘기는 여기서 그만둬. 내가 웬만하면 오늘은 너그러워지려고 했는데, 결코 안 돼."

"왜 너그러워지려고 했는데?"

"이유까지 말할 건 아니고. 하여간 안 돼."

"괜히 하는 말이지? 너그럽기는 뭐가 너그러워?"

닉은 킹킹대는 칭얼거림을 무시하고 화제를 돌렸다.

"배는 안 아파?"

대답이 없다. 아픈 것이다. 그런데도 항문 섹스 운운하다니. 다시 한숨이 나왔다.

"이리 누워 봐."

그제야 체념하고 다시 그의 무릎을 베고 눕는다. 이마를 다시 짚어 보았다. 다행히 괜찮은 것 같아서, 머리칼을 쓸어 넘기기 시작했다. 세수를 했는지 조금 젖어 있던 머리칼에서 물기가 완전히 사라질 때까지. 진의 배앓이가 조금이라도 가라앉기를 바라며.

생리를 시작하고 얼마 되지 않아서는 하도 배가 아파 애를 쓰기에 그가 배를 문질러 줬었다. 한데 가라앉기는커녕 점점 더 심해졌다는 것을, 그가 만지려고 하는 순간 진의 어깨가 움찔하는 것을 보고서야 눈치챘다. 어째서 말하지 않았느냐고 묻자, 진이 말했다.

'그래도 닉이 만져 주는 게 좋아서…… 다신 안 만져 줄까 봐.' 라고.

그런 아이였다. 그러니, 그를 위해 별의별 것을 다 검색한다고 해도 미워할 수는 없었다. 밉기는커녕 너무……

"남녀가 함께 있다고 해서 무조건 섹스를 해야 하는 건 아니야. 암컷 수컷이 아니잖아."

그가 가만히 타이르는데도 부루퉁한 입술은 들어가질 않았다. 그가 고개를 숙여 입을 맞추니 조금 들어가는 듯했다. 거듭 입을 맞추고는 속삭였다.

"역사 공부도 하고— 차차 수학도 하자."

싫은 내색은 보이지 않았다. 역시 공부를 하지 않으려고 드는 것은 아니었다. 자신이 아니었다면 진의 기억력이 제게 치중되지 않았을 것이고 학습에의 곤란함 따위는 겪지 않았을지도 모를 일인데.

좀 더 일찍 알았더라면…… 검은 눈동자가 반쯤 감겨드는 것을 내려다보는 닉의 시선이 우울해졌다. 진의 우울함이 그에게로 옮겨 온 모양이다.

문득 고개를 든 닉의 시선이 창문 너머 성으로 향했다. 군데군데 불이 밝혀진 창문들이 있었다. 여기서 보는 것처럼 저기서도 보일 수 있을 터였다. 심지어 망원경까지 들이댈 수도 있고.

일어서서 커튼을 닫아야 옳았지만, 닉은 제 무릎을 베고 까무룩 잠이 든 진을 깨우고 싶지 않았다. 대신 그대로 앉은 채 불빛이 새어 나오는 창문 하나하나를 뚫어져라 노려보았다. 어디 볼 테면 보라는 듯.

13.
F가 Z를 비하할 자격

　"셸린, 오빠랑 같은 케임브리지에 가지 그랬어."

　공작 부인이 안 계시다고 해서 high tea(오후 5시경에 갖는 티타임)
초대에 응한 것인데, 앉자마자 빅토리아가 꺼내는 이야기가 그렇
게 고리타분하다. 어릴 적부터 니콜라스와 꼭 결혼해야 한다는 얘
기를 어른들로부터 귀에 못이 박히게 들어온 셸린은 쓴웃음을 지
었다.

　물론 니콜라스의 허우대가 멀쩡하다는 건 인정한다. 아니, 보통
이상이지. 외모뿐만 아니라 앞으로 물려받을 공작의 지위며 가문의
재력에 honor degree(우등 학사 학위)로 졸업해서 외조부 은행에 입
사함와 동시에 케임브리지의 MBA에 진학한 것까지, 어디 하나 흠
잡을 구석이 없을 정도로 매력적인 신랑감인 것도 맞다.

하지만 셀린은 저를 거들떠도 보지 않는 니콜라스에게 별 매력을 느끼지 못했다. 자신을 우러러보고 떠받드는 남자들과 사귀기도 바쁜데 어째서 그런 시간 낭비를 해야 하는지 이해할 수 없었던 것이다.

우선 셀린 자신도 니콜라스만큼은 아니라도 꽤 자부심을 가져도 될 만한 사람이었다. 글로스터 백작인 아버지가 이르기를, 셀린이 아버지 마음에 들 정도의 신분을 가진 남자를 만나 결혼만 한다면 언니를 젖히고 단독 상속인으로 지정해서 글로스터 여백작의 지위를 주겠노라 하셨으니까.

아버지를 닮아 굉장한 추녀인 언니는 어느 누구도 쳐다보지 않아 아버지가 돈 없는 남작을 사다시피 해서 결혼시킨 것을 두고두고 분해 하다 내린 결정이었다. 어머니를 닮아 빼어난 미모를 가진 자신이 시시한 사내와 결혼하지 않으리라는 확신이 있었기 때문이기도 했겠지만 말이다.

물론 셀린도 결혼은 최고의 남자와 할 생각이었다. 아버지께서 미래의 더닝튼 공작을 욕심내시니, 그와 결혼하는 것도 나쁘지 않았고.

그래서 니콜라스와 같은 고등학교를 다니는 동안 다른 남자애들 만나는 것을 그에게 들키지 않게 조심하기도 했지만, 결혼하기 전까지는 고리타분하게 지낼 생각이 없었다. 때문에 대학 동안만이라도 신나게 남자들과 즐기기 위해 옥스퍼드에 진학한 것인데, 왜 케임브리지에 가지 않았느냐니.

크리스마스 방학 때문에 런던을 떠나 영지로 돌아온 것이 가뜩이나 짜증 나던 참인데, 같은 또래에게서까지 이런 따분한 소리를 들어야 하다니.

겉으로는 요조숙녀인 척하면서 뒤로는 실컷 놀아나는 짜릿함을 이 고지식한 빅토리아는 모를 것이다. 바람둥이인 하워드 경과 춤한 번 추는 것, 산책 한 번 하는 것이 고작인 이 맹한 레이디는 말이다. 빅토리아가 아직도 숫처녀라는 것에 제가 물려받을 글로스터 백작가의 영지를 걸어도 좋았다.

"케임브리지야 너희 가문 대대로 가는 곳이지, 우리 가문은 옥스퍼드 쪽이 많아. 작은아버지도 거기 출신이시고. 그런데 차가 좀 늦네."

대강 말을 돌리니 빅토리아가 히죽 웃었다.

"곧 올 거야. 내가 특별한 애에게 부탁했거든."

"더닝튼 성에서 레이디께서 부탁까지 해야 차를 가져다주는 줄은 몰랐네. 어떤 특별함인지는 몰라도 말이야."

"말이 부탁이지— 에반스 부인 알지?"

"맛없다는 영국 요리를 환상적으로 바꿔 놓는다는 너희 집 가정부라면 런던까지 소문이 나 있는데 모를 리가. 한데, 그이가 왜?"

"그이한테 한국인 입양아가 있어."

"알아. 까만 애."

워낙 친한 가문끼리라 어릴 적부터 드나들면서 한두 번 본 적 있다.

"지난번에 오빠가 그 애 수학을 봐준 적이 있어."

역시나 따분한 이야기겠지 싶어 건성으로 듣던 셀린은 순식간에 흥미가 일었다. 그 니콜라스가, 평민 계집애한테? 아니, 영국 평민도 우스운 일인데 고작 동양인 입양아 따위랑 상종을 한다고? 어이가 없다 못해 웃음이 터질 지경이었다.

심지어 자신 같은 귀족가의 레이디들도 두 번은 쳐다보지 않을 정도로 쌀쌀맞은 더닝튼 후작이, 누구한테 뭘 한다고?! 도도하기가 후작 버금가는 제 말 비에스타가 배꼽을 잡고 웃을 일이었다.

머리도 얼굴도 까맣고 깡마른 그 애의 무엇이 니콜라스에게 그럴 마음이 생기게 만들었을까?

"불쌍했나?"

"그걸 어떻게 알아?"

빅토리아가 깜짝 놀라며 반문했다.

"넌 어떻게 알아? 니콜라스가 그렇게 말했어?"

"응."

그럴 리가. 그건 자신이나 빅토리아가 믿고 싶은 이유일 것이고 더닝튼 후작이 고작 동정심 때문에 평민과 상종했을 리가 없다.

특출나게 예뻐서도 아닐 것이다. 자신이나 다른 귀족 가문의 딸들이 예쁘지 않아 니콜라스의 주목을 끌지 못한 것이 아니니까. 뭔가 다른 세계에 사는 듯 그 푸른 눈동자에는 이성에 대한 흥미나 관심이 전혀 없었으니, 그 애가 아무리 예쁘다 한들 그 이유는 아닐 것이다.

셀린은 제 미래의 남편이 될 가능성이 큰 니콜라스의 그 기묘한 행동이 한껏 궁금해져서 저도 모르게 중얼거렸다.

"몇 년 전에 봤는데, 한 번 보고 싶네. 한참 작은 것 같던데 좀 컸나?"

"그래서 불렀다니까."

응?

셀린의 눈썹이 의아함으로 휘기도 전에 노크 소리가 들려왔다. 빅토리아가 대답했다.

"들어와요."

문이 열리고 들어온 사람은 정말로 그 검은 머리의 동양 여자애였다. 들고 있는 커다란 쟁반을 놓칠까 봐 잔뜩 어깨가 굳은 채로 들어와서는, 그들 앞에 놓인 테이블까지 오는 동안 찻잔과 식기들이 사정없이 달달달 떨리는데, 지금 저 애의 심장 소리도 비슷할 터였다.

빅토리아를 넘겨다보니 팔짱을 낀 채로 아이를 흘겨보는 폼이, 미래의 올케와 마주 앉아 연적일지 모를 계집애 하나를 족쳐 보자 그거였다. 맹하기만 한 줄 알았더니 이런 심술궂은 면도 있구나 싶었지만, 어차피 셀린도 궁금해지던 차이니 같이 즐길 생각이었다.

가만히 훑어보니, 여자애는 역시나 대여섯 살쯤 아래로 봐도 될 만큼 키도 작고 발육도 덜 되어 있었다. 여자가 아니라 애라고 하는 표현이 옳았다.

함께 따라 들어온 다른 메이드가 차를 우려내 찻잔에 따르는 동안에도 말없이 있던 빅토리아가 각자의 앞에 찻잔이 놓이자 메이드를 내보냈다. 찻잔은 세 개였다. 앉아 있는 이는 둘이었고. 빅토리아는 그녀에게 자리를 권할 생각이 없어 보였다. 호오. 단단히 을러댈 모양이었다.

"네가 티쟁반을 들고 왔으면 좋겠다고 했더니, 넌 고용인이 아니라고 하더라."

내내 내리뜨고 있던 검은 눈동자가 그제야 올라와 초점을 맞추더니 깜박였다. 희미한 반감조차도 느껴지지 않는 눈빛이었다. 순진하다기보다는 빅토리아가 사실을 정확히 인지하게 하는 말을 꺼내니 그저 수긍하는 수준이랄까.

"그래서 너와 티타임을 가질 거라고 말했어. 물론 네가 차를 마실 줄 안다는 가정하에서지만."

상대가 이미 무식하고 천하다는 가정에서 말을 꺼냈으니, 셀린은 여자애가 자리를 피하기 위해 알아도 모른다고 말할 거라 생각했다. 얼마든지 교묘히 비웃으며 곯려 줄 방법이 있는데도 고작 평민 아이에게 저렇게 대놓고 경멸을 드러내다니. 공작가의 레이디라는 고상함은 다 어디다 버리고. 쯧.

오히려 차분히 상대를 바라보는 건 소녀였다. 흰 스웨터와 푸른 모직 스커트를 걸친 여자애는 표정도 차림새만큼이나 단정하고 간결했다. 두툼한 스웨터 아래의 가슴에 아주 약간의 굴곡이 느껴지는, 신체적으로는 그냥 어린애에 불과할 뿐 결코 여자는 아니었다.

하지만 그 시선은 뭐랄까— 말하자면 EQ(정서면에서의 지성)가 빅토리아를 웃도는 것 같다고 할까. 그저 하루하루를 즐겁게 보내는 것에 집착하는 셀린은 그런 부류를 잘 알아보았다. 그런 남자들이 자신에게 너무 깊이 빠지면 피곤해지기 때문에 되도록 피하려다 보니 자연히 그렇게 되었달까.

그런데 여자애가 가만히 바라보는 시선이 어딘가 낯익었다. 생각해 보니— 도도하고 무시하는 느낌만 없다 뿐이지 니콜라스와 무척이나 닮아 있었다!

순간 셀린은 니콜라스가 이 애에게 그저 수학만 가르쳐 주는 정도가 아닐지도 모른다는 생각을 했다.

빅토리아는 잔뜩 벼르고 있는 참이었다. 며칠 전이다. 크리스마스 방학이 시작되자마자 어머니와 함께 떠났던 나폴리 여행에서 예정보다 일찍 돌아와 제 방 창문을 열다가, 누군가 트리 하우스에서 나오는 것을 보았다.

오빠인가 해서 반가워 쳐다보고 있었는데, 오빠치고는 키가 작았고 게다가 오빠는 스커트를 입지 않는다. 순수한 오빠의 영역인 트리 하우스에 드나드는 간 큰 이가 누구인가 해서 성으로 가까이 오는 것을 눈을 가늘게 뜨고 지켜보고 있었더니, 바로 저 동양 계집애였다.

혼쭐을 내 주려고 당장에 아래층으로 달려 내려갔지만, 그사이 어디로 갔는지 보이지 않았다. 확실한 물증을 잡아야 어머니께 이를 텐데 싶어 다시 창밖을 내다보니, 마침 트리 하우스에서 오빠까지 나오고 있는 것이 아닌가!

설마 같이 있었던 거야? 그 계집애가 제멋대로 드나든 게 아니고 오빠의 허락이 있었던 거고?! 자신은 얼씬도 못 하게 하는 곳에 그 계집애는 드나들게 했다고?

너무너무 서운해진 빅토리아는 그대로 오빠가 성으로 오기를 기다렸다. 뒷문으로 들어오던 니콜라스는 잔뜩 노려보고 선 빅토리아를 발견하고는 한순간 멈칫했다. 도둑이 제 발 저린 격이다.

"그 진이라는 애랑 같이 있었던 거지?"

"그런데?"

미안해하기는커녕 도리어 되묻는다.

"그런데라니? 트리 하우스에서 그 애랑 같이 있었던 게 잘한 거라는 거야?"

"못할 건 또 뭐야? 그 애가 전염병 환자라도 돼?"

자기는 드나들지 못하게 해 놓고 그 아이는 들여보냈느냐는 말은 자존심이 상해서 하기 싫었다. 게다가 그 아이를 비하하는 말을 했다가 혼쭐이 난 적도 있으니 말을 조심해야 했다.

"두 사람이 뭘 했는데?"

"내가 그걸 너한테 말해 줘야 할 의무는 없는 것 같지만, 말해 주지. 수학 공부를 봐줬어."

"오빠가 여자애한테? 그것도 저, 저—"

빅토리아는 저도 모르게 말을 더듬었다. 오빠가 의도해서 여자애랑 둘만 있었다는 것이 뜻밖이라서. 솔직히 기숙학교 등에서 오빠가 여자애랑 사귄다거나 좋게 지낸다는 소문을 들어 본 적이 없어서 오빠의 성 정체성에 대해 약간 의심과 함께 걱정을 했었다. 그렇다고 결코 저런 출신도 모르는 계집애 따위와 함께 있기를 바란 것은 아니었다!

"불쌍하잖아."

무심하게 어깨를 으쓱인 오빠는 빅토리아가 다음 말을 생각해 내기도 전에 가 버렸다.

불쌍하다고 해서 평민과 함께 있었다고? 물론 범죄는 아니지만, 아무리 불쌍해서 수학을 가르쳐 줬을 뿐이라 해도 심하게 질투가 났다. 트리 하우스에 못 가게 한 것처럼 제 공부도 봐준 적이 없으니까. 이렇게 되면 지난번 스튜어트와 있었던 일도 다시 의심스러워진다.

오빠와 같은 반응을 보이실까 봐 섣불리 어머니께 말씀드리지도 못했지만, 서운함은 남아 있는 터라 여자애를 향해서 그동안 묻어 두었던 그 불그죽죽한 감정들을 꺼냈다. 잔뜩 빈정대면서.

"그래서 이번 학기말 시험에 수학을 몇 점 맞았니? 아, 맞다. 시험이 아직이던가?"

트리 하우스에서 오빠와 있던 것을 잡아떼길 바랐는데도 계집애는 말이 없었다.

"잡아떼면 혼쭐을 내 줄 생각이었는데, 영 바보는 아닌가 보구나. 오빠 같은 수재가 불쌍하다는 이유로 공부를 봐줬는데도 점수를 밝히지 못할 정도로 공부할 머리도 안 되긴 하지만."

셀린은 흥미롭게 두 사람을 구경했다.

"Slit-eyed 따위가 그러면 그렇지. 니콜라스라는 발음조차 제대로 하지 못해서 닉이라고 멋대로 줄여 부르는데 시험이라고 잘 봤겠어?"

그렇다고 빅토리아가 중얼거리는 말에 동의하는 건 아니었다. 셀린은 딱히 인종 차별에 대해 생각해 본 적이 없었으니까.

전에 싱가포르 남자애뿐만 아니라 프랑스의 흑인 모델하고도 자 봤는데, 잠자리에서는 그 흑인 모델이 괜찮았다. 옷을 입고 난 후에는 둘이 나눌 말이 하나도 없어 서둘러 헤어졌지만. 갑부의 아들이라는 싱가포르 남자애는 자기보다 돈 없는 애들을 오히려 평민 취급해서 기가 막혔고.

"……나 쌍꺼풀 있는데."

조용히 흘러나온 말에 셀린과 마찬가지로 빅토리아도 순간적으로 숨을 죽이며 잔뜩 귀를 기울이더니, 다음 순간 바락 소리를 질렀다.

"쌍꺼풀이 있고 없고가 문제야? 네가 동양인이라는 소리지!"

셀린은 웃음이 터질 것 같았다. 여자애는 맹한 척하며 빅토리아를 약 올리는 것이 제법이었다. 그래서 그 일방적인 대화(?)에 끼어들기로 했다. 이대로라면 이성을 잃은 빅토리아가 여자애를 내쫓아버릴 것이고, 그렇게 되면 저 애를 오래 구경할 수 없을 테니까. 그래서 여자애의 얼굴을 빤히 바라보며 입을 열었다.

"원래 한국인은 쌍꺼풀이 없어야 한다던데. 있다면 중국 쪽이랑 혼혈이고."

"뭐야, 그럼 잡종이야?"

얼씨구나 하고 빅토리아가 달려들었다.

"따지자면 그렇지."

빅토리아에게 답을 해 주면서도 셀린의 시선은 여자애에게 향해 있었다. 그 여자애의 가만한 시선이 잠시 자신에게 왔다가 빅토리아에게로 향했다.

"더 짜증 나네. 그럼 그 미개한 한국서도 근본이 없어 쳐주지도 않는 수준인 거야? 그런 애를 에반스 부인은 어쩌자고 입양을 해서는—"

"영국도 그렇지 않아?"

여자애가 갑자기 끼어들었다.

"뭐?"

째지는 소리로 반문하는 빅토리아와 달리 셀린은 여자애의 다음 대답이 무척이나 기대되었다.

"잡종의 기준이 뭐냐는 말이야. 마운트배튼도 '바텐베르크'라고 독일 이름을 개명한 거라며. 근본이 그렇게 중요하다면 왜 이름을 바꿨지? 그러면서 누구를 욕해?"

마운트배튼은 여왕의 부군인 필립 공의 성이었다. 그리스 왕족이었던 그는 따지자면 독일-덴마크계 혈통으로, 영국에 귀화했으니 그를 언급하기 위해서는 벌써 몇 나라를 언급해야 한다. 영국의 가장 고귀한 혈통을 비웃음으로써 영국 전체를 모독하는 행위는 지나치긴 했지만 어쨌거나 먼저 시작한 건 빅토리아니까.

여자애는 더 나아가 필립 공이 백인 중심의 인종 차별적인 발언으로 유색 인종들은 물론 왕실 내에서도 비판을 받는 것까지 비꼬았지만, 대다수의 영국 국민이 이와 같은 반응이니 빅토리아가 탓할 수도 없을 것이다.

어머니인 에반스 부인이 공작가에서 꽤 오랫동안 있었던 탓인지 완벽한 상류층 악센트를 구사하며 빅토리아를 한 방 먹이고 있는 것이다.

빅토리아는 이제 산소 공급이 원활하지 않은가 걱정이 될 정도로 씩씩대고 있었다. 아마 뭐라고 대꾸할 말이 적당치 않아 더 그럴 것이다.

셀린은 여자애를 새삼스럽게 훑어보았다.

"지금 영국에서 귀족인 사람 중에 토착민이 얼마나 있어? 유럽 대륙 여기저기서 몰려온 사람들이 귀족이랍시고 뒤섞여서 결혼하고 또 결혼한 거잖아. 그렇다면 너희들은 잡종이야, 아니야?"

"이게, 못 하는 소리가 없어!"

여자애의 논리가 마음에 들지 않는다면 자신도 타당한 근거를 대면 될 텐데 시작부터 막무가내로 들이댔으니, 할 수 있는 것은 그저 윽박지르는 것뿐. 싸움이 시시하게 끝났다.

구경도 끝났다는 아쉬움에 셀린은 경기장에서 벗어나 창가로 자리를 옮겼다. 시선 끝으로 차 한 대가 성을 돌아가고 있었다. 누가 돌아온 것 같은데? 시선을 조금 더 당기자, 현관으로 들어오는 이는 훌쩍 큰 키에 승마복을 입은 더닝튼 공작이었다. 그렇다면 더닝튼 후작도?

눈썹을 휘는 셀린의 뒤로는 마지막 확인 사살이 이뤄지고 있었다.

"대륙도 마찬가지야. 유럽부터 아프리카, 아시아, 심지어 오래전에는 아메리카까지 모두 이어져 있었잖아. 이웃해 있는 사이에 함께 뒤섞여 교미하는 건 당연한 거고."

"입 다물지 못해? 이게 보자 보자 하니까 점점—!"

빅토리아는 아직도 자신이 패배했다는 것을 인정하지 못하고 있었다. 게다가 교미(Mating)가 어때서? 셀린은 섹스보다 그 단어가 괜찮았다. 지나가던 개들이 흘레붙는 것처럼, 다음 날 해가 뜨고 나면 서로 갈 길로 가면 되니 얼마나 가벼운가.

거의 게거품을 물기 직전인 빅토리아와 달리 여자애는 아직도 침착했다.

"A랑 B랑, 그리고 B의 자식이랑 C랑 그렇게 Z까지 다 연결되어 있는 걸 다 아는 판에 A, 아니, F가 Z를 비하할 자격을 대체 누가 준 거지?"

빅토리아가 아무리 귀족입네 해도 왕실 가족은 아니니 A가 아니라 F라고 칭한 것이다. 셀린은 웃음이 터질 것 같았다. 그래도 스스로를 Z라고 표현했으니, 그나마 제 위치를 잘 알고 있는 건가. 볼수록 재미있는 여자애였다.

"감히 누구더러 F라는 거야, 이 천한 계집애가!"

역시나 F가 기분 나빴는지 빅토리아가 째지는 소리를 질렀다.

"누군가에게 잡종이라 욕하고 싶다면 자신은 절대로 피가 섞이지 않도록 자기 가족하고만 결혼해야지. 넌 네 아버지인 더닝튼 공작과 교미해서—"

짝!

셀린이 생각하기에는 여자애가 의도한 것 같았다. 막무가내인 빅토리아에게 뭔가 해 주고 싶은 말은 산더미지만 그걸 웬만큼 하고 끝내자니 그 뒷감당이 골치 아플 테고— 그래서 지나칠 정도로 쏘아부으면 격앙된 빅토리아가 이렇게 나오리라는 걸 말이다.

두어 걸음이나 물러날 정도로 세차게 얼굴을 맞아 놓고도 놀란 기색 하나 없는 것을 보면 정확할 것이다. 맞는 순간 잘못 깨물었는지 입가에 배어 나온 피가 보이자, 빅토리아는 흠칫 물러섰다. 이제 빅토리아는 어느 누구에게도 이 일을 발설치 못할 것이다. 여자애의 의도대로 말이다.

셀린은 선수로 뛰지 못한 자신이 하는 수 없이 심판으로 나서야 한다고 판단했다.

"혹시 니콜라스가 공작님과 함께 폴로 경기를 갔던 거라면— 지금 아래층에 도착했을 거야."

그 말에 그제야 여자애의 눈빛이 흔들렸다. 제 편을 들어줄 사람이 돌아와서가 아니었다. 도리어 불안한 것 같았다. 피 흐르는 입가를 급하게 손바닥으로 가리며 돌아서던 여자애는 빅토리아를 마지막으로 일별했다. 이것으로 끝이라는 듯, 아래층에 도착했을지 모를 니콜라스에게는 비밀이라는 듯.

그렇게 마지막까지 이성적인 동양 입양아와 달리 소파에 주저앉은 레이디의 얼굴은 식어 버린 찻잔 속의 찻물처럼 흙빛이었다. 쯧.

14.

신이든 구세주든

차에서 내릴 때 폴로 스틱만 챙겨 든 닉은 서둘러 계단을 오르고 있었다. 벌써 저녁때가 다 되었으니 마음이 급해진 것이다.

눈이 오기 전에 경기를 한번 하자고 아침부터 서두르시는 아버지를 따라가서 하루 종일 몇 경기를 뛰었는지. 아직 수학 시험이 남은 진을 봐주고 싶은데 금쪽같은 시간에 그러고 있는 자신이 어이없었다. 한참 전부터의 약속이기도 하고 8명의 함께하는 다른 선수들 일정까지 다 맞췄던 거라 하는 수 없이 다녀온 길이지만, 하루 종일 가시방석이었다.

기초가 부족해서 다잡는 시간이 오래 걸리긴 했지만, 그가 설명해 주는 것은 모두 기억하는 진이니 하나라도 더 짚어 주면 점수가 조금이라도 더 오를 텐데. 어서 샤워를 하고 트리 하우스로 건너가야겠다는 생각을 하며 계단을 올라 제 방이 있는 복도로 접어들려던 닉은 시선 저편으로 스쳐 간 익숙한 실루엣에 걸음을 멈추고 뒤를 돌아보았다.

반대편 복도에서 역시나 뒷모습을 보이며 걸어가는 사람은 진이었다. 반가움에 순간적으로 소리쳐 부르려던 닉은 다음 순간 찾아든 의아함에 고개를 갸웃했다.

복도 끝의 계단을 내려가던 길도 아니고 복도 중간쯤에서 그쪽을 향해 걸어가고 있다는 것은 2층 어딘가에서 나왔다는 뜻인데. 고용인도 아닌 진이 여기에 무슨 볼일이 있었던 거지? 한참 공부를 하고 있어야 할 시간에?

게다가 진의 걸음걸이가 부자연스러워 보였다. 무언가로부터 도망치려는 것처럼. 그런데 다리가 말을 듣지 않는 것처럼. 무슨……일이야?

지금 불렀다가는 누군가 내다볼 것 같아 말없이, 그저 급하게 뒤를 따라가는데 복도 끝 모퉁이에서 에반스 부인이 나타났다. 진을 정면에서 보았을 그 얼굴에 한순간 안타까움이 담겼다. 어째서……? 대체 왜?!

닉이 급하게 움직이느라 들고 있던 폴로 스틱이 복도에 장식되었던 조각품에 부딪혔고, 그 소리에 에반스 부인이 고개를 들었다. 그와 마주친 부인의 얼굴에서 표정이 지워졌다. 그리고 부인은 진을 이끌고 서둘러 계단을 오르기 시작했다. 그애의 모습이 부인에게 가려져 제대로 보이지 않았지만, 언뜻 손으로 입가를 가린 모습이 보였다. 우는……건가?! 아니, 뭔가 조금 다른 것 같은데…….

너무 짧은 순간이라 제대로 보지 못했다. 마음이 급해 얼마를 더 걸어갔지만 그들은 이미 계단을 올라가 버렸고, 그가 끝까지 따라 갈 수 있는 상황이 아니었다. 대체…… 무슨 일이야?!

철저한 무력감과 당혹감을 느끼며 그대로 서 있는데, 몇 걸음 앞의 응접실 문이 열렸다. 열린 문으로 나서는 이는 레이디 셀린이었다. 영지가 가까워서 자주 드나들기는 했지만 왜 하필 지금 여기에?

아까 진이 응접실보다 조금 더 간 곳에서 걸어가고 있었으니 어쩌면 거기서 나왔을 수도 있지만, 그가 알기로 진과 셀린 사이에 접점이라고는 전혀 없었다. 한데 자신의 얼굴을 본 셀린이 한순간 머뭇거리더니, 등 뒤로 문고리를 더듬어 닫으려 하는 게 아닌가.

닉은 다시 발걸음을 떼었다. 뚜벅뚜벅. 몇 걸음을 더 걸어가서 셀린의 어깨 너머로 닫히려는 문을 막았다. 셀린이 문고리를 놓지 않으려 했지만 그의 힘을 막기에는 역부족이었다.

거칠게 열리는 문 너머로 빅토리아가 소파에 앉아 있었다. 문소리에 고개를 든 그 애는 닉과 시선이 마주치자 급하게 고개를 돌렸다. 뭔가에 화가 난 듯 씩씩거리던 얼굴이, 그를 보자 순식간에 당황하는 기색으로 물들기까지 했고.

그런 빅토리아를 훑다 테이블로 떨어진 시선이 찻잔 세 개에 닿았다. 사람 수에 비해 찻잔 수가 많았지만, 응접실 안에는 더 이상 다른 이는 없었다. 그의 시선이 다시 빅토리아에게 향했다.

니콜라스는 아무 말도 하지 않았다. 그가 들고 있던 단단한 폴로

스틱의 끄트머리가 바닥에 떨어졌고 그것이 천천히, 하지만 부러질 듯 휘는 것을 바로 앞에 서 있던 셀린은 똑똑히 지켜보았다. 순간 셀린은 그에게서 두려움과 가능성, 두 가지를 느꼈다.

[공부하고 있어?]
[응. 열심히.]
[좀 봐줄까? 트리 하우스로 올래?]
[오늘은 혼자 해 볼게. 어차피 문제 풀이만 하면 되는 거니까.]
문자의 답장이 그리 왔다. 여느 때라면 문제 풀이니까 자신더러 봐 달라고 했을 텐데, 지금은— 터진 입술을 보여 주고 싶지 않은 것이다. 이러다가는 잘 준비해 왔던 수학 시험을 망칠지도 모르는데.

걱정이 돼 주방에 가서 에반스 부인을 찾았더니, 입술이 터지고 혀도 좀 깨물었다고 했다. 반쯤 돌아선 채 불편한 기색으로 그리 말하는 에반스 부인에게 묻고 싶은 것이 많았지만, 닉은 뭐 하나 시원스레 묻지 못했다.

진은 아마 조금 울었을지도 모른다. 아니, 에반스 부인이 내려온 뒤로는 조금 많이 울었을지도 모르겠고. 그러니 그가 거는 전화는 안 받고 문자만 하는 게지.

우울한 눈을 창 너머 트리 하우스로 향하니, 불이 밝혀져 있지 않은 그곳을 배경으로 눈송이가 하나둘씩 떨어지기 시작했다. 전 같으면 벌써 '이번에는 화이트 크리스마스가 되려나 봐!', '눈을 맞으며 키스하고 싶어!' 라는 문자가 오고도 남았을 텐데.

하지만 눈송이가 굵직해지고 누런 잔디가 온통 희게 덮인 뒤에도 그의 휴대폰은 잠잠했다. 시기가— 그가 예상했던 것보다 훨씬 빨리 닥칠지도 모른다는 생각이 들었다. 그의 주먹에 힘이 들어갔다.

다음 날, 아직 방학을 맞이하지 못한 진의 시험이 드디어 끝났다. 시험을 잘 봤든 못 봤든 연락이 있어야 할 텐데 오후가 지나 밤이 되어도 잠잠했다.

트리 하우스에 가서 바라보니 진의 방 조명은 내내 꺼져 있는 채였다. 나오기 싫을 수 있다. 대신 자신을 보기라도 하라고 일부러 성 뒤쪽으로 크게 원을 그리면서 몇 바퀴나 돌고 다시 성에 돌아왔다.

다음 날 낮에야 문자가 왔다. 어제는 전날 시험공부를 해서 그런지 학교에서 돌아오자마자 잠이 들어 오늘 아침에야 깼다고. 거짓말이었다. 자신이 성에 와 있는데, 그 아이가 잠이 들 리가.

마음은 마음대로 상하고 입가는 상처 나고 부어서 식사도 제대로 못한 채 학교에 갔을 테니, 시험이라고 제대로 봤을 리가 없겠지. 돌아오자마자 방에 들어가서는 내내 훌쩍거리는 소리가 들렸다고 했다. 기억이 하나도 안 나더라고 했다. 결국 시험을 망쳤다고.

그 말을 들은 닉은 외조부 댁의 크리스마스이브 파티에 참석하겠다는 의향을 어머니께 전했다. 오래간만에 참석한다고 하자 반색하셨지만 닉은 별말 없이 돌아 나왔다. 닥쳐올 시기에 대해 준비해야 했다. 진이 아니라 자신이 말이다. 애초부터 자신만 준비가 되면 끝나는 일이었으니.

이브의 파티 이후에도 박싱데이까지 가족들과 외조부 댁에 머문 닉은, 남은 크리스마스 방학 내내 스코틀랜드의 별장에 가서 보내자는 제안은 결국 거절했다. 학업을 핑계로 대면 늘 만사 오케이였다.

잠시 바라보시던 어머니도 빙긋 웃음 지으며 그러라 하셨고. 3일 동안 함께한 것으로 되었다 여기는 투였다. 그렇게 서로 필요한 것을 주고받고 정도만 지킨다면 될 일이다. 닉은 뒤도 돌아보지 않고 더닝튼으로 돌아왔다.

그동안 진에게서 연락은 겨우 하루에 한 번, 잘 자라는 인사뿐. 언제 오는지는 한 번도 묻지 않았다. 아직 입술이 온전히 낫지 않았을 테니 자신이 돌아가도 문제일 것이다. 스코틀랜드로 갈 것 같다는 지난밤의 문자에도 아무런 답이 없었으니까. 안심하는 한편 서운하고 보고픈 마음이 겹치니 무어라 답을 해야 할지 몰랐겠지.

이미 점심때가 지난 시간이지만 식사도 마다하고 트리 하우스로 건너가는데, 지난밤 새로 내린 눈 위로 작고 희미한 발자국이 보였다. 대충 눈으로 따라가 보니, 트리 하우스를 향하고 있었다. 멈칫했던 그의 발걸음이 점차 빨라졌다.

나무 계단과 데크를 최대한 조용히 올라가 안으로 들어서니, 카우치에 담요를 덮고 웅크린 모습이 눈에 들어왔다. 진이 검은 속눈썹을 길게 늘어뜨린 채 잠이 들어 있었고 앞의 테이블에는 뜯지도 않은 크리스마스 크래커와 빨간 산타 모자가 있었다.

작년에는 더닝튼 성에서 열리는 크리스마스이브 파티 직전에 여기 트리 하우스에서 진과 함께했었다. 크래커 케이스에서 오려 낸 종이 왕관을 쓴 진이 용돈을 모아 선물한, 산타와 루돌프가 그려진 크리스마스 점퍼를 입은 닉은 진의 입가에 고맙다는 키스를 수십 번쯤 했다.

방학이 끝나고 학교에 갔더니 어떤 애가 그 점퍼와 똑같은 것을 입었는데, 무척 촌스러워 보여 깜짝 놀랐다면서 진이 다시 돌려 달라고 했지만 닉은 거절했다. 이제 제 것이니 돌려줄 의무가 없는 것이니까. 그것은 지금 그의 금고에 고이 들어 있었다.

파티가 끝난 뒤에 다시 트리 하우스에 돌아왔을 때 진이 잠들어 있었지만, 그때는 지금처럼 머뭇거리지 않고 격렬한 키스로 깨워도 됐었다. 아직 시간이 많이 남아 있을 것이라고 생각했던 그때는.

입가를 못마땅하게 굳힌 닉이 벽난로에 다가가 불을 켜 온도를 최대한으로 올리고 돌아서는 순간, 작은 소리가 들려왔다.

「엄마…… 엄마…….」

웅얼거리는 소리였지만 분명히 그랬다. 몇 번 들은 적 있는 말. 꿈에서 깨고 나면 결코 기억하지 못하는 말. 그가 부치지 않은 편지에 온통 쓰여 있을 그 말. 그는 인터넷을 통해 알고 있었다. 그 단어가 한국말로 무슨 뜻인지.

벽난로에 손을 쬐어 따뜻하게 만든 뒤에야 카우치로 다가갔다. 흐트러진 가는 머리칼을 쓸어 넘기고 눈물 젖은 눈가도 닦아 내고 다시 눈물이 돋아나는 눈가에 입술을 눌렀다. 그리고 말없이 애원했다. 부디 너까지 서두르지는 말아 달라고. 자칫 내가 제대로 해내지 못할 거라고.

이윽고 진의 속눈썹이 들리고 검은 눈동자가 깨어났다. 제 빛이고 구세주였다. 하지만 결코 사랑은 아닐 것이다. 이런 이기적인 놀음이, 비이성적인 작태가 사람들이 말하는 그런 아름다운 것일 리 없으니까.

"안녕."

그가 속삭이자, 상처가 거의 다 아문 입술이 환한 등불에 선명하게 드러났다.

"언제 왔어?"

"너야말로 언제 왔는데 난로도 안 켜고 있어?"

"방금."

거짓말. 뺨을 스치는 손끝이 이렇게 찬데. 거짓말은 앞으로도 계속될 것이다. 그가 그의 거짓말을 끝내지 않는다면. 아니, 그가 끝내지 못한다면.

"나도 방금."

가는 팔이 뻗어 와 그의 목에 감겼고 작은 입술이 맞대어졌다. 진은 그저 반가움을 표시하고 애정을 드러내고 싶어 다가오는 것뿐이지만 이기적인 사내놈의 몸을 가진 그는 다르다. 벽난로가 좀 더 실내를 데우기를 기다리고 싶은 마음에 몸을 뒤로 뺐더니, 진은 그가 물러난 것보다 더욱 다가왔다. 결국 카우치를 짚고 있던 그의 손이 움직여 작은 몸을 안아 들였다.

처음 시작은 진이 했는지 모르지만, 이후로는 줄곧 그가 주도해 왔고 진은 그저 끌려오고 있는 관계였다. 그 증거로 아랫도리가 벌써부터 뻐근해져 오질 않는가. 고작 며칠밖에 되지 않았는데도 이러는데— 어떻게 견딜 심산이지?

스스로를 비웃으면서도 그의 손은 다급하게 진의 치마 아래로 기어들어 갔다. 제 뺨에 순수한 기쁨으로 입술을 눌러 대는 아이 같은 몸에서 스타킹을 끌어 내리고 팬티를 비집고 들어간 손가락이 작은 피부들을 빠르게 더듬고 준비시켰다. 차가워진 몸을 데우는 데 이만한 것이 없다고 시키면 속내로 스스로를 합리화시키면서 말이다. 그러니 자신은 진을 사랑하는 게 아니다.

"그만두려는 게 아니야. 돌아봐."

몸을 돌려 안으려 하니, 떼어 내는 줄 알고 화들짝 놀라 더욱 달라붙는 순진한 존재를 달래어 뒤에서 안았다. 제 품에 바짝 밀착해 안으니 몸이 차갑긴 했다. 대체 언제부터 기다린 걸까? 아침부터? 가슴에 이는 쓰라린 물결에 미간이 일그러졌지만, 제 바지 지퍼를 풀어 내는 손길을 멈추지는 않았다.

손을 앞으로 돌려 작고 붉은 살점을 문지르자, 품에 안긴 작은 몸이 파르르 떨었다. 그리고 그 떨림이 가시기 전에 제 남성을 그 몸속으로 밀어 넣었다. 뿌듯함을 넘어서는 만족감이었다. 손안에 잡힌 작은 새의 파닥임 같은 헐떡임도 혼이 빠질 만큼 저릿하게 제 몸을 감싸 오는 뜨거운 몸속도 모두 제 것이었다. 제가 거짓말을 끝내기 전까지는.

그의 움직임이 격해질수록 매달리려는 것은 진이 아니었다. 기를 쓰고 안고 있으려는 것은 그였다. 위로하기 위한 행위가 아니라 제 불안을 잠재우기 위한 행위였다. 저 안온한 트리 하우스의 문 너머 세상에 아랑곳 않고 이 작은 몸을 놓을 수 없는 것도 그였고, 이 순간이 어째서 영원할 수 없는 것이냐 울부짖고 싶은 것도— 추잡하고 음탕한 그였다.

지금 이렇게 뒤에서 안고 있는 이유도, 진이 혹시라도 제 입술을 들킬까 걱정할 것을 배려하기 위해서가 아니라 잔뜩 겁먹은 닉 자신의 눈동자를 들키기 싫어서였다.

이어 시작된 봄 학기의 주말에도, 그리고 진이 중간 방학을 맞아도 닉은 더닝튼으로 돌아가지 않았다. 아직 고등학생이라 MBA는커녕 대학 생활도 잘 모르는 진에게는 학기가 거듭될수록 주말에 전혀 시간을 낼 수 없노라 했다. 기숙사까지 문을 닫는 부활절 방학을 맞았어도 스터디가 있어 돌아갈 수 없노라 거짓말하고는 학교 근처의 호텔에 머물렀다.

진은 전 같으면 하루라도 올 수 없느냐고 구슬프게 졸랐을 테고 또 그도 기다렸지만, 그런 일은 일어나지 않았다. 그저 '열심히 해.' 정도였다.

그나마도 그가 문자를 하자마자 0.5초 내로 날아오던 이전과 달리 5분, 10분 후에야 전해지는 그 문자를 찍기 위해 수없이 지우고 다시 썼을 테지. 받지 못한 그 문자들이 그로서는 얼마나 안타깝고 궁금한지 진은 결코 알지 못할 것이다. 공부는 어찌 돼 가는지, 시험은 어찌 치렀는지 묻고 싶었지만, 그 어느 것도 묻지 않았다.

자신이 준비가 될 수 있는지 알아보고 싶어서였다. 섣부르게 일을 벌였다가— 제가 나자빠지면 안 될 테니까. 이건 일종의 시험이자 연습이었다. 무뎌지는 연습. 멀어지는 연습.

[어디야?]

부활절 방학을 시작한 주의 일요일. 웬일로 어둑해지는 시간에 문자가 왔다. 호텔 창밖으로는 4월임에도 을씨년스러운 공원을 가로지르는 좁은 개울가 주변으로 가로등이 하나둘씩 켜지는 즈음이었다.

[학교지.]

다시 잠잠. 휴대폰을 수백 번쯤 쳐다봤지만, 다시 연락은 오지 않았다. 미칠 것 같아서 휴대폰을 무음으로 바꾸었다. 연습을 해야지.

그러고는 책을 억지로 펴 들고 공부를 하다 고개를 드니 10시가 가까워져 있었다. 휴대폰을 들어 보니, 문자가 와 있었다. 15분 전쯤. 서둘러 읽어 내렸다.

[The objects of my affection이 겨우 꽃이라면 좀 서글프지 않을까?]

좀 뜬금없지만, 어딘가 낯익은 구절이었다. 어디서 봤더라? 대체 어디서— 미친 듯이 머리를 회전시키고서야 떠오른 내용도 처음에는 긴가민가했다. 칼리지의 강의실 창밖으로 보이던 피츠윌리엄 박물관에 붙어 있던 플래카드의 구절이었다.

진이 말한 'The objects of my affection'이라는 타이틀과 함께 꽃 그림이 박물관 건물 벽에 크게 걸린 것은 벌써 몇 주나 됐다. 대학원 수업마다 닉이 몇 번이나 보아 왔던 것이다. 설마?

그는 자리에서 벌떡 일어섰다.

설마 진이 여기, 케임브리지에 온 건가? 더닝튼에 있어야 할 진이 이곳에 왔다고? 운전면허도 없는 진이? 자신처럼 스튜어트가 편하게 데려다주는 것도 아니고 거기서 여기까지 오는 대중교통에 대해서는 그조차도 모르는데?!

그리고 지금이 몇 시인데! 박물관은 벌써 닫았을 것이고, 아직

밤에는 겨울만큼이나 썰렁한데! 어디냐고 물었던 것이 설마……?

미친 듯이 꼬리를 무는 생각이 끝나기도 전에 코트를 잡아챈 그는 서둘러 호텔을 나섰다. 긴가민가해서 불규칙하던 걸음은 어느새 달리고 있었다. 칼리지에서 가까운 곳으로 잡은 호텔이니 박물관에서 고작 한 블록 정도 떨어져 있고 돌아간다 해도 400야드도 되지 않는 거리지만, 전속력으로 달리고 있는 닉에게는 너무도 먼 거리였다.

어두운 밤거리를 미친 사람처럼 내달리면서도 더 빨리 가지 못해 안달이었다. 이윽고 그리스식 건축 양식의 입구가 보이는 곳에 이르자, 역시나 불이 꺼진 어두운 입구 바깥쪽 죽 늘어선 기둥 사이에 웅크리고 앉은 작은 모습이 눈에 들어왔다. 파란 파카를 입고 배낭을 멘 채 손을 호호 불고 있는 진이었다.

가슴이 터질 것 같았다. 숨이 차서가 아니라 가슴이 아파서, 인적 없는 거리가 왕왕 울리도록 미친 듯이 울부짖고 싶었다. 내게 왜 이러느냐고, 넌 대체 어디서 온 누구인데 내게 자꾸만 이러는 거냐고! 대체 왜냐고!

이를 악물고 계단을 몇 개씩 뛰어올랐다. 그 앞에 우뚝 멈춰 서자 작은 고개가 들렸다. 화가 났다. 이렇게 말없이 몇 시간이나 기다리고도 겨우 할 줄 아는 게 웃는 거라니. 바보 같았다. 빙충이 같아서— 발로 차 버리고 싶었다. 난 아직 준비가 되지 않았다고, 미친 듯이 울부짖고도 싶었지만…….

제 안에 숨은, 역시나 겁 많고 단순한 짐승은 제멋대로 팔을 내밀어 제 숨통을 틀어쥔 존재를 허겁지겁 안아 들일 뿐이었다. 그 작은, 신이든 구세주든 그 어떤 부름으로도 부족한 그 아이를 아주 멀리 보내서 애초부터 아예 없는 존재로 해 버리고 싶은 마음과 그러면 내가 딱 죽고 말 거라고 겁에 질려 울부짖는 마음이 온통 뒤섞인 닉은 이미 지옥에 있었다.

15.

자신을 닉이라고 부를 수 있는 사람

"너 여기 온 거, 에반스 부인은 알아?"

"그럼."

서둘러 호텔로 돌아와, 이가 딱딱 부딪히는 소리로 그렇게 답하는 진의 옷을 벗겨서는 따뜻한 물이 쏟아지는 샤워기 아래로 들여보냈다. 나와서 마실 수 있도록 뜨거운 차와 진이 좋아하는 샌드위치 등을 주문하고는 에반스 부인에게 전화를 걸었다. 혹시 무슨 일이 있었던 건가, 그래서 진이 여기 온 건가 알아보고 싶어서였다.

이젠 진의 거짓말에 대비해 다른 곳에서 정보를 얻으려 하는 것이 일상이 되었지만, 곤란한 질문으로 진을 고민하게 만들고 싶지도 않았고 자신도 사실을 제대로 인지하지 못한 채 넘어가고 싶지도 않으니 어쩔 수 없었다.

— 잠을 자면 자꾸 기억이 흐려진다는 걸 깨달았다면서 이번 시험은 꼭 잘 치겠다고 이틀 밤을 한숨도 자지 않았습니다.

진이 스스로를 몰아치는 것은 어머니나 빅토리아와의 부딪힘보다 더더욱 바라지 않는 바였다.

— 시험을 치고 돌아와서는 꼬박 25시간을 잤어요. 그러고는 후작님께서 돌아오지 않으신 것을 모르고 트리 하우스에 가서 밤새 기다리다 오더니, 성적을 말씀드리러 케임브리지에 가고 싶다고 했습니다. 다 후작님 덕이라고.

행여 누군가에게 들킬까 봐 전등도 난방도 켜지 않은 채 밤새 자신을 기다리는 자그마한 실루엣을 상상하던 그의 시선이 호텔 유리에 비친 제 모습을 알아보았다. 우뚝 멈춰 서서는 이를 앙다물고 선 모습을.

— 평소 뭘 어쩌고 싶다는 말을 하는 아이가 아니라 그냥 기차역까지 태워다 줬습니다. 제게는 벌써 몇 시간 전에 후작님을 만났다고, 그러니 이제 마지막 기차를 타고 돌아오겠다고 했는데 별일은 없었지요?

주변 사람들을 안심시키기 위한 거짓말을 밥 먹듯 하기에 앞서 진이 스스로를 더 챙겼으면 했다.

"오늘은 늦었고 내일 아침에 보내겠습니다."

— 알겠습니다.

전화를 끊자 차와 샌드위치가 도착했고, 욕실에서 드라이어 소리가 들려오기 시작했다. 들끓는 마음을 내버려 둔 그가 차를 다 우려낼 즈음 욕실의 물소리가 멎었다. 이어 욕실 문이 열리는 소리가 났으니 벌써 제게 뛰어왔어야 하는데, 잠잠했다.

돌아보자 진은 아직 욕실 문 앞에 어정쩡하게 서 있었다. 흰색의 로브가 어찌나 큰지 발목까지 덮을 지경이었다. 그가 손짓을 하니, 그제야 쭈뼛거리며 다가오며 물었다.

"아직 화났어?"

"……아니."

그 말이 떨어지고 나서야 답삭 안겨 든다. 드라이어로 말렸어도 약간의 습기가 남은 머리카락에서 샴푸 냄새에 섞인 진의 체취가 전해져 왔다. 그게 그리워 못 견디겠던 짐승은 고개를 숙여 코를 더욱 가까이 가져갔다.

"혼낼 거야?"

"글쎄."

"잘못했어."

진이 팔을 뻗어 목에 감으며 기어 올라와 주니, 못 견디게 고마웠다. 이제 서로의 목덜미에 얼굴을 묻었다.

"뭘 잘못했는데?"

"근데, 전혀 안 위험했어."

금세 딴소리.

"박물관 얘기를 내가 못 알아들었으면 어쩌려고 했어?"

"더닝튼하고는 다른 게, 10시인데도 가끔 사람이 지나갔어. 밤새 그럴 거 아냐. 그럼 우범지대는 아니지."

하. 밤을 새려고 했다고? 내일에야 내가 박물관 얘기를 알아들었다면 내일 막 도착한 척하고도 남았을 것이다.

"아직 '사람'이 무서운 세상이라는 걸 모르는구나. 런던만 강간 사건이 많이 일어나는 게 아니야. 여기도 마찬가지라고."

"그러게. 닉 말고 다른 사람은 다 무서워."

아니, 네게는 내가 세상에서 제일 개자식이라는 걸 너만 몰라.

"시험 점수 안 물어봐?"

미워서 안 물어봐.

소파에 앉아 찻잔을 건네고는 한 모금 마시는 것을 보고 나서야 답을 해 주었다.

"안 물어볼 거야."

"이번엔 물어봐도 되는데."

잔뜩 기대하는 눈치다.

"싫어."

"아, 왜애?"

"내 맘이야."

까르르 숨이 넘어가게 웃는 진에게서 찻잔을 받고 게살 샌드위치 한 조각을 건네고는 머리를 쓰다듬었다. 잘했다고. 기특하다고.

빙긋 웃더니 물어 온다.

"닉은 저녁 먹었어?"

생각해 보니, 아니었다. 이제야 배가 고픈 것도 같고.

그 머뭇거림에 샌드위치를 대뜸 그의 입으로 들이밀어서는 얼른 먹으라는 듯 살짝 흔들기까지 한다. 그가 한 입 베어 물자, 눈꼬리를 접으며 웃더니 저도 한 입 베어 물고는 문득 입을 맞추더니, 입속의 음식물을 한쪽으로 밀고는 간신히 웅얼거린다. '건배.' 라고. 그 미소를 영원히 지켜 줄 수 없을 것이라는 생각에 제 입가의 웃음이 스러지는 것을 감추려고 샌드위치를 씹는 척했다.

"왜, 공부해야 해? 내가 방해한 거지?"

눈치가 빠르다. 그래서는 아니었지만. 고작 공부에의 방해 따위를 걱정하는 네게 내가 무슨 짓을 할 건지 넌 상상도 못 하겠지.

"아니야."

"나 그만 갈게. 닉은 공부해."

"버스도 기차도 모두 끊겼을 시간까지 무턱대고 기다려 놓고는 어딜 간다고?!"

"아차."

정말 생각 못 한 얼굴이다. 방해한 것이 아니고 추운 데서 무턱대고 기다린 것을 탓하는 건데, 알아듣지 못한다. 공부할 것이 있단 소리는 거짓이었다는 말을 할 수도 없고.

"조용히 있을게."

"아니라니까."

얼굴에 미안한 기색이 어리며 샌드위치 조각을 든 손이 처지기에, 그 손을 잡고 제 입으로 가져가 털어 넣고는 새로운 조각을 쥐여 주었다.

"얼른 먹어. 많이 씹고."

"응."

진의 움직임을 따라 로브의 깃 사이로 언뜻 쇄골이 드러나 보이자, 닉은 시선을 비켰다. 그의 시험은 아직 끝나지 않았다.

"같이 밤을 보내는 건 처음이네."

졸음과 설렘이 동시에 담긴 그 말에 닉은 제 가슴에 기댄 진의 뒤통수를 다시 한 번 쓸어내리는 것으로 답을 대신했다. 간신히 요기를 하고 나니 11시가 훌쩍 넘어 있었고, 추운 데서 떨다가 들어와 배를 채우고 나니 졸음이 오는지 진은 그의 무릎에 앉은 채로 졸고 있던 참이었다.

낮춘 조명 빛 속에서 멍한 시선은 창밖에 두고 있었지만, 제 몸에 기분 좋게 느껴지는 무게감이 생소하기만 했다. 두어 시간 전까지만 해도 자신이 세상에서 가장 비참한 사람인 줄로만 알았는데.

이 순간을 영원히 기억해 두고 싶었다. 몸의 감각 세포 하나하나를 모두 일깨워서는 반드시 기억하라고 일러두고 싶은 심정인 한편, 제 가슴에 기댄 어깨를 움켜쥐고는 힘껏 뒤흔들고 싶었다. 너 때문이라고, 네가 이러니까— 내가 내 마음대로 할 수가 없다고, 널 영원히 놓고 싶지 않은데, 네가 자꾸 내 양심을 일깨우고 있지 않느냐고.

하지만 그의 손은, 진의 몸이 점점 늘어지면서 완벽히 그에게 기대어 올 때까지, 아니 그 이후에도 오랫동안 가만히 감싸고 있을 뿐이었다.

침대로 옮겨 가서도 잠은 오지 않았다. 창밖이 희뿌옇게 밝을 때까지도. 제 팔을 베고 마주 누운 존재가 조용히 눈을 뜰 때까지도.

"안녕."

진이 먼저 속삭였다.

"안녕."

"……나 이상하게 꿈을 안 꾼 것 같아. 매일 꿈을 꾸는데."

"그래서 서운해?"

"몰라. 기억나지 않는 꿈이니 좋은 건지, 아닌 건지 모르겠어."

"잘 자긴 했어? 감기 기운은 없고?"

끄덕이는 이마를 짚어 보니 열은 없었다.

"닉도 일찍 일어났네? 샤워도 했고."

로브 차림의 닉을 보고 하는 말이었다. 그는 고개를 끄덕이며 진의 이마를 쓸어 넘겼다. 검은 눈동자가 가만히 그를 매만지더니 중얼거렸다.

"하고 싶어."

그의 손길이 잠시 멈칫했지만 이내 침착하게 중얼거렸다.

"콘돔 없어."

"없어도 되잖아."

체외 사정을 말하는 것이다.

"위험하지."

"전에는 안 위험하게 했잖아."

"그때는 뭘 몰라서 그게 위험하지 않다고 생각했던 거고."

"하여간 그동안 아무 일 없었잖아."

"운이 좋았던 거야."

솔직히 콘돔을 사용한 것보다 체외 사정을 한 적이 더 많을 정도로 내킬 때면 그딴 것 나 몰라라 한 주제에, 제 연습의 성공을 위한 핑계를 대고 있는 것이다. 그러면서도 대차게 거절하지 않는 것은 실패의 핑계거리를 찾기 위해서였다. 역시나 비열하고 저급한 짓거리였다.

정말 그럴 생각이었다면 자리를 박차고 일어나든가, 혹은 아까 샤워를 하고 난 뒤 다시 침대로 기어들지 말았어야지. 작은 손가락들이 제 로브 자락 사이로 기어드는 것을 방관하는 것 역시.

"아무도 볼 염려 없는데."

아쉬움과 기대감이 뒤섞인 응석이었다.

하긴. 좁은 카우치나 딱딱한 러그 위가 아니라 포근한 침대 위에서 누구에게 들킬까 조마조마하지 않아도 되는 순간이 아닌가. 나약한 짐승의 다짐은 그렇게 순식간에 바래고 말았다.

제 연습의 성공보다 중요한 것은 정작 실전을 견뎌 낼 수 있는 추억거리일지도 모른다는 변명을 댔다. 나중에 곱씹을 수 있는 추억거리가 하나라도 더 생기면 하루라도 더 견뎌 낼 수 있지 않겠냐고도 했고.

실컷 즐기고 나면 물려서 다시는 생각나지 않을지도 모른다는 허풍 따위를 떨 배짱은 애초부터 없었다. 너 때문이라고, 너만 내 인생에 나타나지 않았으면 나는 아무런 문제도 없었을 것이고 이런 고민 따위 하지도 않았을 것이라며 비열하게 진의 탓을 하고는 있지만— 그 정도는 자각하고 있었다.

손을 내밀어 진의 로브 끈을 풀었다. 따스한 기운이 도는 달콤한 몸이 드러났다. 옆으로 누운 탓에 조금 더 볼륨감이 생긴 가슴이 눈에 들어왔다. 완전 밋밋하던 그 가슴이 이만큼 도도록해지는 것을 지켜봤지만, 그 가슴이 풍만해지는 것까지 지켜보지는 못할 것이다.

애초에…… 늦게 만났더라면 어땠을까? 진도 스스로를 조금 더 챙길 나이가 되고 자신도 조금 더 닳고 닳은 뒤에— 그런 뒤에 만났더라면?

고개를 숙여 그 가슴 끝에 입을 맞추면서 씁쓸한 기색을 감췄다.

인생을 다시 되돌릴 순 없는 것이겠지만, 다시 한 번 산다면 그때에는 이러지 않았으면. 다시 이런 생을 살게 한다면 그건 신의 반칙이다.

가는 몸이 뒤로 휘어지자, 갈고리처럼 뻗어 나간 두 팔이 작은 몸을 감아 들었다. 온전히 맞대어진 벗은 몸의 감촉에 온몸은 환희로 가득 찼으나, 의식은 마치 날개를 잃고 떨어진 천사를 범하는 기분이었다. 그 무능한 의식은 죄 많은 몸뚱이를 제어하지 못했고 닉으로 하여금 성공하기 위한 연습도 없이, 실전에 돌입하게 만들고야 말았다.

아침 일찍 그가 예약했던 차가 도착했다.

"대학원을 졸업하면 런던에 가서 일을 해야 하니 여름부터는 바쁠 거야."

학부를 졸업하면서 외조부의 은행에 입사했던 것은 그저 형식이었고 실상 학업에 더 시간을 투자했지만, 대학원을 졸업하면 런던으로 정식 출근을 해야 했다. 졸업 후 얼마간 쉴 수는 있지만 그는 바로 일을 시작할 생각이었다.

사실 더닝튼으로 돌아가지 않을 수만 있다면 핑계는 어떤 것이든 좋았고, 더불어 몸을 혹사시킬 수 있는 것이면 어느 것이든 마다하지 않을 작정이었다. 차 뒷좌석에 타기 직전에 연인들의 키스 대신 비겁한 놈의 구구절절한 변명을 들은 진은 그렇지 않겠지만.

"여름 방학에도 더닝튼에 돌아오지 않는다는 말이야?"

서운함이 지나쳐 조금은 멍한 얼굴로 되묻는 걸 보면 말이다.

"조금 전에 설명했잖아. 졸업하면 사회인이야. 이제 방학 따위는 없다구."

안타까워서 그 얼굴을 쓰다듬으며 나도 정말 그러고 싶은 건 아니라고. 억지로, 진짜 억지로 그러는 거라고 말해 주고 싶었지만 그의 입에서 나오는 말은 달랐다.

"그리고 이렇게 불쑥 오는 건 앞으로 하지 마."

더닝튼까지 데려다주고 싶었지만, 그래서는 안 된다. 데려다 달라고 하면 일찍부터 스터디가 있다고 둘러댈 생각이었지만, 진이 그런 말을 할 리가 없다.

"네가 미안해할까 봐 말은 안 했지만, 어제 할 일도 다 하지 못했다고."

서운함보다 미안함이 더 견디기 쉬울 것이라 판단한 그 거짓말에, 간신히 정신을 차린 진이 역시나 미안하고 당황한 기색으로 손을 흔드는 둥 마는 둥 차에 타는 모습은 영원히 잊히지 않을 터였다.

진의 뒤로 차 문을 닫고, 운전기사에게 잘 부탁한다고 고갯짓을 하자, 차가 출발했다. 한참이나 가서야 진은 멈칫거리며 뒤를 돌아보았지만, 그때까지 지켜보고 있던 닉은 그 시선이 제게 와 닿기 직전에 몸을 돌렸다. 실전의 시작이었다.

호텔 앞쪽의 산책로를 따라 도서관을 향해 걸었다.

칼리지마다 있는 채플에 관광객인 양 들어가 볼 수도 있었다. 호텔 조식도 괜찮으니 식당에 내려갔더라면 제 입에 맞는 것들로 골라서 좀 더 먹었을 수도 있고. 개울을 따라 조성된 길을 손을 잡고 산책도 하고 끄트머리에 있는 예쁜 카페에 들러 잠깐 다리를 쉬면서 따뜻한 카푸치노와 케이크도 좀 먹여 보냈더라면— 지나치는 곳마다 후회가 샘솟았지만, 그의 의식은 일단은 현재까지의 성공을 무심한 표정으로 자축할 뿐이었다.

이대로라면 MBA를 마칠 때까지 핑계가 그럴듯할 테고 진도 즈즈음에 대학교에 가게 되니 그때쯤이면— 괜찮을 것이다. 그가 결국 진을 마주할 수밖에 없던 나이— 그가 견뎌 내지 못했던 스무 살을 진은 이겨 낼 수 있을 것이다. 더닝튼 성의 제 방에 있는 금고 맨 아래 칸이 비워진 것처럼 그의 가슴 또한 텅 비어 버린다 해도.

"닉?"

샴페인을 홀짝이며 어둠이 내린 초여름의 정원을 내다보고 있던 닉이 그 부름에 굳어 들었다. 세상에 자신을 닉이라고 부를 수 있는 사람은 단 한 사람인데 그 사람은 이 파티장 안에 허용되지 않는 사람이기 때문이었다. 돌아보지도 않고 서 있으니, 옆에 다가온 이는 셀린이었다. 그의 표정을 눈치챈 상대는 생긋 웃었다.

"그 이름을 싫어하는 건지, 그 이름을 불러 주는 사람이 싫은 건지 모르겠네요."

뭔가 알고 하는 얘기인지 묘했지만, 대꾸할 가치도 없다 싶어 다시 고개를 바로 했다.

"영 즐거운 표정은 아니네요. 당신을 위해 열린 파티인데요."

샴페인 잔을 들어 입을 가리며 중얼거리는 말은 닉에게만 들릴 정도였다. 닉도 기분 그대로 그냥 어깨를 으쓱했다.

오늘 이 더닝튼 성에서 열린 파티는 명목상으로는 사교를 위해서라지만 궁극적으로는 MBA 졸업을 앞둔 닉의 신붓감을 찾기 위해서였다. 그만큼 어머니께서 작정을 하셨는지, 파티장은 수많은 귀족가의 영애들로 가득 차 있었고 셀린은 그걸 지적하는 터였다.

"공작 부인의 의중은 이 중에 신붓감을 고르라는 것 같은데, 너무 많지 않아요? 심지어 왕실 친척 모임인 줄 알겠어요."

셀린이 가리키는 곳으로 흘끗 시선을 주니, 아까 어머니로부터 인사 받은 공주의 딸과 왕자의 딸이 어색하니 서 있었다. 둘 중 하나만 초대하지, 사촌 간을 나란히 초대해서는 어쩌자는 건지.

그럴 리는 없겠지만, 자신이 만약 저 둘 중 한 사람과 결혼한다면 다른 한 사람과는 어떻게 얼굴을 보고 살라는 건지 모르겠다. 어차피 좁은 바닥이니 그냥 그러려니 하고 살 건가? 솔직히 생각해 보면 좁은 우리 안의 동물들이 교미하는 꼴인데.

닉은 단지 이제 학업을 끝냈을 뿐인데, 어머니는 당장에라도 결혼을 하지 않으면 괜찮은 아가씨들이 모두 지구에서 사라지는 줄로만 아시는지. 짜증이 났지만 자리를 떠날 수는 없었다. 저 밖 어딘가에서 자신을 지켜보는 누군가 때문이다.

혼자 선 것보다는 셀린과 계속 이야기를 나누는 척해도 괜찮을 것이다. 밖에서는 자신을 자세히 볼 수 있을 것이고 안에서는 춤을 덜 청할 테니까. 셀린도 말이 센 편이라 그렇지 내숭을 떤다거나 하는 편은 아니니 그도 그리 불편하지 않을 것이다. 다시 닉이라고 부르지만 않는다면 말이다.

"결혼은 딱 한 사람이면 되는데, 뭐 이리 많아— 그래서 고르긴 했어요?"

자신도 마찬가지로 차려입고 파티에 참석한 입장이면서 주변을 둘러보며 신랄히 구는 투가 묘했다. 몰라서 하는 말은 아니라는 뉘앙스도 다분했고.

"글쎄."

"귀찮은 것 같은데, 내가 공작 부인께 귀띔을 해 드릴까요?"

순간적으로 제 귓가에 대고 속삭이는 그 말에 닉은 처음으로 그녀에게 제대로 시선을 주었다. 붉은 머리를 뒤로 바짝 묶어 갸름하게 드러난 얼굴에서 고양이같이 생긴 녹색 눈이 그를 올려다보고 있었다. 아픈 건지 뭔지, 피부가 푸석한 것이 실제 나이보다 열 살은 많아 보이기까지 했고.

대체 뭐라고 귀띔을 하겠다는 건지, 호기심도 생겼다. 그런 그의 시선에 붉은색으로 요염하게 칠한 입술이 움직였다.

"여기 모인 아가씨들을 당신 앞에 한 줄로 길게 세워서는 유리 구두를 신겨 보시라고요."

그건 또 무슨 소리지? 닉이 눈썹을 치켜세우자, 셀린이 윙크를 했다.

"남이 신었던 구두는 신지 않는다고 깔끔 떠는 밥맛들도 있으니까, 구두보다는 좀 더 간단하게 단어 하나를 말해 보라고 시키면 되겠네요."

어떤 단어?

"닉―이라고 말이에요."

내용도 내용이지만, 그를 부르는 척 다음 말을 한참 후에 한 셀린의 의도 때문이었다. 그의 눈이 가늠하듯 가늘어졌다.

"무슨 말인지 모르겠군. 난 그 이름을 싫어해."

"그렇게 불러도 기분 나쁘지 않을 아가씨를 찾아내면 된다는 말이에요. 그 아가씨가 후작님의 마음을 사로잡을 테니까."

확실히 뭔가 알고 하는 말이었다. 아니, 뭔가 자신이 알고 있다는 것을 그에게 전하려 한다는 것이 더 정확하려나. 닉의 얼굴이 점점 굳었다.

"이곳에 없을지도 모르겠어요. 신데렐라처럼 고용인이 있을 부엌이나 다락방에서 왕자님을 애타게 기다릴지도— 아, 고용인은 아니라고 했던가요?"

너른 홀을 둘러보며 중얼거리던 셀린이 시선을 다시 닉에게 주었을 때, 그녀는 멈칫했다. 날카로울 정도로 자신을 쏘아보고 있는 닉의 시선에 저도 모르게 움찔했기 때문이었다. 하지만 그녀도 물러날 곳이 없었다. 시간도 없었고.

"그 얘기를 진지하게 했으면 하는데, 자리를 옮길까요?"

16.
이제 귀찮게 하지 마

"더닝튼 후작의 서재에 들어오다니 영광이네요."

파티가 열릴 때 응접실을 비롯한 웬만한 방들은 개방해 두었으나, 닉은 제 개인 공간의 침해를 싫어하는 편이라 서재와 침실 등은 잠가 두는 편이었다. 방금도 도어록을 해제하고 들어온 참이었고.

"그래서 하고 싶은 얘기가 뭐지?"

커다란 책상에 기대어 선 닉이 중얼거리자, 여기저기 관심 있게 둘러보는 척을 집어치운 셀린이 닉을 똑바로 바라보았다.

"당신이 듣고 싶은 이야기가 있었던 것 같은데요? 내가 당신의 작은 동양 소녀에 대해 얼마나 알고 있는지."

닉의 턱이 굳어졌다. 정말 알고 있던 게 맞군. 대체 어떻게?!

201

"혹시 진을 말하는 거라면 그 애는 소녀가 아니야. 봄에 스무 살 생일이 지났으니까."

"맞아요, 소녀는 아니죠. 하지만 당신을 닉이라고 부를 수 있는 유일한 사람이라는 건 맞죠."

"그걸 확인하는 게 진지한 얘기라는 건가? 지루한 얘기가 아니고?"

"그 애랑 결혼할 수 없다는 건 당신도 잘 알 거예요. 그러니까 지금껏 숨기는 걸 테고."

"주제넘은 말을 들으려고 당신과 단둘이 파티장을 나오는 모습을 어머니께 보인 게 아닌데. 내가 어디까지 참아 줄 수 있을지 모르겠군."

닉이 몸을 일으키며 나가려 하자, 그때까지 떠보던 기색을 집어치우고 갑자기 정색을 한 셀린이 말했다.

"내게 청혼해요."

"바쁠 거라더니 주말마다 보게 돼서 정말 좋아."

6월의 토요일 오후, 숲속 작은 집 소파에 나란히 앉아 차를 마시던 진은 그의 팔에 매달려 미소 지었다. 파티 이후 닉이 벌써 한 달째 주말마다 꼬박꼬박 더닝튼으로 돌아오고 있는 것이 기뻐 견딜수 없었던 것이다.

"오면 뭘 해. 이런저런 일 때문에 네 공부도 봐주지도 못하는 걸뭐."

"그러게, 주말마다 와도 바빠서 얼굴 보기도 힘드네. 오늘은 어떻게 짬이 났네?"

"셀린이 프랑스에 갔거든."

"……응?"

"웨딩드레스를 가봉하러 프랑스에 가고 없어서 시간이 났다는 말이야."

진은 얼떨떨했다.

그러지 않아도 주말마다 이웃 영지의 셀린이 들르거나, 닉이 그곳으로 가는 것을 보고 별스럽게 함께 시간을 보내는구나 해서, 이상히 여기던 차였는데— 방금 전의 말은 더더욱 이상했다.

"셀린이 음, 결혼하나 보네."

"응. 방금 웨딩드레스 얘기를 했잖아."

불안한 예감이 들었지만 여상히 말하며 찻잔을 테이블에 내려놓은 닉이 그녀를 향했다.

"이따 저녁때 온다고 했으니까, 그때까지는 시간 있어."

묻고 싶지 않았지만 입이 저절로 움직였다.

"누구랑 결혼하는데?"

평소와 똑같은 닉인데, 머리를 쓸어 주는 손길도 여전히 다감하고 자신을 바라보는 눈길도 변함없는데 왜 이런 어색한 기분이 드는 거지?

어디냐고 묻는 문자의 답변에는 몇 주 전부터 늘 셀린이 끼어들었다. 셀린과 요트를 타러 가, 셀린과 드라이브 중, 오늘 밤 셀린과 파티에 가서 시간이 없어 등등.

어째서지? 셀린이 결혼한다면 그 약혼자와 시간을 보내야지, 어째서 닉과?

그때 닉이 고개를 갸웃하며 대답했다.

"물론 나지."

왜 아니냐는 뉘앙스였다. 왜 그런 건지 이해가 가지 않는데, 왜 아니냐니?

"닉이랑……?"

"얼마 안 남았어. 결혼식 날짜가—"

"왜, 왜……?"

다시 찻잔을 집으려던 닉의 손이 멈추었다. 그가 천천히 진을 바라보았다. 그 표정에는 그저 순수한 의아함뿐이었다.

"왜냐니? 왜 얼마 남지 않았냐는 말을 하는 거야? 아니면—"

"왜 셀린과 결혼하느냐고!"

"결혼하는 데 이유가 어디 있어? 다른 사람들처럼—"

"나, 나는……?"

놀람과 당황으로 한순간 비명처럼 높이 올라간 목소리가 속삭이듯 새어 나왔다.

"너는 뭐?"

정말로 모른다는 그 표정은 뭐야? 어째서…….

그러더니, 닉이 별것 아니라는 표정을 지었다.

"우리 관계? 그건 이대로 가면 되는 거 아냐? 뭐 달라질 게 있어? 우리 두 사람 외에 우리 관계를 아는 사람은 아무도 없어. 이대로가 싫다면 네가 그만두면 돼. 그건 내 결혼과 상관없이 이전에도 그랬고 앞으로도 그럴 거야."

닉이…… 셀린과 결혼하면 셀린의 것이 되는 거잖아? 내 것이…… 아니잖아? 지금도 셀린과 시간을 보내느라 바쁘면서…….

"그게 어떻게 그대로일 수 있어?"

닉이 어이없다는 듯 웃었다.

"설마, 내가 너하고 결혼이라도 할 줄 알았던 건 아니지?"

그런 생각은 해 본 적 없다. 하지만 닉이 다른 사람의 것이 된다는 생각도 해 본 적 없다. 그저 닉이 바빠져서 더닝튼에 오기 힘들다니까 내가 런던에 있는 대학교에 갈 정도로 공부를 잘했으면 좋았을 텐데. 그래서 얼마 남지 않았지만 좀 더 열심히 공부를 해야겠다는 정도의 생각밖에는…….

"결혼은 사랑하는 사람하고 하는 거지. 날 사랑한 건 아니라고 네 입으로 말했잖아."

우린 섹스만 하는 사이라는 말이야? 하지만, 난 닉도……

"날 사랑하는 줄 알았어…….."

"내가 그런 말을 한 적이 있던가? 그럴 리가 없는데. 혹시 착각하게 했다면 미안해."

맞다. 그는 그런 말을 한 적이 없었다. 단 한 번도. 그렇다 해도……

"난…… 닉을 사랑해. 정말정말 많이…….."

"잠깐. 내가 착각하게 만든 게 아니고 너 스스로 착각하고 있는 것 아니야? 네가 그랬었잖아, 사랑한다는 말은 섹스하자는 말이라고."

작은 집 내부에 침묵이 흘렀다. 창에서 흘러 들어온 오후의 햇살에, 고요히 떠다니는 먼지 하나하나가 느껴질 정도로 온몸의 감각이 곤두선 채였다. 진은 침을 아무리 삼켜도 목구멍이 자꾸 조여드는 것 같았다.

"셀린은 사랑한다는 말이야?"

"어릴 때부터 셀린과 결혼하기로 되어 있었고 결혼할 때가 됐어."

"어릴 때부터라니······ 나는 몰랐어."

"내가 너한테 그걸 말해 줬어야 하는 의무는 없는 것 같은데."

닉의 말에 모순이 있었다. 그것을 알아챈 진은 자신이 기특하기까지 해서 이제까지와 달리 기세등등하게 입을 열었다.

"셀린을 사랑하는 게 아닌데 어째서 결혼을—"

"귀족들은 사랑 때문에 결혼하는 건 아니야. 필요 때문에 하지. 너와 섹스한 것도 네가 사랑 얘기를 집어치워서야. 아마 네가 계속 사랑한다고 했으면 함께 시간을 보내지도 않았을 거란 말이지."

날 사랑하지 않는다는 말이었다.

"거짓말."

닉이 짧게 한숨 쉬는 것을 보는 진의 폐에는 먼지만큼의 공기도 드나들지 않았다. 이 믿어지지 않는 현실이 바뀌지 않는다면 앞으로도 그럴 테고.

"안 믿어······."

"고집부릴 걸 부려야지."

하도 믿어지지 않아서 자신도 모르게 아주 작게 속삭였을 뿐인데, 갑자기 닉이 벌떡 일어섰다. 가려는 것이다.

겁이 더럭 나서 그 소매를 붙들자, 내려다보는 닉의 시선에 차가움이 담겨 있었다. 닉이 그렇게 자신을 바라보는 것은 처음이었다. 마치 더닝튼 공작이나 공작 부인이 고용인들과 하는 수 없이 상종해야 할 때의 표정이었다. 땅에 기어가는 벌레를 보듯.

"감정은 강요해서 생겨나는 게 아니야. 난 내 감정을 있는 그대로 말했으니까 너도 시간을 갖고 네 마음을 잘 들여다봐."

닉이 단호히 소매를 거둬들였다.

다시 뭘 잘 들여다보라는 거야? 내가 닉한테 거짓말한걸?

"시간을 갖다니? 어, 언제까지?"

벌써 저만치 걸어간 닉을 따라가는 목소리가 달달 떨렸다. 멈추지 않고 문 앞까지 걸어간 닉이 다시 한숨을 쉬더니 반쯤 돌아보았다. 여전히 소파에 멍하니 앉은 진은 상대적으로 어두운 곳에 선 닉이 너무도 멀어 보였다. 마치 영원히 못 볼 것처럼.

"글쎄, 지금으로서는 잘 모르겠어. 네가 계속 이런 식이라면 아마 계속 보는 건 힘들겠지."

"안 돼!"

저도 모르게 크게 외친 진이 일어서자, 닉이 성가시다는 표정을 지었다. 이성을 잃으면 닉은 그냥 가 버릴 것이니 침착해야 했다. 침을 몇 번이나 다시 삼켰다.

"내가, 다, 다시 생각할게. 그러면 됐지? 응?"

입술이 덜덜 떨렸고 혀가 제멋대로 움직였다.

"나중에 다시 얘기해."

무심히 말한 닉은 그대로 가 버렸다. 그제야 주먹을 너무 꽉 쥐고 있던 팔이 아파 왔다.

[잠깐 볼 수 있어?]

[트리 하우스에서 기다릴게.]

[닉?]

다음 날, 그렇게 몇 번이나 문자를 하고서야 11시가 넘어 답이 왔다.

[다시 생각한 게 아니라면 만날 필요 없을 것 같은데.]

[다시 생각했어! 정말이야!]

[잠깐이면. 트리 하우스에서.]

[응.]

이미 트리 하우스에 있던 진은 30분이 넘은 뒤에야 나무 계단을 올라오는 소리에 가슴이 뛰는 것을 느꼈다. 다행이었다. 만 하루 동안 얼마나 겁을 먹고 떨었는지. 다시는 닉을 볼 수 없을까 봐, 다시는 그가 바라봐 주지 않을까 봐.

문이 열리고 들어서는 닉에게 달려가 안겼다. 닉도 팔을 둘러 마주 안아 주는 타이밍이 이전보다 느려진 것 같았지만 상관없었다. 이렇게 와 주었으니까. 이렇게 안아 주고 있으니까.

"내가 잘못했어! 다시는 안 그럴게."

닉은 그다지 반기는 얼굴이 아니었다. 그래서 진은 거듭 주워섬겼다.

"사랑한다는 소리도 안 하고 닉더러 사랑해 달라 소리도 물론 안 할게!"

"속으로는 그렇게 생각할 거잖아. 그러다가 언제고 곪아 터질 거고."

"절대로 아니야! 정말, 정말이라고!"

"글쎄. 두고 보면 알겠지."

닉이 성기게 둘렀던 팔을 풀어 내리려고 하자, 진이 더욱 매달렸다.

"벌써 가려고?"

"매달리지 않는다며."

"하지만— 세, 셀린이 왔어? 그래서 가 봐야 하는 거야?"

어둠 속에서 푸른 눈이 자신을 성의 없이 스쳐 갔지만 그를 잡은 손을 놓을 수가 없었다. 이대로 자신까지 놓았다가는 닉이 훨훨 날아가 버릴까 봐. 어제오늘 마음을 다잡았지만 하나도 나아지지 않은 것이다. 이런 마음을 드러냈다가는 닉이 영영 가 버릴 테니, 팔을 풀긴 풀어야겠는데…….

"그런 건 아니고."

"그럼, 잠깐만 더 있다 가면 안 돼? 조르는 게 아니라…… 우, 우리 어제도 그렇고…….."

벌써 몇 달째 제대로 함께 있어 본 적이 없었다. 주말마다 닉이 왔지만, 셀린과 바빴던 탓에 문자만 대충 주고받고 아주 잠깐 만나서 급하게 한 번씩 딱 두 번 섹스했던 것 외에는.

'그럴까?' 라는 말을 하지 않아도 닉의 머뭇거림을 기민하게 알아챈 진이 그의 팔을 잡고 카우치로 이끌었다. 마지못한 듯 걸어오는 닉의 얼굴을 하염없이 올려다보았지만, 진의 타는 속과는 달리 그의 표정에는 열의가 없었다.

그만큼 진은 더 안타까워졌다. 그래서 얇은 셔츠와 캐미솔을 한꺼번에 벗어 내고는, 소파에 앉은 닉의 다리로 기어 올라갔다. 목에 팔을 감고 입을 맞추니, 그의 손이 올라와 허리를 잡았다. 그의 입술도 움직이며 그녀의 입술과 혀를 빨아들였고. 이전과 똑같았다. 달라진 건 없었다. 그런데—

저도 모르게 고개를 뺀 진은, 의아한 표정으로 자신을 마주 보는 닉보다 더욱 당황했다. 내가 왜 그랬지?

다음 순간 허리를 잡은 닉의 손에 힘이 들어가며 그녀를 들어 올려서는 자리를 바꾸어 소파에 내려놓았다. 이윽고 목이며 어깨를 훑고 내려간 입술이 가슴에 닿았는데도…… 아무 느낌이 없었다. 낯선 느낌. 당연히 그를 간절히 끌어안고 있어야 할 팔도 무력하게 늘어진 채였다. 방금 전 키스를 할 때와 같았다.

이래서 그랬던 거였다. 마치 닉이 아닌 것 같아서. 다른 사람인 것 같아서.

손과 입술로 양쪽 가슴을 번갈아 가며 애무하던 닉이 린넨 스커트 아래로 손을 넣어 쓸고 올라와서는 단번에 팬티를 벗겨 내는데, 심장을 차가운 손이 움켜쥔 양 온몸에 한기가 느껴졌다.

그래도 진은 꼼짝도 하지 않았다. 닉이 맞잖아? 어째서 낯설다고 느끼는 거야? 네가 애원해서 불러내고는! 이상한 생각 하지 마, 닉이 가 버리면 어쩌려고!

닉이 허리를 잡고 더욱 끌어 내린 탓에 이제 소파에 등을 대고 누운 자세가 되었다. 치마가 허리까지 말려 올라가고 이어 제 여성에 다가온 뜨거운 숨결이 느껴지자, 시트에 놓인 주먹을 꽉 움켜쥐었다. 뭔가 이상하다고, 정말 잘못되어 가고 있다는 이성과 그런 생각을 멈추어야 한다는 본능 사이에서 치열하게 갈등하는 사이, 닉이 부스럭거리면서 바지 지퍼를 내리는 소리가 들려왔다.

다가온 닉의 상체가 제 벗은 상체와 맞닿자, 이어 그의 남성도 다가왔다. 닉이 그녀의 안으로 들어오기 직전, 진은 생각했다. 닉이 애무할 때마다 느껴지던 찌르르한 울림이 없었다고.

다음 순간 몸을 반쯤 밀어 넣던 닉이 그대로 멈추었다. 진이 갑자기 닉의 팔을 움켜쥐었기 때문이다.

카우치 뒤쪽에 자리한 창으로부터 스며드는 희미한 빛이 닉의 푸른 눈을 얼비추었다. 파란 구슬 같은 그것은 여전히 예뻤다. 아무리 차갑게 얼어붙었다 해도 말이다.

이유를 묻는 것 같은 그 예쁜 것에 대고 진은 고개를 저으며 손에서 간신히 힘을 뺐다. 다시 닉이 움직이려고 했을 때는 이를 악물고 신음을 참았고.

닉이 다시 멈추었다. 이럴 줄 알고 움직이는 척만 한 모양이었다. 싸늘한 질책이 날아왔다.

"아픈 거지?"

고개를 저었지만 모든 것을 들여다볼 듯한 파란 구슬 앞에서까지 감출 수 있으리라는 기대는 하지 않았다.

"거짓말."

"거짓말 아니야."

목소리까지 떨리니 글렀다.

"내가 평소보다 빨리 한 것도 아니었어. 그러니 문제는 너 같은데?"

급하게 다시 고개를 저었지만 닉은 단호히 몸을 잡아 뺐다. 몸을 빼내는 동안에도 통증은 여전했다. 처음으로 닉과 사랑을 나누던 때보다 훨씬 더 아팠다. 다시는 하고 싶지 않을 정도로.

어째서 이런 건지 자신도 알 수 없지만, 여전히 벌려진 채 세워진 제 다리 사이로 보이는, 옷매무새를 추스르는 닉의 못마땅한 손길은 더욱 보기 힘든 것이었다. 그래서 간신히 물었다.

"이런 거, 셀린이랑도 했어?"

"임신 3개월이라 안 돼. 요즘 조심해야 하는 시기라고."

임신했다면 한 적은 있다는 거다. 임신…… 그가 결코 그녀 안에 파정하지 않으려 한 이유였는데. 하지만 셀린과는 그랬으니 임신을 한 것이겠지.

진의 무릎이 천천히 오므라들어 붙었다. 다시 숨이 쉬어지지 않았다. 가슴을 주먹으로 힘껏 치고 싶었다.

"계속 그런 거 물을 거야? 기껏 사람 불러다 놓고?"

"아, 아니…… 그런 말은 아니고…… 그냥……."

"그냥인데 이래? 다시 생각했다면서 넌 아직도 착각하고 있어. 이러니 오르가슴은커녕 시작도 하지 못하지."

"아니야……."

"아닌지, 다시 시작해 볼까?"

닉이 성난 음성과 함께 진의 무릎을 잡자, 진의 몸이 퍼뜩 떨렸다. 다리도 힘을 주어 붙였고. 어둑함 속에서 닉의 비웃는 입가가 보이는 듯했다.

"한 번이 아니라 열 번을 해도 넌 못 느낄걸. 이런 식일 거라면 차라리 그만두자."

그만두자니…… 그런 무서운 말을…….

진은 말이 나오지 않아 고개만 저었다. 왜 닉의 입에서 이런 말이 나오는지, 뭐가 뭔지 모르겠다. 정말이지 숨이 턱턱 막혔다.

"넌 네가 정말 나를 사랑한다 착각하고 있어. 그러니 이 관계를 지속해서는 안 돼."

"아니……."

"아니, 내가 맞아. 정리하자. 너도 대학교에 갈 준비를 해야 할 테고—"

"그런 건 중요하지 않아!"

"막무가내로 조르는 건 그만둬!"

닉의 목소리가 철없는 어린애를 혼내듯 매서워졌다. 닉이 이러는 것은 처음이었다.

"너한테는 네 인생이 중요하지 않은지 몰라도 내게는 중요해. 이제 대학원을 졸업하고 막 사회에 나가려는 순간이고 또 결혼도 할 참인데, 네가 자꾸 이러는 게 불편하다구. 귀족에게 이미지가 얼마나 중요한지 알아? 결혼하곤 상관없이 평민과 제멋대로 놀아난다고 해도 귀족 타이틀을 박탈당하지는 않지만, 내 스스로가 형편없는 인간으로 낙인찍히는 건 용납 못 해."

"나 때문에 닉이 형편없는 인간이 된다는 말이야?"

"당연하지 않아? 그걸 모르는 네가 더 이상한걸. 귀족으로 살아본 적 없어 모르나?"

닉이, 자신이 평민이라는 걸 자각하게 해 준 건 처음이었다. 저러는 것도, 이러는 것도 모두모두 다 처음이었다.

"내가 평민이라서 닉이……? 난 그저……."

이미 매무새를 가다듬고 일어선 닉이 잠시 내려다보더니 중얼거렸다.

"그저 날 사랑할 뿐이라는 소리를 하려거든 관둬. 그건 더 지겨우니까."

아까부터 숨이 막힌 탓에 뇌에 산소 공급이 되지 않아서인지 머리가 돌아가지 않는다. 그러니까, 숨을 크게 들이쉬면, 그리고 내쉬면…….

"지겨워……?"

애를 써도 실낱같이 스며든 숨결로는 그저 앵무새처럼 그의 말을 반복하는 것이 다였다. 누군가 싸움을 걸어온다거나, 제가 공격받는다고 느낄 때 가동되던 방어기제들은 대체 어디로 간 건지. 하지만 닉이잖아? 결코 자신에게 이럴 거라고는 생각지 못했던 사람. 이래서는 안 된다고 생각했던 사람.

"너 말고도 내게 달려드는 여자애들은 많았어. 다들 사랑이 전제돼 있었고. 그 말을 하지 않으면 내가 받아 주지 않을 거라고 생각했겠지만, 모두 그 얘기를 전제로 해 대니 메리트는커녕 그저 지겨울 뿐이었다고."

"지겹다고……?"

"뭘 자꾸 묻는 거야? 끔찍하게 아끼던 애완동물이라도 어느 날 갑자기 지겨워지고 싫증 날 수 있는 거잖아? 거기에 대체 무슨 이유가 있어야 한다는 거지?"

애완동물……?

"그럼…… 닉이 원하는 건 뭐였는데?"

"지나간 건 중요하지 않아. 앞으로가 중요하지. 이미 원하는 사람과 결혼하기로 했다니까."

닉의 목소리는, 완벽히 매무새를 가다듬고 앞에 선 닉과 아랫도리를 벌거벗은 채 그 앞에 누워 꼼짝도 못 하는 자신 사이의 차이를 알려 주려는 듯 무척이나 건조했다.

"내가 원하는 건, 넌 너대로 네 앞가림을 잘하고 난 나대로 내 인생을 꾸려 가는 거야. 그러면서 가끔 시간 날 때 만나서 이전처럼 즐거운 시간을 가지면 좋다고 생각했는데, 그건 너 때문에 안 될 것 같아. 그러니까, 이제부터 각자의 삶을 살아가자고."

"그건 내가 안 되는데…… 난 닉이 없으면……."

진은 끊임없이 도돌이표 위를 걷고 있었다. 그가 아무리 차가운 말을 해도 다시 또다시 원점으로.

"지겹다니까."

닉의 차가운 거부에 진의 중얼거림이 드디어 멎었다. 그가 똑바로 진을 내려다보며 마지막으로 말했다.

"이제 귀찮게 하지 마."

17.

그러면서 어떻게 나랑 헤어진다는 거야?

다시 또 주말이다. 지난주에 도망치듯 런던으로 온 닉은 일주일 동안 어떻게 일을 했는지 제대로 기억이 나지 않았다.

진에게서 문자나 전화가 오면 흔들릴까 봐 수신을 차단시켰다. 혹시 진이 연락을 했다면 답이 없어 얼마나 답답하고 괴로웠을지. 이번 주말에 다시 더닝튼에 돌아가서도 역시나 마찬가지의 입장을 취해야 하는 자신도 괴로웠지만, 진의 심정에 비할 바는 못 될 터니 징징대서는 안 될 것이다.

차에서 내린 그는 은행 앞에 모델처럼 서 있는 셀린을 위해 조수석 문을 열어 주었다.

"고마워요."

신방을 꾸밀 가구 등을 쇼핑하러 왔다는 셀린과 함께 더닝튼으로 가는 것이 더 효과적일 것 같아 일정을 조정해서 만난 참이었다. 운전석에 올라탄 그는 자신을 살피는 셀린의 시선에 선글라스를 썼다.

"흐응, 정말 작정을 했나 보군요."

차가 출발한 지 얼마 되지 않아 셀린이 중얼거렸다. 닉도 비슷하게 우울한 톤으로 중얼거렸다.

"내가 결혼을 물리기라도 할까 봐 몸이 달아 찾아온 사람이 할 말은 아닌 것 같은데."

가구는 핑계인 것을 진즉 알아챘다.

"무를 가능성이 있어요? 내가 임신을 했는데?"

"옛날 귀족들은 사생아에 신경도 쓰지 않았어."

"그거야 애를 가진 여자가 평민이나 천한 신분이었으니 그렇죠."

신호 대기에 서는데 급브레이크를 밟는 바람에 차가 거칠게 멈춰 섰다. 몸이 앞으로 쏠렸던 셀린은 저도 모르게 제 배를 감싸 안았다.

"조심해요!"

"'천한 평민' 출신의 승마 코치랑 헤어진 것처럼 말하더니, 그것도 아닌가 보군."

셀린의 기색이 수그러들더니, 결국 미안한 표정을 지었다.

"어차피 당신도 시간을 벌기 위해 선택한 일이니, 그게 중요한 사항인 것 같지 않은데요. 그 애를 그렇게 부른 건 미안해요. 그 아이를 비유해서 한 말은 아니었어요. 그저 있는 그대로의 사실을 말한 것뿐—"

"내가 그렇게 말한 적이 있었나? 시간을 벌기 위해서라고?"

신호등을 주시하는 니콜라스의 목소리가 낮아졌다.

"그 애랑 결혼할 수 없다는 걸 인정하니까 내 청혼을 받아들인 거 아니에요? 그래서 결혼 기간을 한정해 둔 거고."

"아니, 달라."

차가 다시 출발하고 이후로 한동안 침묵하는 니콜라스의 옆모습을 지켜보던 셀린이 중얼거렸다.

"어떻게 다른지 말을 해 주지 않으니 알 수는 없지만— 그렇게 좋으면 그냥 그 애와 결혼하지 그래요? 당신은 나와는 달리 후계자 자리를 빼앗길 염려는 없잖아요. 솔직히 당신이 내 제안을 받아들인 건 의외였어요."

셀린은 승마 코치인 앨버트의 아이를 가졌다. 그는 그녀가 열여섯 살 때부터 가르쳐 왔는데, 다른 이들에게는 늘 친절하면서 자신에게는 늘 사무적이었다. 그래서 그에게 심술도 꽤 부리곤 하다가 그를 좋아한 때문이라는 것을 지난겨울에야 깨달았다.

솔직히 그에 대한 감정을 깨닫게 된 것은 옆에 앉은 니콜라스 때문이었다. 자신은 속물이라 연애는 연애대로 하고 결혼은 가문 따져 가며 할 생각이었는데 그 동양 여자애에 대해 니콜라스가 갖고 있을지 모를 감정이 자꾸만 떠올랐던 것이다. 며칠간 그 생각에 젖어 있느라 승마 수업을 받을 때도 집중하지 못해 말에서 떨어졌고, 잠시 기절했다 깨어나니 앨버트가 자신을 끌어안고 울먹이고 있었다.

얼굴이 하얗게 질린 그의 얼굴을 올려다보는 순간 깨달았다. 그가 자신을 사랑하고 자신도 그를 사랑한다는 것을. 그때만 해도 솔직히 결혼까지 가겠다는 생각은 없었다. 비가 억수같이 쏟아지던 밤, 콘돔이 떨어져 딱 한 번 위험을 감수한 대가로 임신을 하지 않았더라면 말이다.

"내겐 당신처럼 호시탐탐 후계자 자리를 노리는 형부가 없어도 걸리는 건 많아."

먼 곳에 있는 산부인과에 찾아가 진료를 받았는데, 하필 그 의사가 내과 의사인 형부와 동기였고 자신의 이름을 보고 혹시나 해서 형부에게 연락을 했단다. 그저 진료를 받고 갔다고만 전한 것이어도 과의 특성상 충분히 추측이 가능한 일이었다. 그로 인해 피해를 입었다고 고소도 가능한 상황이었지만, 귀족가의 레이디가 결혼 전에 임신했다는 사실을 떠벌릴 입장도 아니라 그냥 덮어 두었다.

무엇보다 큰 문제는, 그 사실이 아버지에게까지 알려졌다는 것이다. 처제인 자신에게 공공연히 작위를 물려주겠다는 아버지의 발언을 몹시 못마땅하게 여기던 형부가 얼씨구나 하고 바로 폭로했던 것이다. 못생긴 언니와 결혼한 이유에 그래도 첫째 사위이니 아버지의 백작 작위가 자신이나 혹은 자신의 아이들에게 물려지지 않을까 기대했던 모양이다.

아버지가 어찌나 노발대발하시는지 상속인은커녕 당장 가문에서도 쫓겨날 지경이라, 셀린은 순간적으로 무리수를 던졌다. 더닝튼 후작의 아이를 가졌다고. 순식간에 태도가 돌변하신 아버지는 당장에 더닝튼 공작과 만날 기세셨다. 부모님께 어떻게 알릴지 니콜라스와 의논 중이라며 간신히 말리고는, 거절했던 더닝튼 성의 파티에 부랴부랴 참석을 했던 것이다.

"결혼하기에는 걸리는 게 많다 쳐도 나와 결혼한 뒤에도 그 애를 눈감아 줄 수 있다는데 왜 굳이 헤어지려는 건지 모르겠네요. 나더러도 앨버트를 계속 만나도 좋다면서요."

"말 바꾸지 않을 테니까, 당신은 안심하고 즐겨도 좋아."

조심하기만 하면 앨버트를 만나는 것에 대해 간섭하지 않겠다고 했다. 이 얼마나 환상적인 결혼인지. 니콜라스 웨즐리와 결혼하면 아버지의 단독 상속인이 되는 것이다.

게다가 5년 후부터는 서로 얼마든지 이혼을 요구할 수 있다는 각서도 결혼 전에 작성할 예정이고. 앨버트의 아이는 니콜라스의 유언장에서 비밀리에 제외되는 대신 이혼을 하더라도 아버지가 돌아가시기 전까지는 웨즐리라는 성을 그대로 쓰게 해 주기로 했다.

그 말은 아버지의 유언장에는 자신이 단독으로 올라가게 된다는 말이었다. 이혼 때문에 아버지가 노할 수도 있지만, 평민 의사인 큰사위와 앞으로 공작이 될 둘째 사위의 성을 따른 외손자 중에 누구에게 기울지, 속물근성이 다분한 아버지의 선택은 이미 정해져 있었다.

그렇게 이 결혼으로 자신은 모든 것을 다 가진 여자가 되는데 니콜라스는 대체 무엇을 얻게 되는 것인지, 왜 결혼에 동의했는지 여전히 알 수가 없다.

솔직히 그가 자신의 청혼을 받아들일 것이라는 기대는 그리 많지 않았다. 그저 응접실 앞에서 폴로 스틱을 부러뜨릴 듯 쥐고 있던 그의 눈에서 본 것 하나에 제 모든 것을 걸고 찾아갔을 뿐.

자신이 잘못 본 것이 아니라면 그도 평민인 데다가 고용인의 입양아 딸과 결혼하기 쉽지 않을 테니까, 다른 남자의 아이를 가진 나와 결혼해서 각자 즐기고 살자는 제안을 했던 것이다. 한데, 생각해 보겠다고 했던 그가 단 하루 만에 승낙할 줄이야.

자신의 제안을 승낙한 것은 그 애를 정말 사랑한다는 뜻이었다. 그런데 왜 헤어지겠다는 거지?

"솔직히 그 애한테 미안해서 가끔은 모든 걸 말해 버리고 싶은 충동도 일어요."

옆에 있으면서도 눈길은 수시로 어딘가 다른 세계를 헤매는 니콜라스에게도 미안했지만, 그가 달가워하지 않을 것 같아 입 밖에 내지는 않았다.

"충동일 뿐이어야 할 거야. 단독 상속인으로서의 자리를 지키고 싶다면 말이지."

다시 비가 내리기 시작하는 우중충한 영국 날씨에는 어울리지 않는 건조한 중얼거림이었다.

"무척 사랑하나 보군요."

기대도 안 했지만 역시나 답은 없었다. 답이 필요하지도 않았지만 말이다.

"그 애도 안다면 헤어지기 쉽지 않을걸요. 더닝튼 후작이 자기를 사랑한다는데, 세상 어떤 여자가 물러서요? 나 같으면 절대로 안 물러서요."

니콜라스와 닮아 있던 그 아이의 눈빛을 다시금 떠올리는데, 그가 비사교적인 투로 중얼거렸다.

"당신과 결혼은 해 줄 테지만, 내 생각까지 공유할 생각은 없어."

"미안해서 그런다니까요. 그 애, 한창 입시를 준비해야 할 때인

221

데……."

청혼할 때, 임신 얘기보다 그 애 얘기를 먼저 꺼냈었다. 그 애에 대한 마음을 알고 있다고. 하지만 결혼은 힘들 테니 내가 도와주겠다고. 상속이니, 이미지니 하는 문제들 때문에 멋대로 살긴 그른 인생이니 일단 결혼은 하되, 각자 즐기고 살자는 말에 얼토당토않은 얘기라며 당장 자리를 박차고 나가지 않은 것부터가 솔깃했다는 뜻이었다.

'몇 년 후에 다시 제안한다면 그때 생각해 보지.'

라고 말했던 것으로 보아, 그 애가 조금 더 클 때까지, 적어도 대학교에 진학하고 조금 안정적이 된 이후를 기대했던 것이 아닌가 싶었다.

'시간이 없어요. 내가 임신 6주거든요.'

라는 말을 했을 때, 순식간에 고뇌에 빠지던 그 얼굴이 지금과 비슷한 것을 보면 그녀의 짐작이 크게 틀리지 않을 것이다.

니콜라스는 이후로 더닝튼에 도착할 때까지 말이 없었다.

중간에 비가 내리기 시작했고, 어둑해질 때쯤 더닝튼에 도착했다. 성으로 올라가는 언덕 끄트머리에서 니콜라스가 갑자기 급브레이크를 밟으며 핸들을 꺾는 순간, 손을 내밀어 대시 보드를 짚은 셀린은 똑똑히 보았다. 차 앞으로 뛰어든 사람을.

비에 젖은 도로에 타이어가 미끄러지는 소리가 끔찍하게 들려왔다. 위급 시 핸들을 꺾을 때 운전자는 본능적으로 자신이 안전한 쪽으로 핸들을 꺾는다고 하던데, 니콜라스는 반대로 꺾었다. 게다가 정신을 차리고 보니, 차는 운전석 쪽으로 나무를 들이받고 멈춰 서 있었고.

고개를 드는 니콜라스는 핸들에 이마를 부딪쳤던 것 같지만, 그에게서 흘러나온 기괴한 신음 소리는 아파서가 아니었다. 미친 듯이 안전벨트를 풀어내고 에어백을 헤치고 뛰쳐나가는 그의 뒤를, 그 겁에 질린 신음 소리도 급하게 따라갔다.

혹시나 그 불쌍한 아이가 차에 치였을까 봐 셀린도 차 문을 열고 내리는 빗속으로 내려섰다. 다행히 아이는 여전히 도로에 서 있었다. 차를 돌아간 니콜라스는 중간쯤에 서 있었고.

"거봐."

평소 같으면 나뭇잎이며 풀잎에 떨어지는 빗소리가 시끄러울 만도 하지만, 그 순간은 비조차 기척을 숨겼는지 셀린에게까지 아이의 목소리가 들려왔다.

"날 죽일 수 없잖아. 그렇지?"

그 목소리는 방금 전 달리는 차 앞으로 뛰어들었다고는 상상할 수 없을 만큼 고요했다. 맙소사, 일부러 차 앞으로 뛰어들었다고? 니콜라스가 자신을 칠 수 있는지 아닌지 시험하려고?

"내가 다쳤을까 봐 걱정했잖아? 그러면서 어떻게 나랑 헤어진다는 거야?"

아무리 여름비라도 빗속에서 꽤 오래 서 있었는지 새파랗게 질린 입술이 비틀리는데, 마치 미소 짓는 것 같았다. 안도하는 것처럼.

셀린은 소름이 끼쳤다. 저 애도 알고 있는 것이다. 니콜라스가 말해 주었는지 어쨌는지 모르지만, 분명히 저 애도 사실을 알고 있었다. 더닝튼 후작이 자신을 사랑한다는 것을.

대체 이 두 사람은 뭘 어쩌려는 걸까? 한 사람은 상대방을 떼어 내려고 말도 안 되는 결혼을 할 생각이고, 또 한 사람은 떠나

지 않으려고 달리는 차 앞으로 뛰어들다니. 둘 다 미친 인간들이
었다!

멍하니 선 니콜라스는 아무 말이 없었다. 셸린은 자신이 나서야
한다는 것을 깨달았다. 저 불쌍한 아이가 아니라, 불쌍한 더닝튼
후작이 자신이 꼭 해야 하는 결혼을 망쳐 버리기 전에.

"넌 네가 죽거나, 우릴 죽일 뻔했어. 이 정신 나간 계집애!"

급하게 차를 돌아가며 외쳤더니, 아이의 시선이 천천히 제게로
향했다.

"아무도 죽지 않을 걸 알고 있었어. 그저 확인하려던 거니까."

"대체 무슨 확인? 하, 네가 닉을 귀찮게 한다고는 들었지만, 이
정도일 줄은 몰랐네. 그가 핸들을 꺾은 게 너 때문이었다고 생각
해? 네가 아니라 다른 누구였다 하더라도 닉은 핸들을 꺾었을 거
야! 그의 도덕성과 내 뱃속의 아이를 위해서 말이야!"

얼굴에 떨어지는 빗물을 신경질적으로 훔쳐 내며 그리 외치는데
도 아이는 자신의 말을 듣지 않고 있었다. 그저 벙어리처럼 입을
벙긋거려 한 단어만을 말할 뿐.

"닉······?"

겨우 그 이름만 들은 것이다. 닉이라는 호칭을 자신만 쓴다는 것
을 알고 있는 것이고, 그것이 아이가 믿고 있는 그들만의 유대 관
계를 흔들 것이라는 셸린의 생각이 적중한 것이다.

이때다 싶어, 니콜라스에게 다가가며 허리를 구부리고 배를 움켜
쥐었다.

"아, 닉!"

니콜라스의 팔을 움켜쥐며 외치자, 반쯤 넋이 나가 있던 그의 시

선이 간신히 그 애에게서 떨어졌다. 셸린은 빠르게 속삭였다.

"정신 차려요! 일을 다 망쳐 버릴 셈이에요?"

눈을 두어 번 깜박인 니콜라스가 결국 손을 내밀어 그녀를 부축했다.

"……괜찮아?"

"그냥, 조금. 닉은 괜찮아요? 저런, 이마에서 피가 나잖아요!"

가까이서 보니, 가는 핏줄기가 빗물에 섞여 흘러내리고 있었다.

"난 괜찮아."

"그래도 당장 병원으로 가요."

니콜라스를 재촉하며 돌아서던 셸린은 고개를 갸웃하고 있는 아이를 향해 외쳤다.

"봤니? 너 때문에 닉이 다쳤어! 확인이니 뭐니 하는 헛소리를 하기 전에, 네가 정말 닉을 사랑한다면 먼저 괜찮으냐고 물어봤어야 하는 거라고!"

여전히 창백하게 선 아이 대신 닉이 중얼거렸다.

"그만하고 병원부터 가자고. 뱃속의 아이가 걱정돼. 이, 일단 비라도 맞지 않게 차에 타고 있으면 여, 연락을 취할 테니까—"

니콜라스의 떨리는 목소리가 자신을 향한 것이라 다행이었다. 아이도 그렇게 생각했는지 고개가 갸웃했다. 제대로 속여 넘긴 것 같았다. 그제야 안심한 셸린은 니콜라스의 부축을 받아 다시 차에 올랐다.

"지, 지금 와 줘요. 성의 초입입니다. 예, 지금 바로……."

의기양양하던 기분이 순식간에 사라진 진은 참담한 기분이었다. 운전석으로 돌아간 닉이 휴대폰을 꺼내서는 버튼을 누르는데, 그 손이 마구 떨리고 있었다.

상대가 바로 전화를 받았는지, 역시나 떨리는 목소리로 그렇게 통화를 한다. 그러는 중에도 시선은 여전히 도로 위에 선 진, 자신을 향해 있는데— 이마에서 가느다란 핏줄기를 흘려 내면서도 셀린을 위해 애타게 도움을 청하는 목소리는 멈추지 않았다.

닉이 저렇게 말을 더듬는 건 처음 보았다. 자신을 떼 버리려고 마을의 잡화점 직원과 하던 쇼와는 확실히 다른 것이었다. 그는 이제…… 자신의 것이 아니었다. 아니, 자신의 것이었던 적이 아예 없었던 건지도 모른다.

도망치고 싶었다. 닉이 보지 않는, 아니, 닉이 보이지 않는 곳이라면 어디든 좋았다. 발을 떼어 놓는 순간 휘청했지만, 서둘러 다른 발을 떼었고 다시 다른 발을 움직였다. 다음 순간에는 달리기 시작했다.

빗속에 혼자 남은 닉은 달려가는 진의 뒷모습을 바라보다 다시 휴대폰의 재발신 버튼을 눌렀다.

"성의 왼쪽 숲으로 가고 있습니다! 놓쳐서는 안 됩니다, 절대로요!"

성 아래에서 빠르게 달려오던 사륜구동 자동차가 그의 손짓대로 진이 달려간 숲으로 향했다.

이미 시야에서 사라진 진에 이어 나무와 덤불 사이로 사라지는 차의 뒷모습을 바라보던 닉의 떨리는 손에서 기어코 휴대폰이 떨어져 내렸다. 비에 젖은 풀 위로 떨어진 휴대폰 액정에는 여전히 연락처가 떠 있었다. '진을 데려갈 사람' 이라는.

18.
우리 유진이니……?

"흉터가 남지 않아야 할 텐데."

닉은 그럴 여유가 없었지만, 성으로 들어서다 어머니와 마주치는 바람에 결국 마을의 병원에 가야 했다. 이마를 몇 바늘 꿰매고 돌아와서도 자신 때문에 늦어진 저녁 식사 자리에 억지로 참석했다. 그나마도 당장에 런던 큰 병원으로 가자며 서두르시는 것을 간신히 만류했더니, 이번에는 흉터 걱정이시다. 시골 의사든 대도시 의사든 꿰매는 수준은 거기서 거기일 텐데.

"오르막길에 미끄럼 방지 처리를 해야겠어요. 아무리 비가 와도 그렇지, 원."

빗길이라 미끄러졌다고 했더니, 어머니는 이제 길을 탓하신다. 죽어도 아들의 탓이라는 말씀은 안 하실 분이다.

"그러게. 큰일 날 뻔했네."

호불호를 뚜렷이 입 밖에 내어 말씀하시는 법이 없는 아버지, 더 닝튼 공작께서도 닉의 붕대를 붙인 이마를 흘끗 바라보며 맞장구를 치셨다.

"너도 놀라지 않았는지 모르겠다."

와인 잔을 내려놓던 어머니가 그제야 셀린을 챙길 생각이 나셨는지, 아니면 의도하셨는지 커다란 식탁 건너편을 넘겨다보며 그리 말씀하셨다. 눈치가 없지 않은 셀린이 쓴웃음을 지었다.

"잠깐 불편했지만, 이제 괜찮아요."

"그래도 주말 지나고 병원에 가 보도록 해라."

어머니의 입장에서 셀린은 그다지 흡족하지 않은 며느릿감이고 게다가 혼전에 임신까지 했다는 것은 구설수에 오를 일이니 그다지 탐탁지는 않아 하셨다. 하지만 그나마도 셀린이니 망정이지, 진이었다면…….

"소스 맛이 좀 이상하지 않아요?"

빅토리아가 중얼거리자, 다들 고개를 끄덕였다. 기계적으로 나이프와 포크를 움직여 스테이크를 썰던 닉만 아무 반응이 없었다.

"에반스 부인에게 휴가를 줬더니 그런가 봐요."

어머니가 못마땅한 기색을 감추며 아버지께 말씀드렸다.

"아까 급한 일이 있다고 갑자기 일주일이나 휴가를 달라지 뭐예요. 어디 멀리 가는지 가방까지 챙겨 들고선."

셀린의 시선이 제게 날아오는 것을 무시하고 닉은 다시 스테이크 조각을 입에 넣고 천천히 씹었다.

"생전 이런 적이 없는 사람이고 있던 휴가도 반납하던 이라 그러라고 하긴 했는데, 역시 금세 티가 나네요."

고용인들의 이야기가 저녁 식탁에 오르는 것은 아버지의 철학에 어긋나지만, 그 저녁 식사가 입맛에 맞지 않는 상황에서는 용인될 수 있는 모양이었다. 없어서는 안 될 사람. 에반스 부인이 이 성에서 그런 사람이라면 진은……

그때 접시 옆에 놓여 있던 휴대폰 액정이 켜졌다. 닉이 터치를 하자 메시지가 떴다. '10시 비행기.'

닉의 입에서 순간적으로 빠득하고 이가 갈리는 소리가 들렸고 모두의 시선이 그에게로 향했다. 하지만 정작 당사자인 닉은 무표정한 얼굴로 휴대폰을 끄고 다시 식사에 집중했다. 아무 일 없었다는 듯이.

"어쩔 생각이에요? 결혼식까지만이라도 그냥 달래 두면 안 돼요? 그 아이가 또 그런 일을 벌이지 않는다는 보장이 없잖아요."

저녁 식사 후, 돌아가는 셀린을 배웅하는 중이었다. 원래는 닉이 데려다줘야 맞지만, 병원에서 혹시 뇌진탕 증세가 있을지 모른다고 경고했던 터라 스튜어트가 대신 바래다주기로 했고, 차에 타기 전에 잠시 둘이 얘기를 나누던 참이었다.

비가 멈춘 여름의 대기는 청명한 만큼이나 축축하고 더웠고 멀찌감치 보이는 숲은 캄캄한 암흑 같았다. 진이 사라졌던 숲에서 시선을 떼지 않으며 닉이 중얼거렸다.

"앞으로는 그런 일 없을 거야."

유령처럼 아무 감정 없는 그 말에 셀린은 고개를 갸웃했다.

"무슨 말이에요? 설마 어디로 보내기라도 했어요?"

닉의 시선이 흘끗 셸린을 향했다.

"뭘 상상하는지 몰라도 당신 결혼식에 방해만 되지 않는다면 상관없지 않나?"

비정함을 지나쳐 무심함을 가장한 그의 얼굴에 셸린은 정나미가 떨어지는 표정을 지었다.

"내 결혼식이 아니라 우리 결혼식이에요. 망치면 당신도 곤란하잖아요? 애초에 제안은 내가 했지만, 당신도 바라는 게 있고 날 이용하려고 동의한 거니까 함께 잘해 보자는 거예요. 그러기 위해 나도 대책을 세워 둘 수 있게 최소한의 정보라도 알려 달라는 거고요."

"당신의 대책은 필요 없어. 당신 때문에 내 계획이 앞당겨지긴 했지만, 그렇다고 대책도 없이 제안을 받아들인 건 아니니까."

"아까 사고가 났을 때, 당신 얼굴이 어땠는지 알아요? 그 애가 다쳤을까 봐 잔뜩 겁에 질려서는— 내가 나서지 않았다면 다 망쳐 버리기 일보 직전이었다고요!"

"그러니까, 앞으로 그런 일 없을 거라고 했잖아. 가 봐."

닉은 셸린이 차에 타기도 전에 몸을 돌렸다. 성으로 오르는 계단을 중간쯤 올랐을 때, 차 문이 닫히고 출발하는 소리가 들렸다.

멈춰 선 닉의 시선이 습관적으로 4층을 훑었다. 드문드문 불이 켜진 창도 보였으나, 어차피 진의 방은 이쪽에서는 보이지 않는다. 보인다 해도 불이 꺼진 채일 테고.

셸린에게 말했듯이 계획은 생각보다 훨씬 앞당겨졌다. 진이 대입 준비를 해야 하는 시기지만 어쩔 수 없었다. 이후에 이런 기회가 언제 또 올지 알 수 없는 일이니까. 서로의 필요에 의한, 그리고 몇 년 후 얼마든지 깨끗하게 헤어질 수 있는 결혼. 그가 바라던 것이었지만 결코 이렇게 일찍은 아니었다. 그 자신도 마음의 준비가 되기 전이었으니까.

그래서 더 아팠다. 심장이 쥐어짜듯 아팠지만 징징댈 자격 따위는 없었다. 진과 달리 적어도 자신에게는 선택권이 있었으니까. 선택권이 없었던 그 애는 지금……

셀린 문제를 드러내면서 성 아래 마을에 사람을 준비시켜 두었다. 언제든 그가 연락하면 당장 진을 데리고 한국으로 갈 수 있도록.

휴대폰에 저장된 '진을 데려갈 사람'이 바로 그 사람이었다.

애초에 진이 에드워드 8세를 홀린 월리스 심슨 같은 사람이라면 그럴 필요까지도 없었다. 진이 자신에게서 돈을 원했다면, 어머니가 짝지어 주는 귀족가의 레이디든 혹은 왕실 부스러기인 프린세스의 존칭이 붙는 누구와든 결혼하고 뒤로는 진과 실컷 즐기면서 살았을 테니까. 명예까지 원했다면 결혼도 할 수 있었을 것이다. 아무 양심의 가책도 고민도 없이.

하지만 진은 그것들을 하나도 원하지 않았다. 그게 가장 큰 문제였고, 자신은 사랑에 빠진 여인을 위해 모든 걸 내던질 수 있는 에드워드 8세 같은 사람이 아니었다.

그는 어리석게도 사랑에 빠졌던 것이 아니라 그 술수에 휘말렸던—이라고 해야 옳지만. 유부녀인 주제에 왕세자와 놀아났고 그래서 남편에게, 그것도 세계 여행을 할 수 있게 만들어 줄 수 있을 것 같아 첫 번째 남편을 버리면서까지 선택했던 두 번째 남편에게 급히 이혼을 청구한 그런 기회주의자의 술수에 말이다.

왕이야 제가 가진 왕위를 내려놓으면서까지 사랑을 찾아 떠날 수 있다고 쳐도 월리스 심슨이 그를 진정으로 사랑했다면 그가 모든 것을 포기하게 만들었을 리 없다.

진은 그럴 것이다. 진이 원하는 것은 돈도 명예도 아니니까.

물론 진과 결혼을 하게 되더라도 자신은 에드워드 8세만큼 내려 놓을 것이 많진 않았다. 하지만 진은 달랐다. 부와 명예를 갖고자 했던 월리스 심슨은 그것 외에는 제가 사랑하는 사람이 모든 것을 포기하는 것도 개의치 않았지만, 진은 다르다.

그 애가 보는 것은 오직 닉 웨즐리뿐. 그건 주변에 있는 그 어느 누구보다 약자가 된다는 뜻이었다. 자신을 사랑한다는 생각만으로 헤쳐 나가기에는 수많은 난관이 있을 것이다. 최대한 감추고 최대 한 물러서겠지. 내가 무언가를 포기하기 전에 그나마 제가 가진 것 마저 포기해 가면서까지.

귀족이란 족속들이 얼마나 치사하고 야비한지 닉은 알고 있었다. 그들로 인해 진은 자신의 등 뒤에서 늘 혼자 상처받을 것이고 아파 할 것이다. 뺨을 맞아 며칠이나 두문불출하는 것은 약과일 테지.

신분과 출신 때문에 제2의 월리스 심슨 같은 대우를 받는 것을 자신은 결코 알지 못할 것이다. 알더라도 이미 모욕과 상처를 받은 이후일 것이고 그것들은 점점 커져 가고 자신이 막아 줄 수 있는 한계를 넘어설 것이다.

영국에서 추방까지 당했던 에드워드 8세는 자신의 감정이 사랑 이 아니었다는 것을 점차 깨닫게 되었겠지만, 전 국민에게 사랑을 택하겠다는 선언을 하고 떠난 뒤이니 돌아가고 싶어도 돌아갈 곳이 없었을 것이다. 곁에서 늘 행복해하는 심슨을 보면서 남은 평생을 책임감으로 살았을 것이다.

그에 비해 자신은 그 어느 것도 포기하지 않고 진을 가질 수는 있음을 안다. 하지만 그 애가 불행해하는 것을 막아 주지는 못할 것이 싫었다. 그러다 결국에 닉 웨즐리까지 포기할까 봐 두려웠고.

그런 미래를 선택해야 하는지 수없이 생각해 보았다. 결론은 아니었다. 자신은 그 애를 사랑한다는 착각에 빠져 있는 것도 아니었으니까.

에드워드 8세와 달리 그는 자신의 감정이 무엇인지 똑똑히 알고 있었다. 사랑은 아닐 것이다. 그저— 귀족 나부랭이의 이기적인 놀음이고 한때의 집착일 뿐이지. 혹은 그것과 비슷한 어떤 것이라도 상관없었다. 지속되게 내버려 두지 않을 테니까.

결혼을 하지 않는다면 곁에 둘 수도 없었다. 결혼한다는 소식만으로도 이미 아무것도 느끼지 못하는 진을 상대로 뭘 어쩔 수 있다는 말인가. 그 아이에게 섹스는 사랑의 일부였다. 그것도 일방적이 아닌 서로 주고받아야 하는 사랑. 결혼으로써 자신이 그녀 자신을 사랑하지 않는다는 것을 증명했는데, 어떻게 나와 섹스할 수 있단 말인가.

괜찮다고 하지만 언제고 모든 것이 망가지고 말 것이다. 그때까지라도 그 애를 곁에 두고 싶은 욕심을 버리느라 힘들었다. 연습 없이 실전에 팽개쳐진 대가였다.

자신도 자신이지만 진이 걱정이었다. 그래서 진의 친부모를 찾기로 했다. 그 아이의 꿈을 잠식하던 것은 친부모에 대한 그리움이었으니, 그를 떠난 아쉬움을 조금이라도 달랠 수 있으리라 생각한 것이다. 더 나아가 영국에서 믿고 있던 두 사람, 에밀리와 자신에 대한 배신감에 치를 떨면서 오기로 버텨 주면 더욱 고마운 일이고.

한데 한국의 입양 기관에는 진에 관한 자료가 거의 없었다. 일단 미아가 발생하면 부모를 찾아 주기 위해 기본적인 데이터를 만들어 두는 것이 우선 아닌가? 게다가 기관에 들어간 날짜와 입양된 날짜도 맞지 않았다. 마치 누군가 자료를 없애거나 애초에 존재하지도 않았던 것 같다는 연락에 닉은 결국 에반스 부인에게 물었고 부인은 드디어 올 것이 왔다는 표정을 지었다.

어이가 없었다. 기관에 들어온 바로 다음 날 입양을 했다고? 그것도 당시 미국 대사였던 더닝튼 공작의 비밀스런 도움으로?

고용인들과 눈도 제대로 마주치지 않던 아버지가 유일하게 말을 섞는 이가 당시 집사였던 에반스 부인의 남편이었는데, 그들 부부가 한국에 아이를 입양하러 갔다가 어려서 잃은 딸과 무척이나 닮은 진을 보고는 꼭 데려오고자 했고, 그래서 아버지께 말을 넣어 주십사 청했다는 것이다.

그래서 입양 기관에서도 그런 사실을 감추기 위해 아이가 기관에 들어온 날짜를 6개월 전으로 조작하고 서로 말을 맞추었던 것이고. 그 말대로라면 당시에 진이 말하는 본인의 인적 사항도 모두 무시했을 것이다. 영국에 와서까지 기억하던 전화번호며 주소까지도 모두.

에반스 부부는, 툭하면 전화를 거는 아이를 보면서도 먼저 국가 번호를 눌러야 한다는 사실을 가르쳐 주지 않았다고 했다. 그래서 쓰게 된 편지는— 닉 자신이 부치지 않았고.

그대로 연락만 했더라도 바로 부모를 찾을 수 있었을 텐데. 그랬더라면 니콜라스 웨즐리라는 비열한 개자식을 만나지 않을 수도 있었는데. 지난 크리스마스 때에야 금고의 맨 아래 칸을 비워 사설탐정에게 보낸 것은, 결코 박애주의적인 판단에서 나온 결과물은 아니었다.

진이 편지에 적은 주소를 토대로 알아본 결과 역시나 그 부모가 아직 그곳에 살고 있었다. 서울에서 두어 시간 떨어진 거리에 있는 목장이었다. 자체 생산하는 우유 브랜드까지 있는 꽤 탄탄한 곳으로 목장주는 어릴 적 잃어버린 딸을 아직까지 찾고 있다 했다. 당시에 미국으로 입양됐다는 정보만 믿고 10년 넘는 세월 동안 미국을 이 잡듯이 뒤지고 있다고.

그런 사정을 봄부터 이미 알고 있으면서도 몇 달 동안이나 감춰온 자신이 그 아이를 사랑하는 것일 리 없었다. 아니, 셸린이 그런 제안을 하지 않았더라면 몇 년을 더 끌었을지도 모를 일이다. 추하고 이기적인 채로 자신만을 바라보는 그 아이를 기만하면서.

사랑해서가 아니라 미안해서 지금 자신이 이렇게 아픈 것일 터다. 사랑이라 해도 상관없었다. 어차피 자신처럼 이기적인 놈에게 사랑 따위는 중요치 않으니까. 그런데도 이렇게 숨 쉬기 버거울 정도로 아파서 견딜 수 없는 것은, 제 구미에 맞는 섹스 파트너가 사라져 버린 아쉬움 때문일 것이다. 그래, 그럴 것이다…….

불 꺼진 창의 커튼이 어른거리며 검은 머리에 검은 눈동자를 한 아이가 내다보는 것도 같았지만, 모두 고통으로 흐릿한 눈앞이 불러일으킨 환각일 것이다. 진은 지금 한국으로 향하는 비행기 안에 있을 테니까.

말없이 창밖만 내다보던 진은, 차 밖으로 빠르게 지나가는 풍경

들이 낯설었지만 호기심이나 궁금증은 생기지 않았다. 옆에 앉은 에밀리가 꼭 잡은 손을 가끔씩 토닥일 때만 물끄러미 돌아볼 뿐. 비행기에서도 내내 그랬고 한밤중에 도착한 공항에서 호텔로 이동해 쉴 때도 그랬다.

좀 자고 싶었지만 에밀리가 자꾸만 깨워서 제대로 잘 수도 없었다. 자신이 잠꼬대를 해서 그러나 싶었지만, 눈을 뜨고 있는 현실도 쉽지 않아서 에밀리가 그러지 않았으면 했지만, 말을 하는 건 더 싫었다. 아무 말도 하고 싶지 않아서— 숲에서 갑자기 나타나서는 닉이 없는 어딘가로 데려가는 낯선 사람들만큼이나 그냥 고마워서 말없이 그저 다시 눈을 감곤 했다.

아침에 일어나니 낯선 말을 하는 사람들이 일행에 추가되었다. 검은 머리에 검은 눈동자. 같은 동양인이라니, 전 같으면 신기했을 것이다. 그 사람뿐만 아니라 비행기에서 내린 이후로 동양 사람들이 주변에 많이 보이는 듯했지만 이제는 아무래도 좋았다. 닉이 없으니까. 닉에게는 자신이 필요 없으니까. 사랑하지 않으니까……

이제 자신에게는 아무것도 없으니까 에밀리가 이끄는 대로 움직이고 먹을 것을 주면 먹으면 되는 거였다. 어릴 적 처음 그녀를 만났을 때처럼.

호텔을 나와 한참을 달리던 차가 어딘가에 멈춰 섰다. 건물들 높이가 점점 낮아지고 산과 나무가 많이 보인다 싶더니, 어떤 목장 입구였다. 더닝튼에서 말을 훈련시키던 울타리와 비슷한 것 안쪽으로 드문드문 누런 소들이 보였다. 목장인가 보다.

"잠시 안에 연락을 취해 보겠습니다."

알 수 없는 말을 하는 동양인 남자의 말을 일행의 여자 통역사가 전해 주자, 에밀리가 고개를 끄덕였다. 누런 소는 영국에도 있지만 여기 소는 뿔도 좀 작고 어딘가 순해 보였다. 분명히 낯선데, 이상하게 본 적이 있는 듯도 해서 고개를 갸웃했다. 진이 관심을 갖는 것 같자, 에밀리가 잠시 바람을 좀 쐬자며 차 밖으로 이끌었다.

여름이었다. 파란 하늘과 환한 태양 아래엔 온통 초록 물결 천지였고 풀내 묻은 바람이 진의 단발머리를 온통 흩트려 놓았다. 이럴 때면 긴 손가락이 다가와 머리를 빗어 넘겨 주었는데. 무얼 해도 늘 그 끝은 닉인데, 그는 이제 없다. 없어…….

멍하니 서 있으려니, 차에서 내린 남자가 단단히 닫힌 목장 입구 너머를 기웃거리며 전화 통화를 하고 있었다. 그 통화 내용을 통역사가 에밀리에게 드문드문 통역해 주고 있었다.

"주인 되는 양반들이 지금 없는 것 같아요. 어디를 간 것 같은데—"

「미국에요? 아니…… 언제 오시는데요?」

통화를 하던 남자가 어이가 없는지 크게 되물으며 진 쪽을 흘끗 바라보았다.

"집에 없답니다. 언제 올지는 잘 모르겠고."

그러자 에밀리가 불편한 기색으로 중얼거렸다.

"오늘 만나기는 글렀네요."

진의 멍한 귀로 들어오는 대화들은 자신과 상관없는 얘기인 양 머릿속을 부유하며 떠다닐 뿐이었다.

"일단 어디 가서 요기 좀 하죠. 우리 애가 아침을 적게 먹어서—"

그때였다. 울타리 안쪽에서 누런 송아지 한 마리가 다가와 음매

하고 울었다. 울타리 틈새로 고개를 내밀고 혀를 날름거리는 것이, 하얀 꽃이 달린 풀을 먹고 싶어 그러는 것 같았다. 순간, 그 풀을 맛있게 받아먹는 누런 송아지의 모습이 떠올랐다. 진은 또다시 고개를 갸웃했다. 확실히 언젠가 본 적이 있는 모습이었다. 기시감인가?

그때 뒤쪽에서 다른 차가 달려오는 소리가 들렸다.

「잠깐만요, 누가 오는데요.」

통화를 하던 남자가 옆으로 물러서면서 차를 세웠다. 어쩐지 신경질적으로 서는 차 소리에 진도 멍한 시선을 돌렸다. 외국 차라 알 수는 없지만 더닝튼 성에 오가는 승용차들만큼이나 비싸 보이는 차였다. 운전석의 차창이 내려가면서 피곤하고 황량한 눈매가 보이기 시작했다.

여인이었다. 그 얼굴이 다 보이기도 전에 에밀리가 다가서며 진의 어깨를 감싸는 바람에 시야가 가려졌다.

「저기요, 혹시—」

「죄송하지만, 관광객은 받지 않습니다.」

들려온 말은 역시나 알아듣지 못하는 외국어였다. 한데 그 목소리도 어쩐지 귀에 익었다. 여전히 혀를 날름거리는 송아지가 불쌍해서 결국 그 하얀 꽃대를 꺾어 드는 진의 고개가 한층 갸웃했다.

「관광하러 온 게 아니고요, 저기, 혹시 김선미 씨 되십니까?」

송아지의 입가에 들이대니, 역시나 그게 목적이었던 듯 덥석 베어 문다. 이어 작고 흰 꽃들을 맛나게도 씹어 대기 시작했다.

「예, 맞는데요. 어떻게 오셨…… 거기요! 송아지한테 함부로 풀을 주면 안 됩니다.」

정말로 귀에 익은 목소리. 진의 고개가 다시 갸웃했다. 돌아보려고 하니, 에밀리가 갑자기 막아섰다. 슬픈 얼굴이었다. 왜?

진이 멍하니 눈을 깜박이자, 그제야 에밀리가 천천히 옆으로 물러섰다. 이윽고 드러난 시야에 차창을 내다보는 여인의 모습이 들어왔다. 진을 바라보고 있었다.

「송아지는 아무 풀이나 먹으면 병이 나니……까…….」

진을 향해 경고를 주는 듯하던 여인의 목소리가 차츰 잦아들었다.

「다른 게 아니고요, 따님을 찾으신다고 들었는데, 혹시―」

남자가 운전석 쪽으로 다가들며 그리 말하자, 다시 시야가 가려졌고 이후 급하게 차 문이 열리는 소리가 들려왔다. 진은 자신의 어깨를 잡은 에밀리의 손에 너무 힘이 들어가서 아픔까지 느껴질 지경이었다.

차에서 내려선 여인이 남자를 옆으로 밀치며 앞으로 나섰다. 여인이 다시 진의 시야에 들어왔다. 그녀는 피곤해서 대충 훑던 아까와 달리 진을 뚫어져라 바라보고 있었다. 바람이 불어 다시 진의 머리칼을 흐트러뜨려 시야를 가렸다.

「유진이…… 우, 우리 유진이니……?」

여인에게서 쥐어짜는 듯한 물음이 흘러나왔고 그것이 순식간에 울음이 뒤섞인 확신으로 변해 가자, 남자는 입을 다물고 물러섰다. 진이 손을 들어, 오래전 인동덩굴 아래서 닉이 처음으로 그랬던 것처럼 얼굴을 가린 머리칼을 뒤로 쓸어 넘기는 순간, 그보다 더 오랜 기억 하나가 떠올랐다.

'우리 진이, 할머니 모시고 잘 갔다 와~'

정말로 아는 목소리였다. 머리칼을 걷어 내어 이제 명료해진 시선을 여인에게 맞추었다. 하얗게 질린 얼굴에 기괴할 정도로 크게 뜨여진 눈을 한 채였지만 분명 아는 얼굴이었다.

진의 기억 저 깊은 곳에서 빠르게 떠오르는 단어 하나가 있었다. 그것이 자신도 모르게 입 밖으로 튀어나왔다.

「엄……마……?」

여인에게서 터져 나온 비명 같은 울부짖음이 자신을 온통 뒤흔들고 지나가 초록 물결이 이는 너른 언덕에 울려 퍼졌다. 다가온 두 팔이 저를 다시는 놓지 않겠다는 듯 맹렬히 끌어안는 순간, 진은 아득히 먼 기억을 넘어 이것과 똑같은 경험과 조우했다. 그녀는 엄마의 품속에서 그대로 정신을 잃고 무너져 내렸다.

19.
유전자 검사

"축하드립니다, 웨즐리 씨! 최연소 은행장이시라고요! 정말 대단하십니다!"

운전석에 오른 앨런이 뒷좌석에 앉은 닉을 돌아보며 축하 인사를 건넸고 닉이 희미하게 입가를 끌어 올렸다.

"고마워요. 앨런이 애써 준 덕이에요."

"아이구, 별말씀을요."

이윽고 차가 부드럽게 출발했다. 창밖은 누가 런던 아니랄까 봐 오늘 아침도 역시나 비가 오고 있었다. 닉은 늘 그렇듯 귀로는 조수석에 앉은 비서실장 브라이언이 읽어 주는 일정을 들으며 눈으로는 태블릿으로 환율과 주식 동향을 살피기 시작했다.

외조부께서 운영하시는 은행의 글로벌 시장 담당자였던 닉은 부진한 유럽에서의 혁혁한 성과로 최연소 정책 입안자가 되었고 최근에는 동아시아 부문에서도 그 능력을 인정받아 바로 어제, 입사한 지 6년 만에 이사회 의장의 직책을 물려받았다. 그리고 오늘은 은행장으로서 첫 출근이었다.

어제부터 수없이 축하 인사를 받았지만, 정작 당사자인 닉은 이전의 다른 승진 때와 마찬가지로 시큰둥한 반응이었다. 자신의 능력보다 가문과 혈연 때문에 이루어진 결과라는 것을 모르지 않았기 때문이다. 초대 더닝튼 공작처럼 말이다.

백작의 3남으로 아무 지위도 없던 앤드류 웨즐리가 아버지나 형보다 더 높은 공작의 지위를 얻을 수 있었던 것도 백작이 된 형이 뒤를 봐주어 유리한 전투에 나갈 기회를 잡을 수 있었던 까닭이다.

물론 전투에서의 승리는 그의 재량에 달린 것이었지만, 그런 기회를 가진다는 것부터가 50프로 이상의 승률은 따 놓은 당상이었고 자신도 마찬가지였다. 같이 수학했던 케임브리지의 동기들도 자신처럼 마음껏 능력을 펼칠 수 있는 기회가 주어진다면 대부분 멋지게 해내리라는 것이 닉의 생각이었다. 그러니 기쁠 것이 무언가.

신호 대기에 멈춰 선 동안, 태블릿을 들여다보는 웨즐리 은행장을 룸미러를 통해 바라보던 앨런은 알 수 없다는 표정을 지었다. 후작의 지위에 더해 앞으로 물려받게 될 공작의 지위, 아름다운 후작 부인에 귀여운 아들, 그리고 친가로는 제약 회사에 외가로는 지금 출근하는 은행까지, 그야말로 모든 걸 다 가진 남자가 지을 법한 표정은 결단코 아니라고 생각되었기 때문이다.

비단 오늘뿐만이 아니었다. 웨즐리 씨를 모신 지 4년이 넘어가고 있었지만 단 한 번도 제대로 웃는 모습을 본 적이 없었다. 지금도, 잿빛의 근사한 맞춤 양복에 붉은색 줄무늬가 들어간 타이를 맵시 있게 매고 앉아서는 천문학적인 액수가 오가고 있을 태블릿을 지나치게 무심히 터치하고 있질 않은가. 아무 즐거움도 흥미도 없는 얼굴이었다. 뭐든 다 가진 채 태어나서 그것이 얼마나 좋고 귀한 것인지 몰라서 그런가?

그런저런 생각을 곱씹으며 은행 본점 앞에 거의 다다라 속도를 줄이던 앨런은 깜짝 놀라 브레이크를 밟았다. 뒷좌석에서 날카롭게 숨을 들이마시는 소리에 이어 유리창을 때리는 소리가 들려왔기 때문이다. 무슨 일이 있는가 싶어 서둘러 룸미러로 향하니, 웨즐리 씨가 한 손바닥을 차창에 댄 채 고개를 숙여 웅크리고 있는 것이 아닌가.

"무슨 일이십니까, 웨즐리 씨? 어디가 불편하세요?"

조수석에 탔던 브라이언이 돌아보며 급히 물었다. 앨런도 돌아보니, 웨즐리 씨는 고개를 떨구고 잔뜩 웅크린 어깨를 덜덜 떨고 있는 채였다. 대답도 못 하실 정도라니, 심장마비인가? 운전기사 겸 경호원으로서 심폐 소생술 교육을 받은 앨런이 다급히 안전벨트를 푸는 순간, 웨즐리 씨가 입을 열었다.

"……괜찮습니다."

어디가 확실히 좋지 않은 모양인지, 간신히 쥐어짜는 목소리였다. 말과는 달리 전혀 괜찮지 않게 들렸고 브라이언이 권했다.

"출근보다 병원으로 가야 하지 않을까요?"

"아닙니다, 정말 괜찮아요."

천천히 숙였던 고개와 어깨를 든 웨즐리 씨는 창밖으로 시선을 주었다. 그러고는 천천히 차 문을 열고 내려섰다.

막연히 서서 인도를 오가는 이들 사이를 훑어보던 닉은, 그의 의도대로 푸른색 레인코트가 시야에서 사라진 것을 확인하고는 은행 안으로 발걸음을 옮겼다. 안으로 들어서 엘리베이터를 향해 걸어가는 동안 자신에게 인사하는 사람들에게 기계적으로 인사를 되돌리면서 방금 전 차 안에서의 일을 떠올렸다.

몇 년 사이 셔츠와 진보다는 타이와 정장이, 그리고 잔디밭과 숲으로 둘러싸였던 더닝튼보다 건물과 사람들로 붐비는 런던에서 지내는 시간이 훨씬 더 많아졌지만, 그의 시선은 시큰둥하다 못해 메말라 있었다. 밖에서 급하게 들려오는 경적 소리에 무의식중에 들렸던 시선도 다르지 않았고.

하지만 어느 순간 태블릿으로 내려갔던 시선이 다시 들렸을 때는 그렇지 않았다. 대학 때보다 조금 길게 이마를 가린 금발 아래로, 푸른 눈동자의 홍채가 순식간에 커지며 창밖 어딘가에 못 박힌 것이다.

비가 그쳤는지 쓰고 있던 우산을 접어서 털어 내는 검은 머리의 여자. 차창에 간간이 맺힌 빗방울 때문에 이미지가 일그러진 데다가, 그리고 짧은 커트 머리이긴 했지만 드러난 저 귓가와 조붓한 어깨는 분명 낯익은 것이었다.

가슴이 저릴 정도로 그리워서, 숨이 틀어막히고 순식간에 눈이 시뻘겋게 충혈될 정도로 시선을 뗄 수 없는 존재. 출근길의 수많은 사람들 사이로 푸른색 레인코트를 입은 그 여자의 뒷모습만을 뚫어져라 바라보았다. 닮은 사람일 수도 있었다. 세상에 비슷한 사람이 얼마나 많은데…….

차가 점점 움직여 가면서 여자의 옆얼굴이 보이려는 순간 차창을 빠르게 흘러내리는 물방울에 다시 이미지가 부서졌고 닉의 손이 그것을 훑어 내리기 위해 성급히 차창으로 다가갔지만, 물방울은 창밖의 것이었다.

시야도 선명해졌고 정 보이지 않으면 유리창을 내려도 되지만…… 이제 차가 더욱 움직여 여자의 앞 얼굴이 보이려는 찰나, 그제야 이성을 찾은 그가 손으로 차창을 짚어 시야를 가렸다. 봐서는? 그리고 확인해서 뭘 어쩔 거지? 닮은 사람이든, 혹은 아니든? 진이 런던에 있을 리도 없지만, 맞다 해도 볼 자격조차 없으면서? 닉의 고개가 그대로 떨궈졌다.

"웨즐리 씨?"

조용하던 은행장실에 갑자기 들려온 목소리에 닉은 멍하니 서류를 내려다보던 시선을 들었다. 조금 열린 문으로 비서실장인 브라이언이 들여다보고 있었다.

"노크를 했는데도 답이 없으셔서요."

아침 이후로 내내 업무에 집중을 하지 못했으니 노크 소리를 듣지 못한 것도 당연했다.

"들어와요."

다가온 그가 너른 책상 한쪽에 서류철을 내려놓았다. 급한 건은 아니라는 뜻이다. 브라이언의 표정은 사무적이라기보다는 조금 상기되어 있는 듯했다. 완벽한 비서에게서 처음 보는 표정이었다.

무슨 일이냐는 닉의 시선에 역시나 멋쩍은 듯 잠깐 시선을 굴린다.

"제가 이번에 출산 휴가를 내려고 합니다."

"아."

아내가 출산할 때가 된 모양이었다. 결혼 후 오랫동안 아이가 없던 그는 셀린이 벤자민을 낳았을 때 진심으로 축하를 해 주면서도 한편 부러운 얼굴을 했었다. 셀린이 진짜 자신의 아내이고 벤자민 또한 자신의 피를 이은 아들이라면 브라이언에게 미안한 생각을 가졌을 정도로 말이다.

그러다 이번에 아내가 임신에 성공해서 지난 몇 달간 싱글벙글 다니는데, 그 모습을 보는 자신이야말로 부러움 때문에 가슴이 쓰릴 지경이라는 것을 브라이언은 알 턱이 없었다. 그러니까 지금 이 순간도 저렇게 행복한 얼굴로 웃을 테지.

"아내가 노산이라, 하도 불안해서 제가 케어해 주고 싶어서요."

사랑하는 아내에게 맘껏 사랑을 드러낼 수 있는 것도 부러웠고 집에 가면 사랑하는 이를 볼 수 있는 것도 부러웠다.

"축하해요."

"감사합니다. 출산 휴가를 다녀왔는데, 혹시 제 책상이 없어지는 것은 아니겠지요?"

농담도 잘하고 유쾌한 데다 일까지 잘해서 닉과 손발이 착착 맞는 이로, 그가 은행장이 되기 전부터 한 팀이었다.

"그럴 리가요. 확실히 돌아온다는 보장만 있다면 얼마든지 휴가를 써도 좋아요."

"감사합니다, 은행장님. 그래서 가져와 봤는데요."

그가 내려놓은 서류철을 가리켰다.

"비서실에 결원이 생기니, 대체할 이를 뽑은 겁니다. 은행 내의 경력직에서 저같이 능력 있는 이를 데려오면 제가 돌아올 자리가 없을까 봐, 기존의 비서들 중에 한 사람을 제 자리로 올리고 이번에 새로 뽑은 직원들 중 한 사람을 비서실로 배당받을까 합니다만."

우스갯소리였지만 당연한 말이었다. 아예 그와 손발을 맞춰 본적이 없는 사람을 데려왔다가는 비서진들이 그의 스타일에 맞추느라 얼마간 혼선이 있을 테고, 그렇게 일에 공백이 생기는 것보다는 브라이언이 훈련시킨 비서들 셋이 협업하는 것이 나을 테니까. 말이 비서진이지, 전략 기획팀보다 더 뛰어난 인재들로만 채워 넣은 보좌진들이라 해야 옳았다.

"알아서 하세요."

"은행장님이 되시면서 업무가 과중해지셨으니 제가 알아서 하려고 했습니다만, 이력서는 한번 봐 주셔야겠습니다."

닉이 한쪽 눈썹을 들어 올렸다.

"재작년에 여비서를 다른 이사실로 보내신 것 때문에 노조에서 말이 많습니다. 새 은행장님께서 남녀평등 따위 나 몰라라 하시는 것 아니냐는 우려의 목소리지요."

재작년에 비서실에 결원이 생겨 새로 배당받았던 여직원이 검은 머리였다. 누구처럼 단발머리가 아니라 어깨 아래로 내려가는 길이에 잔뜩 멋을 내어 웨이브를 만든 모양이었지만, 언뜻 볼 때면 꼭 그 아이 같았다.

그래서 참다못해 교체를 지시했더니 그게 남녀 불평등으로 보였다는 것이다. 그때 일이 내내 문제가 된 것을 알고는 있었지만 이유를 설명할 수 없어 그냥 넘기고 있었더니, 실상을 알지 못하는 브라이언이 방법을 제시하는 것이다.

"이 이력서들이 모두 여직원들이라는 얘기군요."

"맞습니다. 교육 점수가 가장 상위권인 이들 중에서 추려 왔습니다."

반드시 여직원 중 한 명을 뽑으라는 말이었다. 차라리 이렇게 되면 어려운 일은 아니었다. 이력서에는 사진도 붙어 있을 테니, 검은 머리가 아닌 이들 중에 한 명을 고르면 될 일이었다.

"언제부터 휴가에 들어갈 생각이죠?"

"이르면 다음 주부텁니다. 은행장님께서 내일까지 이력서를 봐주시면 제가 이번 주 내로 인수인계를 끝내겠습니다."

벌써 화요일이니 마음이 급할 것이다. 브라이언이 나간 뒤 서둘러 처리해 줘야겠다 싶어 서류철로 손을 뻗으려는 순간, 휴대폰이 울렸다. 액정에 뜬 이름에 한숨이 나왔다.

휴대폰을 귀에 가져다 대자마자 깔깔거리는 웃음소리가 들려왔다. 휴대폰을 귓가에서 뗀 닉은 숨이 넘어가기 직전까지 웃던 상대가 간신히 말을 꺼낼 때쯤에야 다시 휴대폰을 귓가로 가져갔다.

— 닉!

아침에 흔들렸던 가슴에 다시금 저릿한 통증이 스쳐 갔다.

"할 말이나 하지."

셀린은 결혼한 뒤 가끔 이런 장난을 치는데, 매번 그는 살인 충동을 느꼈다.

— 호호호, 닉!

그의 경고에도 아랑곳 않고 다시 나온 그 부름에 그가 휴대폰의 종료 버튼을 눌렀다. 휴대폰을 내려놓자마자 다시 울렸다. 받을 때까지 걸다가 급기야 그가 휴대폰을 끄면 사무실 전화로 올 것을 알기에 하는 수 없이 다시 휴대폰을 들었다. 아직도 웃음기가 묻어나는 목소리가 사과를 했다.

— 하하…… 미안해요, 너무 웃겨서…… 방금 공작 부인께서 다녀가셨어요.

닉이 다시 전화를 끊을까 걱정이 되는지 셀린이 서둘러 웃음을 감추며 본론으로 넘어갔다. 눈살을 찌푸리던 닉은 뜬금없는 말에 흥미가 일었다. 스위스에 가신 걸로 알았는데 언제 돌아오셨지?

— 당신 어머니가 스위스에 왜 가셨는지 알아요?

그야 빅토리아와 스키를 타러 아니었나? 그것도 셀린에게 들은 이야기였다.

— 스키 타러 가는데, 당신과 벤자민의 머리카락 샘플을 왜 챙겨 가셨을까요?

유전자 검사를 하러 가셨군. 좀 놀라긴 했지만 예상 못 한 일은 아니었다. 오히려 좀 늦어졌다 싶을 뿐이지.

예전 귀족들이야 장남에게 작위를 물려주던 체제이니, 아무리 정략결혼을 한 부부라 하더라도 장남은 남편의 아이로 낳아 주는 미덕(?)은 서로 간의 의리였다. 이후에는 각자 아무리 놀아나더라도 말이다. 하지만 지금은 유전자 검사라는 게 있지 않나.

그래서 셀린의 출산 전에 결혼할 수 있도록 일부러 서둘렀었다. 출산하기 전에는 산모의 동의 없이 유전자 검사를 하는 것이 불가능하니, 셀린이 임신한 아이가 그의 아이라는 것을 증명해야 할 이유가 없었던 것이다. 솔직히 비밀이 이렇게 오래도록 지켜지리라는 생각은 하지 않았다.

"그래서?"

— 예상한 대로죠, 뭐. 당신이 알기 전에 썩 꺼지라고 하시더군요. 당신이 은행장이 된 축하 파티를 기획하느라 정신없으신 와중에 후작 부인의 자리를 대체할 아리따운 영애까지 알아보시느라 바쁘셔서 당신한테는 언제 귀띔하실지 모르겠지만 말이에요.

셀린을 완전히 몰아내기 전에는 말씀하지 않으실 것이다.

"그래서 언제 꺼질 거지?"

— 어머, 내가 갈 데가 어디 있다고 그렇게 섭섭한 말을 해요?

엄살이었다. 재작년에 아버지인 글로스터 백작이 사망했을 때, 모든 재산을 셀린이 상속받아 경제적으로는 부유했으니까. 갈 곳이 없다는 말은, 돌아갈 남자가 없다는 말에 불과했다. 상속을 받은 뒤 이혼을 서두르던 중 결혼을 약속했던 승마 코치가 교통사고로 유명을 달리했기 때문이다. 문제는 당시에 음주 운전자가 역주행하면서 들이받은 그의 차에 승마 코치 혼자 타고 있던 게 아니라는 사실이었다.

그의 가족들은 동승했던 승마 기수를 그의 약혼녀라고 증언했고 그 여자는 셀린이 아니었다. 셀린이 이혼할 때까지 기다려 주겠다던 승마 코치가 바람을 피운 것이다.

셀린은 그때 이후로 내내 지금처럼 반쯤 술에 취한 채로 살고 있었다. 상속을 받자마자 이혼 서류를 지참한 변호사를 저택으로 불러들여 놓고는 그 모든 것을 까마득히 잊은 척하면서 말이다. 그녀를 그대로 둔 것은 닉도 딱히 그녀를 내보낼 이유가 없어서였는데, 그 일이 이제 밝혀졌다는 것이다. 일단 어머니 눈 밖에 제대로 났고 셀린도 만만치 않은 성격이니 조용하지는 않을 텐데. 하지만 그러거나 말거나, 그와는 상관없는 일이었다.

— 알아서 꺼지지 않으면 가만 계시지 않겠다는데, 설마 날 쥐도 새도 모르게 암살하시는 건 아니겠죠? 난 다이애나 비도 우연한 사고가 아니었다고 생각해요. 이혼한 왕세자비가 그렇게 시끄럽게 돌아다니는 걸 왕실에서 그냥 뒀을 리가 있겠어요? 게다가 왕자들의 어머니이기도 한데…….

내 집 이야기도 신경 쓰기 싫은데, 쓸데없는 가십은 더더욱 그렇다.

그래서 건조하게 중얼거렸다.

"일해야 해."

— 예, 그러시겠죠.

전혀 취한 사람 같지 않은 중얼거림과 함께 통화가 끊겼다.

닉은 잠시 생각했다. 대체 뭘 바란 거지? 위로? 설마 내게서?

쓴웃음조차 사치인 그의 시선이 곧 브라이언이 들어오기 전에 들여다보고 있던 컴퓨터 화면으로 향했다.

20.
유진 리

퇴근하는 길. 런던의 저택 앞에 차가 서자, 닉은 돌아오는 내내 차창 밖 집으로 돌아가는 사람들 사이에서 푸른색 레인코트를 찾느라 피곤했던 시선을 갈무리하며 차에서 내렸다.

"쉬십시오, 웨즐리 씨."

인사를 하는 앨런의 표정이 걱정스러운 것도 알지 못하고 손을 들어 답한 뒤 안으로 들어섰다. 여름이라 해가 길지만 비 온 뒤라 벌써 어둑해진 사위에 맞춰 여기저기 켜 놓은 불빛이 피곤한 눈을 찌르고 들었다. 서둘러 계단을 오르는데 2층 난간에서 내려다보는 이가 있었다. 셀린.

"돌아오셨어요, 우리 은행장님? 아니, 차기 회장님이라고 해야 하나요?"

요 근래와는 달리 공들여 화장과 머리를 하고 근사하게 드레스를 차려입은 모습이었지만, 여전히 약간 취한 듯했다. 하긴. 취하지 않았다면 어딘가에 처박혀 술을 마시고 있었을 테니 지금은 취한 게 맞을 게다.

뭐라고 말을 꺼내기도 귀찮아 말없이 그녀를 지나쳐 제 방으로 향하자 뒤를 따라온다.

"참 대단해요. 아무리 일족 경영 체제라지만, 어떻게 서른도 되지 않은 손자를 떡하니 은행장에 앉히실 생각을 했을까? 해외 신탁 재산의 규모가 대체 얼마나 되기에 그게 가능한 거예요?"

"비웃으려거든 술이나 깨고 말하시지."

드레스 룸까지 따라 들어온 셀린은 명랑하게 말했다.

"나 술 안 마셨어요."

주정뱅이가 술 안 마셨다고 하는 말을 누가 믿을까. 한심해 고개를 흔들며 타이를 푸는데, 웬일로 셀린이 그가 벗어 둔 양복 상의를 챙긴다. 멈춰 선 닉의 가늘게 떠진 푸른 눈동자가 셀린의 움직임을 좇았다. 돌아선 셀린이 그런 닉을 발견하고는 어깨를 들썩였다.

"아내 노릇 좀 해 보려고요."

"누가 아내라는 거지?"

"아이, 닉. 그렇게 까다롭게 굴지 말—"

"머리가 나쁜 편은 아니라고 생각했는데."

순식간에 서늘해진 닉의 목소리에 셀린의 미소가 지워졌다.

"그 이름을 부르며 엉겨든다고 해서 통할 사람이라면 당신하고 결혼도 하지 않았다는 걸 모르나?"

"알아요. 오히려 역효과만 난다는 거."

"그럼, 갑자기 이러는 이유가 뭐야? 파티에 가려던 것 같은데, 귀찮게 하지 말고 어서 갈 길로 가지 그래?"

커프스단추를 능숙하게 빼내며 중얼거렸다.

"파티에 가려던 게 아니에요."

"그럼 여기 더닝튼 하우스에 술이 모자란다는 뜻인가?"

"당신 때문에요."

잠시 머뭇거리던 셀린이 결심한 듯 말을 꺼냈다.

"당신도 후계자는 필요하잖아요. 뭐, 옛날 귀족들로 치면 순서가 바뀌긴 했지만, 이제라도……."

후계자. 그게 본론이었군. 외면하며 셔츠 단추를 한 개 풀어내던 닉이 셀린을 돌아보자, 긴장한 미소를 보인다.

"그러니까, 지금 당신이 이렇게 안 하던 짓을 하는 이유가 날 유혹해서 내 후계자를 낳고 싶어서라고?"

셀린이 고개를 끄덕였다. 그녀의 희미한 미소에는 불안감과 비굴함이 동시에 묻어나고 있었다. 거절당할까 불안하지만 그래도 한번 시도는 해 보겠다는 거다. 순간 닉은 오래전 트리 하우스에서의 일을 떠올렸다.

'그 말은 나와…….'

'응. 닉과 섹스하고 싶다는 말이었지.'

순수함을 섹스로 덮으려던 꼬맹이의 과분한 감정을 내팽개치고는 고작 듣는다는 것이, 지금의 지위를 그대로 누리고 싶어 후계자를 낳아 주겠다는 말이라니.

단호한 손길로 단추를 다 풀어 내린 닉이 단숨에 셔츠를 벗어 내고는 셀린을 똑바로 바라보았다.

"어때, 흥분되나?"

역시나 무심한 그 물음에 이어 무슨 말이 나올지 알 수 없으니 셀린이 혼란스런 표정을 지었다.

"미안하지만, 나는 전혀 생각이 없는데 어쩌지?"

굳이 셀린의 시선이 그의 바지 앞섶으로 내려가 확인하지 않아도 그 건조한 목소리만으로도 충분했으리라. 닉이 욕실을 향해 몸을 돌리자 그제야 셀린의 체념한 목소리가 날아왔다.

"늘 궁금했어요."

포기가 빨라 다행이다.

"뭐가?"

"당신이 금욕을 하는 건지, 아니면 이미지 관리를 정말 철저하게 하는 건지. 벌써 몇 년이나 됐잖아요."

닉이 피식 실소를 지었다.

"당신같이 왕성한 시기의 남자가 섹스 없이 산다는 건 불가능하니, 관리를 잘하는 게 맞겠죠. 나더러는 실컷 놀아나라고 해 놓고 당신은 전혀 틈을 보이지 않은 것도 이유가 있는 거죠?"

"노하우가 궁금하면 사람이라도 붙여서 본받지 그랬어. 그랬다면 어머니께 들키지도 않았을 텐데."

셀린의 눈초리가 사나워졌다.

"앨버트와의 일부터 알고 계신 거예요? 그저 단순히 벤자민이, 당신도 나도 닮지 않은 것을 의심해서가 아니라요?"

벤자민의 아버지를 만난 적 없는 닉도 그가 어찌 생겼는지 대충 짐작이 갈 정도로, 벤자민은 제 어머니를 전혀 닮지 않았다.

"어떤 것이 먼저였는지는 모르지. 하지만 아이의 승마 수업이 있는 날마다 승마 코치와 가족처럼 단란하게 저녁 식사를 하고 외박까지 해 놓고는, 들키지 않으리라고 생각한 당신이 더 어이없는데?"

"그야, 런던에서 한참이나 떨어진 곳이니 피곤해서 자고 온 거죠."

"글쎄, 꼭 그 잠을 호텔 스위트룸에서 코치와 함께 여봐란 듯 잘 필요 있었느냐고. 런던에서 한참이나 떨어져 있어 평민 천지인 마을이라 아무도 모를 거라 생각했던 거라면 몰라도."

단조로운 목소리로 이어지는 비아냥거림에 셀린이 어이없는 표정을 지었다.

"당신도 알고 있었다면 어째서 귀띔해 주지 않았어요?"

"나도 알고 있었던 게 아니라, 나까지 알게 된 거야. 누군가 사진과 자료를 보내왔어."

"공작 부인이시겠군요. 아내 단속 잘 하라는 말도 덧붙였던가요?"

"지금 그게 중요한가? 정도라는 걸 모르던 당신 때문에 어머니께서 벤자민에 대해서까지 알게 되셨다는 게 중요하지. 당신이 판 무덤이니 당신이 수습해. 귀찮게 나까지 끌어들이지 말고."

"당신도 후계자를 가질 때까지 공작 부인이 귀찮게 할걸요."

아직 미련이 있는 건가?

"내 걱정까지 하기에는 당신이 너무 바쁠 것 같은데."

"대체 뭘 기다리고 있는 거예요?"

욕실로 들어서려던 닉은 멈칫했다.

"몇 년이나 지켜봤지만, 당신은 너무 재미없게 살아요. 결혼한 이후로 당신, 휴가를 가져 본 적도 없다는 걸 알고는 있어요? 늘 출근 아니면 출장. 일, 일, 일. 아까 비웃긴 했지만, 아무리 회장의 외손자라 하더라도 능력이 없었다면 그 자리에 앉을 수 없었다는 걸 알아요. 당신이 얼마나 열심히 일했는지도 알고. 하지만 내 눈에는 그게 성취욕을 위한 것 같아 보이지는 않는다고요. 무언가를 기다리며 그저 참고 인내하는 것처럼 보인다는 거죠. 대체 왜 그래요?"

가슴이 다시금 저릿해졌다. 기다린다는 말조차도 가당치 않다는 걸 모르는 소리다. 놀 줄 모르는 게 아니라 융통성이 없어졌다는 게 맞겠다.

"내게 관심을 가져 주는 게 그다지 반갑지 않아 미안하군."

"내 코가 석 자가 되니까, 당신도 돌아봐지더라고요. 은행장이 됐으니 그룹 총수에 한 발짝 더 다가간 것인데도 표정이 달라지는 게 없잖아요. 그래서 어차피 불쌍한 인생들끼리 어울려서 살아 보면 어떨까 하고 잠깐 생각했던 거니까 오늘 일은 너무 서운해하지……."

생각 없이 주워섬기던 셸린이 갑자기 숨을 삼키더니, 누가 들을까 겁이 나는 것처럼 속삭였다.

"당신이 기다리는 게, 설마 그……."

"그만. 역시 당신은 정도라는 걸 몰라."

탁하게 가라앉은 목소리가 튀어나왔지만 상관없었다. 셸린의 입에서 어떤 말이 나오려 했는지 알고 싶지도 않았고.

닉은 등 뒤로 욕실 문을 닫았다.

다음 날 아침. 식당으로 내려가던 닉은 로비에 선 집사와 운전기사 앨런의 모습에 눈썹을 치켜세웠다. 집사가 난감한 시선을 보내며 말했다.

"검사에는 공복이 좋다 합니다."

검사라니. 혹시 어머니께서?

"공작 부인께서 병원에 검사 예약을 하셨답니다."

역시나. 어머니께서 어제 일 때문에 더닝튼으로 돌아가시지 않고 런던에 계시다가 차에서의 일을 전해 들으신 모양이다. 한바탕 법석을 떠셨겠지. 한숨이 나왔다.

"브라이언은 헛걸음을 했겠네요."

"아닙니다. 어젯밤에 미리 연락을 해 두어 오늘은 늦잠을 잤을 겁니다."

나름 위로랍시고 앨런이 말해 주었다. 전혀 위로가 되지 않는 표정으로 닉이 다시 위층으로 향했다. 옷을 갈아입고 바로 내려와야 할 테니 말이다.

이윽고 앨런이 반짝거리게 닦아 놓은 승용차에 오른 닉은 빈 조수석을 넘겨다보며 중얼거렸다.

"납치를 당하는 거라면 좋겠네요."

앨런도 불편한 미소를 지었다.

"그러는 편이 웨즐리 씨가 화를 덜 내실 것 같긴 합니다."

그러고는 내내 마음이 불편했는지 곧장 사죄의 말을 해 왔다.

"죄송합니다. 공작 부인께서 물으시면 사실대로 답해야 하는 입장이라."

"뭐라고 하시던가요?"

"오늘 중으로 CT 검사 결과를 보내오지 않으면 저를 해고하겠다고 하셨습니다."

가족이 런던에 오면 으레 머물던 더닝튼 하우스는 결혼한 뒤로 닉이 쓰고 부모님께서는 하이드파크 쪽의 더닝튼 홀을 현대식으로 개조해 쓰고 계셨다. 그곳 응접실에 앉아 있을 어머니는 고상하게 차를 마시면서 협박당한 앨런이 팩스로 보내올 검사 결과를 기다리고 계실 터였다.

"앨런을 고용한 사람은 나입니다, 어머니가 아니라요."

"어차피 웨즐리 씨께서 심장 마비로 사망하시면 제게 가장 절실한 것은 공작 부인의 추천서가 될 테니까요."

어제 가슴을 부여잡았던 일 때문이다. 자신은 괜찮다고 아무리 말을 해도 다들 믿지 않았다. 그 또한 구체적인 이유를 설명할 수 없으니, 이렇게 병원으로 끌려가야 했고.

짜증스런 한숨도 잠시, 금세 창밖으로 지나가는 사람들 속에서 또다시 푸른색을 찾아 헤매고 있는 스스로를 발견한 닉은 실소를 지었다. 비도 오지 않는데 레인코트를 입지 않았을 것 아닌가. 여름 대기에 뿌옇게 들어찬 안개에서 시선을 거둬들여 내리감고는, 오전에 급한 일정이 뭐였는지 생각하다 불현듯 떠오른 생각이 있어 휴대폰을 꺼내 들었다.

— 예, 웨즐리 씨.

"브라이언. 새 직원 이야기 말입니다. 어제 처리하는 걸 잊어서 기다릴 것 같았어요."

서류는 여전히 책상 위에 있을 터였다.

— 아, 예.

"어차피 팀원들끼리 조화를 이룰 수 있는 사람이어야 할 테니, 브라이언이 뽑는 것도 괜찮을 것 같아요."

검은 머리든 아니든 어쩌랴 싶었다. 길에 지나가던 검은 머리를 보고도 발작을 해서 병원에 끌려가는 판국에 말이다.

— 그러지 않아도 추천드릴 이가 있긴 했습니다. 이번에 LSE(런던 정치 경제 대학교)를 졸업하는 재원인데, 약혼자도 있고 하니 귀찮은 일은 없을 성싶습니다.

브라이언은, 지난번 검은 머리 여직원의 교체를 지시했던 이유가 그 여직원이 은근히 닉에게 관심을 가졌던 때문이 아닌가 물은 적이 있었다. 진짜 이유가 아니라 대충 넘겼는데, 이번에는 아예 그럴 가능성이 없는 이로 뽑으려는 모양이었다. 약혼자가 있으니 곧 결혼할 테고 그렇다면 닉을 귀찮게 하지 않을 것이니 말이다.

그럴 필요까지는 없는데, 라는 생각을 하는데 마침 차가 병원 입구에 멈춰 섰다.

"브라이언이 알아서 잘 하리라 믿어요."

닉은 이야기를 대강 마무리했다.

필요 없는 검사지만, 그래도 결과를 보시기 전까지는 어머니께서 앨런을 괴롭히실 것이니 하는 수 없이 차 문을 열고 나섰다.

지루한 검사를 끝내고도 조영제 부작용으로 자꾸만 재채기가 났다. 좀 더 머무르며 경과를 지켜봐야 한다는 바람에 점심시간이 넘어서야 은행에 도착했다. 차 안에서도 간헐적으로 재채기가 났고 앨런이 걱정스런 시선을 던졌다. 아침부터 굶은 데에다가, 오히려 병을 얻어 올 지경이라 이게 대체 무슨 짓인가 싶었다.

꼬투리를 잡힌 자신의 잘못이니, 다음부터는 좀 더 신중히 행동하자는 생각으로 마무리하고는 사무실을 향해 발걸음을 옮겼다.

은행장 섹션에 들어서서는 비서실에 샌드위치를 부탁했다. 몸보다 정신이 너덜너덜해질 지경이었지만 그래도 요기를 하고 나면 괜찮아지리라 생각했다. 개인 사무실로 향하다 보니, 비서실에 브라이언이 보이지 않았다.

어디 있나 하고 주위를 훑으니, 벽이 유리로 된 회의실에서 어떤 이와 마주 앉아 있던 브라이언이 그를 보며 자리에서 일어나고 있었다. 그 맞은편에서 이쪽에 등을 보인 채 앉은 이는, 아마도 새로 뽑았다는 직원일 터였다.

브라이언에게 고개를 끄덕여 보이던 닉의 걸음이 천천히 멈춰섰다. 새로 뽑았다는 직원이 검은 머리여서는 아니었다. 짧게 커트된 머리 아래로 드러난 목덜미가, 그리고 흰 셔츠에 검은색 정장을 입은 뒷모습이 순식간에 그의 기억을 잡아 찢으며 달려들었기 때문이다.

회의실을 나오는 브라이언을 따라 그이가 몸을 돌리기도 전에 그는 예감하고 있었다. 세월이 얼마나 흘러 어떻게 변해 있다 해도 못 알아볼 리 없다. 진, 그녀였다. 그의 빛이자, 그를 온전히 숨 쉬게 하는 존재.

충격으로 얼어붙은 닉과 반대로 유리 벽을 통해 전해지는 진의 시선은 무심하게 그를 스쳐 갔다. 모르는 사람을 보는 것처럼. 대체…… 왜? 회의실을 나와서 브라이언이 그에게 소개를 시키는 순간에야 다시금 그를 향한 시선은 여전했다. 대체 어째서……?

"이쪽은 새로 온 직원인 유진 리입니다. 제가 이것저것 일러 주던 참이었는데, 방학을 이용해 여러 인턴직을 거친 탓인지 실무적으로도 꽤 유능합니다."

약혼자가 있다고 했다. 그래서인가? 그렇다고 나를 모른 척할 필요까지는…….

"이분은 은행장님인 니콜라스 웨즐리 씨십니다. 인사드려요. 유진."

유진. 낯선 이름만큼이나 무심한 시선이 그를 향했고 악수를 청하는 가는 손도 내밀어졌다. 솔직히 '무심한' 이란 표현은 적당하지 않았다. 새로 만난 상대에 대한 예의와 호감을 적절히 띠고 있는 정도였으니까. 그저— 오랫동안 떨어져 있다 만날 때면 늘 반가움에 미치기 일보 직전의 얼굴로 달려와 덥석 안겨 들던 모습만을 기억하는지라, 무심하다 느낀 것이리라.

"웨즐리 씨?"

불안한 시선을 굴리며 그의 눈치를 보는 브라이언은, 닉이 새로 뽑은 직원을 또 쳐 낼까 저어하는 모양이다. 그럴 리가.

그제야 닉은 천천히 손을 내밀어 그 손을 맞잡았다. 찬 손발이 늘 안타까웠는데 이제 따뜻해진 손도 어쩐지 서운했다. 자신이 지켜보지 못하는 곳에서 변해 버린 진이.

"반가워요."

어제 길에서 본 이도 진이 맞았던 것이다. 레인코트 아래로 언뜻 보였던 모습이 지금처럼 스타킹과 펌프스 차림이었던 것 같으니까. 늘 맨얼굴이던 이전과 달리 희미하게 화장까지 한 얼굴도 낯설었지만 진이었다. 진.

"예, 잘 부탁드립니다, 웨즐리 씨."

쥐어짜 낸 그의 말에 대한 대답도 역시나 정중하지만 떨리지 않았다. 그리움이든 분노든 어떤 식으로든 이렇듯 아무렇지 않아 보일 수는 없는데. 설마…….

나를 알아보지 못하는 건가?

번개처럼 지나가는 그 생각에, 맞잡았던 손에 저도 모르게 힘이 들어갔다. 진이 한쪽 눈썹을 치켜뜨더니 대번에 손을 잡아 뺐다. 성희롱을 당한 정도는 아니라 하더라도 분명한 불쾌감의 표현이었다. 진이 자신에게 이러다니, 자신을 기억하지 못한다는 가정이 설마가 아닐지도 모른다. 시선도 벌써 그에게서 떨어져 나가서는 무심히 사무실을 훑지 않나.

어이없는 눈으로 그 모습을 지켜보던 닉은 다시 재채기를 했다. 연거푸 서너 번이나 이어지는 재채기에 브라이언이 걱정스런 얼굴로 티슈 케이스를 내밀었다.

"이럴 것이 아니라 댁에 돌아가서 쉬셔야 하는 것이 아닙니까?"

그걸 마다하며 뒷주머니에서 손수건을 꺼내어 입을 막던 닉은, 간지러워 미칠 것 같은 재채기의 욕구 속에서도 맞은편에서 저를 보는 진의 눈가에 희미한 조롱의 빛이 스쳐 가는 것을 보았다. 성의를 거절하고 유난을 떤다 싶은 것인가? 물론 그렇게 보일 수도 있는 상황이지만 진이라면 자신을 향해 결코 저런 표정을 지을 리가 없었다.

옆에 다른 사람들이 있어 처음 보는 척하는 것이 아니라 정말로 자신을 알아보지 못하는 것 같았다. 대체…… 무슨 일이 있었던 거지?

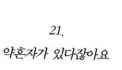

21.
약혼자가 있다잖아요

　진이 LSE 경영학과를 나왔다니. 고등학교 성적이 좋지 않아 그런 것인지 국적을 한국으로 바꿔 그런 것인지 알 수는 없지만, 유학생 자격으로 파운데이션(영국 대학교로의 유학 전 준비 과정)을 이수한 후 갈 수 있는 가장 높은 대학이었다. 얼마나 노력을 했을까.

　사무실에 들어와 진의 이력서를 펴고 앉은 닉은 그 글자 하나하나를 눈으로 더듬었다.

　유진 리. 한국 이름이 유진이었나? 그래서 입양되었을 때 진으로 이름 지었던 것이고? 아이한테 너무 큰 변화가 충격일 것으로 보고 배려했던 건가? 유괴하다시피 데려온 아이 이름을 보전해 주었다고 해서 그 죄가 용서되는 것은 아니다.

　고등학교 이하의 내력은 기입되지 않았지만, 학교 이름을 보니 더닝튼 성 아래 마을의 학교가 역시나 맞았다. 그런데 어째서 자신을 기억하지 못하는 것일까? 일부러 모른 척한다고 보기에는 너무도 무심하고 사무적이었다. 사진 속의 검은 정장을 입은 눈매마저 저를 모른다는 투 같았다.

다시 도돌이표를 그리고 마는 의문점들에 갇혀 허우적대던 그는 휴대폰을 집어 들었다. 통화한 지 오래된 연락처였지만, 신호가 가고 얼마 지나지 않아 상대가 전화를 받았다.

"오랜만입니다."

— 예, 후작님.

여전히 감정이 드러나지 않는 나직한 목소리의 주인은 에밀리였다.

"그동안 진과 연락이 되셨습니까?"

— 아니요. 한국에서 돌아올 때 연락드린 대로입니다.

거두절미하고 본론으로 들어갔음에도 에밀리는 전혀 동요하지 않고 대답했다.

6년 전, 에밀리에 대한 그 부모의 반응은 그의 예상과 크게 다르지 않았다. 유괴죄로 당장 고소라도 하고 싶은 심정이지만, 10년이 넘는 세월 동안 아이를 보살펴 줬고, 또 늦었지만 아이를 데리고 와 준 것에 감사해서 그만두겠다고. 대신 아이 앞에 다시는 나타나지 말라고 했다고.

그것이 에밀리에게 가장 큰 형벌이라는 것을 알고 그랬는지는 모르겠다. 에밀리도 진의 앞날을 생각해서라도 먼저 연락을 취하지는 않겠다고 했다. 이후 그녀는 더닝튼 성에서의 일을 그만두고 고향인 어촌 마을로 돌아갔다.

"마지막으로 헤어질 때, 진은 어땠습니까?"

6년 전에는 차마 묻지 못한 말이었다.

— 부모들이 안고 있었는데, 제가 잘 있으라는 인사를 하는데도 그저 멍하니 쳐다보기만 했습니다.

충격을 많이 받았던 것일까? 그래서 기억을? 어릴 적에도 기억력에 문제가 있었던 아이이니, 충분히 가능성 있는 얘기였다.

진이…… 그를 잊었다. 그가 바라던 일이었다. 어찌 지내는지 알아보고 싶고 가 보고 싶은 욕구를 억누른 채 가슴을 쥐어짜면서도 바라고 또 바라다 못해…….

그때 노크 소리가 들려왔다. 들어오라는 말에 쟁반에 차와 샌드위치를 받쳐 들고 들어온 이는 진이었다. 새로 온 직원에게 상관과 익숙해질 기회를 준 모양이다.

아까와 달리 주위에 아무도 없는데도 여전히 무심한 표정으로 다가온다. 샌들이나 운동화를 신고 그에게 내달리던 아이는 역시나 온데간데없어, 책상에 앉은 닉은 조금 멍한 표정으로 진을 바라보았다.

"부탁하신 샌드위치입니다."

그 말에 멍하니 내린 시선에, 제 앞에 가만히 내려놓는 샌드위치 포장에 쓰인 글귀가 들어왔다. '토마토 제외'라고. 순간 그의 눈이 번득였다.

"진?"

이미 반쯤 몸을 돌리던 이가 돌아보았다. 갸웃하는 고갯짓까지도 그대로였다. 가슴이 뛰었다. 흥분한 그가 무어라 말을 꺼내야 할지 생각하는 동안 진이 먼저 입을 열었다.

"진이 아니라, 유진입니다. 어차피 함께 일하다 보면 이름을 부르게 될 테니 원하신다면 이름으로 부르셔도 괜찮지만 줄여 부르시는 것은 불편합니다. 한국인들은 함부로 줄여 부르지 않거든요."

불평은 아니었다. 그저 짚어 주는 정도였지. 다음 말을 묻고 싶어 안달이던 닉은 급히 인정했다.

"그래요, 유진. 이 샌드위치는 누가 사 왔습니까?"

"제가요."

예상했던 답이었다.

닉은 어릴 적부터 구운 토마토는 먹어도 생토마토는 어쩐지 특유의 향이 싫어서 꺼려 했고, 그것을 진도 확실히 알고 있었다. 트리 하우스나 숲속의 작은 집에서 만날 때에 준비해 오던 샌드위치에는 늘 토마토가 빠져 있었으니까.

이전에 비서들에게 샌드위치 심부름을 시킬 때에는 번거로울까봐 그냥 빼고 먹은 탓에 아무도 자신이 생토마토를 싫어한다는 것을 알지 못한다. 고로 진이 이 샌드위치를 사 온 것이라면 진이 이전을 기억한다는 확증이 될 수 있는 것이다.

"내가 생토마토를 먹지 않는다는 것은 어떻게 알고요?"

"아, 죄송합니다. 제가 토마토를 싫어해서 무의식중에 그렇게 주문을 했네요."

틀린 말은 아니었다. 진도 자신처럼 토마토를 먹지 않았으니까. 자신을 생각해서 토마토를 뺀 건 아니라는 말이었다.

"죄송할 것은 없지요. 결과적으로 내겐 잘된 일이니 도리어 내가 고맙다는 인사를 해야겠네요."

두근거리던 가슴이 일시에 가라앉았다. 시선까지 가라앉은 닉이 손을 흔들었다.

"그만 나가 보세요."

"예."

어이가 없었다. 진이 이전을 기억한다면 뭘 어쩌려고? 대체 무엇을 기대한 거지? 자신은 여전히 추하고 역겨운 인간이었다.

진이 문을 열고 나가기 직전에 그가 다시 입을 열었다.

"고마워요."

멈칫했다가 돌아보는 진의 움직임이 유난히 느렸던 것은, 그가 자꾸 말을 보태는 것이 성가신 탓이었을까? 이윽고 다시 자신을 향한 그녀의 눈동자가 어쩐지 더욱 까맣게 보였다.

"뭐……가 말씀이십니까?"

"샌드위치 말이에요."

그가 나직하게 말하자, 눈을 몇 번 깜박인 진은 그저 가볍게 고개를 끄덕이고는 몸을 돌렸다. 문이 닫힌 뒤에야 닉은 쓸쓸하고도 대견한 표정으로 덧붙였다.

"그리고 잘 이겨 낸 것도."

닉이 은행장에 취임한 지 2주가 지났다. 진과도 별다른 일은 없었다. 그녀가 여전히 닉을 알아보지 못한다는 것 말고는. 인수인계를 끝내고 진의 트레이닝 결과에도 만족한 브라이언이 휴직에 들어간 뒤에도 팀은 잘 굴러가고 있었다.

문제는 닉에게 있었다. 회의에 들어가면 서류를 집중해 내려다보는 진의 아랫입술이 꾹 다물려지는 것이나, 텀블러에 꽂힌 스트로를 잘근거리는 등의, 그가 알고 있는 진의 모습을 찾느라 제대로 집중하지 못하고 흐름을 놓치기 일쑤였다.

마치 상대를 알아보지 못하는 것이 진이 아니라 자신인 것처럼 그는 진을 확인하는 것에 집착하고 있었다.

처음에는 진이 자신의 비서실까지 들어온 것이 진의 의도라고 생각했었는데 그것도 아닌 것 같았다.

외조부의 회사는 동남아시아까지 사업이 확장된 상태로 한국에서도 꽤나 큰 다국적 기업으로 알려져 있어 입사를 희망하는 직원들은 수없이 많았다. 게다가 진을 비서실로 발탁한 것은 자신들의 관계를 전혀 알지 못하는 브라이언이었다. 진이 저를 골탕 먹인다거나 일종의 복수를 위해 의도적으로 접근할 수 없는 루트였다는 말이다.

그의 비서실에 들어온 것이 진의 의도에 의한 것이 아니라면, 진이 정말로 그를 기억하지 못하는 것일 수도 있다는 결론이 났다. 그런 척하는 것은 아니다. 진이 자신을 기억하고 있다면 이럴 수는 없으니까. 예전 자신을 바라보던 검은 눈동자가 얼마나 빛나고 행복했는지. 그건 감출 수 있는 것이 아니었다.

그렇다면 왜? 약혼자 때문에? 진짜 약혼자가 있다면 자신을 잊지 않았어도 잊은 것이나 진배없다. 그 생각을 떠올릴 때마다 보이지 않는 커다란 손이 가슴을 짓뭉개는 것 같았다.

문제는 또 있었다. 브라이언이 휴직하고 남은 비서 셋 모두 남자였는데, 기혼인 찰스를 제외하고 대니얼과 조프리 모두 진에게 호감을 느끼고 있는 것이다. 진이 무언가 질문이라도 하면 앞다투어 가르쳐 주고 도와주려 하는데, 그럴 때면 진은 오래전 그에게 그랬듯 환한 미소를 돌려주곤 했다. 자신만을 향하던 미소를 말이다.

닉의 눈에도 그런 모습이 몇 번이나 띄었고, 그래서 닉이 자신의 사무실 유리 벽에 드리워진 블라인드를 모두 걷어 올린 지도 2주가 지났다. 일하다 말고 어느새 유리 벽 너머 직원들 섹션을 주시하고 있는 자신을 발견할 때면 어이가 없었지만, 금세 또 그렇게 되고 말았다.

뛰쳐나가 뭘 어찌할 것도 아니면서 감시하듯 뭐 하는 짓인지 모르겠지만 하여간 그는 그러고 있었다. 진이 이뤄 낸 것에 대한 흐뭇함의 표현이라 하기에 그의 표정이 다소 부정적인 축에 속하는 것을, 유리에 얼비친 자신의 얼굴을 보아 알고는 있었다.

지금도 금발의 늘씬한 미남인 조프리가 진의 의자 등받이에 손을 짚고 진의 모니터를 들여다보며 무언가를 가르쳐 주는데, 그 모양새가 마치 어깨를 감싼 것처럼 보였다. 닉이 사내 법규에 성추행에 대한 조항이 어떠했는가를 되새기는데, 진이 설명을 알아들었는지 고개를 끄덕이며 웃는다.

"제길."

— 니콜라스?

"아, 죄송해요. 밖에 잠깐, 다른 일 때문에요."

어머니와 통화 중이라는 사실을 잊었다. 휴대폰을 통해 어머니 말씀을 들으면서도 눈으로는 밖을 살펴보는 일에 여념이 없었던 것이다.

— 네가 은행장이 된 축하 파티에 대해 그렇게나 부정적인 줄은 몰랐구나.

그의 말을 믿지 않으시나 보다. 물론 파티에 대해 긍정적인 것도 아니지만, 지금으로서는 어머니의 오해를 풀어 드리느니 차라리 그런 척하는 게 낫다.

"그럴 리가요."

— 정말이니? 런던 말고 여기 더닝튼 성에서 여는 것도 괜찮은 거지?

아. 너른 홀에 득시글대는 귀족들만 보면 욕지기가 나오는데 그 파티의 이유가 또다시 자신이 될 거라니 짜증이 났지만, 조프리가 제자리로 돌아가는 것을 보며 간신히 참았다.

"어머니께서 애쓰시겠네요."

파티를 싫어하는 그에게서 인사치레를 듣는 것은 예상치 못하셨는지 어머니께서는 잠시 침묵하다 말씀하셨다.

— 혹시 셀린한테 무슨 말을 들은 거니?

"무슨 말을요?"

벤자민 문제를 전해 들었느냐는 말씀이겠지만, 모르는 척했더니 이내 아무것도 아니라며 얼버무리신다. 파티를 받아들이겠다 하니 의심이 가시는 건가?

— 일정은 네가 출장에서 돌아오는 주말로 잡을까 하는데 괜찮 겠니? 시간이 좀 촉박하지만, 취임한 지 너무 오래되면 그건 또 모양새가 좋지 않잖니.

새 은행장으로서 동남아 거점들을 방문하는 나흘간의 일정이 모레 일요일부터다. 비서실 직원 모두가 따라갈 필요는 없고 브라이언 대신 실장을 맡은 대니얼과 찰스가 함께 갈 계획이었는데, 그렇게 되면 비서실에는 진과 조프리만 출근하게 된다.

그렇게 되면 사무실에서 출장 후 하루 휴가를 주는 목요일까지 장장 나흘을 단둘이 있게 되는 것이다. 그 정도면 남녀 사이에 만리장성을 열두 번도 더 쌓을 수 있는 시간이었다. 닉의 입가가 일그러졌다.

"괜찮을 리가요."

— 뭐라고?

방법이 없는 것은 아니다. 딱히 중요한 계약 체결이 있어 가는 것이 아니니 많은 인원이 필요치는 않았다. 하지만 은행장으로서 처음 가는 출장이다. 현지에서 추가적인 인원이 필요할지 모를 상황에 대비도 해야 하고, 아시아로 가는 출장이니 같은 동양인 직원이 동행한다면 융합이 모토인 다국적 기업의 면모를 부각시키는 효과를 노릴 수도 있겠지.

닉의 입매가 그제야 조금 느슨해졌다.

"괜찮은 정도가 아니라 아주 좋다는 말씀입니다."

그렇게 닉은 전화를 끊기 10초 전에야 통화에 집중할 수 있었다.

"유진도 멜로는 별로죠?"

전용기가 이륙한 뒤 내일 아침 홍콩에서 있을 행사에 대한 짧은 회의가 있었다. 이후 찰스는 잠시 눈을 붙이겠다고 했고 진은 대니얼의 권유로 함께 영화를 보기 시작한 지 얼마 안 되었을 때였다.

그들 뒤쪽에서 미팅 자료를 한 번 더 훑어보며 보완할 점을 찾던 닉의 시선은, 입을 가리며 하품을 하던 대니얼이 옆에 앉은 진을 툭 치며 헤드폰을 벗을 때부터 줄곧 그들을 주시하고 있었다.

실은 직접 그들을 주시하지는 않고, 자신이 내려다보던 큰 테이블의 거울 같은 표면에 반사된 모습을 보고 있었다. 누가 보면 그는 테이블에 내려놓은 태블릿을 보고 있는 터였다.

"그러게요. 지루하네요."

진의 대답에 대니얼이 길게 기지개를 켰다. 그러고는 천장을 올려다보더니, 어이없는 듯 중얼거렸다.

"저 금색이 설마 금박을 입힌 건 아니겠죠?"

설마. 천장 여기저기에 금색 장식이 박혀 있긴 했지만 그럴 것까지야.

입술을 비튼 닉도 실은 알지 못하는 바다.

"대니얼이 모르는데 난들 알겠어요?"

"난 전용기 처음 타 봐요."

"전에도 웨즐리 씨를 모셨잖아요."

그게 뭐 별 얘기라고 고백하듯 소곤거리니, 진도 비슷한 톤으로 이야기했다. 찰스도 귀마개를 했고 닉 자신도 5미터는 떨어져 있는데.

"웨즐리 씨가 글로벌 시장 담당자일 때에는 회장님의 외손자라는 타이틀보다 능력을 보이는 것이 우선이라 판단하셨는지, 일절 이런 지원이 없었거든요. 나 같아도 그랬을 것 같아요. 경영 세습에 반대하는 이들에게 괜한 빌미를 줄 필요는 없으니까요. 이제 그룹의 노른자위인 금융 쪽을 맡으셨으니, 그 능력에 맞는 대우 차원으로 전용기를 내어 주시는 거고요. 그렇지요, 웨즐리 씨?"

아무리 소곤거려도 조용한 전용기 안에서라 웬만큼 들릴 것을 감안했는지 뒤를 넘겨다보며 하는 마지막 말은, 닉을 향한 것이었다.

말투에는 함께 해냈고 당신이 자랑스럽다는 마음이 깔려 있었지만, 방금 전까지도 대니얼을 향해 이죽거리던 속으로 그저 멋쩍게 어깨를 으쓱해 보이고는 '다 같이 이뤄 낸 것이죠.'라는 상투적인 말을 중얼거리는 게 다였다.

"우리 은행장님은 저렇게 겸손하기까지 하시죠."

테이블 위에 비친 진은 그저 고개를 끄덕여 보였다. 동의하는 건가? 그가 그동안 어떻게 지내 왔는지에 관심이 생긴 걸까? 이전의 진이라면 그에 대해서 월이나 일 단위가 아니라 분 단위로 쪼갠 모든 것을 알고 싶어 했을 텐데.

"저도 열심히 해서 누를 끼치지 않게 해야겠네요."

한 공간에 있어 그런지, 진이 개인적인 생각을 말하는 것은 처음 들었다. 닉의 귀가 쫑긋해졌다.

"열심히라니요? 그냥 하던 대로만 하면 되겠던데."

대니얼이 어이없다는 투로 중얼거렸다. 무슨 소리지?

"이번에 유진과 함께 입사한 직원이 저랑 같은 아파트에 사는데, 그에게 들었어요. LSE의 경영학과를 함께 다녔다는데, 유진이 무시무시하게 공부했다고요."

"그래요? 이름이 뭐라던가요?"

"앤서니 해밀튼. 입학 동기였대요."

"음……."

잠시 생각을 곱씹던 얼굴이 이내 민망해지더니 어색한 웃음을 웃는다.

"미안해할 것 없어요. 그러지 않아도 앤서니가 자기 이름을 말해 줘도 유진이 모를 거라고 했으니까. 학부 시절에 친구도 없이 공부만 했다고 하던걸요."

"그 정도는 아니었는데……."

"괜찮아요. 물론 그 친구에 남자 친구도 포함이겠죠?"

남자 친구는 없어도 약혼자를 만들 시간은 있었겠지. 졸업과 동시에 은행에 입사했는데 약혼자가 있다는 것은 대학 생활 동안 꽤 오래 함께했다는 뜻 아닌가.

진은 자신을 잊었어도 자신은 그녀의 모든 것을 기억하고 있다. 진은 경솔하게 누군가를 곁에 들여놓는 스타일이 아니었다.

순간 태블릿을 터치하는 손길이 거칠어졌는지, 두 사람 모두 흘 끗 돌아보았다. 닉이 고개를 들지 않으니, 그들은 다시 대화로 돌아갔다.

"유진은 어떤 영화 좋아해요?"

"말씀대로 공부하느라 지금껏 즐겨 보진 않았지만, 좀 더 역동적인 걸 선호하는 것 같아요."

"액션? SF?"

"둘 다 좋아요. 그래야 스트레스도 좀 풀리고."

"그러게요. 총이며 칼을 마구 휘두르면서 피가 막 양동이로 뿌리듯이 쫙쫙 뿌려져야 제맛이지, 그죠?"

대니얼의 과장된 언사에 진이 풋 하고 웃음이 터지는 입가를 가렸다. 오랜만에 들어 보는 웃음소리에 귓가가 아려 온 닉의 시선이 정지했다. 이전에는 자신 때문에 저렇게 웃었다. 자신 때문에만.

"출장 갔다 오는 주말에 액션이랑 SF랑 적절히 버무려진 것으로 한 편 볼래요? 유진이 공부하느라 놓친 주옥같은 것들로 내가 한 1년 치 추천할 수 있는데."

"그 1년 치를 다 보기 전에 유진이 결혼할 것 같은데요."

닉이 중얼거리자, 두 사람 모두 그를 돌아보았다. 그제야 닉이 고개를 들어 진을 바라보았다.

"약혼자가 있다잖아요."

"아 참. 난 그런 의미라기보다는, 음, 물론 유진한테 약혼자가 있다고 해서 무척 실망하긴 했지만……."

잠시 닉을 바라보던 진의 시선에는 전혀 동요하는 빛이 없었다. 그러다 대니얼을 향해 돌린 얼굴에는 배려하는 기색이 역력했다.

"알아요, 대니얼. 친구와 가족이 모두 미국에 있어서 좀 외로운 거. 전에 얘기했잖아요."

"예. 유진도 외국 출신이니, 그러지 않을까 했어요. 대학교는 여기서 다녔다 해도 공부만 했다니까…… 그래서 약혼자가 있다는 걸 자꾸 깜박해요."

"괜찮아요. 남자 친구는 저랑 영화 볼 시간도 내기 힘들 정도로 바쁘니까, 대니얼이 영화를 같이 봐 주면 고맙죠."

대니얼의 갈색 눈동자가 뜻밖이라는 듯 휘둥그레지더니, 고른 이를 드러내며 웃었다.

"그럼 우리 영화 친구 하는 거예요?"

"예."

여전히 고개를 들고 있던 닉은 서로 마주 웃음 짓는 그들을 보며 생각했다. 진이, 그저 영화 친구가 아니라 약혼자와 마주 보며 웃는 모습을 본다면 그때는 가슴이 너덜너덜해지는 정도가 아니라 폭삭 내려앉지 않을까 하고. 아니면 총이며 칼을 사정없이 휘둘러서 피가 양동이로 뿌려지는 지경에 이르거나.

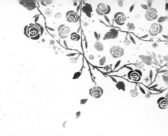

22.
악셀 레벤하웁트

샤워 후 편한 셔츠와 슬랙스로 갈아입은 닉은 와인을 핑계로 거실로 나왔다. 와인 잔을 챙겨 든 뒤에는 홍콩의 야경에 새삼 반한 척 창가를 서성이다가는 아예 소파에 자리를 잡고 앉았고.

오후 11시가 넘은 데다가 내일 아침 일찍부터 일정이 있었다. 그러니 이만 들어가 자야 함에도 불구하고 낯선 침실에 들어가 봤자, 결코 잠이 올 것 같지 않은 기분이었다. 출장 한두 번 다니는 것도 아니면서 핑계는. 하지만 별의별 핑계를 다 갖다 대면서도 침실보다는 거실이 저 맞은편 침실에 있는 진에게 좀 더 가까워서라는 진실은 외면한 채였다.

그래, 진이 그렇게나 가까이 있었다. 은행의 공적인 공간이 아닌 사적이라 말할 수 있는 이 스위트룸에.

그의 지시로 급하게 합류시킨 터라 진을 위한 방 예약이 쉽지 않다고 했다. 남아 있는 방은 같은 직원인 찰스와 대니얼에게 배당된 방들에 비해 턱없이 모자란 수준이라고도 했고.

그래서 닉이 제안했다. 어차피 자신이 쓰는 스위트룸에 침실이 두 개니, 하나를 진이 쓰는 것이 좋겠다고. 예약할 수 있는 방은 층도 다르고 안전 문제도 염려가 되는 바라 그 제안에 토를 달 사람은 없었다.

오히려 대니얼이나 찰스는 그의 관대함에 고개를 끄덕이기까지 했다. 진은 어찌 해도 좋다는 듯 무심한 표정이었고, 그것은 아까 닉과 함께 스위트룸에 들어서서 자기가 쓸 방으로 들어가는 순간까지도 변하지 않았다.

저녁 식사를 전용기에서 하고 내린 탓에 각자 방으로 흩어져서는 내일 아침 8시에 로비에서 만나기로 했지만, 침실로 들어간 진은 1시간 남짓한 시간 동안 꼼짝도 하지 않았다. 하긴 침실 내부에 욕실까지 딸려 있는데 거실에 나올 일이 뭐 있겠는가.

그래서 혹시 하는 생각을 품고 있던 닉만 거실을 얼쩡거리고 있는 것이다. 사적인 공간에 함께 있으면 진이 기억을 하지 못하는 것인지, 아니면 모른 척하고 있는 것인지 당장 말을 해 주거나 알게 될 거라는 허황된 기대를 했던 모양이었다.

휘황찬란한 불빛들을 얼마간 내다보던 닉의 눈이 어느 순간 가물거렸다. 7시간이 조금 넘는 비행이 피곤할 리는 없고. 비행 내내 진에게 신경을 곤두세우고 있던 이유라면 좀 그럴듯하지만. 잠결이라 그런지 께느른한 몸을 일으켜 침실로 들어가야 한다는 생각은 들지 않았다. 와인 잔을 내려놓고 본격적으로 소파 등받이에 기대

눈을 감았을 뿐.

정작 자세를 잡으니 잠이 오는 건지 아닌지 몽롱한 느낌이었다. 그러던 어느 순간, 무슨 소리가 난 것 같았다. 문 열리는 소리인가? 정신은 완전히 깨어나지 않아 조금쯤 멍한 채 그대로 있었다.

바닥에는 거의 발목까지 빠질 정도로 푹신한 카펫이 깔려 있어 발걸음 소리도 들리지 않았지만, 옷깃이 스치는 것 같은 인기척이 들리는 듯도 했다. 그리고 그것이 점차 가까이 다가오는 것 같았고. 이제 옷깃 소리는 들리지 않았지만, 낮은 숨소리가 들리는 것을 보면 가까이 와 선 것이 확실했다.

자신을 들여다보고 있나? 누구? 라는 생각이 드는 순간, 이마에 드리워진 머리칼이 건드려지는 느낌이 들었다. 눈이 번쩍 뜨였다. 역시나 자신의 얼굴에 닿아 있는 것이 있었고 늘어져 있던 그의 손이 재빠르게 올라가 그것을 공격적으로 잡아챘다. 손이었다. 날카롭게 숨을 들이마시는 진의 손.

자신이 반쯤은 잠에 빠졌던 것이 확실했다. 이 스위트룸 안에 자신 외에는 진밖에 없는데, 누군가 잠든 자신을 공격한다는 생각을 했으니 말이다.

진의 시선을 꽉 붙든 그가 물었다.

"무슨 일입니까?"

진은 분명히 놀랐지만 그 기색을 빠르게 갈무리했다. 어릴 적과 확연히 다른 그 감정 컨트롤을 몇 번 지켜본 결과 자신이 그것을 못마땅하게 여기고 있다는 사실을 깨달았다. 닉은 자신의 표정이 무뚝뚝해진 것도 알지 못했다.

"벌레가 앉아서요."

잠든 자신의 앞 머리카락에 벌레가 있어서 떼어 주려 했다는데, 고마워할 일이지 계속해서 취조하듯 몰아붙일 일은 아니었다. 나무라듯 잡았던 손도 얼른 놓아줘야 할 일이었고. 그의 손에 잡혀 있는 손은 그저 내맡긴 채였다. 오해가 풀렸으면 놓아줄 테지, 뭘 어쩌겠는가 하는 의미다.

처음의 기세대로 거세게 움켜쥔 손아귀 속의 손가락은 여전히 가늘었다. 손가락뿐인가, 잠옷인 듯 편하게 입은 셔츠 위로 쇄골도 여전히 도드라졌고 출근할 때 입던 치마 정장 아래의 종아리도 살점이라고는 없었다. 펌프스를 벗고 슬리퍼를 신으니 키도 그대로였고. 화장도 지운 데에다 정장을 벗고 편한 차림을 하니 나이도 다시 어리게 보였다.

진. 진. 진. 내 빛이자 구세주인……!

잠깐 조는 동안 자제력마저 풀렸는지, 그 손을 놓아주기 위해서 초인적인 힘을 끌어모아야 했다.

"그럼, 안녕히 주무세요."

이윽고 한국식으로 고개까지 끄덕인 진은 뒤도 돌아보지 않고 침실로 들어갔다. 그것을 유리창에 반사된 모습으로 지켜본 닉은 그녀가 차마 소파에서 꼼짝도 하지 못하고 있는 그와는 달리 전혀 머뭇거리지 않은 것을 알았다. 진이 기억을 잃은 건지, 아니면 잃은 척하는 건지 확신할 수 없었지만 적어도 확실히 아는 것은 있었다. 자신이 조금이라도 움직였다가는 진의 손을 다시 잡아채리라는 것을. 그래서는 종내에는 이 미묘하게 균형을 이루고 있는 상황을 망쳐 버리고 말리라는 것을.

진의 침실 문이 닫힌 뒤에 그도 침실로 향했다. 내일 아침 날이 밝기 전에는 결코 나와서는 안 될 것이다. 침실 문도 단호하게 닫고는 침대로 걸어가면서 간질거리는 이마로 손을 가져갔다.

어차피 잘 밤이니 왁스를 바르지 않아 전체적으로 이마를 가리고 있던 머리칼이 간지러운 탓이었는데, 손을 가져가던 닉은 제 손끝에 여상히 스치는 흉터를 느끼고는 그대로 멈춰 섰다. 아까 진의 손이 스치던 즈음이었다.

흉터가 생긴 이후로 그쪽 이마를 앞머리로 가리고 다녀서 그곳에 흉터가 있다는 건 알지 못할 텐데. 안다 해도 그것을 눈으로 확인하고 싶을 정도로 궁금해할 사람은…… 그 흉터를 만든 사람 정도?

다시 뛰려는 가슴을 억누르며 이성적인 생각을 하려 애썼다. 정말 벌레였을지도 모를 일이다. 아무리 관리가 잘 되는 호텔이라 하더라도 여름이니 날벌레 하나쯤 있을 수 있으니까.

하지만 생각은 제멋대로 줄달음쳤다. 그렇게 들어갈 거라면 진은 왜 거실에 나왔던 거지? 그가 깨어나기 전에 이미 볼일을 끝냈던 건가? 침실에서 나오는 소리가 나자마자 자신에게 다가왔던 것 같은데, 아닌가?

자신이 졸면서 드문드문 들은 것인가? 아니면 자신의 기세에 민망해서 볼일도 보지 못하고 들어가 버린 것인지도.

여전히 혼란스러웠다. 확실히 알 수 있는 것이라고는, 흉터를 손끝으로 만질 때마다 등줄기에 간질거리는 느낌이 스쳐 가곤 했고 그 느낌을 누가 알까 봐 앞머리로 가리고 다니는 스스로의 감정뿐이었다.

출장에서 돌아온 다음 날. 아침 식사를 위해 식당으로 들어서던 닉은 뜻밖에도 벌써 한 자리를 차지하고 있던 셀린의 모습에 눈썹을 치켜세웠다. 가운 차림도 아니고 옷도 제대로 갖춰 입은 채였다.

"왜요? 너무 이른 시간에 얼굴을 마주하니 낯설어요?"

대답은, 말없이 걸어와 자리에 앉는 닉을 지켜보던 셀린이 마저 했다.

"나도 그래요. 그런데 어떡해요, 살 길 찾으려면."

아침부터 되지도 않는 앓는 소리의 시작이다. 차를 따라 주고 아침 식사를 나르기 위해 메이드가 드나들거나 말거나 넋두리는 계속되었다.

"이거 봤어요?"

식탁 한쪽에 쌓인 초대장 중 하나를 펴 내민다. 흘끗 보니, 어머니께서 보내신 초대장이었다. 말씀하신 주말 파티에 대한 것이겠지.

"이번 주말에 열리는 파티 초대장을 어젯밤에야 우리 집으로 보내신 이유가 뭘까요?"

오늘은 목요일이다. 아시아와 7시간 정도의 시차가 있어 출장에 동행했던 직원들에게 오늘 하루는 휴가를 주었지만, 닉은 출근을 할 생각이었다. 그다지 피곤하지도 않고 달리 할 일도 없으니. 시차 때문에 뒷머리가 조금 둔하긴 했지만 죽지는 않을 터였다. 지난 6년간 그랬듯이.

그는 여전히 대답 없이 채소가 들어간 오믈렛을 내려다보며 포크를 집었다.

"파티에 내 손님을 한 명도 초대하지 못하게 하려는 의도겠죠? 초대장을 돌리기에는 예의에 어긋날 정도로 시간이 얼마 남지 않았으니 말이에요."

이제 보니, 애초에 파티 날짜를 촉박하게 잡으셨던 것도 셀린이 알아챌까 봐 그러셨을지도 모른다는 생각이 들었다. 유치했지만 여태껏 부모님을 기만해 온 자신이 할 말은 아니다.

"내가 호락호락 물러날 것 같지 않으니, 내게서 당신 아내로서의 대외적인 역할부터 빼앗으려는 것이겠죠? 창피해서라도 물러나게?"

셀린도 궁금해서 묻는 것 같지는 않으니 닉도 고개를 끄덕여 줄 필요는 없었다. 먹음직스럽게 구워진 소시지도 한 조각 잘라 들었다. 진은 소시지를 좋아했다.

"당신은 따로 받았겠죠? 물론 웬만한 사람들에게는 어머님께서 벌써 돌리셨을 테지만."

자신도 싫어라 하는 형식적인 파티에 개인적으로 누군가를 초대한 전적이 없는 그이니, 셀린의 추측이 맞았다. 웬만한 사람들이 모여 웬만하게 즐기다 가겠지. 조금은 씁쓸하게 그리 중얼거리기에 그것으로 끝난 줄 알았다.

오후에 은행을 돌아본 후 사무실로 들어가는 순간 유리 벽 너머 제 사무실에 앉은 그녀를 다시 발견하기까지는.

조프리만 있어야 할 직원들의 섹션에 셀린도, 검은 머리를 한 진도 있었다! 오늘 출근하지 말라고 했는데 그가 나간 사이 출근한 모양이었다.

고개를 들고 그와 시선이 마주친 셸린이 진 쪽으로 눈짓을 해 보이며 의미심장한 미소를 지었다. 바보가 아닌 다음에야 당연히 진을 알아보았겠지. 제기랄.

그가 없는 사이 셸린이 진과 무슨 얘기를 나누었는지, 마음이 급해진 터라 진이 일어나 그에게 건네는 인사를 받는 둥 마는 둥 하며 안으로 향했다.

"당신 얼굴이 하얗게 질린 것 같네요."

양복 상의를 옷걸이에 거는 그의 등 뒤로 날아오는 셸린의 목소리가 어쩐지 빙글거리는 것 같았다.

"집에서 해도 되는 얘기를 하러 내 직장에까지 왔나?"

돌아서자마자 눈을 번득였지만 셸린의 시선은 다시 유리 벽 밖의 진에게로 날아갔다. 닉이 거친 손길로 블라인드를 내리고 돌아서니, 셸린은 대놓고 빈정거리고 있었다.

"내가 보면 닳을까 봐 그래요?"

닉이 이를 악물었다.

"쓸데없는 말을 늘어놓은 건 아니길 바라."

"기억을 못 하더군요. 아니면 못 하는 척이든가."

"둘 중 어느 쪽이든 당신이 나설 입장이 아니라는 건 알고 있겠지?"

"물론이죠. 그렇게 경계하지 말아요. 자꾸 그러니까 내가 마치 당신이 기다리던 작은 소녀를 잡아먹으려는 늑대 같잖아요."

큰 책상을 돌아가 자리에 앉으며 닉이 낮게 중얼거렸다.

"소설 쓰지 마. 그저 공채를 통해서 당당히 들어온 유능한 직원일 뿐이야. 내 사무실로 발령된 것도 내 의사와 상관없는 일이고."

"누가 뭐랬어요? 당신답지 않게 유난히 설명이 기네요. 별말 안 했어요. 그저 당신의 새로운 직원으로 대했을 뿐이죠. 그나저나 내가 왜 왔는지 궁금하죠?"

닉은 그제야 셀린의 차림을 훑었다. 날아갈 듯 꾸미고 웬일일까? 아침의 침울한 모습과는 대조적이다.

"생각해 보니, 아무리 늦더라도 미래의 더닝튼 공작 부인이자, 케이직 그룹 총수의 아내가 주는 초대장을 예의 없다고 생각할 사람이 없으리라는 결론에 도달했어요. 초대장을 썩히는 것도 아깝고."

교만함의 극치에 눈살이 찌푸려졌지만, 차라리 그 초대장을 돌리러 어서 가 주었으면 하는 바였다.

"그래서 그 시작으로 당신 직원들에게 한 장씩 돌렸죠."

닉의 표정이 그대로 굳어 들었다.

"멀리까지 운전하고 왔다 갔다 하는 것에 비해 별것 없는 파티이니 관두라고 했다죠?"

직원들도 그러마고 했다. 기분 나쁜 예감에 닉이 셀린을 노려보았다.

눈치채지 못했을 리 없는데도 셀린은 생각 없는 척 제 하고 싶은 말을 끝까지 늘어놓았다.

"그래도 새로 온 직원의 충성심을 서둘러 고취시키려면 당신에 대해 더 많이 알아 두어야 할 것 같아서 내가 일부러 초대했어요. 토요일인 파티 당일에만 오는 일반 손님 말고, 전날에 미리 와서 일요일까지 묵을 수 있는 특별한 손님 자격으로 말이에요. 당신 어머니가 정성을 다해 준비한 파티를 내 손님 중 적어도 한 명은 제대로 누려야 하지 않겠어요?"

"……승낙했을 리 없어."

"승낙하던걸요? 게다가 악셀도 초대했어요."

"악셀?"

"그녀의 약혼자요."

낯선 이름에 갸웃했던 닉의 턱이 단숨에 굳어졌다.

이 대책 없는 여자는 대체 뭘 어쩌려는 거지? 본인 인생이 재미없다고 해서 남들까지 뒤흔들려는 속셈인가? 기억이 없는 진이 더닝튼에 가서, 어머니나 빅토리아뿐만 아니라 그녀를 기억할지 모를 또 다른 누군가에게서 과거를 언급하는 말을 듣거나 불편한 상황이 벌어지는 것을 원치 않았다. 그랬다가 기억이라도 되찾는다면…….

기억을 잃은 것에 대한 서운함은 자신의 몫일 뿐. 진이 기억을 되찾기를 원하지는 않았다. 고통스런 기억을 잊었다면 축복일 테니까.

서둘러 셀린을 떼어 내지 못한 일을, 이렇게 뼈저리게 후회하는 날이 올 줄이야.

"당신은 여태 저 아이를 기다렸는데, 저 아이는 아니었나 봐요. 역시나 세상에 영원한 건 없나 봐요."

셀린이 혀를 차며 일어섰다. 씁쓸한 마지막 말은 변심했던 승마 코치를 말하는 것이다. 감히 진을 그따위 자식에 비교하다니. 머릿속이 분노로 붉게 물들었다.

"그 속에서 변하지 않는 사람만 손해 보는 건가 싶고."

저 말은 분명 제 신세를 한탄하는 것일 터였다. 자신은 아닐 것이다. 자신은 손해가 아니라 자업자득이니까.

그날 오후, 닉은 퇴근 준비를 하는 진의 책상으로 다가가 선심 쓰듯 말했다.

"다른 직원들도 그냥 쉬기로 했으니, 초대를 거절해도 좋아요. 아내에게는 내가 잘 말해 둘 테니까요."

상사 아내의 위압에 하는 수 없이 초대를 승낙한 것을 이해한다는 의도를 모르지 않을 것임에도 진은 예의 바르게 고개를 저었다.

"아니요, 마침 약혼자가 돌아와서 함께 주말을 이용해 어딘가로 떠날까 하던 참이었으니 좋은 기회라고 생각했습니다."

생각하는 척 말을 건네던 닉이 멈칫하자, 옆에서 퇴근 준비를 하던 조프리가 대놓고 서운한 척을 하며 거들었다.

"유진의 약혼자는 사진작가랍니다. 세계 여기저기를 다닌다더군요. 책상에 사진 한 장도 놓지 않아서 그냥 하는 말인가 했더니, 본인 직업이 사진작가이면서 정작 본인 사진 찍는 걸 싫어해서라네요. 아아, 괜찮은 여자들은 다들 임자가 있다니까요."

그러지 않아도 방금 전 약혼자 사진을 두었는지 진의 책상을 훑었는데. 아무것도 보이지 않아, 약혼자가 있다는 말은 혹시 자신의 사무실로 오기 위해 그냥 둘러댄 말이 아닌가 하는 짐작까지 했었는데.

약혼자란 작자가 정말 있긴 있는 모양이다. 그러니 초대에 응하겠다고 하겠지. 하늘 끝까지 올라갔던 닉의 감정은 순식간에 바닥으로 추락했다.

그때, 핸드백을 집어 드는 진의 움직임 사이로 책상 한편에 놓인 액자가 눈에 들어왔다. 이전에는 보지 못했던 것이다. 진과 비슷한 이미지의 동양 여인이 진을 끌어안고 찍은 모습으로, 그 어깨에 머리를 기댄 진은 더없이 편해 보였다. 더닝튼에 있던 그 어느 때보다 더. 심지어 자신과 함께할 때도 늘 긴장하고 조마조마한 얼굴이었지 편한 적은 없었다⋯⋯.

결국 자신의 결정은 옳았던 것이다. 추락해서 산산조각이 났던 닉의 감정 중에 양심이란 놈은 아직 건재했던 모양인지, 이대로라면 더닝튼에 가도 별문제는 없을 것이라 생각됐다.

닉은 그럼 주말에 보자고 나직이 중얼거렸다. 진이 더닝튼에서 겪게 될 일에 대한 걱정을 덜었으니, 이제 진이 약혼자와 함께 있을 모습을 지켜봐야 할 자신만 걱정하면 될 것이다. 그가 기다리던 사람은 진이 아니어야 했다. 결코 그래서는 안 됐다.

23.
기억하는군

그날 밤, 더닝튼을 향해 운전하는 닉의 시선은 쓸쓸했다. 진이 금요일 오후에 오기로 했다니, 그 전에 가 있으려는 생각에서였다. 애초에는 파티 당일인 토요일에나 더닝튼에 갈 생각이었는데. 그러고 보니 금요일에 와서 일찍 도착하는 손님들과 시간을 보내라는 어머니의 강권을 따르는 격이 돼 버렸다.

자기 차는 수리 중이라며 셀린도 함께 따라나섰는데, 그 역시 닉이 원하던 바는 아니었다. 조수석에 앉아, 내내 말이 없는 닉의 눈치를 보던 그녀가 의기소침하게 중얼거렸다.

"당신과 같이 가려고 수를 쓴 게 아니라 정말 접촉 사고가 났어요."

또 무슨 시답지 않은 소리인지. 닉은 무시했다.

"백화점을 가느라 신호 대기에 멈췄는데, 오른쪽에서 달려오던 차가 멈추지 않고 돌진하더니 내 차를 들이받았다고요."

닉이 아무 말 없으니 셀린이 뾰족이 물었다.

"괜찮으냐고도 안 물어요?"

"언제 그랬는데?"

"당신이 출장 간 동안에요."

"이후에 사무실까지 찾아와 쓸데없는 초대까지 했고, 또 지금도 옆에 멀쩡히 앉아 있다는 것이 괜찮다는 뜻 아닌가? 굳이 물어야 해?"

"모르는 바는 아니었지만, 당신 진짜 쌀쌀맞기 이를 데 없어요."

닉은 아무 대답 없이 핸들을 움직였다.

"그런데 그 이후가 이상했어요. 잔뜩 찌그러진 상대방 차에서 달려 나온 운전자가 창문을 두드리기에 내가 괜찮다고 했거든요. 그랬더니 약간 실망한 표정을 짓는 거예요."

순간적으로 닉의 미간이 움직였지만, 차의 전방을 바라보던 셀린은 보지 못했다.

"설마 공작 부인께서 날 제거하시려는 건 아니겠죠?"

닉도 순간적으로 그럴 수도 있겠다 싶었지만, 승마 코치가 죽은 이후 셀린이 현실 감각을 조금 잃은 것도 사실이었다. 자신이 보고 싶은 대로 보일 수 있다는 것이다.

"윌리스 심슨의 전남편이 이혼에 동의해 주는 조건이 뭐였는지 알아요?"

닉이 잠자코 있자, 셀린은 좀 더 비극의 여주인공 노릇을 하고 싶은 모양이었다.

"윌리스 심슨이 평생 에드워드 8세의 아이를 낳지 않는 것. 놀랍지 않아요?"

이미 이혼한 이상, 전 아내가 아이를 낳든 말든 규제할 법적인 수단은 없었을 텐데.

그가 가장 혐오하는 여자의 이야기에 끼어들고 싶지 않았지만 궁금하기는 했다.

"자궁을 적출하는 수술을 시켰대요. 이후 왕위에 오른 에드워드 8세의 동생에게 이미 자녀들이 있긴 했지만, 그들 모두 불의의 사고를 당하게 된다면 탐욕스런 미국 출신의 요부가 낳은 아이들이 영국 왕위를 물려받을지 모르니 왕실에서 미리 손을 쓴 거죠."

에드워드 8세의 어머니인 마고 대비가 셸린의 집안 출신이니 없는 얘기는 아니다.

"이대로라면 당신은 자식 없이 늙어 죽을 거예요. 당신 어머니가 동양인 피가 섞인 손자가 더닝튼 공작이 되도록 내버려 둘 리 없으니까. 그래서 말인데, 벤자민을 그냥 당신 자식으로 두는 게 어때요?"

자신은 진과 결혼하겠다고 한 적 없는데. 셸린은 지금 소설을 쓰고 있는 것 같지만 그냥 떠보는 말도 아니었다. 자식인 벤자민의 미래를 위해 최선을 찾고 있는 것이니.

드디어 닉이 입을 열었다.

"늘 신기하게 생각해 오던 것이 있었는데, 영국의 귀족이라는 집단이 갖고 있는 우월감은 대체 어디서 오는 거지? 스스로의 능력이나 자질과는 아무 상관 없이 운 좋게 태어난 주제에 말이야. 승마 코치와 놀아나서 혼전 임신을 하고도 아무렇지 않게 결혼해서 후작 부인 행세를 하게 만드는 그 뻔뻔함도 가지고 태어나는 건가? 아니면, 태어나자마자 부지런히 교육시키는 건가?"

"당신도 그 귀족 중 하나라는 걸 잊지 말아요."

셀린이 멋쩍지만 방어적으로 대꾸했다.

"그래. 똑똑히 알고 있으니 당신 장단에 춤을 춰 줬던 거야. 하지만 잊지는 마. 끝내는 건 내게 달렸다는 사실을. 그리고 자칫 터무니없는 욕심을 부리려 들다가는 그나마 당신이 손에 쥔 걸 모두 잃게 될 거야."

"그런 생각 안 해요."

"오늘의 초대가 그런 종류가 아니라는 뜻인가?"

"걱정 말아요. 이름도 다르고 내가 초대했으니 당신을 의심스럽게 생각할 사람은 없을 거예요. 게다가 동양인들은 다들 비슷하게 생겼잖아요. 머리도 눈도 다 까매서는."

병 주고 약 주는 것도 아니고 뭐 하자는 건지.

"곤란한 상황이 발생하면 당신에게 책임을 물을 거야."

"치사하게 협박이에요?"

"약속의 이행을 촉구하는 걸 협박이라고 하는 줄 몰랐군."

"그 두 사람에게 방을 하나만 내줄 수도 있어요."

유치한 발상이었다. 게다가 공작 부인께서 허락할 리도 없었고. 하지만 순간적으로 닉의 혈압을 끌어 올리는 데에는 효과적이었다. 그가 당장 차를 세우고 문의 잠금장치를 풀었으니까.

"여기서부터 걸어가면서 내 덕을 본 지난날을 되짚어 본다면 당신의 앞날에 훨씬 도움이 될 거야."

밖은 어두운 시골길이었다. 셀린은 조금 기가 죽은 어조로 중얼거렸다.

"공작 부인이 그 애를 허락할 리 없어요."

"당신 목적이 뭔지 알아. 그 애보다 당신이 낫다는 걸 어머니께 보여 드려서 내 아내 자리를 고수하려는 걸 테지."

"사실이 그렇잖아요?"

"당신은 내게 여덟 개나 되는 폰(체스 말의 일종) 중 하나에 불과해."

"언제든 대타를 구할 수 있다는 말로도 해석할 수 있지만, 폰은 상대 진영 가장 끝에 도달하고 나면 보통 퀸으로 바뀌죠."

셸린이 절묘한 생각을 해낸 것처럼 미소 지었다. 킹이 잡히면 끝나는 체스에서 마지막까지 킹을 지키는 것은 퀸인 것을 지적하는 것이다. 그래서 이름도 킹의 아내인 퀸이고.

하지만 지금 닉 자신이 두는 체스 판에서의 킹은 그가 아니었다.

"퀸은 나야."

킹은 오래전 퀸에 의해 아주 멀리 보내졌다. 그 누구도 건드릴 수 없도록.

셸린의 미소가 어색하게 떨렸다.

"무슨…… 말이에요?"

"당신 인생이 어그러졌다고 내 인생에 빌붙으려 하지 말라는 말이야. 그리고 내 의도를 캐려는 시도도 그만둬. 어설프게 시도하다 내 게임에 지장을 준다면— 난 교통사고 정도로 끝내지 않을 테니까. 난 당신 인생이 지금 저 바깥처럼 깜깜해질 때까지 멈추지 않을 거야."

셸린은 결국 입을 다물었고, 덕분에 닉은 더닝튼에 도착할 때까지 혼자만의 생각에 잠겨 있을 수 있었다.

　다음 날 오후, 집사가 응접실로 들어와 셀린의 손님이 도착했다고 알렸다. 조금 전 도착하신 외조부인 린든 백작과 다 함께 1층 응접실에서 차를 들던 와중이었다.

　어머니의 못마땅한 시선을 짐짓 무시하는 척 앉아 있던 셀린이 반색하며 손님을 맞으러 나갔다. 일단 방으로 안내하겠거니 하고 있던 닉은, 잠시 후 손님들을 응접실로 안내해 들어오는 셀린의 행동에 기가 막혔다. 제 경고를 무시하는 정도까지는 아니지만 의도된 행동임은 분명했다. 진을 감출 수 있을 거라 생각지는 않았지만 저렇게 바로 대면시킬 거란 생각도 못 했는데.

　닉은 벌떡 일어나고 싶은 것을 간신히 참아야 했다. 진의 옆에 선 약혼자는 언뜻 보기에도 늘씬한 미남자였다. 그를 더욱 자세히 훑어보기에 앞서 닉의 눈길은 어머니께 날아갔다. 아버지는 원래 고용인에 관심이 없으시니 진에 대해 알지도 못하실 테지만 눈썰미가 있는 어머니는 다를 테니까.

　역시나 어머니의 표정에 의아함이 찾아들었다. 혹시나 일어날지 모를 상황을 수습하기 위해 닉이 천천히 자리에서 일어섰다. 그러나 셀린이 한발 더 빨랐다.

　"니콜라스의 사무실 직원 대표로 초대한 유진 리를 소개할게요. 그리고 그 약혼자인 악셀 레벤하웁트 씨예요."

　득의만만한 웃음을 띤 셀린의 소개에 무표정한 진을 두고 그 약혼자란 작자가 앞으로 나서서 악수를 청했다. 그의 이름이 뇌에 접수되기 전에 외모부터 눈에 들어왔다. 닉보다 몇 살 위로 보이는 남자는 금발 머리에 닉보다 더 새파란 눈동자를 갖고 있었다. 금발에 푸른 눈. 서양인 중에 그런 사람은 흔했다.

그럼에도 이상한 기분에 휩싸인 닉이 그의 이름을 중얼거리는 동안 상대가 손을 힘 있게 쥐었다.

마주친 그 시선은 어쩐지 저를 아는 것 같았다. 자신을 기억하지 못하는 진을 통해서는 아닐 텐데.

상대는 희미한 미소를 지으며 중얼거렸다.

"드디어 만나는군요."

진과 함께 일한 지 얼마 되지도 않았는데 '드디어'라는 말까지 쓸 필요가 있나? 사진작가라더니 예술가 특유의 과장된 어휘를 쓰는 것인가 생각되었지만, 중요한 건 그게 아니었다. 혹시라도 진을 알아본 어머니가 뭔가 불쾌한 말을 꺼내기 전에 이 자리를 마무리해야겠다는 생각을 하는 순간, 정작 말을 꺼낸 것은 외조부셨다.

"레벤하웁트라면, 혹시 내가 아는 스웨덴의 그 레벤하웁트 백작과 연관이 있나?"

"제 아버님이십니다."

푸른 눈동자가 닉의 어깨 너머로 향하며 그가 대답했다. 한 손에 지팡이를 짚고 소파에 앉아 계신 외조부를 처음 본 사람은 대개 그 위압감에 시선도 제대로 주기 쉽지 않은데 전혀 주눅 들지 않는 말투로 말이다.

그제야 닉도 그 이름이 접수되었다. 케이직 그룹에 적지 않은 돈을 투자하고 있는 스웨덴의 부유한 귀족으로 아시아 시장에의 투자는 거의 초창기부터 함께했던 이름이다.

진의 약혼자가 그런 집안 사람이라니. 돌아보니 아버지도 솔깃한 표정이셨다. 어머니도 의아함을 살짝 미뤄 두신 듯했고.

싹싹하게 다가간 레벤하웁트는 외조부뿐만 아니라 아버지하고도 통성명과 함께 악수를 나누었다. 귀족이라니. 그렇다면 자신을 아는 듯한 건 좁은 귀족 사회에서 자신의 이름을 주워듣고 아는 척한 건지도.

"장남은 본 적 있는데, 차남인가?"

외조부께서 긴 악수 중에 물으셨다.

"예, 그렇습니다."

"난 자네 조부와 더 친했지, 부친은 잘 몰라."

"저도 말 안 듣고 여기저기 떠도느라 아버지와 친하지 않습니다."

젊은 사람들에게나 통할 법한 재치 있는 언변에, 완고하기로 소문난 외조부께서 씨익 미소를 지으셨다. 그러고는 동행인, 여전히 문 앞에 서 있던 진에게 시선을 주었다. 위아래로 훑어보시는 양이, 기껏 동양인과 좋아지내는 것인가 하실까 봐 긴장했더니 예상 밖의 말씀을 하셨다.

"새로 팀에 합류했다고?"

일선에서 물러나신 것 같아도 닉의 신변에 관련된 소식을 모르실 리 없었다. 모르긴 몰라도 LSE를 나온 것까지도 알고 계실 터였다. 공사를 확실히 구분하시니 다행이다.

"초대해 주셔서 감사합니다."

진이 고개를 숙여 인사하자, 고개를 끄덕이고는 찻잔을 집어 드셨다. 별다른 말을 섞지 않아도 그 정도면 어느 정도 인정하신다는 뜻이었다. 그건 결과적으로 어머니를 포함한 주위 사람이 다른 말을 꺼낼 수 없게 만들었다. 결과적으로 셀린의 오버가 도움을 준 꼴이다.

그걸 자각했는지 집사의 안내를 받아 그들이 나간 뒤, 셀린은 폭탄을 터뜨렸다.

"어머니, 저 유진이라는 사람, 전에 이 성에 있던 에반스 부인의 딸과 닮았지요?"

확인 사살을 하고 싶었던 모양인데 지나쳤다. 닉의 자제력이 조금만 부족했더라면 입을 딱 벌렸을 정도로 뜬금없으니 말이다.

고용인을 화제에 올리는 것조차 불편한 아버지는 헛기침을 하셨고, 어머니는 그런 아버지의 눈치를 보며 셀린에게 눈짓을 하셨다. 셀린은 알아듣지 못한 척, 의아해하시는 외조부께 수석 가정부가 입양했던 동양 소녀에 대한 설명까지 하고 있었다. 어머니께서도 의심쩍어하던 내용인지라 그대로 묵살하지 못하는 속내를 읽은 것이다.

"닮았다는 게야, 그이라는 게야?"

외조부께서 직접적으로 물으시니 셀린이 생글거렸다.

"그저 닮았다는 거지요. 이름도 전혀 다르고 저이는 한국 유학생 출신이니까 같은 사람일 리는 없죠."

"원, 난 또 무슨 얘기라고. 괜히 저이 앞에서 그런 내색 말아라. 아무리 차남이라 해도 레벤하웁트를 불쾌하게 할 필요는 없으니까."

"예, 할아버님."

지적을 받으면서도 여전히 발랄한 셀린과 달리 어머니는 입술을 오므리며 차를 한 모금 드셨다.

이 정도면 차후로도 진에게 더 이상 궁금증을 드러내시지 않을 것이다. 셀린의 어이없는 행동에 결과적으로 닉은 들렸던 눈썹을 내려놓아도 되는 모양새였지만, 외조부의 말씀이 가슴에 얹혔다.

동양인더러 동양인과 닮았다고 하는 것이 어째서 불쾌해질 일이라는 것인지. 함께 방 안에 있는 이들의 귀족으로서의 자부심을 그릇된 방식으로 표현하는 작태에 넌덜머리가 나, 닉은 다시 대화에 함께하지 못하고 창밖으로 고개를 돌렸다. 숲 너머로 지는 저녁노을이 타는 듯이 붉었다.

그날 밤. 저녁 식사 후 잠이 오지 않아 정원을 거닐다가 트리 하우스까지 다녀오던 닉은 오랑주리 근처에서 멈칫했다. 안쪽에서 순간적으로 유리 벽에 어른거리는 그림자를 발견한 것이다. 설마?

그는 이끌리듯 오랑주리 문을 열고 들어갔다.

누군가 있는 것이 확실했다. 천천히 걸어가는 자신의 발소리에 더해 심장이 빠르게 뛰는 소리까지 들리는 것 같았다. 주위를 살피며 오렌지 나무를 돌아가니, 나무 벤치에 앉아 있는 이가 있었다.

진. 그 애가 아니면 누구겠는가.

오롯이 앉은 그녀는 닉이 오렌지 나무 뒤에서 나타나는 순간부터 그를 바라보고 있었다. 오래전 꽁꽁 숨어 있던 모습과는 달랐지만, 시선만은 그대로였다. 늘 자신을 향하고 자신만을 담던 모습 그대로.

순식간에 세월을 건너뛴 것 같았다. 온도도 습도도 높은 공기가 숨을 들이마실 때마다 폐부 깊숙이 들어와서는 떨리는 한숨을 남겨 놓고 떠나가던 그 순간으로 돌아간 것만 같았다. 언제든 손 내밀어 작은 몸을 끌어안을 수 있던 그때. 환영하듯 달려와 안기던, 가슴 저미도록 그리운……

"기억하는군."

그의 속삭임에도 진은 아무 반응 없이 그를 바라볼 뿐이었다. 어째서 아무 말도 하지 않는 거냐고 물으려 했다. 그래서 다시 한 걸음 성큼 다가서는데, 반대편의 무성한 오렌지 나무 옆에 선 이가 눈에 들어왔다. 레벤하웁트였다.

대답은 그가 대신했다.

"제 약혼자가 기억한다는 게 뭔지, 제가 대신 여쭤도 될까요, 웨즐리 씨?"

저녁 식사 내내 사교적으로 대화를 아우르던 천연덕스러움은 어디 갔는지 무표정한 얼굴로 팔짱을 끼고 서서 그렇게 묻는다.

오늘 도착한 손님들 때문에 성 안팎으로 켜 놓은 불빛들로 인해 오랑주리 안은 어둡지 않았고, 그 빛 속에서 닉을 향하는 푸른 눈동자는 언뜻 도전적으로 보이기까지 했다.

조금 더 어둡다면 언뜻 본 상대가 자신을 닮았다고 볼 수도 있겠다. 오래전 일했던 에반스 부인의 양딸이 제 사무실의 새 직원과 닮아 있듯이.

닮은 것은 문제가 되지 않는다. 자신을 잊은 진이 자신과 닮은 이와 사랑에 빠진 것도. 아니, 설사 기억한다 해도, 그래서 자신과 닮은 이를 만났다고 해도 자신이 이제 와 무엇을 어쩔 수 있단 말인가.

닉의 눈에서 빛이 사라지고 건조한 목소리가 흘러나왔다.

"……아무것도 아닙니다."

"아무것도 아닌 게 아닌 것 같지만, 붙잡지는 않겠습니다. 피앙세와 낭만적인 시간을 보내던 참이거든요."

레벤하웁트는 방금 전의 날카로움을 감추고 어느새 넉살 좋은 사내로 돌아가 있었다.

"더닝튼은 무척 아름다운 곳이더군요. 유진의 고향 이후로 이렇게 사진 찍을 거리가 많은 곳은 처음이라 내일 아침 일찍 서두를 생각입니다. 그러려면 오늘 유진과 많은 시간을 보내 둬야 내일 눈총을 받지 않겠죠?"

어서 사라져 달라는 말이다. 게다가 진의 고향을 언급한다는 건, 진의 가족들까지도 인정하는 사이라는 말이고. 닉의 눈꺼풀이 내리덮이며 표정을 감췄다.

"……예, 그럼."

어깨를 으쓱인 닉은 그대로 몸을 돌려 오랑주리를 걸어 나왔다. 잔디밭으로 나와서는 일순 어디로 가야 할지 망설였지만 무작정 걷기 시작했다. 여러 불빛으로 인해 이리저리 드리워진 그림자들 때문에 순간적으로 착시 현상을 일으켰던 것뿐. 무작정 걷다 보면 어디든 가 닿겠지.

그러다 보면 이 지옥 같은 심정도 괜찮아질 것이라고 생각했다. 6년 내내 그래 놓고는 오늘 밤이라고 뭐 그리 유별나게 징징댈 필요 있나 싶었고.

24.
너한테는 약혼자가 있잖아?

밤새 제대로 잠을 자지 못하고 뒤척인 닉은 새벽 4시가 넘은 뒤에는 아예 자는 것을 포기하고 마구간으로 향했다.

아직 푸른 새벽임에도 벌써부터 기승을 부리기 시작하는 더위를 뚫고 이전의 목적지이곤 했던 숲속 작은 집으로 왔다.

입구 옆 창턱에 있어야 할 문 열쇠가 보이지 않았다. 다시 한 번 '설마' 하는 생각을 떠올리는 스스로를 나무라면서도 잠기지 않은 문 안으로 조용히 들어섰는데…… 소파 위에 담요를 쓰고 모로 누운 진이 있었다. 이제 설마라는 생각은 떠오르지도 않았다.

열쇠의 위치는 자신과 진만 아는 곳에 두었었다. 성에서 청소나 관리를 위해 오는 이들은 그들의 열쇠가 따로 있었고.

그러니 진은 모두 기억하고 있는 것이다. 아무것도 잊지 않았다.

자신도 기억하는 것이 확실했다.

그 사실이 생각보다 충격이었나. 소파 맞은편 창가의 안락의자에 주저앉아 잠든 진을 지켜보는데, 한참이 지나도 가슴의 두근거림이 가라앉지 않았다. 진은 이전과 달리 힘든 꿈은 꾸지 않는 것 같았지만 그렇다고 마냥 편해 보이지는 않았고, 채 30분이 지나기도 전에 눈을 떴다.

마침 떠오르는 태양 빛을 받은 진의 눈동자가 천천히 자신을 향했다. 다시 가슴이 두근거렸다.

"왜 기억하지 못하는 척했지?"

새벽 5시가 갓 넘은 시각, 숲속 작은 집에서 6년 만에 진에게 건넨 말이었다.

진은 여유 있게 몸을 일으켜, 머리맡의 시계를 확인까지 한 뒤에야 대답했다. 아니, 반문했다.

"왜 기억해야 했는데요?"

별 시답지 않은 것을 묻는다는 듯 시큰둥한 목소리였다.

"고매하신 귀족 나리도 나이 들면 똑같은가 보네요. 아침잠이 없어진 걸 보면."

설명을 피하기 위해 비아냥거린 거라면 진은 성공하지 못했다. 그는 전혀 기분 나쁘지 않았으니까. 도리어 스스로를 비하하는 것처럼 들렸다.

"날 곯려 주고 싶었나?"

제대로 된 대답 없이 어물쩍 넘어가려는 시도에 동조해 줄 생각은 없었다.

"당신을 기억하지 못하는 것이 어째서 당신을 곯려 주는 게 되는지 모르겠네요. 당신같이 대단한 귀족 나리를 잊는 것은 평민으로서의 도리에 어긋나는 건가요? 내가 영국을 떠나 있는 동안 그런 법도 생겼어요?"

역시나 그의 기대와 달리 전혀 동요하지도 당황하지도 않은 채였지만 내용은 신랄했다. 여전히 낯설었다.

"기억을 잃은 줄 알았어."

자신조차 그게 왜 중요한 것인지 판단하지 못하는 동안 진이 어깨를 으쓱했다.

"지진아였던 적은 없었어요."

"그렇게 생각한 적 없어. 그저 사고라도 났는가 했지."

"당신도 알다시피 어릴 적 내 기억력에 문제가 있었던 건 사실이니까요."

그때를 말하는 게 아니었다.

"대체 왜 기억 못 하는 척한 거야?"

그가 거듭 물었다.

"못 한다고 한 적 없어요. 그렇게 궁금했다면 물어보지 그랬어요? 숨길 생각이 없으니 사실대로 대답해 줬을 텐데요."

자고 난 참이라 약간 눈도 붓고 무표정한 입매로 그렇게 중얼거린다. 생각해 보니 정말로 진이 과거를 기억하지 못한다고 말한 적은 없었다. 자신을 대하는 게 이전 같지 않다는 생각에 혼자 착각한 것일 뿐. 스스로의 자만심에 한 방 먹은 격이었다.

"어쨌거나 이제 알게 됐으면 그만이지, 왜 아직도 그렇게 못마땅한 얼굴이에요? 아니면 내가 과거를 기억한다는 게 문제인 거예요? 기억 못 하는 것보다 그게 더 낫지 않아요? 당신은 내가 매달리는 것 싫어했지 않나? 아니, 지겹다고 했던가? 그러니 어느 날 갑자기 내 기억이 돌아와서 다시 매달리게 될까 봐 겁날 거 아니에요?"

틀린 말은 아니었다. 더닝튼을 방문함으로써 진이 기억을 떠올릴까 봐 염려됐으니까. 물론 진이 말하는 이유 때문은 아니었다.

"정말 겁났었나 보네. 어쨌거나 무덤덤해졌으니 다행이죠. 참, 그래서 이러는 거예요? 진즉 말해서 안심시켜 줬어야 했는데?!"

무덤덤이라니. 정말 그 정도인가?

무심히 하는 말이, 대놓고 이죽거리는 것보다 어쩐지 더 빈정 상했다.

기지개를 켜는 진의 셔츠가 당겨 올라가 허리 부분의 맨살이 살짝 드러났다 가려지는 것이 눈에 들어왔다. 그 시선을 들자, 진이 그를 똑바로 쳐다보고 있었다.

"이제라도 분명히 말하지만 걱정하지 말아요. 한때 당신과 알고 지냈다는 걸 들먹여서 내 첫 직장을 말아먹게 할 생각은 없으니까요. 당신을 불편하게 만들어 봤자 나한테 돌아오는 게 없잖아요? 평민들은 창피스런 과거 따위보다 당장 먹고사는 문제가 더 중요하다구요."

이전에 알아 둔 바에 의하면 진의 친부모는 먹고사는 생계를 걱정할 정도는 아니었다. 자신에게 질척대지 않겠다는 말을 강조하느라 부러 앓는 소리를 하는 것이 분명하다.

그 말에 내가 안심이 될 거라고 생각한 것이다. 게다가 창피스런 과거라니. 닉은 한숨을 삼켰다.

"내가 오해하고 있다는 건 알았잖아. 미리 말해 줄 수도 있었다는 얘기야."

"지금 문제가, 내가 말하지 않은 게 문제인 거 맞아요? 이전과 달라진 내 태도는 분명히 아닌 거죠?"

닉의 시선이 못마땅해졌다. 지난 이야기를 주고받고 있음에도 여전히 무심한 진의 태도며 시선. 그게 문제였다. 모두 다 잊은 진이 앞만 보며 살아가게 된다 해도 하는 수 없다고 생각한 적은 있지만…… 진이 자신을 이렇게 무심히 대하는 순간이 올 것에 대한 마음의 준비는 해 두지 못했던 것이다.

"기억을 잃는 것까지 바라지는 않았어. 상상도 해 본 적 없고."

그가 중얼거린 것은 진심이었다. 자신을 잊는 것은 바랐지만.

"내가 왜 기억하길 바랐는데요? 당신은 그 과거를 지우고 싶어 했잖아요?"

"지우고 싶어 했던 적 없어."

날 살아가게 하는 힘인데, 그럴 리가.

"스무고개 하는 것 같네. 하지만 흉터까지 바라지는 않았겠죠."

진이 제 이마를 톡톡 가리켰다. 그의 이마에 생긴 흉터를 말하는 것이다.

"언제고 사과하고 싶었어요. 그 무모한 행동도 창피스런 내 과거에 들어가니까."

창피하다는 말이 다시 나오자, 닉은 우울해졌다.

"사과할 필요 없어."

사과는 도리어 자신이 해야 한다. 그리고 진이 다치는 것보다 자신이 다친 게 나았다. 아찔했던 그 순간을 떠올릴 때마다 모골이 송연해지곤 했으니까.

"지우고 싶은 적은 없었지만, 지속하고 싶지도 않았던 거라고 해

307

두죠."

"그것도 아니었어."

계속되는 부정에 진이 그를 빤히 바라보았다.

"지속하고 싶었는데, 내가 느끼지 못해서 관뒀던가요? 아참, 그랬었지."

잠시 기억 못 하는 척한 것이 어색했던 것만큼이나 과장된 어조와 자기반성도 어울리지 않았다.

무표정하게 피식 웃은 진이 닉을 진지하게 바라보았다.

"자꾸 묘한 쪽으로 몰고 가네요. 당신 말은 다시 되새겨 볼 수도 있다고 들리는데요? 레이디와의 잠자리가 생각만큼 만족스럽지 않던가요? 아니면 지금 만나고 있는 또 다른 평민 여자가 말을 잘 듣지 않는다든지? 오래전 지나간 과거라도 되새기고 싶을 만큼?"

진의 눈가에 희미한 조롱의 빛이 떠올랐다. 무심하던 얼굴에 처음으로 떠오른 감정이라 그런지, 조롱이라도 순간적으로 반가웠다. 아침잠이 없어질 나이는 아니지만, 몇 살 먹었다고 정말 괴팍해지는 모양이었다. 아니면 지난 세월이 너무 힘들었든가.

"함께 과거를 되새겨 줄 용의도 있다는 건가?"

역시나 괴상스런 반문에도 진은 당황하지 않고 어깨를 으쓱였다.

"어려울 것도 없죠. 난 누구와 달리 내 본능에 충실한 편이었잖아요. 지금도 마찬가지예요."

감정이 아니라 본능에 충실하다는 말이라면 예전에도 들은 적이 있었다. 자신에게 첫 경험의 상대가 되어 줄 것을 강요하던 열여덟 살의 진이 그랬다. 사랑이 아니라 섹스를 하고 싶다고.

이대로 대화를 계속하는 것은 위험했지만 그는 멈추지 못했다.

"너한테는 약혼자가 있잖아?"

진이 어이없는 웃음을 지었다.

"당신도 셀린과 약혼한 상태에서 나와 섹스를 했으면서 훈계하려는 거예요? 게다가 법적인 배우자까지 있는 당신이 오지랖 넓게 내 걱정을 한다고요? 앞가림은 각자 하는 걸로 해요."

천천히 걸어서 다가온 진이 허리를 숙였다. 가까이 다가온 검은 눈동자는 예전 그대로의 진이었다.

입술이 다가와 짧게 입을 맞췄다. 오래전, 진과 처음 입맞춤을 했던 때처럼 강렬했다. 순식간에 몸이 동할 만큼. 셀린이 금욕 생활을 하느냐 묻는 말에도 전혀 아랑곳 않던 몸이 들썩일 만큼.

"그러니까 생각 있으면 말해요."

닉은 자신도 모르게 손을 뻗을 뻔했다. 그 손을 내밀어서 자신이 무슨 짓을 하려 했는지는 알 수 없었지만, 진의 말을 듣고 아쉬운 것을 보면 분명히 이성적인 행동은 아니리라.

"지금은 안 되고요. 악셀이 카메라를 들고 숲으로 들어갔으니 언제 올지 몰라요. 그 사람도 나름 귀족이니 내가 당신과 함께 있는 것을 달가워하진 않겠죠."

옆에 서 있던 이와 부딪친 잔을 입가로 가져가던 닉은 아까부터 몇 번이나 그러했듯 너른 파티장 건너편으로 다시 시선을 주었다.

금발 머리를 단정히 뒤로 넘기고 턱시도를 맵시 있게 차려입은 레벤하웁트가 재치 있는 입담으로 영국 귀족 부인들의 인기를 독차지하고 있는 내내 그 팔에는 진이 매달려 있었다.

단정히 파인 목선에 무릎까지 오는 심플한 아이보리색 드레스와 진주 장신구들은 검은 머리와 눈동자의 진에게 기가 막히게 잘 어울렸다. 언젠가 참석했던 사교계 데뷔 파티에서의 소녀들처럼 어려보였지만, 샴페인 잔으로 입가를 가리며 닉에게 던지는 시선은 전혀 그렇지 않았다.

다시 만난 후 지금까지 계속되던 무심한 시선과 닮은 듯하면서도 미묘하게 다른 그 시선은, 새벽에 주고받았던 말들은 그저 지나가는 말이 아니었다는 확인이었다. 어제까지는 마주치던 시선이 그저 무심히 흘렀다면 오늘 새벽 이후 파티에서 다시 만난 뒤로는 먼저 돌아가는 고개보다도 한참 더 그에게 머무른 후, 묘한 반짝임까지 뒤섞여 있었으니까.

그건 명백한 유혹이었다. 어릴 적에는 전속력으로 달려와 온몸으로 부딪치는 방식이었다면 지금은 그를 안달 나게 만들고 있다는 것이 다를 뿐. 결국 그가 버텨 내지 못하리라는 것까지 알고 있는 눈빛이었다.

닉은 이를 갈며 다시 고개를 돌렸다. 어쩌면 자신은 이런 은밀한 관계를 소원했는지도 모른다. 자신의 지위와 책무에 걸맞은 귀족 출신의 아내. 그리고 뒤로는 자신의 욕망을 해소해 주는 연인.

그게 가장 속 편하다. 하지만 진은 그보다 나은 대접을 받을 자격이 있는 사람이었고 그 기회를 주기 위해 그는 선택을 했다. 한데, 어쩌다 제자리로 돌아오게 됐는지.

겨우 샴페인 두 잔에 취했을 리는 없고. 진의 눈빛에 취했는지 혼란스럽기 그지없었다.

저도 모르게 시선이 다시 돌아갔고 파티 내내 수없이 많은 귀족 부인들의 손등에 입을 맞춘 레벤하웁트가 또다시 정중히 레글리 남작 부인의 손등에 입을 맞추는 것이 눈에 들어왔다. 저 밉살맞은 스웨덴 귀족이 그 부인들이 손등에 붓다시피 한 향수 냄새 때문에 사흘쯤 구역질을 했으면 좋겠다고 생각할 즈음 셀린이 다가와 귓가에 속삭였다.

"저 두 사람, 정말 잘 어울리지 않아요?"

가슴에 느껴지는 감촉이 있어 내려다보니, 이미 셀린이 그의 턱시도 플라워 홀에서 행커치프를 빼내고는 그 자리에 붉은 꽃으로 된 부토니에르를 꽂아 넣은 뒤였다. 그의 팔을 쓸어내리는 그녀의 손목에도 똑같은 꽃으로 장식된 코사지가 매달려 있었다.

뒤늦게 커플 놀이라도 하자는 건가? 닉의 턱이 단단해지는 것을 본 셀린이 손으로 그 근처를 다정하게 어루만지기까지 했다.

"인상 쓰지 말고 웃어요. 내 남편이 초라해 보이는 걸 볼 수 없어 그러는 거니까."

초라해 보인다고? 내가?

눈이 약간 커진 것을 알아보았는지 셀린이 더 큰 미소를 지으며 다시 그의 귓가에 중얼거렸다.

"그럼 몰랐단 말이에요? 모르는 사람이 봤다면 은행장이 된 게 아니라, 은행에서 해고된 걸로 오해할 지경이라고요."

억지로 입가 근육을 풀어내며 셀린을 무시한 닉은, 습관이 된 듯 파티장 너머로 시선을 주었다가 어느새 혼자 서 있는 레벤하웁트의 모습에 안색을 굳혔다. 진은 어디로 갔지? 화장실에라도 갔나?

초조해졌다. 낮에 도착한 빅토리아가 손님들과 다 같이 한 점심 식사 이후 진과 그를 번갈아 쳐다보던 것이 생각났기 때문이다. 분명 진을 알아본 눈치였다. 진이 혼자 있는 사이 혹시라도 무슨 기분 나쁜 말이라도 건넬까 싶어 애가 탔다. 둘러보니 빅토리아도 보이지 않았다. 제길.

하워드와 결혼하고는 세상을 다 가진 듯하던 빅토리아의 얼굴은 그의 복잡한 여자관계 때문에 1년이 못 가 시들해졌고, 이후 성격이 더욱 모가 나서는 가정이 있는 남자나 여자가 다른 사람을 쳐다보는 일이 발생하면 입에 게거품을 물고 공격을 해 대기 일쑤였다. 그러니 진에게 괜히 화풀이를 하고도 남을 수 있다.

10분쯤 기다려도 진이 돌아오지 않자, 닉은 자신의 팔에 가식적으로 달라붙어 있던 셀린의 팔을 떼어 냈다. 어딜 가느냐고 묻는 셀린의 시선을 무시한 채 서둘러 파티장을 벗어났다.

오랑주리일까? 아니면 트리 하우스? 서둘러 복도를 지나 뒤쪽 입구로 나가려는데, 급하게 중앙 계단을 내려오는 사람이 있었다. 빅토리아였다. 계단참을 돌아서며 그를 보더니 잔뜩 인상을 썼다. 닉이 가까이 다가가자, 역시나 빅토리아가 쏘아붙였다.

"그 계집애 맞지?"

"무슨 소릴 하는 거야?"

닉이 계단을 마저 오르며 짐짓 심드렁하니 대꾸했다.

"아닌 척하고 있지만, 아무리 봐도 얼굴도 비슷하고 게다가 얼굴색 하나도 변하지 않고 얄밉게 말하는 것까지 똑같다고!"

"내 직원을 말하는 거라면 네 오해야. 그저 닮은 사람일 뿐이니 예의 없는 행동은 삼가 줘."

경고 조로 중얼거리며 복도 양옆을 살피니, 반대편으로 고용인들이 이용하는 계단 위로 사라지는 희끗한 구두가 보였다. 구두 색을 드레스에 맞춘 것을 보긴 했지만 진이 맞을까? 마음이 급해졌다.

"그럼 한국 여자들이 다 저렇단 말이야?"

"네가 뭐라고 했는지를 먼저 떠올려 봐."

들어 보나마나 빅토리아가 먼저 불쾌하게 말했을 것이고 그도 마음이 급해, 있는 그대로 대꾸해 주었다.

"난 별말도 안 했어!"

"그럼 삼자대면할 수 있도록 내가 데려올게. 그리고 나 말고 네 편을 들어 줄 사람도 데려와. 네 남편도 좋고."

얼굴이 붉으락푸르락해진 빅토리아가 드레스 자락을 꼭 움켜쥐더니 아래층으로 내려가 버렸다. 사흘이 멀다 하고 바람을 피우는 작자도 남편이랍시고 흠잡히기는 싫을 테니, 더 이상 왈가왈부하지는 못할 것이다.

서둘러 반대편 계단으로 향했다. 위로 올라갔다면 이전에 살던 곳을 둘러보러 간 것일 터였다. 에반스 부인이 떠날 때, 아쉬워하며 살던 곳을 비워 두마 하셨던 어머니 말씀이 아직 유효하다면 진의 방도 여전히 비어 있을 것이다.

그가 계단에 발을 디뎠다. 그가 이 계단을 이용하는 것은, 진과 처음으로 사랑을 나누었던 날 이후 처음이었다.

25.
사랑과 섹스는 별개

4층은 고용인들의 공간으로 아파트처럼 긴 복도에 현관문들이 줄지어 있었다. 처음 올라와 봤어도 그는 진과 에반스 부인이 지내던 곳을 정확히 알고 있었다. 트리 하우스에서 올려다보던 창이 왼쪽에서 몇 번째인지까지도.

진이 연 것인지, 아니면 애초에 잠겨 있지 않았던 것인지 진의 집 현관문은 쉽게 열렸다. 불 켜진 거실엔 가구들이 몇 개 남아 있었지만 을씨년스러웠다.

왼쪽이 진의 방으로 방문이 조금 열린 채였다. 발걸음을 옮기니 얇은 카펫에 그의 기척이 울렸다.

문을 밀자, 기름을 쳐야 하는지 삐걱이는 소리가 울렸다. 벽의 간접등 하나만 켜진 방 안의 창가에 섰던 진이, 정말 놀랐는지 손으로 가슴을 누르며 돌아보았다.

"놀라게 했다면 미안."

표정을 빠르게 수습한 진이 별것 아니라는 듯 어깨를 으쓱했다. 진이 방 안 여기저기를 둘러보았다.

"그대로인 거야?"

"그러네요."

닉은 별것 아닌 물음을 던지면서 조금 더 안쪽으로 들어가 진의 안색을 살폈다. 자신을 돌아보는 얼굴에 놀라움이 스치기 전의 쓸쓸함을 놓치지 않았던 것이다. 그가 자신을 살피는 것을 눈치챘는지 재미없는 표정을 지었다.

"왜 왔어요?"

"너는?"

"과거를 추억하러?"

그저 우스갯소리처럼 한 말이지만 다음 순간 두 사람 모두 새벽에 나누었던 말을 떠올렸다는 것을 알았다. 진이 흰 시트가 깔린 싱글 침대에 흘끗 시선을 주더니, 여전히 문가에 선 그를 향했다.

"유부남을 꾀어냈다는 비난은 이미 실컷 들었으니, 아무 일도 하지 않는다면 오히려 억울할 것 같네요."

일부러 오기가 생긴 척 하는 말이, 빅토리아와 마주쳤을 때 지나친 말을 들은 것이 틀림없다.

"빅토리아 일은 내가 대신 사과할게."

"당신이 사과하면 재미없죠."

진이 드레스 아래로 손을 넣더니, 주섬주섬 속바지와 팬티를 벗어 내렸다. 닉은 짧게 숨을 들이마셨다. 그것들을 옆의 의자 등받이에 걸쳐 놓은 진이 다시 그를 바라보자, 목이 잠기는 것 같았다. 닉은 간신히 중얼거렸다.

"난 아무 짓도 안 할 거야."

"그래요?"

가볍게 대꾸한 진이 침대에 가 앉았다. 저럴 때의 진은 수긍이 아니라 무시하는 것이다. 순식간에 그 여름밤의 트리 하우스로 되돌아간 기분이었다. 막무가내로 돌진하는 진에게 속절없이 무너졌던 그때로.

"설마 내가 그 제안을 받아들일 거라고 생각했다면 잘못 생각—"

"지금의 제안을 받아들이지 않을 거라면 내가 열여덟 살 때에도 그러지 않았겠죠."

나름 자신감 있던 닉의 표정이 조금 얼어붙었다.

"이전에는 내가 좋아서 매달렸던 거라고 쳐요. 하지만 악셀의 존재를 보면 알 수 있듯이 그동안 누구 말처럼 내가 공부만 한 건 아니에요. 뒤로 호박씨랄까? 그래서 알게 됐죠."

진의 목소리는 담담했지만 닉은 자신이 덫에 걸렸다는 것을 알았다.

"……뭘?"

"사랑과 섹스는 정말 별개라는 것."

진의 두 손이 무릎께의 치맛자락을 잡았다.

"이제 당신이 날 사랑한다는 착각에서는 벗어났지만, 육체적으로는 여전히 날 원하고 있다는 걸 알아요. 그 지독한 욕망은 지금뿐만 아니라 평생을 따라다닐 거라는 사실도. 내가 아무리 보잘것 없는 동양 계집애라 하더라도, 그리고 당신이 아무리 고귀한 피를 타고난 귀족이라 하더라도 말이에요."

그 손이 느릿하게 위쪽으로 움직임에 따라 치맛자락이 천천히 끌려 올라갔다. 허벅지가 점점 드러나기 시작했다.

닉 자신이 열두 살 때 깨달은 사실을 지금에야 들이대는 것은 아무런 위협이 될 수 없다. 되어서도 안 되고. 하지만 닉은 꼼짝할 수 없었다.

겨우 열두 살 때 처음 몽정을 했고 그 꿈에는 당시의 열 살짜리도 아니고 처음 만났던 일곱 살의 진이 나와서 지금처럼 가느다란 두 다리 사이를 보여 줬었다. 꿈에서 깬 이후에도 그는 진을 볼 때마다 그 아이가 벗은 모습을 상상했고 몇 달이 가기 전에 학교에서 두 학년 위의 여자애와 첫 섹스를 했다.

그렇게 참고 참던 것도 결국 진이 열여덟 살 때에 무너졌다. 간신히 정신을 차려서는 치명상을 감수하면서까지 가까스로 벗어났더니, 그 덫에 또다시 걸리기 일보 직전이었다. 사방이 덫이었다. 그 외에는 발을 내디딜 곳이 없었다.

진이 달콤하다 싶을 정도로 가만히 중얼거렸다.

"무서우면 그대로 나가도 괜찮아요. 당신은 당신대로 나는 나대로 각자 살아가면 되는 거죠. 모르는 사람인 척 과거에 만난 적도 없는 사람인 척. 뭐든 처음이 어렵지 두 번째는 쉬운 법이잖아요."

허벅지 위쪽까지 올라간 치맛단 아래로 머리카락처럼 거뭇한 빛이 비쳤다. 순간 아찔해서 피하듯 시선을 드니, 진이 빙긋 미소를 지었다. 덫을 놓고 기다린 여왕 거미 같은 미소가 아니었다. 그때 그 시절처럼 자신만을 향하는 최면이었다.

두 사람의 관계에 있어서 진은 항상 옳았었다. 하지만 틀린 것도 있었다. 사랑과 섹스는 별개라는 말. 그것만은 사실이 아니었다. 적어도 닉 웨즐리에게는.

이전에는 자신의 감정이 사랑이 아닌 미친 광기이자 이기적인 집착에 가까운 것이라 믿었었다. 그 생각은 여전히 변함없다. 하지만 그것과 가장 흡사하게 닮은 것이 다시 사랑이라는 것도 알게 되었다. 자신의 진에 대한 감정이 사랑이 아니라고 볼 수도 없더라는 것이다. 6년이란 시간이 깨닫게 해 준 진실이었다.

세상 사람들은 플라토닉 러브니 뭐니 고상한 소리를 떠들어 대지만, 자신이 아는 사랑은 그런 것 아니다. 섹스? 당연히 환장한다. 진 에반스든, 유진 리든 제 빛이고 구세주인데 당연하지 않은가. 사랑하니까…… 섹스하고 싶은 거다.

그는 천천히 손을 뻗어 등 뒤로 방문을 닫았다.

사랑인 줄 모르던 시절에도 그랬다. 학창 시절, 기숙학교에서 더닝튼으로 돌아오기 전에 충분히 풀어내고 돌아와야 진과 함께 있는 시간을 견딜 수 있었다. 진과 함께 하는 것이 너무 좋아 죽을 것 같으면서도 제 욕심껏 달려들면 진이 부서지거나 망가져 버릴까 봐 늘 겁이 났기 때문이다.

좋아서 아끼고 싶었다. 하지만 계속 참다가는 죽어 버릴 것 같았고. 그래서 진이 알게 되면 싫어할 줄 알면서도 그럴 수밖에 없었다.

그러던 그가 6년 동안이나 수인처럼 끔찍한 감옥살이를 했다. 그런데 이제야 창살문을 열어 주더니, 무서우면 그대로 있으라고?

그가 벗어 던진 턱시도 재킷에서 떨어진 부토니에르가 진을 향해 다가가는 발길에 이지러졌다.

바깥 창을 통해 들어오는 것인지, 파티장에서 끊임없이 이어지는 점잖은 음악이 그들을 둘러싸고 있었지만, 그들의 행태는 점잖은 것과는 거리가 멀었다.

침대 머리맡에 기대앉은 닉의 아랫도리는 턱시도 허리 밴드와 지퍼만 풀어낸 채 질척해진 상태였고 그 위에는 진의 엉덩이가 오르가슴 직후의 간헐적인 경련을 일으키며 밀착해 있었다. 기운을 잃고 그에게 기댄 진의 엉덩이부터 등을 쓸며 올라오는 손길에, 미처 다 풀어내지 못했던 자잘한 진주 단추들이 쓸렸다.

"레벤하웁트는 어떤 사람이지?"

그 단추들을 천천히 하나씩 풀어내며 물었다. 방금 전 지나치게 헐떡거려 기능을 아예 상실하는 것이 아닌가 싶던 목에서 다행히 목소리가 나와 주었다.

그의 어깨에 얼굴을 묻고 있던 진은 닉의 격식 있어 보이는 와이드 칼라 끄트머리를 장난스럽게 잘근거리다 말고 대답했다.

"날 살게 한 사람."

그의 눈가가 쓸쓸해졌다. 마음도 허전해진 것 같았다. 그 공허감을 어떻게든 채워야 할 것 같았다. 한 손을 내려 방금 전 제 바지와 시트 위에 한차례 쏟아 내고도 기운을 잃지 않은 남성을 다시금 진의 몸속으로 밀어 넣었다. 몸이 다시 벌어지는 느낌에 진이 날카롭게 숨을 들이쉬며 어깨를 움츠렸다.

"그럼 난 어떤 사람이지?"

손은 다시 단추를 푸는 일로 돌아왔다.

"어떤…… 사람이었으면 하는데요?"

진의 가는 헐떡임이 귓가에 울렸다. 모은 두 손을 귓가에 대고 가둬 두고 싶을 만큼 듣기 좋은 소리였다.

드디어 어깨와 등줄기가 드러나기 시작했다. 시리도록 그리웠던 곡선에 코와 뺨을 비볐다. 그리고 대답했다.

"널 죽게 한 사람?"

자신은 그럴 가치조차 없는 사람이라는 것을 알면서도 반쯤은 농담처럼 나머지 반은 떠보는 질문을 던졌다. 사랑한다 소리는 집어치우라고는 한 주제에 다시 듣기를 원하는 것이다. 그의 비겁한 속마음을 알아채지 못한 진은 무심히 어깨를 으쓱였다.

"좋을 대로 생각해요. 지나간 일인데 아무려면 어때요?"

지나간 것은 중요치 않다는 말은 자신이 했었다. 진은 그것을 기억하고 하는 말일까? 그때 자신은 앞으로의 일까지 말해 줬는데, 진은 미래를 언급하지 않는다.

소심한 비겁자가 마저 물었다.

"앞으로는?"

얼마를 기다려도 말이 없었다. 아무 상관 없는 사람이라는 건가?

그가 고개를 뒤로 빼고 진의 얼굴을 내려다보았다. 여전히 그의 어깨에 기댄 진은 시선을 들지 않는다. 대신 엉덩이를 옴찔거렸다. 그건 대답이 아닌데, 속없는 그의 아랫도리가 다시 고개를 들고 꿈틀거리기 시작했다.

자극을 견딜 수 없다는 듯 눈꼬리가 희미하게 일그러지다 결국에는 감아 버린 진이, 벌어진 잇새로 달콤한 신음을 흘렸다. 그리고 속삭였다.

"당신 말대로 당신이 날 죽였다면 내가 바보가 아닌 이상 또다시 당신이 날 죽이도록 내버려 둘 리가요."

부정은 아니었다. 긍정도 아니었고.

진이 달아오른 얼굴을 그의 어깨에 문지른다. 본격적으로 움직이지 않는 그를 재촉하는 것이다. 진은 먼저 섹스를 원한 것이 그녀 자신인 줄 안다. 음흉스런 웨슬리는 그 착각을 바로잡아 주진 않았지만, 그것이 사랑과 별개가 아니라는 점은 지적해 주려고 한다. 약삭빠르게도.

"그런데, 어째서 안아 주질 않아?"

다시 떠진 눈동자가 열망과 의아함 사이에서 아슬아슬하게 줄타기를 하고 있었다. 여전히 몸 옆으로 늘어진 진의 팔은 아까 그가 침대로 다가서던 순간부터 단 한 번도 그에게 와 닿지 않았었다.

기뻐서 견딜 수 없다는 듯 그의 목을 끌어안던 가는 팔. 그의 허벅지에 박혀서 움직임을 재촉하기도 느려지게도 하던 작고 날카로운 손톱들. 그리고 마지막 절정의 순간에는 그렇게 하지 않으면 당장이라도 숨이 끊어질 듯 있는 힘을 다해 허리에 감기던 다리.

그것들이 없는 오르가슴은 처음이었다. 아니, 그가 느낀 것은 오르가슴이 아니었다. 아주 한참이나 미진한 무언가일 뿐. 제 감정에 정의를 내리고 난 뒤라서인지, 육체적인 배설만으로는 진정한 만족이 완성되지 않는가 보다. 다시 그녀의 안을 온전히 파고들었지만, 또다시 이것뿐이어서는 안 된다고 제 아랫도리가 아우성치고 있으니 말이다.

6년 전 진을 떠나보낼 때 느끼지 못했던 것은 진이 아니었다. 자신이 평소대로 흥분하지 못하는 것을 기민하게 알아챈 진이 긴장했던 것이지.

자신은 진에게 상처를 준 것 때문에 제대로 해낼 수 없었던 것이다. 지금처럼 자신을 안아 주지 않아서 말이다. 진의 팔은 생명 없는 인형의 팔처럼 늘어져 있었다. 바로 지금처럼.

조금 전에는 오랜 금욕 생활로 허겁지겁 달려들었다지만, 이제 조금 정신을 차린 몸뚱이는 제대로 된 것을 요구하고 있었다.

팔로 내려간 진의 시선이 몇 번 깜박거리더니 손끝이 움찔거렸다. 이윽고 아무렇지 않은 듯 어깨를 으쓱이더니, 팔이 올라와 그의 어깨를 짚었다. 진은 너무나 쉽게 웃음을 피워 물었다.

"그렇게 말을 해요. 기억을 하느냐는 것도 안아 달라는 것도. 원한다면 일단 말이든 요구든 해야죠."

이전에는 요구하기도 전에 이뤄지던 것들이라는 말은 덧붙일 필요가 없다. 그것들을 헌신짝처럼 걷어찬 것은 자신이었으니까.

"뭐든 요구하기만 하면 다 이루어지나?"

그의 남성이 다시금 제 권리를 찾아 용트림하자, 진의 등줄기를 타고 부르르 올라온 떨림이 한쪽 눈가까지 파르르 떨리게 했다.

"설마, 하늘의 별을 따다 달라는 건 아니겠죠? 그런 허황된 요구를 주고받기에는 우린 너무 나이 들었다구요."

뭐든 다 내어줄 듯 간장을 녹이더니, 금세 물러선다. 스물 중반을 겨우 넘어선 이가 중얼거리기에는 이르다 싶었지만, 그들 사이에 놓인 20년에 가까운 시간을 생각하면, 오히려 늦었다고 말할 수도 있다 싶다.

그의 어깨를 더듬다 목 뒤로 넘어간 손길이 머리카락을 매만졌지만, 닉의 시선은 더 우울해졌다. 이전 같으면 나란히 앉아 책을 읽을 때나 만지는 정도의 터치였으니까. 차라리……

맞닿은 진의 가슴이 살짝 떨렸다. 웃는 건가?

"그래서 현실을 직시해 보니, 더닝튼 후작께서 불륜을 저지른 거네. 열여덟 살짜리하고 섹스하는 것보다는 훨씬 재미있는 기삿거리가 될 테죠?"

깨끗한 이미지를 유지하고 싶다며 진을 버렸던 시절을 비웃나 보다.

"어디 몰카라도 심어 뒀길 바라."

닉은 더욱 우울하게 중얼거렸다.

"안 심어 뒀을 거라고 생각하는 거예요?"

"글쎄. 그럼 제대로 찍히지 않았을지도 모르니까 이번엔 각도를 바꿔 볼까?"

진의 한쪽 다리를 들고 몸을 돌리게 한 닉은 자신도 몸을 돌렸다. 진은 이제 침대에 엎드린 상태였고 그는 한순간도 떨어지기 싫다는 듯 재빠르게 몸을 밀착시켰다. 움직임 때문에 반 이상 빠져나왔던 남성을 더욱 깊숙이 밀어붙이며 이제 훤히 드러나 떨고 있는 진의 등에 얼굴을 문질렀다. 내 빛.

뒤에서 벌려진 드레스 깃을 벗기려고 아래로 잡아 내리다 팔 언저리에 이르니, 두 팔이 가둬진 모양새였다. 마음에 들었다. 의지로 그를 끌어안지 못하는 것이 아니라고 자위할 수 있을 테니 말이다.

부드러운 실크라 자꾸만 미끄러져 작은 엉덩이를 가리는 드레스 자락을 한 손으로 홱 하니 잡아채며 허리를 밀어붙였다.

"흐앗!"

급한 신음을 흘리며 작은 몸이 앞으로 튕겨 나갔고 그는 시트 위에서 애처롭게 떨고 있는 가는 손가락들을 위에서 덮쳐누르며 그보다 더욱 다가갔다. 그래서 더는 밀려날 수 없을 지경까지, 그래서 더 멀어지지 않을 지경까지 깊이 밀어붙였다. 내 구세주.

머릿속에 레벤하웁트는 지워진 지 오래였고 셸린도 마찬가지였다. 세상천지 진과 자신 사이에 끼어들 수 있는 존재란 없으니까.

닉은 고개를 숙여 짧은 머리칼 아래로 드러난 진의 목덜미에 이를 세웠다. 그 이에 자국이 남을 정도로 힘을 주는 그의 눈동자가 번득였다. 진이었다. 그의 빛. 그의 구세주.

닉이 방을 나설 때에는 파티가 끝났는지 음악 소리가 멎어 있었다. 손님들을 배웅하는 자리에 없었던 결례에 대한 꾸짖음 정도야 달게 받으리라 생각하며 계단을 내려가는데, 3층을 지나 2층으로 향하던 그의 발걸음이 느려졌다. 계단참에 흰색 턱시도 재킷을 입은, 닉에 비해 여전히 말끔한 레벤하웁트가 서 있었던 것이다. 방금 전까지 자신이 미친 듯 탐했던 육체의 공식적인 약혼자 말이다.

파티에 온 손님이 고용인들이나 이용하는 뒤쪽 계단에 서 있을 이유는 그다지 많지 않았다. 방금 전 진의 방을 나와 현관문을 열면서 느꼈던 '들어갈 때 그 문을 닫은 기억이 없는 것 같은데'라는 의문의 답이라면 모를까.

주머니에 손을 넣은 채 벽에 기대어 서 있던 레벤하웁트가 닉을 올려다보는 눈길에는 분노도 당황도 섞여 있지 않았다. 그저 음울하고 쓸쓸할 뿐.

그러고 보니, 파티에서나 식사 자리에서 쾌활하게 떠들던 사내의 시선은 지금과 크게 다르지 않았던 것 같았다. 그런 눈매를 보조개가 팬 화사한 입가의 미소로 그럴듯하게 사람들을 속여 넘겼을 뿐.

비단 조금 전까지 몇 시간 동안이나 자신이 진에게 했던 일에 죄책감을 느끼게 하려는 건가? 그렇다면 잘못 짚었다고 도리어 비웃어 줄 작정이었다. 진은 영혼까지 내 것인데 어디서 감히.

그런데 생각해 보니, 사내의 음울함은 처음 만나던 순간부터 결코 걷어 낼 수 없는 장막처럼 그를 감싸고 있었던 것 같다.

26.
기묘한 소유욕

기묘하게 침착한 상대가 유일하게 내보이는 감정이 어울리지 않는 음울함이라니. 자신의 약혼자와 뒹굴다 나온 사내에게 드러내야 할 첫 번째 감정이 그럴 수는 없는 노릇인데.

역시나 약혼이 진짜가 아니라는 의심이 다시 들었다. 당연한 반사작용으로 사내를 바라보는 닉의 시선에도 아주 조금의 관대함이 깃들었다. 내 영역을 침범하지 않는다면야.

하지만 관대함은 양보와는 질적으로 다른 것이니, 다시 다리를 움직여 계단을 내려가면서도 닉은 상대에게서 경계의 시선을 떼지 않았다. 상대 또한 마찬가지였고, 계단을 다 내려간 닉이 마주 서자 그제야 그도 몸을 떼고 일어섰다.

키마저도 자신과 비슷했다. 진이 이 작자를 선택한 이유가 짐작이 갔다. 이자는 알까? 알맹이는 자신이라는 걸? 진과 이 작자의 약혼이 설사 진실이라 해도 그 이상 진전되기는 힘들 거라는 건?

"뻔뻔함이 귀족의 미덕인 줄 아는 건 영국도 다르지 않군요."

껍데기에 불과한 자의 중얼거림에 비난이 섞여 있다니, 가당치도 않았다.

"지금 당신이 부러워하는 것이 내 국적이나 귀족 신분은 아닌 것 같군."

코웃음을 치고 싶은 건 닉인데, 도리어 웃은 것은 상대였다. 그 것도 진처럼 무심히. 진이 그와 오랜 시간을 지냈다는 말이 사실인지, 그들은 미소까지 닮아 있었다.

그 사실만으로도 닉은 눈이 돌아 버릴 지경인데 이 작자는 신기하다. 어떻게 잠자코 있을 수 있는 거지? 정말 약혼자라면 내게 주먹이라도 날려야 하는 게 아닌가? 방금 전까지 내가 자신의 약혼자와 무슨 짓을 하고 나왔는지 모르지 않으니 말이다.

"그래, 부러워. 당신이 아니라 유진이."

알 수 없는 말을 남긴 사내는 닉을 지나쳐 계단을 오르기 시작했다.

그 뒤통수에 대고 닉이 말했다.

"예전 방에서 자고 싶다더군."

그 좁고 외로운 곳에서 밤을 보내겠다며, 침대가 좁아 불편하니 이제 그만 가 달라는 말에 쫓겨나다시피 나온 주제에 레벤하웁트에게 그 말을 유리하게 각색해 전하는 이유는 그저 그녀를 내버려 두라는 요구가 아니었다. 그녀와의 시간을 당당히 인정하는 것이고 당신이 끼어들 자리는 없다는 선언이었다. 한때나마 끼어들었던 순간이 있다 해도 이제는 물러서야 한다는 뜻이고.

진이 그와 얼마나 오랜 시간을 어떻게 함께했든, 진이 자신 앞에 다시 나타난 지금은 하등 중요치 않았으니까. 하지만 상대는 걸음을 멈추지 않았고 아직 흐트러진 상태일지 모를 진의 모습을 그가 보게 될까 조급해진 닉은 조금 더 비열해졌다.

"내 자리를 잠시나마 차지했던 과오에 대해서는 너그러이 넘어가 줄 테니 감지덕지할 것까지는 없어."

그제야 사내의 걸음이 멈추었다. 천천히 돌아보는 사내의 시선에 그제야 분노 비슷한 것이 어렸다. 몇 계단 위의 그를 올려다보는 닉은 전혀 주눅 들지 않았다. 과거에도 현재에도 진의 모든 것을 오롯이 소유한 자신이 꿇릴 것이 뭐가 있나. 상대가 아무리 그녀의 약혼자여도 말이다.

그 상대가 나직하게 빈정거렸다.

"어리석군."

닉의 얼굴이 희미하게 굳어 들었다. 머리끝까지 차올랐던 진에 대한 기묘한 소유욕이 우스꽝스럽다며 손가락질받은 느낌이었다.

"자신이 강해야 유진을 가질 수 있다고 생각하나?"

의식 저 밑에 깔려 있는 강박관념을 건드리는 말이었다. 겨우 몇 번 본 작자가 그를 그렇게나 꿰뚫어 볼 리 없었다. 진조차도 알지 못하는 제 속내를.

"몇 년 전에도 그딴 생각으로 유진을, 아니 진을 놓쳤겠지?"

닉의 입가가 순식간에 비틀리며 위협을 쏟아 냈다.

"함부로 지껄이지 마."

이전의 자신을 비난할 수 있는 사람은 세상에 오로지 진뿐이다.

"설마 놓아줬다고 생각했나? 당신이? 천만에. 그녀가 물러선 거야."

주먹에 힘이 들어갔다. 비겁함이 들통난 자의 최후의 발악은 폭력이라더니. 귀족 핏줄을 비웃으며 나름 지성을 뒤집어쓰려 애썼더니, 역시 별수 없나.

닉이 그렇게 스스로 인내하는 동안 레벤하웁트의 빈정거림은 계속되었다.

"당신이 안쓰러워서였겠지. 이것도 저것도 다 손아귀에 쥐고 싶어 안달하는 당신이 불쌍해서 꺼져 준 거라고."

"닥쳐. 뭘 안다고 감히……."

"다시 돌아온 것 또한 그녀의 의지야."

다시 돌아오고 싶었던 건가? 우연이 아니고?

조금 전 그런 모욕적인 말을 듣고서도 어쩌면 진의 의중을 들을지도 모른다는 기대 때문에 닉은 그대로 서 있었다.

"그러니, 언제든 다시 떠날 수도 있다는 걸 명심해."

닉의 안색이 순식간에 창백해졌다.

"이번에도 잘못된 판단으로 그녀를 놓치면 그땐 정말 되돌릴 수 없을 테니까. ……나처럼."

멍하니 선 닉은 한동안 그렇게 서 있었다. 진의 현관문 앞을 돌아보고 온 사내가 말없이 다시 그를 지나쳐 내려가고도 한참 뒤까지.

분노가 사라지고 서글픔만 남은 눈으로 덧붙인 단어가 자꾸만 귀에 맴돌았다. '나처럼'이라니. 레벤하웁트에서 느껴지던 반감의 이유가 진의 약혼자여서가 아니라 지난 몇 년 동안 자신의 얼굴에서 보아 오던 것과 닮아 있는 서글픔 때문이었나?

아니, 레벤하웁트에게는 절망이 스며들어 있지만 자신은 아니다. 그도 말했지 않나. '이번에도'라고. 그 말은 아직도 제게 진을 붙잡을 수 있는 가능성이 있다는 말이 된다!

닉은 퍼뜩 고개를 들어 어두운 계단참을 올려다보았다.

다음 날 아침. 닉은 식사를 마치고도 식당에 그대로 앉아 차를 마시고 있었다. 빅토리아가 저보다 늦게 들어온 어머니가 식사를 끝마치고 자리를 뜬 뒤에도 연신 식당 입구를 돌아보며 누군가를 기다리고 있었기 때문이다. 진을 기다리는 것이다. 그 불순한 의도를 짐작한 이상 닉도 자리를 뜰 수 없었다.

"어머, 나만 늦잠꾸러기가 아닌가 봐요?"

셸린이 과장된 어조로 반가운 척을 했다. 손님들 대부분이 식사를 마치고 나간 11시가 넘어서야 식당으로 들어서면서 생전 마주칠 일 없던 사람들을 마주쳤으니 그럴 만도 했지만.

역시나 신문을 뒤적이던 닉이나 찻잔을 들고 있는 빅토리아로부터 별 반응이 없으니, 입을 비죽이고는 닉의 옆자리를 차지하고 앉았다.

공통분모가 없는 사람들이 모여 앉은 커다랗고 둥근 테이블에 썰렁한 기운이 감돌았다.

"식전이 아니라 식후 차인 건 맞죠?"

셸린의 악취미 중 하나가 빅토리아 앞에서 보란 듯이 다정한 부부인 척하는 것이었고 지금도 그에게 하늘하늘한 드레스를 입은 몸을 기대며 속살거렸다. 정작 빅토리아는 마침 식당으로 들어오는 이들을 보고 눈을 빛내느라 듣지 못한 것 같았지만.

닉도 신문에서 시선을 드니 팔짱을 끼고 들어온 사람들은 역시나 진과 레벤하웁트였다. 빅토리아의 뺨이 희미하게 상기되었다.

"좋은 아침입니다, 여러분."

화창한 여름 날씨만큼이나 활력 있게 인사를 건네며 들어온 레벤하웁트는 그의 인사에 이어 나직하게 아침 인사를 중얼거린 진에게 의자를 빼 주었다. 진이 닉을 비롯한 식당 안에 있는 사람들 전부에게 시선을 준 시간은 모두 합해도 0.5초가 되지 않았다. 닉의 맞은편쯤에 자리한 진은 꽤나 창백하고 피곤해 보였다.

잠을 설친 건가? 4층에 혼자 두고 내려오지 않는 건데 그랬다. 제길.

슬쩍 들었다 놓으려던 닉의 시선은 여간해서 신문으로 떨어지지 않았다. 그래 봤자, 빅토리아에게 꼬투리만 잡힐 뿐이라는 걸 알면서도 말이다.

"두 사람, 약혼한 게 확실해요?"

빅토리아였다. 뭔가 궁금해할 이유가 있다거나 해서 묻는 것이 아니라, 무언가 캐내려는 수작이었다.

"궁금한 내용이 정확히 뭔지 모르겠군요, 레이디 빅토리아."

레벤하웁트가 주스 병들 중에서 토마토주스가 담긴 것을 집어 들어 두 잔을 가득 따랐다. 응? 진은 싫어하는데?

앞에 놓아 주자, 진이 고맙다는 소리를 중얼거리니 의아함은 더욱 커졌다.

"스웨덴 귀족과 한국 유학생 사이의 접점이 대체 어디에 있었을까 하고요. LSE를 나왔다던데, 파운데이션 과정에서 꽤나 점수가 높았던가 봐요. 옥스퍼드나 케임브리지는 파운데이션을 거친 유학생은 아예 안 받으니까요."

점수가 높았는가 하는 추측은 빅토리아 자신이 나온 LSE를 꽤 높이 쳐주려는 수작이고, 그 뒤의 말은 그래 봤자 외국 유학생이라는 비웃음이었다. 케임브리지에 가지 못한 것을 두고두고 부끄러워하는 제 속마음은 어디에도 드러나 있지 않았다.

애초부터 대화에 낄 생각이 없는지 아니면 갈증이 나는지 진은 토마토주스를 길게 들이켰다. 자신이 잘못 기억하는 게 아니다. 며칠 전에도 분명 싫어한다고 했는데?

"아~? 궁금해하실 법도 하네요. 그런데 유진이 파운데이션 과정을 거쳤다는 헛소문은 어디서 나왔을까요?"

이후에도 말이 없는 진과 달리 레벤하웁트는 적극적이었고, 그 말에 조용히 대화를 듣기만 하던 닉과 셀린까지 그를 향했다. 닉이야 진의 일이니 당연했고 셀린도 빠질 리가 없었다.

"아니라면 어떻게 거길 들어갔죠?"

반문한 빅토리아는, 이제 따지듯 물었다.

"유진은 A level을 거쳤습니다. 영국에서 초중고를 다녔으니, 당연하죠. 이런저런 일로 두 해쯤 늦어지긴 했지만요."

A level은 영국의 고등학교 마지막 2년 과정으로 대학교 예비교육 과정이다. 파운데이션 과정보다 그게 나았겠지. 하지만 진은 이전의 자신이 드러나는 것에 대해 불편해할지도 모르는데.

슬쩍 시선을 주었지만 진은 별다른 표정 변화가 없었다. 그게 더 신경 쓰였다.

"영국에서라구요?"

'그러면 그렇지'라는 시선으로 다시 한 번 진을 노려보는 빅토리아는 이제야 비로소 이전의 진이라는 확신을 갖게 된 모양이다. 아무래도 지난밤, 진이 빅토리아를 알은척하지 않았던가 보다. 일방적으로 몰아붙이다가 저를 모른 척하는 진에게 망신만 당하고 끝났을 수도 있고.

"이런저런?"

이미 사실을 아는 셸린은 그간의 사정에 대한 호기심을 내비쳤고 레벤하웁트는 나름 이성적인 셸린의 물음으로 답했다.

"저를 만나려고 그랬지요. 제 계모가 한국 분이셨는데, 그분 영향으로 한국에 갔다가 유진을 만났습니다. 유진의 부모님께서 잠시 한국으로 돌아간 유진에게 A level을 준비시켜 줄 선생을 구하던 중이셨거든요."

어느새 제 말에 골몰하고 있는 닉의 시선을 알아챈 레벤하웁트가 비밀스럽다 싶게 미소 지었다. 닉이 모르는 진의 시간에 대해 알고 있다고 뻐기는 건가? 신문 넘기는 소리가 요란해, 마찬가지로 레벤하웁트에게 집중하던 셸린이 잠시 눈살을 찌푸렸다.

"6년이 되어 가는 인연이죠."

"A level이 한국서도 가능한 거예요?"

빅토리아가 끈질기게 물었고 레벤하웁트가 답답한 표정을 지었다.

"아니죠. 바로 영국으로 왔죠. 그러면서 이런 사이가 됐고요."

놈이 테이블 위에 놓여 있던 진의 손에 깍지를 끼었고 다시 신문이 넘어갔다.

자신의 얘기가 아닌 양 끼어들지도 반응을 보이지도 않던 진이 다시 주스 잔을 집어 들었다. 그 모습을 자상하게 지켜보던 레벤하웁트는 잔이 비자, 유리병을 기울여 더 따라 주었다. 며칠 사이에 식성이 달라질 수도 있나?

"2년 코스에 학부 과정 3년까지 꽤 열심히 했나 보네요."

셀린의 있는 그대로의 칭찬에 레벤하웁트가 어깨를 으쓱였다.

"자랑 같지만, 제가 A level 만점자 출신이거든요."

"여기 더닝튼 후작님도 만점이었죠. 한자리에 모이기 힘든 분들이 모이셨네요."

"아, 그러십니까? 몰라 봤네요."

말과 달리 레벤하웁트는 전혀 민망한 얼굴이 아니었고 도리어 더 무시하는 표정이었다.

다시 빅토리아가 끼어들었다.

"꽤 오래 함께였다면 곧 결혼하겠네요? 당연히 예정되어 있겠죠? 한국인들은 우리 영국 상류사회만큼이나 보수적이라고 하던데요."

둘이 플라토닉한 관계는 아니지 않느냐는 말을 은근히 돌려서 하는 말이었다. 셀린조차 닉의 눈치를 보았다. 닉은 턱이 굳어 들었지만 그 답도 궁금해서 잠자코 있었다.

"영국 평민들은 문란한가 보죠?"

레벤하웁트조차 입을 다물 정도로 무례한 폭탄의 잔해 속에서 가장 먼저 입을 연 것은 진이었다.

"뭐, 뭐라고요? 무슨 질문이 그래요?"

"'영국 상류사회'라고 하시기에요."

미사일 잡는 미사일인 패트리어트를 쏜 격이었다. 게다가 빅토리아처럼 비틀리지도 공격적이지도 않은 담담한 말투라니. 빅토리아는 아무리 평민이라도 제 나라 사람을 폄하한 꼴이 된 것이니 어떻게 주워 담을지.

"보수의 반대 의미로 문란하다는 말을 쓰는 것은 지나치게 편협한 사고 아닌가요? 그것도 배울 만큼 배웠다는 분이?"

자신이 한 말에 허점이 드러났다고 막무가내로 상대를 공격하다니, 빅토리아는 이미 진 것이다.

"그럼, 레이디께서는 영국 평민들에 대해 어떻게 생각하시는데요?"

그런 빅토리아를 완전히 박살 내기 위해 진이 아주 친절하게 질문을 돌리고 있었다. 닉은 그런 진이 기특해서 입가가 흐뭇하게 올라가는 것을 신문으로 가렸다.

"그야, 근면 성실하게들 살아가고 있죠."

역시나 빅토리아는 진이 질문한 의도를 눈치채지 못하고 완전히 말려들었다.

"다른 사람 해코지도 안 하면서?"

"물론이죠."

"남의 남자 탐내지도 않고?"

지난밤 빅토리아가 했던 얘기를 그대로 돌려주는 모양이다. 저런 소리를 했다니.

"그, 그래요."

그제야 자신이 끌려가고 있는 상황을 깨달은 빅토리아의 목소리가 떨렸다.

"제대로 알고 계시니 다행이네요. 저도 한때지만, 영국의 평민이었다는 사실이 아주 기쁠 정도로요."

진의 마지막 말까지 듣고 나서야 얼굴이 붉어진 빅토리아는 실례한다는 말을 간신히 중얼거리고는 일어나 나가 버렸다. 이전의 진은 빅토리아 입장에서 영국 평민이었고 지금 이 자리에서 그 영국 평민에 대해 제 입으로 칭찬을 늘어놓은 것이다. 지난밤 두 사람 사이에 있었을 다툼에 대해서도 제 입으로 진의 결백을 증명한 것에 수치심도 느꼈겠지. 상황을 잘 알지 못하는 셀린마저 빅토리아의 당황을 눈치챌 정도였다.

물론 지금 진이 아주 훌륭히 갚아 주었지만, 닉 자신이 좀 더 재빨리 움직였어야 하는 거였다.

이후 진은 다시 여유롭게 주스 잔을 들었고 레벤하웁트가 걱정스럽게 중얼거렸다.

"당뇨 검사라도 해 봐야 하나? 요즘 너무 마시는데."

순간 신문이 와락 구겨지고 말았다.

"당뇨가 있습니까?"

시선이 모두 신문을 움켜쥔 자신을 향했지만, 정작 큰 목소리를 낸 닉은 레벤하웁트만을 뚫어져라 쳐다보았다. 나중에 진에게 물어볼 수도 있지만 어쩐지 진은 사실대로 대답해 주지 않을 것 같다는 생각이 들었기 때문이다.

"아니요."

닉은 짜증이 났다. 방금 검사해야 한다고 하질 않았나! 싫어하는 토마토 주스를 갑자기 저렇게 많이 들이켜는데, 뭔가 문제가 있는 거지!

그래서 억지로 말을 짜냈다.

"그…… 토마토주스를 좋아하는 사람은 별로 없지 않습니까?"

진이 원래 토마토를 좋아하지 않는다고 말해야 제대로 된 의미가 전달되겠지만, 그랬다가는 진이 이전에 진 에반스였던 것을 공식적으로 밝히지 않으려는 것에 반하는 일이 될 것 같았다. 물론 셀린이나 레벤하웁트도 이래저래 진실을 알고는 있다 해도 가능한 한 진의 심기를 거슬리고 싶지 않아 고른 말이 그렇게 어리석은 말이라니. 결과적으로 다들 자신을 빅토리아에 이어 '멍청한 웨즐리'로 낙인찍은 분위기였지만, 진의 건강 문제를 짚고 넘어가지 않을 수는 없었다.

"그런가요? 유진은 토마토로 만든 음식이라면 다 좋아하는데요?"

사람들의 시선이, 마침 토마토 카프레제 샐러드를 제 접시로 듬뿍 옮겨 담는 진에게 옮겨 갔고, 마지막으로 진의 무심한 시선이 닉의 멍한 얼굴을 스쳐 갔다.

27.

엄청난 다름

"지난 출장에 대한 유진의 보고서가 빠져 있군요."

월요일. 닉이 인터폰으로 사무실 밖의 찰스에게 물으니 그가 난색을 표한다.

— 비행기 안에서 웨즐리 씨께서 말씀하셨습니다. 리는 아직 업무에 익숙지 않으니, 그저 경험을 쌓는 정도로 여기라고요. 저도 그 말씀을 보고서 작성에 신경 쓰지 말라는 말씀으로 들었고 유진에게도 그렇게 말해 주었네요.

물론 기억하다마다. 찰스의 입에서 나온 자신의 이름에, 유리 벽너머의 진이 고개를 들고 이쪽을 향했다. 어리둥절한 얼굴이다.

"음, 그렇다면 당장 서면은 불가능하다는 얘기군요."

— 예, 그렇습니다.

"컨퍼런스 가는 길에 읽으려고 했는데. 나를 비롯한 다른 직원들은 대학교를 졸업한 지 몇 년씩 됐으니 요즘 비즈니스 스쿨에서 중요하게 다루는 부분을 토대로 신선하게 분석한 내용을 기대했거든요."

눈으로는 뚫어져라 진을 살피면서 입으로는 나름 안타깝고 실망스러운 이야기를 쏟아 냈다.

— 아, 죄송합니다, 제 불찰입니다.

간신히 짜낸 핑계라 자신도 무슨 말인지 모르겠지만, 직원이야 상관이 아무리 괴팍한 소리를 해도 일단 맞장구를 칠 수밖에 없는 것이다.

"죄송할 것까지는 없고, 음, 이렇게 하는 게 어떨까요?"

"굳이 이럴 필요까지는 없었는데요."

뒷좌석과 운전석 사이의 칸막이가 닫히자 진이 중얼거렸다. 함께 뒷좌석에 앉아 있던 닉이 그녀를 돌아보았다.

"어떤 걸 말하는 거지?"

진이 고갯짓과 함께 눈을 굴리며 '전부 다'라는 몸짓을 취했다.

"무슨 말인지 모르겠는데?"

"웨즐리 씨가 컨퍼런스에서 돌아오시는 차 안에서 읽으실 수 있도록 보고서를 작성해서 이메일로 보내 드릴 수 있었어요."

"음, 난 찰스에게 꽤나 정중한 말투로 '돌아오는' 차 안이 아니라 '가는' 차 안에서 읽고 싶었다고 말했을 뿐인데. 그럼 너를 불쾌하게 한 건 찰스로군. 내가 혼내 줄까?"

"뭐……라고요?"

"싫음 말고."

닉은 의뭉스럽게 얼버무리더니, 옆의 냉장고에서 토마토주스를 꺼내 뚜껑을 따서 건네준다. 브랜드를 보니 그냥 마트에서 파는 게 아니라 은행에서 한 블록쯤 떨어진 생과일주스 가게의 브랜드다. 토마토주스를 마시지 않는 닉을 위해 기사가 준비했을 리는 없고. 애초에 자신이 이 자리에 앉아 있는 것은 찰스 탓이 아니라는 말이 된다.

게다가 아까 찰스와 인터폰으로 대화할 때만 해도 그렇지 않았는데, 출발 전에 잠시 사무실에 딸린 욕실에 들어갔다 나온 닉은 앞머리를 이전처럼 모두 뒤로 쓸어 넘긴 채였다. 약간 곱슬머리라 대충 왁스를 발라 넘기기만 해도 스타일리쉬한 편인데, 중요한 건 자신이 만든 흉터를 그대로 드러냈다는 점이다. 오른쪽 이마 중간 즈음에.

그 모습을 보고는 진은 잠시 멈칫하기까지 했다. 그가 괜찮으냐는 뜻으로 눈썹을 치켜세우는 바람에 아무 일도 없던 양 서류 가방을 들고 따라나섰지만. 내내 궁금했으면서도 막상 그가 드러내니, 어떻게 봐야 할지 모르겠다. 지금도 마찬가지이고.

주스 병으로 입을 가린 채 소심하게 슬쩍 시선을 주었다가 바로하기를 두어 번쯤 하니, 그가 먼저 중얼거렸다.

"세 바늘밖에 안 꿰맸어."

'밖에'라니. 애초에 그런 일이 일어나서는 안 되는 거였다. 자신은 지나치게 무모했고 그 무모함의 대가를 치른 것은 닉이었다.

"……미안해요."

"언제부터 토마토를 좋아하게 되었는지 말해 주면 사과를 받아

주지."

"싫어한 적도 없었어요."

"싫어한 척했던 거군."

하다못해 토마토를 싫어하는 것까지 닮으려 했었다. 그렇게 맹목적으로 집착하며 모든 것을 그에게 맞추려고 애쓰던 시절의 자신을 지금은 경멸하지만.

잠자코 주스를 한 모금 마시자, 닉이 씁쓸하게 중얼거렸다.

"네가 기억을 잃은 건지, 아니면 기억하지 못하는 척하는 것인지 궁금했어. 토마토 얘기를 진작 알았더라면 첫날 네가 샌드위치를 사 왔을 적에 바로 알아챘을 텐데. 멍청한 질문도 하지 않았을 거고."

"그러게요."

"내가 싫어한다고 덩달아 싫어하는 척할 것까지는 없었어. 무척 좋아하는 것 같던데."

"대신 지금은 실컷 먹고 있으니, 미안해할 필요 없어요."

미안하다는 말 대신 상대를 탓한 자신을 꼬집는 말이었다.

그제야 스스로의 옹졸함을 깨달았는지 닉은 조금 놀란 표정이었다. 하긴 나이 먹은 꼰대들이나 하는 줄 알았던 혐오스러운 짓을 어느새 자신이 하고 있다는 것을 깨닫는 것은 서글픈 일이겠지.

한데 닉은 진짜 꼰대가 된 모양이다. 그 자각이 어이없게도 반성이 아니라 심술로 변질된 걸 보면. 부루퉁한 얼굴로 있던 그가 주스를 길게 빨아들여 볼록해진 진의 볼을 보고 중얼거린 것이다.

"오늘 키스는 못 하겠군."

콜록콜록.

토마토를 먹다가 사레들린 건 지독히 고통스러웠다. 제 목구멍 속을 들여다보지 못해 모르겠지만 주스가 기도로 넘어간 건지, 아니면 콧구멍으로 역류한 건지 아니면 둘 다인지, 온몸을 들썩거리게 하는 기침은 한참이나 이어졌다.

쯧.

혀를 찬 닉이 입가에 손수건을 대어 주며 등을 두드려 주었지만, 기침은 한참 후에나 멈추었다. 콧물도 나오는 데다가 얼굴도 달아올라서는 잔뜩 볼썽사나워졌을 것이 신경 쓰였다.

중간 칸막이는 얼굴이 잘 비춰지지 않아, 진은 그 아래 앞좌석의 등받이에 달린 자그마한 시계에 얼굴을 가까이 가져가 상태를 확인했다. 그런데 시계에 박힌 반짝거리는 것들이 심상치 않았다.

"설마, 이거 다이아몬드는 아니겠죠?"

닉을 돌아보는데, 그런 게 있는 줄도 몰랐다는 표정이다. 다시 기침이 쏟아져 나올 것 같아 허리를 폈다.

뭐, 돈이 많으면 차 시계에 다이아몬드를 박을 수도 있다. 손목시계에도 박는데 차에는 안 될 것 있나. 닉이 손목에 찬 시계로 시선을 준 진은 그가 헛기침을 하며 팔짱을 껴서 시계를 진의 시야에서 치우고 나서야 고개를 바로 했다.

"난 속물이 아니야."

"그렇다고 말한 적 없는데요. 남이 자기 돈으로 자기 물건 사는 것을 뭐라 할 정도로 관심도 없고요."

"남?"

"아닌가요?"

몹시 마음에 들지 않아 말꼬리를 잡았지만 그렇다고 틀린 얘기도 아니다 싶은지 닉이 다시 물었다.

"그럼 방금 무슨 생각을 했는데?"

"그냥…… '당신과 내가 무척 다르구나. 이전에는 왜 그걸 몰랐을까? 심지어 당신이 지겹다고 투덜댈 때까지 모르다니, 눈치도 없지'."

진이 무심히 창밖을 스쳐 가는 런던 시내를 내다보며 중얼거렸다. 눈의 초점을 바꾸자 차창에 비친 닉의 얼굴이 보였다. 그리고 자신이 그 '다름'을 인정하지 않은 탓에 생겨난 이마의 흉터로 시선이 갔다. 그 흔적은 오래도록 남겠지만, 그와 자신의 엄청난 다름은 영원히 좁혀지지 않겠지. 그것 또한 이전의 진이 모르던 것이다.

차이는 비단 시계만이 아니다. 그들의 목적지는 SY호텔이지 않나. 금융 산업 컨퍼런스 기간 중 영국의 권위 있는 금융 전문 매체인 The Banker가 여러 상을 수여하는데, 케이직 은행은 아시아의 최우수 은행 상을 받을 예정이었고 은행장인 닉이 수상자로 참석하러 가는 길이었다.

그 생각을 하니, 닉이 더욱더 멀어 보였고 무모하던 자신의 어린 시절이 창피해질 지경이었다. 지겹다던 그의 말이 이해가 갈 정도로.

어쩌다 옆에 앉은, 몇 억 광년 떨어진 곳에 사는 남자가 중얼거렸다.

"자학하는 습관이 있는 줄은 몰랐는데."

"현실주의로 포장한 열등감에 더 가깝죠."

"고작 시계에서 출발한 네 생각이 너무 멀리 가고 있는 거야. 열등감은 영악한 지배층이 다수의 평민들을 지배하기 위해 만들어 낸 감정일 뿐이니까."

그가 무슨 말을 해도 위로가 될 순 없다. 어떤 말로도 그들 사이의 간극을 좁힐 수는 없는 거니까.

기분 나쁜 생각이 들 때면 현재의 일에 집중하라던 악셀의 말을 떠올린 진은 가방을 뒤져 서류를 꺼내고는 사무적인 톤으로 입을 열었다.

"웨즐리 씨께서 듣고 싶다 하셨던 출장 건에 대해 간략히 말씀을 드리자면—"

"레벤하웁트는 어떤 사람이지?"

며칠 전과 같은 질문. 진이 서류에서 시선을 드니, 닉은 반쯤 고개를 기울여 그녀를 들여다보고 있었다. 아무리 그가 몇 억 광년 떨어진 곳에 사는 남자라 해도 그때와 같은 대답을 바라는 것이 아니라는 건 안다. 더욱이 지난 주말의 일이 있으니 사적인 얘기는 집어치우라고 할 수도 없는 노릇이고.

진은 최대한 신중히 물었다.

"궁금한 게 구체적으로 뭐죠?"

"선생이었다는 것은 들었고. 그 외의 것 말이야. 약혼 전이나 후나."

"난 당신 결혼 생활에 대해 물은 적 없는데요."

약간 방어적이 된 진과 달리 그는 흔쾌히 어깨를 으쓱였다.

"뭐든 물어봐. 얼마든지 대답해 줄게."

"궁금한 것 없다는 말이에요. 안 묻겠다는 말이고."

"그렇다고 내가 물어볼 수 없다는 건 억지잖아? 네가 날 시험에 들게 했고 난 유혹에 빠졌어. 한배를 탄 동지라는 말이지. 그러니 만일의 사태에 대비해 그 남자에 대해 알아 둬야 하지 않아? 나중에 해명해야 하는 순간이 닥칠지 모르는데, 내가 너에 대해 아무것도 알지 못하고 그저 몸으로만 대화했다는 둥의 소리를 했다가는, 행복한 약혼 기간을 유지하고 있는 너를 함부로 꾀어냈다는 비난을 들을 수도 있지 않겠어?"

닉이 허풍보다는 너스레에 가까운 말을 길게도 늘어놓는데, 진은 어쩐지 불편했다.

"그런 일 없을 거예요."

"어째서? 그 작자와 아무 사이도 아니라서?"

"아무 사이도 아니라니요? 우린 분명히 약혼한—"

"약혼은 아무런 법적 구속력도 없어. 하다못해 문자 메시지로도 깨질 수 있는 관계에 불과하지. 그리고 난 약혼에 대해 언급한 게 아니었는데. 기억나? 약혼 전이나 후나, 라고 했지, 약혼 여부는 궁금하지 않았는데. 네가 신경 쓰던 것은 그건가 보지?"

진은 마주 보던 시선이 흔들리지 않도록 눈에 잔뜩 힘을 주었다.

"한낱 동양 계집애가 어떻게 유럽의 귀족씩이나 홀렸느냐는 말을 왕왕 들은 터라 나도 모르게 방어기제가 작용한 걸로 해 두죠. 한때 당신과 나도 아무 사이가 아니었던 건 아니니까 더 이상 따지지 않고 그냥 넘어가 줄 수 있겠죠?"

가만히 자신을 바라보는 그의 시선에 의심스러운 기색은 더 이상 섞여 들지 않았지만, 진은 섣불리 긴장을 풀지 않았다.

"네가 사실대로만 말해 준다면."

"사실이 아닐 게 뭐가 있겠어요? 약혼 전에는 당연히 선생과 학생 사이였고 약혼 후에는 약혼자죠. 이전에도 이후에도 우리에게는 '관계'라는 게 확실히 있었어요. '아무 사이'도 아닌 게 아니었다고요."

"내가 뭘 말하는지 알잖아?"

"모르겠는데요."

진은 가슴 앞으로 팔짱을 꼈다. 다시 방어기제가 작용한 것이다. 상의가 당겨져서 작은 어깨가 도드라진 채로 다시 서류를 내려다보는 척도 했다. 더 묻지 않아도 닉은 그 작은 어깨에 스멀거리는 기운이 무엇인지 알고 있었다. 불안감.

그 작은 몸은 자신에게 길들여진 육체였다. 자신이 하고 싶은 짓을 하는 동안 수동적인 태도로 가만히 있던 작은 몸이란 소리다.

자신을 기쁘게 한답시고 학교 친구들에게서 오만 잡소리를 주워들었다 해도 이론과 실제는 다르니, 처음 자신의 남성을 입에 물고도 그 이후에 어떻게 해야 하는지를 알지 못했을 정도로 순진했고 그가 질색한 후로는 엄두도 내지 않은 탓에 진이 사내를 기쁘게 하기 위해 할 줄 아는 것은 없었다.

굳이 꼽는다면 거절하는 그를 이런저런 말로 꾀어내는 정도, 딱 거기까지였다. 그의 눈이 돌아간 뒤에는 진은 아무것도 할 필요가 없었다. 전반전과 후반전의 역할이 철저히 나눠졌다고 할까.

왜인지는 정확히 모르겠지만 닉은 진이 자신에게 어떤 행위를 하는 것 자체가 싫었다. 자신에 대한 진의 감정을 이용하는 것이 양심에 걸렸기 때문인가 생각한 적도 있지만, 두 사람이 쾌락에 이르는 것에는 아무 상관 없으니 진지하게 생각해 본 적도 없었다.

그저 두 팔과 다리로 자신을 끌어안아 주는 것. 그거면 족했다.

지난 주말에는 그것이 없어서 낯설었던 것이고.

닉 자신도 사내지만, 사내란 열이면 열 모두 이기적인 족속으로 상호 평등은커녕 제 쪽에서만 봉사를 해야 하는 상황을 반길 사람은 없다. 레벤하웁트도 신사인 척 배려하고 있다지만, 잠자리를 함께 했다면 수동적인 진을 그대로 내버려 뒀을 리 없다. 그런데도 진이 이전 그대로라는 것은…….

진이 자신의 입으로 호박씨니 어쩌니 언급했지만 모두 허풍일 것이고 그 오랜 시간 동안 진은 약혼자인 레벤하웁트는 물론이고 어떤 다른 남자와도 육체적으로 얽히지 않았을 가능성이 컸다.

그의 수컷으로서의 자만심에서 나온 판단일지 모르지만, 지금 이렇게 방어적이 된 진의 반응을 보면 크게 틀리지 않을 것이다.

똑 부러지는 말솜씨. 예의를 차리면서도 쓸데없이 주눅 들지 않는 자신감. 그럼에도 불구하고 여전히 그만의 여자라는 것은 마치 기적과도 같은 일이었다. 썩 마음에 들었다. 가슴이 또 뛰었다.

그의 입꼬리가 슬며시 올라가자, 여전히 불안함을 담고 흘끗 넘겨다보던 진의 눈이 가늘어졌다.

"지금 웃었어요?"

"네 약혼을 그저 너만의 아름다운 추억으로 남겨 두라는 의미였어."

"남겨 두라니요? 아직도 난 약혼 중이에요."

"그래, 잠자리는 나랑 하고 있지만."

그것으로 마치 약혼이 끝나기라도 했다는 투였다.

"겨우 한 번밖에 안 했거든요? 당신도 약혼 중에 나와 섹스하고도 결국 그 결혼을 했잖아요?"

진이 아무렇지 않게 그 일을 언급하는 바람에 놀랐다. 누가 들으면 두 사람 모두 도덕관념이라고는 손톱만큼도 없는 사람들이었다. 그의 약혼과 결혼이 순전히 각자의 목적에 따른 것이었고 진의 약혼 또한 순수하지 못한 것을 알지 못하는 사람들이 듣는다면 말이다.

"두 번째 기회를 얻으려는 사람치고는 지나치게 거만하네요."

"저런, 내가 그렇게 보였어?"

"말도 안 되는 핑계를 대고 사람을 끌고 와서는 내 약혼자에 대해 꼬치꼬치 캐묻는 이유가 두 번째 기회에 관심 있어서가 아니라는 말이에요?"

목소리 톤은 달라지지 않았지만 말이 빨라진 것 보면 조금 발끈한 거다. 닉의 입꼬리가 조금 더 올라갔다.

"아니, 거만하다는 거 말야. 그렇게 들렸다면 사과하지."

"……늦었어요."

사과를 가장한 놀이라는 것을 눈치챘는지, 진이 이를 악물고 내뱉었다. 그 얼굴에 어릴 적 고집스런 모습이 겹쳐지는 바람에 더 크게 번질 뻔한 미소가 헛기침으로 가려질지 닉이 고민하는 순간, 다행히 차가 호텔 앞에 멈췄다.

28.

Secret Mistress

"시간을 좀 줬다면 적어도 당신이 창피하지 않을 정도로 준비했을 거예요. 평민들도 상황에 맞는 옷차림을 할 줄 알거든요."

그들은 너른 회의장 여기저기에 놓인 둥근 테이블 중 하나로 안내되었고 얼마간 주위를 두리번거리던 진이 비난조로 중얼거리는 말에 닉은 눈썹을 치켜세웠다.

참석한 인사들 중 몇몇 여성이 호사스런 드레스며 모자 차림인 것과 자신의 심플한 검은 정장 투피스를 비교하는 것 같았다. 스스로가 초라해서가 아니라 그를 남우세스럽게 만들 것이 우려되는 것이다. 단상에서 시선을 떼지 않은 그가 진에게 고개를 기울이자, 진도 그를 향해 몸을 기울였다.

"Mrs(아내)일 거야."

"난 직원이니 괜찮다는 건가요?"

진이 조금 안도하려는 찰나, 닉의 입김이 다시 귓가를 스쳤다.

"넌 mistress지."

진의 얼굴이 딱딱하게 굳어 들었다. 잘못 쓰는 사람들이 많긴 하지만 mistress는 엄연히 정부를 의미하는 말이었다. 불에 기름을 부으려는 심사인지 닉이 다시 중얼거렸다.

"Secret mistress."

점잖게 앉아 정면을 향한 웨즐리 씨가 입으로는 그렇게 수준 낮은 말을 하고 있다는 것을 반경 1피트 밖에 있는 어느 누구도 알지 못할 것이다.

없는 얘기를 하는 것은 아니고 성질이 났다고 뜰 수도 없는 자리이니만큼 진은 크게 들이마신 숨을 조금씩 나뉘어 내쉬며 간신히 참았다.

"Secretary를 잘못 발음하신 것 같군요, 은행장님."

"아닌데. s— e— c—"

진이 레이저를 쏠 듯한 시선으로 노려봤더니, 그 단어를 끝까지 발음하진 않았어도 입을 다물지는 않는다.

"싫으면 파혼하든지."

대체 그게 무슨 말이냐고 따지고 싶었지만 간신히 자제력을 붙들었다.

"파혼으로는 secret이라는 단어도 뗄 수 없을 것 같은데요. 어차피 mistress라면 손해 보는 장사예요. 이대로라면 백작은 아니어도 백작의 차남 와이프는 될 테니까요."

대단하신 귀족 나리들이 정부를 대놓고 거느릴 리가 없다. 그런데 자신이 파혼하기를 원하는 건가? 자신도 결혼한 상태면서? 하, 대체 무슨 심보지?

"도전도 해 보지 않고 어떻게 확신해? 넌 이미 잠재력도 확인했잖아. 네가 그렇게 공부를 잘할 줄 알았다면 네 엉덩이에 키스할 시간에 볼기를 쳐서 공부를 시켰을 거야."

미친 듯이 공부해서 LSE에 간 것을 칭찬하는 건가? 이 남자가 어디서 이렇게 얄밉게 칭찬하는 법을 배웠지? 처음으로 그가 더닝튼 공작 부인을 닮은 것 같다는 생각이 들었다.

진도 질 수 없었다.

"당신이 이혼하는 방법도 있죠."

"그랬으면 좋겠어?"

"그렇다고 하면 이혼할 건가요?"

"내가 먼저 물었어."

닉은 고개를 돌려 그녀를 똑바로 바라보았고, 진도 그를 마주 보았다. 그 얼굴에 장난기는 사라진 채였다.

이것도 함정이라고, 결코 그를 이기려는 유혹에 넘어가선 안 된다는 마음의 소리가 들려왔다. 그래, 계속하다가는 질투하는 것처럼 보일 것이니 그만둬야 했다. 다시 만난 뒤 얼마간 혼란스러워하던 닉은 이제 완벽히 제 페이스를 찾은 것 같았고 말싸움으로는 상대가 되지 않았으니까.

진은 충동을 간신히 억눌렀다.

"……그냥 직원인 걸로 하죠."

"그러든지. 그런데 필요했다면 숍이든 백화점이든 들렀다 왔을 거야."

"어련하시려고요."

그와 말싸움을 끝내고 싶어진 진은 피로를 담아 건성으로 대꾸했다.

"뭐든 때가 있는 거니까."

조가비처럼 입을 다문 진은 시선마저 고집스럽게 무대에 고정한 탓에, 그 말을 하면서 Mrs들을 다시 한 번 훑는 닉의 무심한 눈길 속에 의미심장한 번득임이 스쳐 간 것을 보지 못했다.

사적인 것과 공적인 것은 구분해야 하는 법. 이윽고 케이직 은행과 닉의 이름이 호명되고 훌쩍 일어선 그가 단상으로 나아갔다.

짙은 줄무늬 더블 재킷에 더 진한 색의 타이를 맨 닉은 자신의 능력으로 일궈 낸 자리에 선 무척이나 근사하고 대단한 남자였다. 어린 시절 진이 그를 사랑했던 이유도 그것이었다. 귀족이라서거나 잘생기고 금발이라서가 아니라 그 머릿속에 든 사고방식과 지식. 그리고 세상을 살아가면서 그것을 풀어놓는 방식을 사랑했었다. 그리고 훨씬 더 근사한 사람이 된 지금, 그녀로부터 한층 더 멀어져 있었다. 눈이 튀어나오도록 비싼 차나 전용기를 들먹이지 않아도 말이다.

가슴 한구석의 오래된 상처가 쿡쿡 쑤셔 왔지만, 이젠 익숙했다.

상패를 받아 든 닉이 마이크 앞에 바로 서자, 능력에 더한 그 수려한 외모에 여기저기서 여자들의 경탄의 한숨이 들려왔다. 이해가 가는 바였다.

"감사합니다. 은행장이 된 지 한 달도 되지 않아 이런 상을 받다니, 제가 사고를 쳐서 다음 달에 해고된다 해도 이 경력만 가지고도 실업자 노릇은 면할 것 같은데요?"

게다가 유머 감각까지 있다니.

"본 수상을 통해 어려운 영업 환경 속에서도 고객을 지원하기 위해 애쓴 저희 직원들의 노고가 인정받게 된 것이 무척 기쁘군요. 150여 년 동안 아시아에서 영업해 온 케이직이 향후로도 견고한 성장을 할 수 있으리라는 자신감을 갖게 만들어 주셔서 감사합니다. 그런데 내년에 또 이 자리에서 뵙는다면 거기에는 제 덕도 조금쯤 들어가 있겠죠? 내년에 뵙겠습니다."

은행장이 된 지 한 달도 되지 않은 것을 아는 사람은 뒤에서 수군댔을 테지만 닉이 굳이 밝힐 필요는 없었다. 그것을 굳이 밝힌 것은 나름 정직하고 용기 있는 행동이었고 그럼으로써 수고한 직원들에게 진정한 치하를 한 것으로 볼 수 있었다. 사람들도 비슷한 생각을 했는지 웃음과 함께 큰 박수가 터져 나왔다.

진도 어쩔 수 없이 웃음을 띠며 박수를 쳤고 마지막으로 정중히 인사한 뒤 자리로 돌아오던 닉이 그 모습을 보았다. 그리고 자리에 앉자마자 할 얘기가 있는 듯 다시 고개를 진 쪽으로 기울였다. 대외적으로는 보좌 역이니 하는 수 없이 진 또한 고개를 기울였더니, 손으로 입을 가리기까지 한다. 대체 무슨 얘기를 하려고?

"새삼 반했나?"

답을 바라는 듯 고개를 그대로 기울인 채 정면을 바라보기에, 진은 입을 가리지도 않고 중얼거렸다.

"상사가 수상하는 동안 가만히 앉아 있었다는 죄로 해고당하지 않으려는 평민 직원의 안타까운 몸부림이라고 해 두죠."

닉의 손이 입술을 덮기 직전에 쿡 하는 웃음소리가 들렸다. 재미

있으라고 한 소리는 아닌데, 그가 유쾌해하니 오히려 진은 기분이
나빠졌다.

다음으로 리더십 공로상 수상자가 호명되었다. TVP 은행장 비
콧 씨였다. 통통한 체구에 사람 좋은 미소를 띤 그가 일어서자, 주
변 사람들의 악수와 포옹이 길게도 이어졌다.

"은행의 후광 없이 개인 자격으로 수상하는 최고의 영예야. 나도
한 번은 꼭 타고 싶은 상이지."

"케이직은 내년에 또 아시아의 최우수 은행 상을 탈 거 아니에
요?"

닉의 능력을 인정한다는 칭찬이었지만, 그는 조금 전과 같은 엉
뚱한 자만심보다는 가만히 그녀를 바라보았다. 무슨 생각을 하는
건지 궁금해하기도 전에 다시 고개를 기울이더니 물었다.

"비콧 씨의 수상 이유가 뭘 것 같아?"

"작년까지만 해도 인지도가 거의 없던 작은 은행인데도 수상한
것을 보면 짧은 기간 동안 경쟁력과 활동 범위가 크게 향상되었기
때문이겠죠."

그녀의 말이 끝나자마자, 마침 수상 이유가 발표되었다.

"비콧 씨는 지난 1년간 기술 기반 및 인사 개발과 거래 시스템
개선, 자본 증가와 금융 비율을 향상하는 데, 창의적이고 대담한
몇 개의 프로젝트들을 실행해 왔기 때문에 이번 수상을 하게 되었
습니다."

진이 말한 것이 그대로 들어맞는 터였다. 사람들이 박수를 치자,
닉이 진을 돌아보며 칭찬하듯 눈을 둥그렇게 뜨고 박수를 쳤다. 시
선뿐만 아니라 손까지 그녀를 향한 것을 보면 비콧 씨가 아니라 진

에게 보내는 박수였다.

그 정도 가지고 뭘. 번데기 앞에서 주름잡을 생각 따위 없는 진은 멋쩍어서 주스 잔을 집어 들었다.

닉이 웨이터에게 토마토주스를 요청했지만 오렌지주스밖에 없다는 답변을 들었다. 오렌지주스를 싫어하진 않았다. 하지만 닉의 박수 소리를 들으며 들이켜는 오렌지주스에서는 어쩐 일인지 토마토맛이 나는 것 같았다. 그래서 한 번 더 길게 들이켰다.

"한국말은 많이 배웠나?"

며칠 뒤. 결재를 받으러 들어간 진에게 사인한 서류를 건네주며닉이 물었다.

지나가는 말 같았지만, 아무 생각 없이 무언가를 묻는 사람이 아닌지라 진은 잠시 고민했다. 한국 땅에 발을 디디자마자 어릴 적에잊었던 한국말이 몽땅 기억나서 진즉 돌아갈 걸 그랬다고 허세를떨까도 생각했다. 책상 너머에 앉아 이제는 턱 밑에 깍지 낀 손을받친 닉을 신중히 바라보았다.

"별로요. 그다지 오래 머물지는 않았으니까. 손짓 발짓으로도 충분히 가능한 정도? 먹었냐, 잘 잤냐 등등."

"다시 돌아가고 싶겠군."

닉은 직장을 거기서 구하지 그랬느냐는 말 따위는 하지 않았다. 제 무덤을 파는 격이었으니까. 진이 그랬다면 아직도 그들은 다시만나지 못했을 것 아닌가.

진은 어깨를 으쓱였다.

"부모님이 자주 보러 오세요."

"그렇군."

"가족은 날 버리지 않았어요."

방어하듯 진은 서류를 가슴에 끌어안았다. 닉은 그런 진을 가만히 바라보았다.

"믿을지 모르겠지만, 그렇기를 늘 바랐어. 순수하게 널 위해."

"할머니가, 치매 초기이신 걸 모르고 평소처럼 날 데리고 나들이 가시다가 놓치셨대요."

가족 모두 오랜 시간 동안 가슴 쳤을 일을, 진은 아주 담담하게 읊었지만 닉은 코끝이 시큰해졌다.

"부모님은 계속 날 찾으셨대요. 처음 입양됐던 곳이 미국이라, 내내 거기서만 찾으셨대요. 엄마는 코딱지만 한 영국에 있는 줄 알았으면 진즉에 찾아냈을 거라고 했어요."

입양아라 놀림받던 어릴 적 설움 때문인지 '코딱지만 한 영국'이라 말할 때 윗입술을 경멸조로 들어 올리기까지 했다.

그러게, 뭐가 그리 잘났다고 유세들이었는지.

가슴 아픈 얘기를 길게 묻고 싶지는 않았지만 꼭 확인하고 싶은 게 있었다.

"그럼 이제는 꿈을 꾸지 않겠군."

"한국 꿈은 당연히 이제 안 꾸죠."

"다행이군."

닉은 진심으로 기쁜 미소를 지었다. 꿈을 꾸는 진이 얼마나 힘겨워 보였는지 한 번이라도 그 모습을 지켜본 사람으로서는 당연한

반응이었다. 진은 그런 그를 기묘할 정도로 조용히 바라보다 서류
철을 집어 들었다.

"그럼. 나가 보겠습니다."

닉은 자신이 뭘 잘못했는가 싶어 어리둥절해졌다. 진이 나가자,
닉은 며칠째 블라인드가 내려진 사무실에 다시 혼자 남았다.

"웨즐리 씨, 저희 먼저 퇴근하겠습니다."

"그래요. 난 연락 올 데가 있어서."

"예, 내일 뵙겠습니다."

닉의 사무실에 그렇게 말하고 나온 찰스와 조프리 등 다른 직원
들이 부산히 퇴근 준비를 했다.

"유진은 퇴근 안 해요? 우리 대학교 때처럼 펍 골프 할 거라니
까요. 유진은 공부만 하느라 그런 거 안 해 봤다면서요? 같이 가
요, 꽤 재미나요. 내일은 출근 안 해도 되는 토요일이니, 오늘 대여
섯 군데 돌면서 코가 삐뚤어질 때까지 마실 거예요."

골프면 골프 웨어, 테니스면 테니스 웨어 차림으로 여러 펍들을
돌아다니며 진탕 술을 마시는 놀이라나. 체크무늬 바지에 스타킹
등 골프 웨어로 갈아입은 대니얼이 다시 한 번 권했지만 진은 고개
를 저었다. 주스면 모를까 술은 전혀 관심도 없는 데다가 며칠째
늦게 퇴근하는 닉이 궁금했기 때문이다.

"옷차림도 어울리지 않는 데다가 약혼자가 데리러 오기로 했어
요."

하도 거듭 권하는 터라, 악셀까지 핑계로 들이댔다.

아쉬운 표정의 직원들이 우르르 나간 뒤 사무실 안은 희미한 기계음마저 들려올 정도로 고요해졌다. 은행장실은 여전히 블라인드가 내려진 채라, 닉이 안에서 뭘 하느라 늦게 퇴근하는지도 알 수 없었다.

어제도 그제도 전화가 올 데가 있다며 늦게까지 남은 걸로 아는데, 개인 생활을 중시하는 서양인들이 퇴근 시간 이후까지 비즈니스를 할 리가 없다. 퇴근을 하긴 하는 걸까? 요 며칠 얼굴이 좀 까칠한 것도 같은데. 저녁은 먹지 않나?

시계가 9시에 가까워질 때쯤 진은 요기할 것을 사러 나갔다.

포장된 음식을 들고 막 사무실 보안문을 들어서는데, 사무실을 나서던 닉과 마주쳤다. 재킷을 팔에 걸친 그의 등 뒤로 막 불이 꺼졌다. 의아한 그의 시선이 한 손에는 지갑만, 그리고 다른 한 손에 든 투명 비닐 백 안으로 결코 1인분으로는 보이지 않는 일회용 종이 케이스들을 훑고 올라왔다.

"설마 파혼 직전의 약혼자와 사무실에서 밀회를 즐길 작정은 아니었을 테고. 날 위한 건가?"

그의 말투며 시선이 얄밉다 못해 점점 못돼지는 것 같아서 진은 무심히 어깨를 으쓱였다.

"그냥 고맙다고 하면 안 돼요?"

"말이라도 하고 나갔어야지. 그사이 내가 가 버렸으면 어쩌려고?"

무뚝뚝한 것이 꼭 혼내는 말투다. 그래서 진도 지지 않고 쏘아붙였다.

"갔으면 간 거죠. 내 멋대로 사 왔는데, 가 버린 것까지 책망할 수는 없죠."

"나로 하여금 네 성의를 무시하는 죄를 짓게 할 뻔했잖아."

"이제 퇴근해서 가족들 곁으로 가려던 참인데, 억지로 붙들린 것 같아서는 아니고요? 걱정 말아요, 둘 다 토마토 파스타니까."

자신의 책상으로 다가간 진이 거친 손길로 종이 케이스들을 꺼냈다. 등 뒤에서 한숨을 쉬는 소리가 가까워지더니, 다가온 손이 그녀의 턱을 잡아 돌림과 동시에 입술이 덮쳐 왔다.

CCTV가 사방에서 비추고 있는데!

놀라기도 했고 그의 말투에 서운하던 참이라 입술을 내주기 싫었지만, 끈질기게 입술을 두드리는 시도에 결국 입을 열고야 말았다.

따뜻하지만, 서로를 더듬기 급급한 키스가 얼마간 이어졌다. 이윽고 코를 맞대고 한숨을 쉬는 찰나 진의 배 속에서 소리가 났다.

서둘러 고개를 든 그가 음식들을 잡아채서는 안쪽 사무실로 향했다.

"들어와."

구석의 CCTV를 흘끔거리며 어깨 너머로 던져지는 그 말에 아주 잠시 갈등한 진은 이윽고 나머지 포크며 냅킨이 든 비닐 팩을 집어 들고 발걸음을 옮겼다. 안에 들어서서도 무의식중에 천장 구석을 살폈는데, 안에는 CCTV가 보이지 않았다.

회의 테이블에 이미 음식을 펼쳐 놓던 닉은, 두 번째 연 파스타가 치킨과 베이컨이 들어간 오일 파스타인 것을 확인했는지 그러면 그렇지, 라는 얼굴로 진을 넘겨다보았다. 그녀가 의자 하나에 털썩 주저앉으며 투덜거렸다.

"토마토 바질 파스타만 두 개 주문했는데, 직원이 잘못 줬네. 컴플레인 걸어야겠구만."

닉이 피식 웃으며 토마토 파스타를 진 앞으로 밀어 주었고 진은 포크와 냅킨이 든 백을 던지듯 그의 앞으로 밀었다. 무척이나 성의 없어 보이는 행태에도 그가 다시 미소를 베어 무니, 진은 맥이 빠졌다.

"천하의 웨즐리 씨가 막 다뤄지는 걸 즐기는 줄은 몰랐네요."

"그러게. 그렇다고 너 자신까지 막 다루지는 말아."

"무슨 소리예요?"

"서운해질 수 있는 일은 아예 하지 말란 말이야. 괜히 뒤에서 말없이 뭔가 하는 거 말이야."

그가 플라스틱 포크로 음식을 가리켰다.

내가 뭘 그렇게 자주 했다고? 그리고 이건 그냥 직원으로서 사온 거지—라고 우겨 볼까 하다가 관두었다. 더닝튼에 다녀온 뒤로 사기가 하늘을 찌를 듯한 닉에게서 본전도 못 찾을 것 같아서였다.

자신이 돌아온 초기에는 뭘 해야 할지 몰라 허둥거리는 새내기처럼 휘둘리더니, 대체 무슨 일이 있었던 거지? 고작 섹스 한 번에 저렇게 기세등등해질 리는 없는데.

29.
이미 늦었어

닉이 이런 것도 있군 하는 신기한 시선으로 토마토 쉐이크를 보다 시선을 들자, 진은 흘끗거리며 살피던 시선을 슬며시 거둬들였다. 그러곤 파스타를 쿡 찍어 입에 넣고 최대한 크게 우적거렸다.

"왜? 교양 없이 먹는 걸 지켜보게 하는 것도 막 다뤄지는 것에 속하나 생각 중이야? 아니면 우리 두 사람의 다른 점을 일부러 부각시키는 중이거나?"

진은 정곡을 찔리자, 목이 멘 척했다. 그리고는 닉이 스트로를 꽂아 내미는 쉐이크를 들이켜며 속으로 욕을 삼켰다. 눈치도 빠르다.

"원래 먹을 걸 사냥하러 나가는 건 남자여야 하는데."

"보좌진의 사려 깊은 배려일 뿐이죠. 지금은 원시 시대도 아니고 우린 그런 사이도 아니니까요."

"맞아, 아직은 그런 사이가 아니지. 네가 아직 파혼을 안 했으니까."

"누가 들으면 '곧 파혼할 테니까 기다려 줘요'라며 유혹해 놓고는 양심 없이 양다리 걸치는 줄 알겠네."

"아니었어?"

닉은 듣고 싶은 말만 듣고 있다. 일부러 그러는 것이다. 진 자신이 그를 상대로 수없이 써먹은 방법이니까.

진이 눈을 치뜨고 노려보자, 그가 자신의 오일 파스타를 포크로 떴다.

"한입 줄까? 맛이 괜찮아."

아까는 사람을 질책하더니, 이제는 여유롭게 빙글거리는 투다.

진은 그를 노려보는 시선을 거두지 않은 채 다시 쉐이크를 들이켰다. 이윽고 탁 하고 내려놓은 쉐이크 잔으로 시선을 옮겼던 닉이 중얼거렸다.

"알러지가 있는 것도 아니니, 토마토를 먹어 보는 것도 괜찮겠어."

갑자기 웬 뜬금없는…… 그의 시선이 다시 천천히 돌아왔다. 진의 입술로.

"네가 매일 토마토를 먹는 이유가 내가 키스하지 못하게 하려는 것이라면 내가 토마토에 익숙해지는 수밖에 없잖아?"

"그래서 마시는 거 아니거든요. 진짜 좋아해요."

"아니라면 더더욱 그래야 하고. 너더러 그렇게 좋아하는 걸 끊으라고 하고 싶진 않으니까."

말문이 막힌 진은 닉의 못 박힌 듯한 시선에 어쩐지 홀딱 벗은 몸을 내보인 처녀처럼 부끄러워졌다. 그래서 입술을 안쪽으로 말아 넣고 이로 물었다.

그러자 닉이 진의 쉐이크를 가져가더니 조금 빨아들였다. 그녀가 입을 댔던 빨대임에도 아랑곳하지 않았다.

고개를 갸웃하더니, 다시 한 번 더 들이켰다.

"기억보다는 괜찮네."

그러고는 이와 입술에 더욱 힘을 주는 진에게 다시 밀어 주었다.

"또 뺏어 먹진 않을 테니, 그런 표정 짓지 마. 난 네 입에 남은 걸로 충분하니까."

저렇게 점잖고 단정한 표정으로 저런 말을 서슴없이 하다니. 귀족들에게는 정말로 자신이 모르는 뭔가가 있는지도 몰랐다. 귀족으로 다시 태어나지 않는 한 평생 모를 그것이 이젠 궁금해 미칠 지경이었다.

"주말엔 뭘 하지?"

닉이 파스타를 뒤적이며 무심히 물었다.

"내일 카르멘 보러 가요."

오래전에 졸업한 처녀 흉내를 억지로 집어치우고 간신히 대답했다. 그리고 지금 상황에 입을 가장 효율적으로 이용하기 위해 파스타를 다시 한 입 먹었는데, 어느새 다시 자신을 빤히 바라보는 닉의 시선에 입 속의 것을 서둘러 씹어 삼켰다. 그리고 경고 조로 포크를 흔들었다.

"무슨 생각 하는지 알아요."

"무슨 생각?"

"예전에는 오페라의 '오' 자도 모르더니, 많이 컸구나. 하지만 평민이 커 봤자지."

"앞은 사실이지만, 마지막 말은 네 스스로도 억지라는 건 알 거야."

진이 어깨를 으쓱였다.

"맞아요, 앞쪽은 현실이지만 뒤에 열등감이 섞인 건 인정해요. 솔직히 내일 갈 로열 오페라 하우스는 내가 3년이나 다닌 LSE에서 겨우 두어 블록 떨어져 있다는데, 난 한 번도 가 본 적 없거든요."

"왜? 돈이 없어서는 아닐 테고. 공부만 하느라?"

진이 인상을 찡그렸다.

"남자들하고 실컷 놀아나느라 그랬을 수도 있잖아요?"

진은 닉이 약혼자하고도 아무 일 없었다는 것에 전 재산을 걸 수도 있다며 속으로 코웃음을 치는 것까지는 알지 못했다.

"또 억지 부리기 전에 말하지. 내가 한 생각은 네가 레벤하웁트와 가겠거니, 였어."

"당연하잖아요, 약혼자인데."

"그래, 당연한 말을 하라고. 억지나 거짓말 말고. 앞으로도."

"정직이 secret mistress에게 필요한 조항인 줄은 몰랐네요."

"아하, 이제 인정하는 거야?"

그 말을 했던 당사자를 비난하려는 의도였는데, 도리어 제가 당하고 말았다. 잔뜩 노려보았지만 닉은 그 정도면 충분했다 여겼는지, 입에 넣은 파스타를 씹으며 고개를 끄덕일 뿐이었다. 진을 더 자극해 봤자 자신의 승리만 작아진다는 것을 직감했는지, 다시 그녀를 향하는 시선도 그저 파스타가 먹을 만하네, 라는 표정이었고.

그런데도 여간해서 분이 가라앉지 않은 진이 계속 노려보자, 닉이 포크를 내려놓았다. 그러고는 빠르게 테이블을 돌아왔다. 그가 왜 다가오는지에 대한 생각이나 무슨 반응을 보이기도 전에 진은 그대로 번쩍 안아 올려졌다. 놀란 진을 내려다보며 닉이 중얼거렸다.

"그런 눈으로 쳐다본 네 탓이야. 난 먼저 네가 요기를 하게 해주고 싶었는데."

잡아 죽일 듯한 시선에서 성적인 욕구를 느끼다니, 닉이 마조히스트였나? 그리고 사무실인데? 아무리 CCTV가 없어도 그렇지, 누가 들어오기라도 하면 어쩌려고! 골프 펍인지 펍 골프인지 간 직원들이 다시 들를지도 모를 일이고, 에 또…….

그 생각들 중 가장 그럴듯한 것을 입 밖에 내기도 전에 닉의 입술이 다가들었고 소낙비처럼 떨어지는 키스에 정신을 차려 보니, 벌써 사무실의 안쪽에 있는 침실로 배경이 바뀌어 있었다. 커다란 침대에 뒤쪽으로는 욕실까지 딸려 있는 곳으로 은행장이 쉬는 곳이었다.

입구의 센서 등이 꺼지자, 두 사람은 창으로부터 비쳐 든 희미한 불빛 속에 서 있었다.

진이 기록적으로 짧은 시간 동안 무차별적으로 혹사당해 얼얼해진 혀를 달싹였다.

"내 의향도 물어봐야죠."

"아?"

"아."

"그래서?"

닉이 그녀를 안은 팔을 들어 올려 서로의 얼굴을 가까이 했다. 자세히 들여다본다기보다는 결정에 영향을 끼치려는 행동이었다. 진은 그의 시선을 피하며 중얼거렸다.

"생각 좀 해 보고요. 내게서 손을 떼면 생각해 볼게요."

"그래."

바닥에 내려진 진이 허리를 펴자마자 그의 입술이 다시 다가와서는 아랫입술을 이로 물어 당겼다. 진이 고개를 뒤로 물리려 하자, 그가 이에 장난이 아니라 생각될 정도의 힘을 주었다. 통증 때문에 반사적으로 입을 벌리며 신음을 뱉자, 그 틈을 놓치지 않고 닉이 그녀의 입술을 점령했다. 고개가 뒤로 젖혀질 정도로 깊은 키스가 이어지자, 숨 쉬기에도 바쁜 진은 전의를 상실하고 말았다.

그제야 입을 뗀 닉이 속삭였다.

"손을 떼면, 이라고 했지, 입술은 안 된다는 말은 없었어."

그에 진이 세 가지 행동을 동시에 했다. 헐떡이고, 외치며, 이를 갈았다.

"지, 지금 말할게요. 이, 입도!"

"그래."

닉의 입이 멀어지는가 싶더니 이번엔 손이 진의 블라우스 단추로 다가왔다. 그를 피해 진이 물러났지만 뒤에는 벽이었다. 그리고 물러난 만큼 닉이 다가섰다.

"소, 손 뗀다면서요!"

"옷에만 댈게. 내가 옷을 벗기는 동안만 생각해."

대체 왜 이렇게 뻔뻔하게 구는 거지?

적극적인 건지, 기세등등한 건지. 진은 이대로 뒤돌아 도망치고 싶었지만 그건 자존심이 허락지 않았다. 이번에는 결코 초라하게 도망치지 않겠다고 다짐했으니까.

"설마 그동안 나 같은 애가 또 나타나서 당신을 트레이닝시킨 거예요?"

"네가 막무가내였다는 것도 인정하는 거야?"

"하, 무슨 그런……."

막무가내가 아니었던 것도 아니라. 양심이 있어 말을 끝내지도 못하는 사이, 블라우스 앞섶이 벌어지고 브래지어 끈이 내려갔다.

"누가 들어올지도 몰라요. 문 잠그지 않았잖아요."

"걱정 마. 들어오더라도 네 약혼자에게 우리의 이 부적절한 행위를 전할 만한 사람은 없잖아."

닉이 진의 목부터 키스해 내려가며 드문드문 중얼거렸지만, 진은 잠기지 않은 문고리에서 시선을 떼지 못하고 있었다. 내 약혼자가 아니라 그의 평판이 문제였다.

"나 말고 당신이요. 은행장이 된 지도 얼마 안 됐잖아요."

이러다 추문이 나면 내년 컨퍼런스에 참석하기는 요원할지 모른다!

갑자기 움직임을 뚝 멈춘 닉이 고개를 들었다.

진의 잔뜩 긴장된 눈이 그의 눈을 정신없이 헤맨다. 이전에도 진은 누군가에게 들킬까 늘 이렇게 전전긍긍하곤 했다. 그와 함께 있지 못해 안달하던 것만큼이나 불안해하면서. 누군가에게 들켜서 그가 망신을 당하게 될까 봐.

진에게서 변하지 않은 면을 또 하나 찾은 것이다. 그의 입가에 미소가 떠올랐다.

"볼 테면 보라지. 나가라면 나가고."

진의 눈이 커지자, 그는 급히 말을 정정했다.

"뒤에 한 말은 정정하지. 내게 나가라고 할 사람이 없으니까. 내 발로 나가면 모를까."

닉의 손가락이 가슴의 보드라운 정점을 희롱하듯 거듭 건드렸고 무릎은 진의 정장 스커트 사이를 가르고 깊숙이 들어가 있었다.

"그래도 스캔들은 없는 게……."

"귀족들의 잘난 척은 어느 정도 믿는 구석이 있어서라고."

그의 손길에 부르르 몸을 떨면서도 다시 시선이 문으로 향한다. 그 얼굴을 부여잡고 입을 맞췄다. 한 번, 두 번.

"그러니 네 걱정만 해. 레벤하웁트가 저 문으로 들어오면 어쩌나 따위 말이야."

진이 멍하니 눈을 깜박였다. 닉이 다시 미소 지었다.

"이러면서도 내일 오페라를 보러 간다는 거야?"

"내가 뭘…… 이러는데요?"

"약혼자를 상기시키는데 죄책감이라도 느껴야지. 몸이라도 움츠 리든가."

한두 번 눈을 더 깜박인 진이 그제야 팔을 움직이려 했지만, 닉이 두 손으로 그녀의 허리를 잡고 홱 잡아당겼다.

이제 서로의 하체가 바짝 맞닿았다. 벌거벗은 배에는 드레스 셔 츠가, 그리고 치골 즈음에는 허리띠 버클이 닿아 왔다.

"이미 늦었어."

그의 입술이 내려왔고 진은 간신히 찾았던 이성의 끈을 다시금 놓쳤다. 몸에서 치마가 떨어져 나가는 순간, 아래로 미끄러져 내려간 닉이 그녀의 팬티를 밀어 내고 드러난 부분을 서둘러 입으로 덮었다.

자극적으로 입술과 혀를 움직이면서 반응을 지켜보기 위해 두 눈은 똑바로 그녀를 올려다보고 있었다. 진은 그대로 주저앉을 지경이었지만, 그가 양손으로 허리며 엉덩이를 힘주어 잡고 있는 탓에 그럴 수도 없었다. 참을 수 없어진 진이 그의 머리를 밀어 내기 위해 손을 가져갔지만, 닉은 어딜 건드려야 진이 자지러지는지 너무도 잘 알고 있었다.

진이 항복의 신음 소리를 내지르고 난 뒤에야 그가 자리에서 일어났다. 바지 지퍼가 내려가는 소리가 희미하게 들리고 제 엉덩이 뒤쪽에 다시 그의 손이 느껴진다 싶은 순간 그의 뜨거운 남성이 몸 안으로 밀고 들어오기 시작했다.

두 사람 모두 선 자세라 작은 키의 진과 키를 맞추기 위해 무릎을 굽혀 천천히 삽입하던 그가 무릎을 조금 펴자, 단숨에 그녀의 깊은 곳까지 짓쳐 들었다. 진이 바르르 떨었다.

"날 안아."

그의 속삭임에 진이 간신히 손을 들어 그의 팔을 잡았다.

"안으라고."

조금 더 어깨 쪽으로 올라갔지만, 여전히 형식적이었다. 닉의 손이 진의 엉덩이를 잡고 안아 들자, 진의 두 다리가 불안정하게 공중에 떴고 그제야 진의 팔이 그의 목에 감겼다. 닉이 허벅지 뒤를 받치자, 다리도 올라가 닉의 허리에 감겼다, 이전처럼. 그때처럼 두 사람은 완벽하게 한 몸이 되었고 그제야 닉의 가슴에서 만족스런 떨림이 흘러나왔다.

닉의 손이 진의 몸을 들었다가 내려놓자, 진이 신음을 흘리며 닉의 목덜미에 얼굴을 묻었다. 다시 또다시.

어두운 침실에 가는 흐느낌이 오래도록 채워지고 비워지기를 반복했다.

"한국 부모님을 만나서 행복했어?"

"응. 많이……."

얼마 후. 닉은 자신의 팔을 베고 누운 진의 이마를 쓸어 주다 물었다. 눈꺼풀을 가물거리던 진이 웅얼거렸다.

이 상태라면 진은 제대로 알아듣지 못할 것이다. 그러니 지금 은근슬쩍 말해 주고는, 자신은 분명히 말해 줬다고 평생 자기 위안으로 삼을까도 생각했다. 어차피 자신은 비겁한 놈이니까.

하지만 곧 아예 눈을 감은 진의 고개가 천천히 그의 가슴 쪽으로 기대어 오자, 그 감촉이 견딜 수 없이 좋아서, 그 순간을 조금 더누리는 쪽을 택했다. 먼저 샤워를 하러 들어간 진을 뒤따라 들어가한참 후에야 나오는 바람에 이렇게 곯아떨어진 것이니, 조금 재우고 나서 퇴근을 하면 되리라.

오후에 더닝튼 홀에 가서 외조부와 부모님을 뵙는 동안 진은 오페라를 보러 가겠지. 레벤하웁트에게 허락해 줄 작정이었다. 자신이 바쁠 동안 진과 놀아 주는 것, 딱 그 정도만.

아까 물어본 바에 의하면 오페라는 9시에 끝난다고 했고 더닝튼 홀에서 로열 오페라 하우스가 멀지 않으니 어른들과 담판을 지은 뒤 느긋하게 도착할 수 있을 것이다. 그곳이 처음이라니, 관광객처럼 손을 잡고 템스 강가를 걸을 수도 있을 것이다. 그리고…… 진과 함께 하고 싶은 것이 너무 많았다.

"벤자민이라도 데려오지 그랬니."

장이 끝난 직후라 그런지 외조부인 린든 백작께서 TV 소리가 제거된 채 틀어진 주식 채널 화면에 한쪽 시선을 두고 말씀하셨다. 닉은 예정대로 더닝튼 홀에서 외조부, 그리고 부모님과 함께 저녁 식사를 끝내고 응접실로 자리를 옮겨 찻잔을 마주한 참이었다.

셀린에 관해 어머니가 전혀 언질을 드리지 않았는지, 외조부만큼이나 아버지도 궁금한 기색이셨다.

닉은 차를 한 모금 머금고 잔을 내려놓았다. 침묵이 길어진다 싶었는지 외조부의 시선까지 더해져 세 분의 시선이 모두 제게 향해 있었다. 이제 6년, 아니, 길게는 19년을 계획해 온 일을 마무리 지을 때였다.

"셀린과 헤어져야 할 것 같습니다."

역시나 고매하신 분들답게 크게 놀라거나 하진 않으셨다. 그저 아버지는 '왜?'냐고 물으셨고 외조부께서는 지팡이를 짚은 손을 바꾸셨을 뿐.

"어머니는 알고 계시죠?"

"그래. 입에 담기도 끔찍하지만, 언제고 밝혀질 일이지."

외조부와 아버지의 시선이 어머니께 향하자, 어머니는 잔뜩 불편한 목소리로 말씀을 이으셨다.

"벤자민이 니콜라스의 아들이 아니었어요."

잠시의 침묵 후, 보이는 반응도 각기 달랐다.

"그럼 아이가 태어났을 적에 유전자 검사를 하지 않았단 말이오?"

"내게 애초부터 증손자가 없었단 말이냐?"

아버지는 불유쾌한 상황을 어머니가 알아서 끝내지 못하고 본인까지 대면해야 하는 상황이 못마땅한 것이고 외조부는 끝까지 아들 타령이시라니. 마치 한 편의 블랙 코미디 같아, 닉은 자신의 일이 아니라면 한바탕 웃어 젖혔을 것 같았다.

"벤자민을 제 호적에서 **빼는** 시기는 셀린과 의논해서 정할 생각입니다."

"유언장에서 **빼는** 것은 당장 서둘러야 한다."

어머니께 가장 중요한 것은 재산이었나 보다.

"알겠습니다."

유언장에 올린 적도 없지만 대답은 고분고분하게 했다. 셀린의 부정을 자신도 처음엔 알지 못했던 것이어야 하니까.

"빨리 정리하고 끝내도록 해라. 소문 돌지 않게."

아버지는 역시 체면이고.

"귀족가의 아가씨들을 다시 훑어보게 되는 날이 올 줄은 몰랐어요. 황당하기가 이루 말할 수가 없네요. 대체 누굴 믿어야 할지."

부모님께서 한마디씩 하시니, 외조부께서도 눈살을 찡그리며 투덜거리셨다.

"네가 벌써 작년에 셀린과 서류를 정리한 것은 알고 있었지만,

벤자민을 생각해서 궁금해도 참고 있었더니 그럴 필요가 없었구나."

외조부께서 사실 여부를 떠나, 가족들 신변에 대해 당신께서 파악하지 못한 사실이 있다는 것을 분해 하시는 것이다. 정보가 곧 힘이라고 믿으시는 분이니 말이다.

"어머나!"

"왜 말씀 안 하셨어요?"

부모님 모두 놀라서 반문하셨지만 닉은 그만큼 놀라지는 않았다. 늘 주변 인물들에 대해 체크해 두는 분이니, 아실지도 모른다고 생각했기 때문이다.

"니들 자식 일을 내가 알려 주는 것도 우습지 않니? 하여간, 새로 들일 며느릿감을 서둘러 알아봐야 내년 안에 증손자를 안아 볼 수 있지 않겠냐?"

"그래서 말씀입니다만."

모두의 시선이 다시 닉에게 향했다.

"결혼은 다시 하지 않을 생각입니다."

세 분 모두 동시에 경악하시는 모습을 뵙다니, 살다 보니 별일이 다 있구나 싶었다.

30.
멍청함의 대가

셀린과 벤자민이야 남이라니 당장 쳐 내면 그뿐이었지만, 쳐 내지도 못할 당신들의 자식이, 당신들의 상식으로는 말이 되지 않는 소리를 하고 있기 때문인가 보다.

"어째서?"

가장 먼저 물으시다니, 아버지께서도 무척 답답하신 모양이다. 닉도 여쭈었다.

"해야 하는 이유는 무엇입니까?"

"당연히 후계자를 얻기 위해서지. 물론— 가정이 평안해야 바깥일도 잘되는 법이고."

뒤의 말은 어머니의 화살 같은 시선이 날아가자, 마지못해 덧붙인 말씀이다.

"겨우 후계자를 얻기 위해 피곤한 결혼을 되풀이할 생각은 없습니다. 그러니 빅토리아의 아이에게 작위며 모든 것을—"

"말도 안 되는 소리!"

외조부의 반응이 가장 빨랐다.

"외손녀 사위가 낳은 자식에게 내 모든 걸 물려줄 성싶으냐? 외손자인 너도 내가 얼마나 양보해서 내린 결정인데!"

빅토리아가 낳은 아이나 자신이 낳은 아이 모두 사위의 자식인데, 어째서 외손녀 사위의 자식은 안 된다 하시는지.

"그럼 빅토리아에게 물려주시면 되지 않습니까?"

"널 두고 내가 왜?! 변죽 울리지 말고 네가 원하는 것을 말해라."

눈치 빠른 외조부의 말씀에 부모님께서 의아한 표정을 하셨지만 닉은 같은 말을 반복했다.

"귀찮고 믿을 수도 없는 결혼을 반복하는 것보다 그때그때 즐기면서 자유롭게 살고 싶어서 그럽니다."

부모님의 얼굴이 이해할 수 없다는 황당함으로 물들었지만, 외조부께서는 반쯤 고개를 끄덕이셨다.

"결혼하고도 자유롭게 살 수는 있지만, 굳이 네 생각이 그렇다면야. 난 네가 아들만 낳는다면 상관없다."

그의 결심을 눈치채셨는지 외조부는 반쯤의 타협을 제안하셨고, 어머니가 그런 외조부를 말리고 나섰다.

"아버지!"

그래도 외조부는 눈 하나 깜박하지 않으셨다. 어머니는 서둘러 닉에게 훈계를 쏟아부으셨다.

"셀린 때문에 상심한 것은 알지만, 무작정 네 고집대로만 해서는 안 되는 것 알잖니. 원하는 것을 가지려면, 원치 않는 일도 해야 하는 법. 가문의 후계자로서 도리를 다 하려면 결혼을 해서 정식 후계자를 얻어야……"

"공작 작위는 멀더라도 친척 중에 아들을 뒤져 봐야 한다. 널 두고 빅토리아에게 물려준다는 건 말이 안 되니."

아버지께서도 퉁명스럽게 한 말씀 하셨지만 닉은 상관없었다. 지금 당장 작위를 내놓으라 해도 아까울 것 없으니.

닉으로부터 시원한 대답을 듣지 못하신 외조부는 탐탁지 않게 큼큼거리다, 눈을 번득이셨다.

"여자가 있나?"

"아버지!"

어머니께서 또다시 기겁을 하셨다가 닉의 다음 말에 배신당한 표정을 지으셨다.

"같이 살고 싶은 여자는 있습니다."

"살면 되지 않니?"

외조부는 별거 아니라는 투셨고 아버지도 뭐가 문제냐는 표정이셨다. 어머니만 세 남자를 혐오스런 짐승들 쳐다보듯 하셨다.

"그 여자하고만 살고 싶다는 말씀입니다."

"니콜라스, 아까도 말했지만 네가 원하는 것을 가지려면 원치 않는 것도 해야 하는 법이란—"

"제가 원하는 것은 없습니다."

가르치듯 말씀하시던 어머니의 눈길이 엄해졌다.

"생색내는 것 같지만, 지금 네가 누리고 있는 지위와 명성은—"

"사표는 사무실 책상 위에 두었습니다."

세 분은 그제야 닉이 무언가 원하는 것이 있어 딜을 하는 것이 아니라는 사실을 깨달으신 모양이다.

"그 여자가 평민은 아니겠지?"

"설마……."

그게 세상에서 가장 무서운 일이라는 듯한 아버지의 질문을 급하게 가로막은 어머니의 표정이 이상해졌다.

"그 설마가 맞을 겁니다. 제 비서 유진 리입니다."

"그 똑똑하던 친구? 그런데 한국인이라 하지 않았니?"

외조부의 말씀에 어머니의 얼굴이 흙빛이 되셨고 아버지도 낙담한 표정이셨다.

'그런데 한국인'이라니. 간신히 냉소를 참은 닉은 더한 정보를 밝혔다.

"그 아이, 더닝튼 성의 에반스 부부가 입양했던 아이입니다."

그사이 어머니도 알아보신 모양이었다. 고용인들 이야기에 아버지의 얼굴이 찡그려지며 대화에 끼는 것조차 불쾌하다는 표정이 되셨다.

"아니라더니, 그랬구먼. 그런데 왜 그런 아이를?"

"한국의 친부모를 찾았고 다시 돌아왔습니다."

"정이 단단히 들었다 그 말이냐?"

"그 아이는 안 된다. 게다가 약혼자도 있잖니?"

어머니는 그렇게 말씀은 하셔도 그게 큰 문제가 되지 않는다는 건 아시는지 그다지 희망적인 얼굴은 아니셨다.

"예, 제 아내로는 안 되지요. 그래서 결혼은 안 한다는 말씀을 드린 겁니다. 절대로 안 할 겁니다. 아이가 생긴다 해도 말입니다."

응? 외조부께서는 솔깃한 표정이셨다.

"정말 동양인의 더러운 피가 섞인 아이를 낳겠다 그 말이냐?"

아버지는 동양인이라면 칭기스칸 이후로 모두 야만적인 족속이라며 질색하셨다.

"걱정 마십시오. 아버지께서 동양의 피가 섞인 아이를 대면할 일은 없으실 테니까요. 제 아들이겠지만, 여러분의 손자나 증손자가되지는 않을 겁니다."

"그 여자와 결혼을 하겠다는 것도 아니면서 은행은 왜 그만두겠다는 게냐?"

외조부께서는 어느 정도 이성적이셨다.

"결혼 문제는 어른들 말씀을 어기면서, 가문과 어른들께 뭔가 받는 것은 면목이 없어서입니다."

"안 받겠다는 거냐? 설마. 그 애와 결혼한다고 나섰다가는 당장은행장 자리를 내놓고 나가라고 할까 봐, 미리 선수 치는 게지."

어차피 다시 숙이고 들어올 거라는 말씀이셨다.

닉은 기분 상하지 않았다. 도리어 어른들께서 그것을 무기라고생각하신다면 다행이다.

"한국 SY은행의 아시아 시장 담당자로 가게 됐습니다. 어제 확답을 받았지요."

한국과 시차가 맞지 않으니 며칠 동안 늦게까지 남아 여러 은행과 접촉한 결과였다.

외조부는 똥 씹은 표정이 되었다.

"SY은행? 대만에서의 우리 실적을 눈에 띄게 떨어뜨린 그 SY?

내가 압박을 넣을 수 있는 곳은 피한 게로구나."

어머니는 이미 입을 다무신 지 오래였다. 어이가 없으신 건지, 아니면 외조부께서 빠르게 질문하시는 내용들이 모두 궁금한 내용이었던 건지는 모르겠지만.

"웨즐리의 이름으로 누리던 모든 걸 내려놓겠다는 건데, 어째서 그 아이와 결혼은 안 하겠다는 게냐?"

"웨즐리 부인이라는 타이틀만으로도 그 사람이 여기 계시는 분들을 포함한 모두로부터 지탄의 대상이 될 테니까요. 바라지 않는 바입니다."

그 누구의 눈길 한 번조차 용납하지 않을 생각이었다.

"아주 홀딱 빠졌구나."

외조부께서는 원색적인 단어의 사용을 서슴지 않았지만, 부모님처럼 경멸조까지는 아니었다. 그저 놀라는 정도랄까.

"예."

"허어. 이 정도로 미치려면 꽤 오래된 것 같은데. 그 애가 더닝튼 성에 있을 때부터였느냐? 앤, 너는 알고 있었니?"

"어렴풋이요."

그 대답에, 아버지가 눈살을 찌푸렸다. 알고 있으면서 말리지 못했느냐는 비난의 눈초리였다.

"니콜라스가 뜸해지는 것 같아서 안심했었죠."

닉이 어깨를 으쓱였다.

"사람 마음은 알다가도 모를 것이니까요."

"난 네가 그 애랑 결혼하든 안 하든 상관없다. 증손자만 낳아 준다면."

반복되는 외조부의 요구에 아버지가 불편한 듯 헛기침을 하셨고 어머니도 경악스런 얼굴을 하셨다. 동양인 피가 섞인 손자라니, 끔찍하시겠지.

"내가 원하는 건 아들에서 아들로 상속되는 것뿐이니까. 네 외조모와 에즈라가 세상을 떴을 때, 내게 남은 자식이 네 어미뿐이었다는 사실이 통탄스러웠지만, 그 아들인 네가 생겨서 그나마 다행이었어. 그러니 피가 그대로 이어진다면 아무 상관 없다."

외조부는 통과했고. 원체 본인 외에는 그다지 관심이 없으신 아버지는 아들이 평민과 결혼만 하지 않는다면 상관없으실 것이다. 어머니는 이제 숨까지 찬지 가슴을 들썩이셨지만, 닉이 웨즐리 가문과 상관없는 사람이 된다면 아무 통제력이 없으시다. 물론 공식적인 측면에서만.

"얼마 전 셀린이 접촉 사고를 당했는데 석연치 않은 구석이 있답니다."

"그건 또 무슨 소리냐?"

스캔들을 용납지 않으시는 아버지가 눈살을 찌푸리셨다.

"상대가 고의로 사고를 낸 것 같다는 거죠."

닉이 알아본 바에 의하면 상대 운전자는 조사 중에 연락이 두절되었다. 어머니는 아무 상관 없다는 표정을 짓고 계셨지만 닉은 집요한 시선을 거두지 않았다. 아버지와 외조부의 시선도 어머니를 향했다. 셀린의 문제를 이전부터 알고 계셨던 참이니 말이다.

"미리 말씀드려 두지만, 전 그 사람이 아닌 다른 여자를 통해서 아이를 가질 생각은 없습니다. 그러니 셀린만 사라진다면, 레이디

중에 다시 골라 볼 생각은 아예 하지들 마세요."

외조부께서 그 다짐을 받아 두려는 듯 부모님을 돌아보셨고 그 시선을 받은 부모님은 휑하니 자리에서 일어서셨다. 이제 외조부와 닉 두 사람만 남았다.

"SY에서 확답을 받았다는 게 사실이냐?"

"예."

"그래. 그럼 케이직 은행으로는 언제 돌아올 거냐?"

닉의 사표가 엄포용은 아니지만, 어느 정도는 보여주기식이라 생각하시는 건가?

"옮겨 간 은행을 만족할 만하게 키우자면 1, 2년으로는 부족할 겁니다. 그러고 나면 또 다른 도전 대상들이 있을 거고요."

"흥. 네가 대학교 졸업 후 네 아비의 회사가 아닌 은행을 택한다기에, 기쁘면서도 뭔가 이상하다는 생각을 했다. 물론 내 그룹이 네 아비 회사보다 크긴 하지만, 네 아비의 자존심을 닮은 너라면 좀 버티다 올 줄 알았거든. 그게 다 오늘을 위해 그런 건 줄 이제 알겠다. 그러니, 언제 돌아올지 확실히 언급을 해야 사표를 수리해 줄 게야."

손바닥 들여다보듯 훤히 알고 계셨구나. 그래도 문제 될 건 없다. 외조부는 부모님과 달리 얘기가 좀 통하는 분이시니 잘 조율할 수 있을 것이다.

진에 대한 자신의 폭탄선언이 그럭저럭 넘어간 것이 다행이다. 자못 흐뭇한 미소를 지으며 찻잔을 집어 드는데, 흘끗 스친 TV 화면에 속보가 나오고 있었다.

'코벤트 가든에 자살 폭탄 테러 발생!'

'20여 분간 총기 난사. 사망자 다수!'

코번트 가든이면…… 로열 오페라 하우스의 다른 이름이다. 진이 카르멘을 보러 간 곳.

아직 오페라가 끝나지 않았을 텐데.

닉의 손이 그대로 멈추었지만, 금세 생각을 달리했다. '코번트 가든'은 작게는 로열 오페라 하우스를 칭하기도 하지만, 원래는 넓은 몰 전체를 부르는 용어니까. 진이 있는 곳일 리 없다고 생각하는 순간 다음 자막이 떴다.

'코번트 가든에 2천여 명의 관객들 대피 중.'

관객들이 언급된다면 로열 오페라 하우스를 말하는 게 맞다. 손끝에서 찻잔이 굴러떨어졌다. 테이블에 부딪힌 그것에서 튄 찻물이 바지며 구두까지 물들였지만, 그의 시선은 TV에 못 박혀 있었다. 자막이 바뀌었다.

'인질극 상황. 경찰 특공대 출동.'

이어 로열 오페라 하우스 지붕에서 연기가 치솟는 영상까지 나왔다. 차를 마시고 일어서면 늦지 않게 도착하리라 생각했었는데…… 이미 늦었는지도 모른다. 자신도 모르게 자리에서 벌떡 일어났다. 전화를 먼저 해 볼까? 아무 일 없이 전화를 받을지도 모른다. 그럼! 저 끔찍한 광경은 그저 TV 속에서 일어나는 일이고 현실에 저런 일은 웬만해선 없지 않나.

"니콜라스?"

외조부께서 부르는 소리는 듣지 못했다. 휴대폰을 꺼내 전화를 걸었는데, 꺼진 채였다. 공연을 보느라 꺼 두었을 테고 아직 켜지 않았을 수도 있지만…… 그게 아닐 수도 있었다. 다시 걸었지만,

마찬가지였다.

직접 가는 것이 **빠를** 것 같았다. 연락이 될 때까지 가만 앉아 기다릴 수 없으니까. 발걸음을 옮기려는데, 발목을 휘감는 것이 있었다. 내려다보니 외조부의 지팡이였다. 돌아보니 외조부께서 침착히 타이르셨다.

"내 차를 타고 가거라. 알겠니?"

직접 운전하지 말고 기사가 운전하는 차를 타라는 말씀이시다. 하긴 외조부의 지팡이에 감긴 다리마저 덜덜 떨리고 있는 지금, 운전은 자살 행위다.

간신히 고개를 끄덕이고 다시 걸음을 옮겼다. 추운 곳에서 기다리고 있을 그 애에게 달려가던 때와는 달랐다. 말간 눈동자의 그 아이가 마냥 기다리고 있어서 자신은 그저 달려가기만 하면 되던 그 시절과는 확연히 다른 것이다.

이럴 줄 모르고 멍청하게도 몇 년의 시간을 낭비했고, 그 멍청함의 대가를 오늘 밤 치르게 될지도 모르는 것이다. 걸어 나가는 발걸음이 휘청거렸다.

걸어가는 것보다도 느리게 움직이던 차는 하이드파크 끄트머리에 이르러서는 아예 움직이지 않았다. 결국 닉은 참지 못하고 차에서 내렸다. 외조부의 운전기사는 진의 이력서에 나와 있던 집의 주소로 가 보라 일렀다. 같이 살고 있는 가족도 없고 집 전화도 없으니, 진이 집에 돌아왔는지 확인할 길이 없어서였다.

하늘에는 헬기가 몇 대씩 날아다니고 여기저기서 사이렌 소리가 울리며 공포 분위기를 조성해 대니, 사람들은 어깨를 움츠린 채 쫓기듯 걸어오고 있었다. 테러가 일어난 지점에서 가능한 한 멀어지려는 것일 테니 자신은 그 방향으로 가면 될 터였다.

사람들 사이를 헤치며 성큼성큼 걸음을 옮겼다. 재킷이며 타이는 차에 벗어 두고 셔츠 단추까지 두어 개 풀었어도 불안으로 가슴이며 배가 조여들어 숨도 쉬지 못할 지경이었다. 런던 전체가 잔뜩 위축되다 못해 일그러지고 있는 듯했다.

급히 발걸음을 옮기는 이들 사이에 서 있던 한 여성이 휴대폰을 들여다보며 울부짖었다.

"전화가 안 돼, 전화가! 왜 안 받는 거야! 대체 어디 있냐고!"

당연하다. 런던뿐만 아니라, 온 영국 사람들이 모두 제 소중한 이들에게 전화를 하느라 통신망이 마비되고도 남았을 테니까. 그래도 운이 좋아 연결되기를 바라며 자신처럼 연결 버튼을 누르고 또 누르며 애타 하고 있겠지.

도로에 꽉 들어찬 차들 사이를 가로지르며 닉도 다시 연결 버튼을 눌렀지만, 역시나 꺼져 있었다. 좋은 징조일지도 모른다. 다쳤다면, 그래서 병원으로 이송되었다면 병원 측에서 분명 누군가에게 연락을 취하기 위해 휴대폰을 켰을 테니까. 하지만 건물 잔해에 깔려 있어 전화를 못 받을 수도 있……

긍정적인 생각만 하려 했지만, 머릿속을 온통 맴도는 불길한 상상들 때문에 쉽지 않았다. 가슴 속에서 터질 것 같은 심장과 헐떡이는 폐가 부딪혀 당장 자신이 먼저 죽을 것 같은 기분이었다.

조지 4세가 나폴레옹과 싸워 이긴 전투를 기념하는 웅장한 웰링턴 아치를 지나며 생각했다, 폭탄이라면 IS 소행일 것이라고. 각국에 테러를 자행하는 그 미친놈들을 완전히 소탕하는 전쟁이 끝나면 얼마나 더 큰 아치를 지으려나.

기부금을 넉넉히 내야겠다고 생각하는데 휴대폰을 쥔 주먹이 부르르 떨렸다. 다시 전화를 걸었지만, 여전했다. 휴대폰 말고는 따로 연락해 볼 곳이 없었다. 외조부의 운전기사에게서도 아직 연락이 없다.

그제야 레벤하웁트의 전화번호를 알아 두지 못한 것이 한스러웠다. 더닝튼 성에 초대를 했던 셀린이 혹시 알까 해서 전화를 걸었다. 신호가 떨어지자마자 셀린이 전화를 받았다.

— 니콜라스? 당신이에요? 하느님, 감사합니다!

"레벤하웁트의 전화번호 알아?"

안도하는 셀린에게 무작정 물었다.

— 누구요?

"레벤하웁트. 진의 약혼자."

— 그걸 내가 어떻게, 아니, 몰라요. 근데, 당신 괜찮은 거예요?

쓸데없는 전화는 잘 연결되는군. 머피의 법칙이라 그건가?

종료 버튼을 누른 뒤, 이마로 흘러내린 머리카락을 쓸어 올리는 손이 거칠었다. 아무 일 없을 것이다. 그래야 한다! 다짐 같은 기원과 함께 다시 걸음을 옮겼다.

버킹엄 궁전 즈음부터는 인적도 줄어들기 시작해서 달리기 시작했다. 텅 빈 트라팔가 광장 근처에 다다랐을 즈음에는 매캐한 연기 냄새가 나기 시작했다. 진이 있는 곳에 점점 가까워지는데, 끔찍한 결과를 마주하게 될까 봐 뱃속은 공포로 조여들었다.

하지만 더 다가가지도 못했다. 코번트 가든으로 가는 모든 길목에 바리케이드가 쳐져 있고 경찰과 군인의 통제하에 드나들 수 있는 것은 오직 구급차와 경찰차, 그리고 소방차뿐이었으니까. 불그죽죽한 경광등과 사이렌 소리 한가운데 선 닉은 두려움의 한계치를 경험했다.

31.
방금 파혼했습니다

"돌아가세요, 이쪽으로는 가실 수 없습니다!"

"비상 상황이니 협조 바랍니다!"

경찰들이 통행을 막는 바람에 공포는 극에 달했다. 대체 상황이
얼마나 좋지 않기에?

하늘에는 여전히 시커먼 연기가 치솟고 있었다. 테러가 계속되는
중인지, 아니면 2차 폭발인지 어디선가 굉음이 울리더니 저만치 하
늘에서 연기가 다시 치솟았다. 코번트 가든 쪽이었다. 걱정스레 몰
려 있던 사람들 중에 태반이 안타까워하며 울부짖었고 닉도 숨을
쉴 수 없었다. 안 돼…… 진……!

가만있을 수 없었다. 다른 방향은 어떤가 해서 템스강 쪽으로 빙
돌아서 반대편으로 달려갔지만, 그쪽도 한 블록을 들어가자마자 출

입이 통제된 상황이었다.

라이온 킹을 상연하는지 온통 그 희극적인 포스터 천지인 극장을 배경으로 기관총을 들고 선 군인들은 무척이나 이질적이었고 그것은 보는 이로 하여금 두려움을 더욱 고조시켰다.

들어갈 수 있는 건 소방차와 경찰차뿐. 나오는 건 당연히 구급차였다. 다친 이들이 얼마나 많은지 요란한 사이렌을 울리는 구급차들이 줄줄이 빠져나가고 있었다. 그 구급차마다 멈춰 세워 일일이 문을 열고 진이 탔는지 확인하고 싶은 심정이었다.

그러다 보니 병원에 가 보는 게 더 낫지 않을까란 생각이 들었다. 그럼 어느 병원으로 가지?

우선 가족 병원의 원장에게 연락을 해 봤지만 역시나 연결이 되지 않았다. 근처 병원을 검색하려고 했지만 인터넷도 먹통인지라, 편의점에서 지도를 하나 사 들었다.

몇 마일 안 되는 거리에 병원이 스무 군데 가까이 되었다. 서둘러 걸음을 옮겼다. 아무리 비상 상황이라 해도 21세기에 사람 하나를 찾기 위해 이렇게 발로 뛰어야 한다는 것이 기가 막혔지만, 적어도 몇 발자국쯤은 진에게 가까이 갈 수 있을 것 아닌가. 그리고 이대로 가만있다가는 진을 찾기 전에 제가 먼저 미칠 지경이었다.

다친 사람들이 꽤 많은지, 병원에는 응급실 밖에까지 신음하고 울부짖는 사람들로 온통 아수라장이었다. 하지만 아무리 둘러봐도 진은 없었다.

밤 11시가 넘어갈 즈음, 열 몇 번째 병원의 응급실을 나서는 참에, 얼굴이 천으로 덮인 채 구급차에서 내려지는 사람을 보았다.

천의 몸통 부위가 시뻘겋게 물든 것을 본 닉은 손으로 입을 틀어막았다. 그 이유가 구역질을 참기 위해서였는지, 울음을 참으려던 것인지 알 수 없었다.

여러 군데 다니다 보니, 자연히 알게 되었다. 먼저 살릴 수 있는 부상자들은 이미 이송된 뒤였고 지금은 사망자들을 이송하고 있다는 것을. 그 말은 아직까지 찾지 못한 사람은 사망했을 가능성이 크다는 뜻이고.

물론 자신이 이미 찾아갔던 병원으로 나중에 진이 이송될 수도 있지만 진을 찾지 못한 채 시간이 지날수록 부상자일 가능성은 점점 희박해지고 있는 것이다.

진을 위해 아무것도 할 수 없는 기분이라니. 초조감과 무력감에 미칠 것 같았다. 6년 전 진을 떠나보낼 때는 차라리 배부른 타령이었다는 것도 깨달았다. 이럴 때 아무런 도움도 되지 않는 귀족 놀음 따위가 다 뭐라고 그랬었는지.

그때 자신이 그런 결정을 하지 않았더라면 레벤하웁트 따위가 진의 인생에 끼어들지 않았을 것이고 오늘 밤 오페라를 보러 가지도 않았을 텐데.

미친놈! 멍청한 놈!

스스로에게 갖은 욕을 퍼부으며 다음 병원으로 향하려던 순간, 처음으로 휴대폰이 울렸다. 허겁지겁 들여다보니 발신인은 외조부셨다. 혹시나 운전기사로부터 연락이 있었나 싶어서 서둘러 받았다.

"예."

— 어디냐?

"병원들을 돌아보고 있습니다."

— 막무가내로?

무력감이 다시 한 번 찾아들었지만, 기사에게 연락이 있었는지 여쭈어보려는 찰나.

— 어느 병원인지 알아냈다.

심장이 턱 하니 멈추는 것 같았다.

"……어딥니까?"

— 2년 내로 케이직으로 돌아온다고 약속하면 알려 주마.

닉은 주먹으로 제 가슴을 아주 힘껏 쳤다. 한 번, 두 번.

— 니콜라스?

그제야 목소리가 나왔다.

"……무사하군요."

— 뭐?

거대한 안도감 뒤로 빠르게 분노가 자리 잡았다.

"그 사람 상태가 그리 중하지 않으니, 제게 이런 딜을 하고 계시는 걸 테고요."

분기가 진하게 서린 그의 음성에 외조부는 그제야 아차 하셨는지 잠시 침묵하셨다.

"하지만 그렇게 거래하듯 꼭 대가가 있어야 하는 겁니까? 그게 가족입니까? 아니면 가진 것이 지나치게 많아서? 대체 왜들 그러시는 겁니까?"

— 들어 봐라. 난 그저 네 처사가 좀 서운해서…….

"서운하면 그것에 대해서만 말씀하셔야지요! 생사조차 확인하지 못하고 이리 뛰고 저리 뛰고 있는 사람의 심정을 조금이라도 생각하셨다면 그런 말씀을 하실 수는 없는 겁니다!"

— 그래, 내가 경솔했다. 그 아이는 지금……

"말씀하지 마십시오! 지금까지 무사하다면 제가 찾아낼 때까지도 별일 없을 테지요. 그러니 제가 찾아냅니다. 찾아내서 결혼할 겁니다. 결혼이고 뭐고 해 줄 수 있는 건 뭐든 다 해 줄 겁니다! 에드워드 8세처럼 평생 외국을 떠돌아야 한다 해도 상관없습니다! 그러니 죄송하지만, 할아버지의 은행에는 돌아갈 수 없을 겁니다."

외조부에 대한 울화라기보다는 자신의 각오였다. 그리고 전화를 끊었다. 전화가 다시 울렸지만 수신 거절을 눌렀다. 가슴이 미친 듯이 울렁거렸지만 그래도 조금이나마 안도가 되었다.

다리에 힘을 주어 다음 병원으로 향하는데, 작게 진동이 울렸다. 문자 메시지였다.

짧막했다. '세인트 토마스 병원'.

아는 곳이었다. 그가 뒤지고 있는 북쪽의 정반대편, 템스강 건너에 있는 병원이었다.

허겁지겁 발길을 돌렸다.

오래전, 박물관에 있는 진을 향해 달려가던 그때와 간신히 비슷해졌다. 무사하겠지만, 내가 보고 있지 않는 동안 무슨 큰일이라도 날까 걱정하던 그때와. 얼마나 다쳤는지 알 수 없어 애가 타지만 그래도 크게 다친 것은 아니라는 일말의 안도감이 뒤범벅된 채로, 전속력으로 달리기만 하면 그 끝에 진이 있을 것이니 달리고 또 달렸다.

그 앞을 지나는 이라면 누구든 한 번 고개를 치켜들어 올려다볼 만한 빅벤을 스쳐 지나고, 사진을 찍지 않고는 건너지 못한다는 웨

스트민스터 다리도 단숨에 달려 건넜다.

숨이 턱까지 차올라 들어선 병원은 역시나 환자들로 빼곡했다. 환자 하나하나를 미친 듯이 훑던 와중, 유리 칸막이 너머 병상에 누운 레벤하웁트와 눈이 마주쳤다. 뺨에는 큼지막한 밴드를 붙이고 머리와 가슴에 온통 붕대를 감은 그는, 마치 닉이 응급실에 들어오는 순간부터 보고 있던 것처럼 놀람이 섞이지 않은 눈으로 그를 바라보고 있었다.

레벤하웁트가 저 정도 다쳤다면, 같이 있었을 진은 대체 어느 정도나 다쳤다는 것이지? 작고 연약한 몸이니, 어쩐지 덩치 큰 사내인 레벤하웁트보다 더 다쳤을 것만 같아서 심장이 덜컥 내려앉았다. 외조부께서 잘못 아셨을 수도 있다. 많이 다쳤을 수도 있는 것이다.

그 주변을 훑으며 허겁지겁 다가가니, 진은 보이지 않았다.

"······어디 있지?"

입술을 축이고 간신히 물었지만, 레벤하웁트는 말없이 그를 가만히 올려다볼 뿐이었다. 주어가 없다고 알아듣지 못했을 리가. 이 상황에서 약을 올려 줄 셈인가?

"어디 있느냐고!"

이를 악물고 다시 묻자, 그제야 입을 연다.

"MRI 찍으러 갔습니다. 머리를 부딪쳐서."

머리를? 심장이 쿵 하고 떨어졌다.

"어, 얼마나 다쳤는데?"

레벤하웁트는 어깨를 으쓱였다.

아아, 다행이다!

레벤하웁트가 진짜 약혼자가 아니라도 진이 다치든 말든 신경 쓰지 않을 위인은 아니었다. 진이 심각하게 다쳤다면 저따위 제스처를 취할 리도 없으니까.

온몸을 휩쓸고 지나가는 안도감에 휘청하던 닉은 다음 순간 다시 등줄기를 곧추세웠다.

닉의 시선이 바로 옆의 침대에 걸린 이름표를 훑었다. 유진 리. 이제 여기 있는 것은 확실하다. 당장 검사실로 쫓아가고 싶었지만 방해만 될 뿐이니 돌아올 때까지 기다리는 것이 좋다. 여기서 기다리면 올 테니까.

머리를 대체 얼마나 다친 거지?

눈앞의 레벤하웁트에게 사나운 시선이 날아갔다.

"그렇게 다칠 동안 당신은 뭘 했고!"

"그러는 당신은 유진이 힘들어하는 동안 뭘 했는데? 결혼하고 애 낳고 은행장 된 거 말고, 엉?"

"아는 척하지 마. 당신이 무슨 의도로 진 옆에 어물쩍거리는지 몰라도 진짜 약혼이 아니라는 걸 아니까."

"아는 척이 아니라 난 몰라. 당신이 왜 그렇게 멍청한 짓을 했는지."

"모르면 닥치고 가만있으시지."

쌀쌀맞게 해 붙이고는 주변을 둘러보았다. 밤 12시에 가까운 시간임에도 여기저기 오가는 의사, 간호사, 그리고 환자 보호자들로 응급실 안은 분주했다. 유리 칸막이로 구분된 바로 옆 섹션에서 응급 소생술을 실시하던 의사가 물러났다.

"장남도 아니고 작은아들 주제에 귀족 행세를 하느라고 사랑하는 사람을 보냈어."

그 사이로 보이는 칠십 대 노인의 경직된 마지막 얼굴에서 억지로 시선을 잡아떼느라, 탁하게 흘러나오는 레벤하웁트의 고백에도 닉은 아무 감흥을 보이지 않았다.

"그 사람도 한국 사람이었지. 아름답고 지적이고…… 사랑스러웠어. 내가 일부러 외면하던 모습을 내 아버지는 놓치지 않았지."

고개를 떨어뜨린 의사가 닉의 앞을 지나갔다.

"사랑하는 사람이 아버지의 세 번째 부인이 된 것도 아니고 그 사람이 결국 자살을 택해서 두 번 다시 볼 수 없어진 것도 아닌데, 대체 뭐가 문제인 거지?"

검사가 오래 걸리는 것 같아 초조해졌다. 자신이 검사받을 때는 금방이었던 것 같은데. 혹시 어디가 나쁘면 오래 걸리는 건가?

"나는 너무 많이 가지려고 해서, 그리고 가진 것을 하나도 놓치지 않으려고 해서 결국 후회하게 됐어. 당신은 어떤 쪽이지?"

징징대는 소리를 더 이상 들어 줄 수 없었다. 닉은 레벤하웁트를 돌아보았다. 한껏 쓸쓸한 눈매. 옳고 싶지 않다면 경멸하는 것이 옳다.

"그 단 하나를 가지려고 모든 걸 던져 버린 사람 앞에서 할 소린 아닌데. 그리고 같잖은 충고 따위를 하려거든 먼저 파혼부터 하지 그래?"

"왜, 내가 파혼하지 않아서 걸리나?"

"알면 꺼지라고."

레벤하웁트가 피식 웃었다.

"스스로 옳다고 생각하는 것이 상대방에게는 상처가 될 수 있어.

현명하게 행동해."

당연히 그럴 수 있다. 하지만 진은 그와 함께 있기만 하면 되는 사람이었다. 그것이면 족한 사람. 그것만 해 주면 행복할 사람. 왜 이리 안 오지?

"얼마나 다친 거지? 심하지 않은 건 알아."

걱정이 되어 물어 놓고도 말을 덧붙인 건, 그러지 않으면 진의 상태가 심해질 것만 같아서였다.

"폭발 때문에 천장재가 무너져 내렸는데, 보다시피 내가 이렇게 될 지경으로 몸으로 막아서 떨어지던 것들에 맞지는 않았어. 운 나쁘게 뒤로 넘어지면서 머리를 좀 부딪쳤는데, 깨어나질 않고 있고."

깨어나질 않아? 그렇다면 심한 거잖아!

닉의 얼굴이 대번에 허옇게 질리는데, 마침 이동용 침대가 들어왔다. 침대에 누운 건 역시 진이었다. 허겁지겁 그의 시선이 진을 훑는데, 입고 있는 흰 블라우스가 온통 붉은 피 천지였다. 당장 지혈이든 뭐든 하지 않고 이게 무슨?

닉이 항의를 하려는데 레벤하웁트가 말렸다.

"모두 내 피야. 의식을 잃은 유진을 안고 나오면서 묻은 거지."

그렇다면 다행이고. 살펴보니, 진은 얼굴이 좀 창백할 뿐 가만히 눈을 감고 있었다.

"상태가 어떻습니까?"

닉은 함께 온 이들 중 의사로 보이는 이에게 물었다.

"환자분과 어떤 사이시죠?"

"보호자입니다."

"저쪽 분이 약혼자라 들었는데요?"

"방금 파혼했습니다."

닉이 빠르게 중얼거린 말에, 레벤하웁트가 어깨라도 결리는지 '끙' 하고 신음하는 소리가 들렸다.

"그러니 제게 말씀하시면 됩니다."

"아, 예, 그렇군요. 일단 뇌진탕인가 의심됐지만, CT에서 아무 이상이 없었습니다. 저분이 확실하게 MRI까지 찍자고 하셔서 찍긴 했지만 역시나 아무 이상 없습니다. 아까 말씀드렸듯이 좀 기다리면 깨어나실 거고요. 그때는 돌아가셔도 됩니다."

돌아가라니? 사고당한 게 8시 즈음이고 벌써 4시간 가까이 지났는데도 깨어나지 못하는데 무슨 안일한 소리인가?

"왜 아직도 깨어나질 않는 겁니까?"

"사람마다 증상의 정도는 다를 수 있습니다. 며칠씩 깨어나지 않으면 문제지만, 리 씨는 걱정할 단계는 아닙니다."

의사는 바쁘다는 듯이 가 버렸다. 평소 같으면 푸대접에 화가 났겠지만, 그만큼 상태가 경미하다는 뜻일 수 있으니 참았다.

드디어 진에게 다가갔다. MRI를 찍고 와서 그런지 손이 차가웠다. 그 손을 가만히 쥐니 맥박이 느껴졌다. 살아 있었다. 아아…… 그러면 되는 것이다. 자신이 애탄 시간들은 중요치 않다. 기다리는 것에는 이골이 났으니까.

"땀 냄새만으로 이런 냄새는 불가능한데. 대체 얼마나 울고불고 하면서 찾아다녔기에 이러지?"

등 뒤에서 레벤하웁트가 코를 움켜쥔 채 투덜거렸다. 진의 손가락 마디마디에 입을 맞추던 닉이 잠시 입술을 떼고 이를 갈았다.

"당신 수준에 맞게 라이온 킹이나 보러 갔으면 아무 일 없었어."

"내가 죽일 놈이군."

"그래."

어두운 거리 어디쯤에선가 너무도 막막한 느낌에 조금쯤 울었던 것도 같다. 어린애처럼 흐느끼지는 않았어도 뺨에 흘러내리던 것이 땀만은 아니었던 것 같으니까.

그때 진이 눈을 떴다. 깜박이는 속눈썹 사이로 드러난 검은 눈동자가 제게 맞춰지자, 닉은 숨을 죽이고 속삭였다.

"안녕?"

다시 두어 번 눈이 깜박였다.

"……진?"

진이 천천히 입을 열었다.

"누구세요?"

잠긴 목소리가 그렇게 말했다. 뭐……? 머리를 부딪쳤다더니, 날 잊은 건가? 한순간 머리가 하얗게 됐지만, 긍정적으로 생각하려 애썼다. 기억 따위 잃으면 어떠냐고. 다시 돌아왔을 때에 자신을 기억하지 못해 서운했던 것도 모두 다 배부른 타령이었다고.

다 괜찮다고. 몸이 성하니 언제고 기억해 내면 될 거라고. 아니, 기억하지 못해도 된다고. 아픈 기억 따위 모두 잊고 새로운 기억으로 채워 가면 된다고. 차라리 잘됐다고.

"잊어도 돼. 무사하니 됐어. 그러면 됐어."

닉은 쥐고 있던 손에 입술을 꾹 내리눌렀다. 그저 고맙고 감사해서, 이 정도인 것이 얼마나 다행인 일인지. 다시 눈물이 흘러나왔다. 스스럼없는 것을 보면 아까 울고불고한 것이 맞나 보다.

"이젠 놀라지도 않네."

약간의 실망이 섞인 중얼거림에 닉이 그대로 얼어붙었다. 천천히 시선을 드니, 진의 표정은 크게 달라지지 않은 상태였다. 뭐가 어떻게 된⋯⋯.

"괜찮아?"

등 뒤에서 레벤하웁트의 목소리가 날아오자, 진이 미련 없이 시선을 들어 레벤하웁트를 향했다.

"응. 악셀은 괜찮아요? 저런, 안 괜찮구나."

닉 자신에게는 폭탄을 던져 놓고 레벤하웁트를 향해서는 딱하다는 듯 혀까지 찬다. 기억을 한다는 건가?

"나보다 그 남자가 더 안 괜찮아 보여."

"그러게요."

새롭다는 듯이 닉의 얼굴이며 몰골을 찬찬히 훑어본 진은 다시 한 번 혀를 차고 싶은 기색이었다.

"난 당신 감싸다가 머리 깨지고 갈빗대도 두 개나 부러졌어."

"우와, 대단해요! 진짜 고마워요!"

"이 지경이 됐는데도 어쩌다 당신을 다치게 했느냐고 다그치더라고. 저 남자가."

뒤돌아보지 않아도 레벤하웁트가 자신의 뒤통수를 향해 고갯짓을 했을 것이다.

"그러려니 해요."

잔뜩 생색내는 투에 장단을 맞춰 부추기기까지. 두 사람은 자신들 사이에서 입을 열 기운도 없이 앉아 있는 닉을 아랑곳 않고 계속해서 대화를 나누었다.

"한국 어머님께 생색 제대로 낼 수 있겠지?"

"한우 잡아 주실 거예요."

"좋아, 완벽해."

그러고는 진의 손이 움직여 닉의 늘어져 있던 손에 깍지를 끼자, 닉의 시선이 멍하니 그것을 향했다.

32.
나도 이혼했으니 괜찮아

— 네. 네. 정말 괜찮다니까. 얼른 집에 가세요. 네, 안녕.

진이 간신히 전화를 끊자, 옆 침대에서 악셀이 물었다.

"왜? 무슨 일이야?"

다시 불려 온 의사가 간단한 검진 후 퇴원해도 좋다는 결정을 내렸다. 닉이 퇴원 수속을 하러 간 사이 한국 부모님께서 걱정하실지 모른다는 생각이 떠올랐다. 아니나 다를까, 휴대폰을 켜자마자 문자며 부재중 전화가 쏟아져 들어왔다. 닉과 한국에서의 연락이 뒤섞여 100통이 넘었다. 그래서 서둘러 전화를 드렸던 것이다.

"내가 전화 안 받으니까 벌써 공항에 도착하셔서 탑승 수속 중이었대요. 에휴."

"많이 놀라셨겠네."

"그러게. 죄송하네요."

"내가 미안해. 괜히 가자고 해서."

"무슨."

닉이 저만치 다가오는 게 보였다. 서둘러 걸어오는 것을 보면 시간이 많이 남지 않았다.

"먼저 가서 미안해요."

"무슨. 가서 쉬어."

"아프겠다. 미안. 그리고 정말 고마워요."

다시 한 번 악셀의 붕대를 훑는 진의 눈가에 어찌해 줄 수 없는 안타까움이 서렸다.

"고마우면 잊지 마. '후회하지 않게'."

"응, '후회하지 않게'."

그들만 아는 미소를 지으며 진도 단단히 중얼거렸다. 그러자마자 다가든 닉이 번쩍 안아 드는 바람에 악셀과 공유하던 감정이 그대로 끊어져 버렸다. 분명히 고의적인 것이다.

"걸어갈 수 있는데."

"알아."

닉의 도전적인 목소리에 악셀이 피곤한 표정으로 손가락을 까닥였다. 진은 악셀이 보이지 않을 때까지 손을 흔들었지만, 응급실을 빠져나가는 닉의 걸음걸이가 하도 빨라서 그다지 길게 흔들지는 못했다.

병원 밖에서 외조부의 차가 대기 중이라고 했다. 사고 지점에서 좀 떨어진 곳이라 차량 통행이 가능했고 밤이 늦어져 정체도 해소

되었다고 한다.

"어디로 가요?"

닉이 어쩐지 좀 말수가 적어진 것 같아 물었다.

"네 아파트."

"음, 남의 눈이 좀 그렇지 않나? 혼자 가는 게 나을 것 같은데."

"네가 파혼했는데 웬 남의 눈?"

맞은편에서 오는 이동 침대를 위해 복도 옆으로 비켜선 닉이 코웃음을 치며 말하자, 진의 눈이 동그래졌다.

"내가 파혼했어요? 대체 언제?"

"네가 MRI 촬영할 때."

"머리 깨지고 갈빗대까지 나간 남자가 날 찰 경황이 있었나?"

"차라리 이든 스미스를 들이댔으면 좀 더 그럴듯한 약혼자로 보였을 거야."

기운 없는 와중이지만, 악셀을 깔보는 건 용서 못 한다. 그래서 나름 바락 했다.

"악셀도 충분히 근사한 약혼자거든요!"

"가짜라 문제지."

닉은 아랑곳 않고 중얼거린 뒤 걸음을 이었다.

"가짜 아니에요!"

"그래그래, 나도 이혼했으니 괜찮아."

"그럼 됐…… 뭐라고요?"

건성으로 하는 말에 똑같이 건성으로 대답하려던 진은 깜짝 놀라 반문했다.

"대체 어, 언제……?"

"작년에."

진은 말문을 잃었다. 이 남자가 악셀이랑 대체 무슨 얘기를 한 거지? 왜 지금껏 하지 않던 말이 줄줄 나오는 거고?

머리가 아니라 심장을 부딪친 건지 다시 들어가서 검사를 해야 할 것 같은데, 닉은 진을 안은 팔을 고쳐서 더욱 가까이 안아 들이고는 기사가 열어 준 차 안으로 들어갔다.

"작가의 마인드가 이상하네. 왜 저렇게 힘겹게 만나게 했지?"

차가 병원을 빠져나가면서 병원 입구의 조형물을 지나치는데 그게 진의 시선을 끌었나 보다. 닉도 흘끗 쳐다보니 서로 마주 선 두 사람이 허리를 정확히 90도로 구부리고 서로의 오른팔을 한껏 뻗어서야 겨우 두 손바닥을 맞대고 있는 모습이었다.

"그냥 한 걸음 더 다가서게 만들지. 보는 사람도 힘드네. 작가가 사디스트인가?"

진이 내다보는 것에 흘끗 시선을 주었던 닉은 진의 손을 찾아 깍지를 끼었다. 진이 순순히 손에 힘을 빼 주자 더욱 단단히 끼고는 중얼거렸다.

"그 마지막 한 걸음이 가장 어려우니까."

그 마지막 한 걸음을 내딛기 위해 이렇게 오랜 시간이 걸렸다는 것이 믿어지지 않았다. 아니, 이나마도 진이 돌아오지 않았더라면 여전히 불가능했겠지. 처음에도 지금도 그 마지막 한 걸음을 내딛는 사람은 늘 진이었다. 그 모든 것을 기특하게 해낸 진이니, 저런 모습이 어리석어 보이는 것일지도 모른다. 작가가 아니라 마치 자신을 꾸짖는 듯했다.

"남 탓하지 말고 너나 내 속 썩이지 마."

"내가요? 언제요?"

진이 그제야 그를 돌아보았다. 기분이 훨씬 나아졌다.

"이봐, 이봐. 조금 전까지 병원에 있었던 것 기억 안 나?"

"그거야—"

"이제 레벤하웁트랑 못 놀아."

"엥? 그걸 왜 당신이 결정해요?"

"한국 부모님이 아시는 약혼 아니잖아?"

"어, 그걸 어떻게……?"

"그 작자에 대해 한국 부모님이 어떻게 생각하시는지는 몰라도 오늘 일을 전하면 두 번 다시 못 만나게 하실걸?"

"엄마가 좀 과잉보호를…… 음, 사실은 좀 많이, 큼. 그래도 악셀은 나를 살린 사람이라고요!"

나는 너를 죽인 사람이었지. 가슴이 먹먹했지만, 이제 같은 일을 되풀이하지는 않을 테니까.

"그러니까, 계속 살려 두고 싶으면 놀지 마. 이대로라면 내가 먼저 그 작자를 죽이고 말 테니까. 3년이나 대학교를 다니면서 한 번도 못 가 본 곳을 새삼스레 가게 된 건 그 작자가 권해서잖아."

"오늘 일은 사고잖아요!"

"그래, 그 사고로 현재까지 23명이 죽고 70여 명이 다쳤어."

아까 수납을 위해 병원 로비에 서 있던 그는, 벽에 걸려 있는 TV 뉴스에서 나온 통계를 보고 온몸에 소름이 끼치는 한편 안도감에 몸을 부르르 떨었었다. 진이 저만하길 정말 천만다행이었다.

"알다시피 넌 그렇게 운이 좋은 편이 아니잖아."

"그렇게 운이 나쁜 건 아니었어요."

샤워를 하고 나온 진이 아까 그가 한 말을 반박했다.

"가족이 날 버린 게 아니라 잃어버린 것뿐이었고 이후로 사랑도 듬뿍 받았으니까요. 한국에 위로 오빠와 아래로 남동생이 하나 있는데, 날 찾으시느라 여념이 없어서 그 두 사람은 모두 부모님 관심 밖이었대요. 멀리 떨어져 있던 나처럼. 웃기지 않아요?"

작은 거실의 소파에 앉아 무릎에 팔꿈치를 괴고 있던 닉은 전혀 웃기지 않았다. 비극적인 가족사에 웃을 수 있는 건 진뿐이다.

"아니, 넌 지독히도 운이 나빠. 부모님이 겨우 하루 잃어버린 동안, 우는 모습이 어릴 적 죽은 딸과 비슷하다는 이유로 납치되다시피 입양된 것도 모자라, 어느 미친 귀족 자식 눈에 띄었지. 처음 인동덩굴 아래에서 본 순간부터 넌 내 거였어. 하늘에서 떨어져 갈 곳 없는 천사처럼 나만을 바라보는 내 거."

나름 긍정적이던 진의 미소가 천천히 바랬다. 닉이 그 얼굴에서 시선을 떼지 않으며 자리에서 일어났다.

"넌 그 자식을 믿고 편지까지 맡겼지만, 그 자식은 널 부모님에게로 돌려보낼 생각은 손톱만큼도 없었어. 네가 사랑한다고 말했을 때에는 좋아 날뛰었고, 섹스하자고 했을 때에는 마지못한 척하면서도 실컷 널 갖고 논 놈이 편지를 부쳤을 리가 없지."

진이 입술을 달싹이다 간신히 물었다.

"정말 한 통도 안 부쳤어요?"

진의 핼쑥한 얼굴을 그는 뻔뻔스럽게 쳐다봤다. 굳이 답을 하지 않아도 긍정의 뜻이었다.

"난 내가 주소를 잘못 써서 편지가 배달되지 않은 줄 알았는데…… 대체 왜……?"

"널 보내기 싫었으니까."

"사랑……하지 않는다고 했잖아요? 그런데 내가 사랑한다고 했을 때 정말 좋았다구요?"

"그런 건 사랑이라고 하는 게 아니야. 광기나 병적인 집착이라고 하는 거지."

진은 혼란스러운 얼굴이었다.

"난 내가 그런 줄 알았는데. 나 때문에 당신이 불합리한 일을 겪을까 봐……."

그녀의 말을 들을수록 닉은 화가 났다. 잘못한 자신을 탓하지 않고 또다시 스스로를 탓하는 진에게, 그리고 그녀를 그렇게 만든 자신에게.

"그래서 조용히 한국으로 가 줬어? 그리고 죽어라 공부해서 은행에 입사하고도 모르는 척했어? 거짓 약혼자라도 있으면 내가 부담 갖지 않을까 봐?"

"다시 꾀어냈잖아요. 아내와 아이까지 있는데."

"이혼했다니까. 그리고 아이 아버지는 셀린의 승마 코치야."

진의 눈이 커지고 입이 벌어졌다.

"그래서 이혼한 거예요?"

"아니. 결혼 전부터 알았어."

진은 아예 경악했다.

"그런데 왜……?"

"그런데 왜 결혼했느냐고? 그때는 널 보내는 게, 네게 가까워질 수 있는 길이라고 생각했으니까."

"그게 웬…… 개 풀 뜯어먹는 소리예요?"

진의 창백한 얼굴이 울 것처럼 일그러졌다.

"나도 이해가 안 돼. 오늘 일을 겪고 보니 더 그렇고. 내가 그렇게 미친놈이니까 너더러 운이 없다고 하는 거잖아. 네 말대로 아이가 내 아이였고 이혼하지 않은 상태라 하더라도 기꺼이 네 꼬임에 넘어가 줬을 거야. 아직 너를 향하는 병이 낫지 않았으니까, 아니, 낫기는커녕 죽기 일보 직전이었지."

"나름 내가 꽤 훌륭해졌다고 생각했는데, 그래서 넘어온 게 아니었나 보네."

진이 목이 메는 것을 애써 참으며 중얼거리자, 닉이 눈을 굴렸다.

"공적인 부분은 괜찮아, 칭찬해 주고도 남지."

"개인적으로는 여전히 멍청이라는 소리구나."

닉이 한숨을 쉬었다.

"네가 겪기엔 힘겨운 일이라고 생각했어. 네가 해낼 수 있을 거라는 확신이 반만이라도 있었다면 결코 보내지 않았을 거고."

"내 탓이라는 거예요?"

"아니, 내가 제대로 했어야 한다는 말이야."

"뭐야, 부모님을 못 만나게 한 원수라고 달려들기라도 해야 하나……."

말과는 달리 진은 두 팔을 늘어뜨린 채 혼란스러운 듯 고개를 흔들 뿐이었다.

"어차피 그 상태로는 제대로 배달될 수 없다는 것도 알았고, 국가명 등을 보완하면 갈 수도 있다는 것도 알았어. 하지만 그러지 않았지. 너한테 미쳐 있었으니까. 그래 놓고는 널 떼어 내야 하는 날이 닥쳐서야 그걸 탐정에게 보냈어."

"당신이 한국 부모님을 찾아낸 거군요?"

"그래."

"난 지금껏 에밀리인 줄 알았는데."

"여태껏 에밀리와 연락 안 하고 지냈다는 얘기 들었어."

"부모님이 싫어하셔서…… 그런데 왜 그랬어요?"

진의 입술이 간신히 달싹였다.

"정말, 날 보내려고 부모님을 찾아낸 거예요? 난 그냥도 떠날 생각이었는데…… 더 구질구질해지지 않을 생각이었다구요. 정말로."

울음이 목까지 들어차서 어쩔 줄을 모르는 것 같았다.

"알아. 날 떠난 네가 견딜 수 없을 것 같아서 그랬어."

"배려였다고요? 보통 사람들도 그렇게까지 하면서 헤어지나?"

"우린 보통 사람들이 아니었으니까."

"내가…… 창피했던 건 아니죠?"

진이 울음을 참는 목이 아픈 듯 찡그려 가며 말을 더듬었다.

"농담해? 내가 그렇게 생각지 않았던 것이 가장 큰 문제였어. 그게 날 점점 더 무모하게 만들었으니까. 내가 끝내지 않았더라면 넌 끊임없이 상처받고 모욕받아야 했을 거야. 널 곁에 둘 수 있는 길이 그것뿐이니까 당연히 난 네게 강요했을 거고."

"고매하신 귀족 나리의 큰 그림을 이해 못 한 탓에 평민인 내 머릿속이 온통 뒤죽박죽인 거예요?"

닉이 쓴웃음을 지었다.

"그런데도 네가 운이 좋아? 이런 미친놈한테 다시 돌아오려고 몇 년을 죽어라 공부한 네가?"

"애초의 입양은 당신 탓이 아니었잖아요. 그리고 당신한테 다시 돌아오려고 공부했다고 한 적 없어요."

진이 어색하지만 방어적으로 팔짱을 꼈다.

그가 스스로를 질타하는 것이 싫어 그저 맞장구를 치는 것이 뻔히 보였다.

"거짓말. 내가 왜 그랬는지, 넌 별로 궁금하지도 않잖아. 지금 내가 이렇게 네 앞에 서 있는 것으로 족하지?"

진은 부정하지 않았고 그는 점점 더 화가 났다.

"별로 따지고 싶지도 않지?"

"아직은 혼란스러워서 그래요. 게다가 지나간 일이잖아요?"

"잘잘못을 가려야 앞으로 다신 그러지 않지."

"다시?"

순간적으로 진의 눈에 두려움이 스쳐 갔고 닉은 한숨을 쉬었다.

"네 그런 점 때문에 내가 그 미친 짓을 계속했을 수도 있어."

"당신한테 미쳐 있던 시절의 나는 그런 건 중요치 않았어요."

"말했잖아, 미친 건 나였다고."

"그 대가도 치렀잖아요. 날 보내고 당신이 행복했다면 미워할 수도 있었을 테지만, 그런 것도 아니었잖아."

닉이 그것 보라는 듯 못마땅한 얼굴로 고개를 저었다.

"이전에 네가 잘못했다는 말이 아니라, 내가 미친 짓을 계속해도 된다는 빌미를 주고 있다는 거야. 왜 날 변호해 주지? 욕하고 화내도 모자랄 지경에?"

"지금 나한테 화내는 건 아니죠?"

"맹한 척하지 마. 그 정도로 넘어가기엔 내가 한 짓이 있어. 그런 식으로 네가 내 버릇을 망쳐 놨다고."

"사정을 알고 결혼했다면서 이혼은 왜 했어요?"

역시나 엉뚱한 얘기로 튄다. 닉은 기가 막혔지만 고집스런 진의 표정에 결국 대답을 했다.

"너를 맞을 준비를 하려고."

"난 내가 대단한 웨즐리 씨를 외도하게 만든 줄 알았는데."

진이 우스꽝스런 미소를 지었지만 닉은 웃지 않았다.

"솔직히 이해가 잘 안 돼요. 뭘 어떻게 해야 하는 건지도 모르겠고. 자살이라도 해서 좋은 집안에 다시 태어나기라도 해야 하나?"

"죽는단 얘기는 당분간 하지 마. 아직도 소름 끼치니까."

"내가 지금 죽었다가 다시 태어나면 당신은 꼬부랑 할아버지가 돼 있겠네."

"그래도 네가 딱해지겠지. 꼬부랑 할아버지가 밤일이나 제대로 하겠어?"

"꼬부랑 할아버지라 만날 일 없을 거라는 소리였는데."

진은 생각했다. 당연히 다시 만날 거라는 닉의 생각이 어이없으면서도 당연하게 받아들여지는 건, 자신이 아직도 미쳐 있어서일까라고.

"그래도 악셀이 당신을 포장해 줬는데. 수도 없이 근사하게. 이래서 버렸을 것이다, 저래서 보냈을 것이다, 등등."

다시 아까의 얘기다. 혼란스러운 것이 맞는 듯, 진은 왔다 갔다

하고 있었다.

"그거 하나는 고맙네. 답례로 괜찮은 투자 상품이 있으면 귀띔해 줘야겠군."

풋 하고 웃음을 터트린 진이 로브 소매에 눈가를 닦았다.

"에밀리 보러 갈 거야. 많이 보고 싶었어요."

진의 목소리가 애처로워 안아 주려고 한 걸음 다가서니, 자신에게서 시큼한 땀 냄새가 났다. 이대로 안아 주면 위로는커녕 병을 더 주는 격이 될 것이다.

"좀 씻고 나올게."

"갈아입을 만한 게 없을 텐데."

가라는 소리인지.

"벗고 있지 뭐."

진이 옷장을 다 뒤져서는 가장 펑퍼짐한 반바지를 찾아냈지만 씻고 나온 그가 입으니 달라붙는 트렁크 수준이었다. 함께 찾아낸 박스 티는 보지도 않고 사양한 탓에 맨가슴이 그대로 드러난 상체에 비하면 그래도 꽤 많이 가린 것이긴 하지만. 게다가 내일 아침에 기사더러 갈아입을 옷을 가져오라면 된단다. 내일 아침까지 여기 있으려고? 진의 놀란 눈을 흘겨보며 닉이 대답했다.

"이혼했다니까."

그걸 몰라서는 아닌데.

"어른 되더니, 어릴 적엔 신경 쓰지도 않던 걸 신경 쓰네."

"당신 때문이죠. 난 상관없다니까."

"나도 상관없다고."

"······정말?"

"정말."

"기사라도 나면 은행 이미지에 차질이 있지 않아요?"

"그만뒀어."

"뭐라고요?"

진의 얼굴이 하얗게 질렸다. 닉이 경고 조로 검지손가락을 세워 흔들었다.

"너 때문에 불합리한 일을 겪는 것도 아니고 인생을 망치는 것도 아니야. 내가 선택한 거지. 홍콩에서 사는 것 어때?"

"홍······콩?"

"SY은행의 아시아 시장 담당자가 됐거든."

진은 닉의 말마다 혼란스러운지 제대로 따라가지 못하는 얼굴이었다.

"그러니까 당신이 케이직을 그만두고······ 다른 은행에 들어갔다는 말이에요?"

"한국 은행이니, 한국에 자주 갈지도 몰라. 좋겠지?"

"그걸 왜 나한테 물어요? 당신이 가는 거잖아요?"

"당연히 같이 가야지."

"당연히? 설마······ 나 때문에 케이직에서 해고된 거예요?"

더듬거리는 목소리 끝이 사정없이 갈라졌다.

"아니, 내가 그만둔 거야."

"나 때문에? 사표를 냈다고요?!"

질문이 아니라 신음이었다. 닉은 진의 새파래진 안색에 그제야 아차 했다.

다급히 입을 열려는 그를 진이 손을 들어 막았다. 표정을 감추며 어떤 벽 뒤로 물러서는 것이다. 그들 사이의 높다란 벽.

닉은 다급해졌다.

"이러지 말고 들어 봐."

"……피곤해요."

"그런 게 아니라고. 난 그저—"

"다음에 얘기해요. 나, 난…… 좀 들어가서…… 쉴게요. 당신이 여기 있으면 편히 못 쉴 것 같으니까, 당신은…… 미안하지만, 돌아가 줄래요?"

진은 이미 돌아선 뒤였다. 잔뜩 움츠린 어깨가 그가 다가서는 걸 막았다.

그래, 사고로 인해 뜻하지 않게 감정 조절에 실패해서 한꺼번에 모든 것을 설명해 주려 했다. 오늘 하루 힘든 일을 겪은 진이 받아들이기에는 너무 많은 내용이었다.

"그래, 좀 쉬어."

일단 쉬고 나면 제대로 설명할 시간은 얼마든지 있을 텐데, 진의 등 뒤로 문이 닫히자 어쩐지 무척이나 안타까운 느낌이 들었다.

33.
사랑은 반항하는 새

진은 돌아가라고 했지만 그는 그럴 생각이 없었다. 진이 편히 쉬도록 침실에 들어가지는 않았지만 곁에 조금이라도 가까이 있고 싶었다. 그래서 소파에 자리를 잡고 누웠다.

냉장고 등의 낮은 기계음 소리 외에는 쥐 죽은 듯이 고요했다. 아직 사고 수습이 제대로 되지 않았는지, 멀리서 사이렌 울리는 소리가 간간이 들리긴 했지만. 정말 그만하길 천만다행이었다.

그렇게 선잠이 들었던 닉은 얼마 가지 못해 눈을 떴다. 무슨 소리가 들렸던 것 같은데? 아직 밖은 어두웠다.

"닉……."

낮은 속삭임. 진이 자신을 부르는 소리였다. 상체를 벌떡 일으켰다.

다시 들렸다.

"닉……!"

어디가 불편한가? 뒤늦게 뇌진탕 증세가 오기라도?

급하게 침실 문을 열고 들어갔다. 희미한 빛이 새어 들어오는 창문 옆 침대에 누운 진의 실루엣이 보였다.

"진?"

잠시 뻣뻣하게 선 닉은 귀를 기울였다.

"흐윽…… 닉……."

거듭 자신을 부르는 목소리에 흐느낌이 묻어났다. 저런. 꿈을 꾸나 보다.

서둘러 다가가 침대 옆의 스탠드를 켜니, 진의 얼굴이 온통 눈물로 얼룩져 있다. 꼭 감은 눈에서 다시 눈물이 흘러내렸다.

"진? 일어나, 진!"

그가 팔을 잡고 흔들어도 여간해서는 깨어나지 못했다. 상체를 안아 올려서는 더욱 세게 흔들었다.

"진!"

"흐윽……!"

비명 같은 흐느낌을 끝으로 진이 눈을 떴다. 젖은 눈이 멍하니 그를 올려다보았다.

"나쁜 꿈일 뿐이야. 이제 괜찮아."

찬찬히 달래며 젖은 눈가를 문질렀다.

"괜찮아……?"

잔뜩 쉰 목소리가 물어 왔다. 아직 정신을 못 차린 건가?

"그렇다니까."

"이제…… 안 가?"

사고 얘기가 아니었다. 자신에게 묻는 것이었다. 그 혼란스러우면서도 겁에 질린 목소리에 닉은 목이 콱 하고 틀어막혔다. 그래서 고개를 끄덕였다. 거듭. 그리고 간신히 입을 열었다.

"안 가, 절대로. 너한테 오는 길이 얼마나 멀었는데."

늘어져 있던 가는 팔이 올라와 그의 얼굴을 매만졌다. 다시 만난 뒤 처음이었다. 그 손이 목 뒤로 돌아가 간절히 끌어안은 것도 역시 처음이었고.

꿈 때문에 같이 자지 않으려 했던 것이구나 싶었다. 이제 한국 부모님 꿈은 꾸지 않는다기에 다행이라고 했던 자신이 멍청이였다. 대신 자신의 꿈을 꾸는 줄은 정말 생각지도 못한 멍청이.

진을 안고 좁은 침대에 함께 누웠다. 그가 단단히 끌어안고 있는데도 진은 그를 더 껴안지 못해 애달아 했다. 그의 팔 사이사이로 간절할 정도로 어깨며 허리를 감아 왔다.

"미안하다. 정말 미안해……."

떨림이 가시지 않는 머리통에 턱을 누른 채로 그가 중얼거리자, 진이 그의 목 아래에 고개를 비볐다. 알았다는 뜻인지, 아니면 이 것으로 만족한다는 뜻인지, 아니면 두 가지 다인지 당연히 모르는 멍청이가 할 수 있는 것은 그런 진을 더욱 깊이 품어 안는 것뿐. 가슴이 미어지는 것 같아서, 그 미어진 자리에 옳다구나 하고 진을 채워 넣으려고 무작정 당겨 안았다.

다시 잠이 들었던 진은 30분도 지나기 전에 다시 잠에서 깼다. 검은 눈동자가 그를 바라보며 몇 번이나 깜박거리는 모습에 닉은 가슴이 조여들었다. 진이 눈을 뜨는 것을 지켜보는 것은 고작 세 번째였다.

"컨디션 어때? 머리는?"

"……괜찮아요."

그가 입을 맞추려 다가갔지만 진이 얼굴을 돌리는 바람에 입술은 그녀의 뺨을 스쳤다. 악몽에서 깨어났을 때의 충격은 사라진 모양이었지만, 지난밤 느꼈던 벽이 다시 느껴졌다. 조금 더 겁이 났다.

"왜 안 갔어요?"

일어나 앉은 진이 어깨 너머로 물었다. 흘러내린 머리카락이 얼굴을 가린 채였다.

손만 뻗으면 될 거리인데, 목소리가 아주 멀리서 들리는 기묘한 느낌이었다. 자칫하면 그 목소리가 아예 들리지 않게 될까 봐 조심스럽게 대답했다.

"네가 걱정돼서."

"이제 가요. 난 더 잘래."

"거실에 나가 있을게."

"아니."

말이 끝나기 무섭게 잘라 낸다.

"나 좀 봐. 다 설명할 수 있어."

"설명은 내가 원하던 때에 했어야죠."

6년 전 이야기라면 얼마든지 내 자신을 변명하고 핑계를 댈 수 있다. 진이 금방이라도 나를 용서하고 돌아볼 수 있게 만들 자신도 있었고. 진이 그만큼 자신을 사랑하는 걸 안다.

하지만 지금 당장은 너무 미안해서, 안아 주고 싶어 상체를 일으켰더니 진은 아예 침대에서 일어나 버렸다.

"제발…… 지금은 가 줘요."

하지만 지금은 변명도 위로도 바라지 않는 모양이었다. 다음을 기약해야 한다.

"……그래."

그렇게 닉은 일요일 새벽에 더닝튼 하우스로 돌아왔고 눈이 일찍 떠지는 바람에 자리를 털고 일어났다. 진이 괜찮은지 전화를 해보고 싶어도 아직 8시도 되기 전이라 그러지도 못했다. 혹시 잠을 깨울까 싶어서 말이다.

식당에 가 앉으니, 이내 셀린이 들어왔다. 그녀가 자리에 앉기를 기다려 닉이 말문을 열었다.

"오늘이야."

잠시 멈칫했던 셀린이 고개를 끄덕이더니 물을 찾아 마셨다. 손끝이 미세하게 떨렸다. 뜻밖이겠지만, 거부할 리 없다. 그럴 이유도 없고.

비밀리에 작성한 이혼 서류를 법원에 접수하자마자 승마 코치의 교통사고가 터졌다. 이후 정신적으로 갈 곳을 잃은 터라 그대로 닉의 집에 머물러 왔던 것뿐, 그들은 법적으로 완벽한 남이었다. 어머니께서 헤어지라고 종용하신 것이 얼토당토않을 만큼 말이다.

이혼한 전 부인에게 닉도 야박하게 나가라 소리를 하지 않은 이유는, 어떤 식으로든 사랑하는 이를 잃은 그 마음을 동정해서였다. 그것이 상대방의 배신에 의한 것이든, 스스로의 어리석음으로 인한 것이든 말이다.

셀린도 바보가 아니니 은근슬쩍 뭉개는 대신 언제든 그가 나가 달라고 하면 나가 주겠노라는 말을 남겼었고 닉도 고개를 끄덕였었 다. 그리고 그것이 오늘이었다. 진이 자신에게 돌아온 날. 아니, 자 신이 진에게 완전히 돌아갈 수 있는 용기를 낸 날 말이다.

"어젯밤 일로 대강 짐작하고 있었어요."

"그래."

"그래도 오늘이라니, 좀 갑작스럽네. 설마 오늘 당장 여기 더닝 튼 하우스로 데리고 들어올 생각이에요?"

"설마. 다른 여자가 있던 곳에 그 애를 데려오지는 않아."

닉이 오믈렛을 조각내며 중얼거렸다.

"내가 머물던 곳에 결코 다른 여자를 들여놓지는 않겠다는 로맨 틱한 맹세와는 분명 다른 말이죠?"

이제 현실을 직시하고 세상으로 나가야 할 타이밍에 유머 감각 이라도 갖고 있으니 다행이다.

셀린이 우습다는 듯 미소 지었다.

"공작 부인께서 오늘 바쁘시겠네요. 더닝튼 후작이 다시 근사한 독신남으로 돌아왔다는 소문을 영국 전체에 퍼뜨리시려면요."

자신이 어젯밤에 드린 말씀이 없다면 그러고도 남을 것이다. 자 신의 주장을 무시하고 다시 결혼 시장에 내놓으실지도 모르지만.

"알고 보면 당신이야말로 게이보다도 더 영양가 없는 남자인데. 말해 봐요. 그 애가 돌아오기 전까지 다른 여자는 없었죠?"

닉이 토마토주스를 한 모금 마셨다. 고개가 갸웃해졌다. 나쁘지 않았다.

"내 얘기 안 듣고 있군요?"

마지막인데 그 정도는 해 줄까도 싶었다.

"듣고 있어."

"가끔 생각했어요. 당신이 진정으로 원한 게 무엇이었는지. 그 애를 떼어 버리려고 날 이용한 건지, 아니면 나와 결혼해서 당신의 위신을 떨어뜨리고 싶었던 건지."

둘 다였다. 전자는 확실했고 후자는 막연한 기대였지만.

"내가 이혼하자마자 앨버트와 바로 결혼했어야 당신 계획이 완성되는 거였죠? 아버지도 돌아가셨으니, 벤자민이 당신 아이가 아니라는 사실을 당장 밝혀서 사기 결혼 당한 멍청한 사내라는 타이틀을 얻고 싶었던 거고? 그래서 그 동양 여자애와 결혼해도 누구도 신경 쓰지 않기를 바랐던 거죠?"

닉은 대답하지 않았다.

"그런데 앨버트가 그렇게 죽은 뒤에 충격받은 나를 1년이나 봐줬던 거죠?"

셀린이 바로 떠났다 하더라도 진에게 달려가기는 쉽지 않았을 것이다. 무슨 낯짝이 있다고.

"당신이라도 '행복하게 오래오래 잘 살았습니다'로 끝나서 다행이에요. 미안했고 축하해요. 부럽기도 하고. 내가 사랑한 사람이 당신이었다면 좋았을걸."

"어차피 짝사랑이었을 텐데."

그건 꼭 짚어 줘야 할 것 같았다.

"같은 말이라도 꼭 그렇게 해야 해요? 매정하기는. 하여간 짝사랑이었어도 우직한 당신의 사랑에 박수를 보냈을 거예요. 아마 당신 마음이 변해서 내게 돌아섰다면 정나미가 떨어졌겠죠. 그러니 어차피 오늘 우리가 헤어지는 건 마찬가지였을 거예요."

창밖에는 여름 햇빛이 찬란했다. 늘 우중충하던 런던이 갑자기 밝아진 기분이었다.

케임브리지에서 하지 못했던 진과의 산책을 오늘은 꼭 하고야 말겠다는 생각을 하며 닉이 작별 인사를 했다.

"잘 살아."

"당신도요."

진과 연락이 되지 않았다. 오전 10시가 넘어 조심스럽게 전화를 걸었지만, 휴대폰이 꺼져 있다는 멘트만 나올 뿐 점심때까지 전화 연결이 되지 않았다.

기다리다 못해 아파트로 찾아갔더니 벨 소리에도 답이 없었다. 집에 없는 건가? 나갔다면 휴대폰을 들고 갔을 텐데 어째서 전화를 받지 않는 거지? 불안감이 스멀거리며 찾아들었다.

지난밤 정도는 아니지만, 그 난리 통을 겪었기에 불안감은 빠르게 부풀었다. 레벤하웁트를 보러 병원에 갔나? 그렇다 해도 어째서 전화를 받지 않지?

병원에 전화하면 레벤하웁트의 병실을 연결해 줄 테지만, 그에게 진에 대해 묻는 것도 어쩐지 자존심 상했다. 그래서 그냥 눈으로 확인할까 하고 병원에 가 보았다. 일반 병실로 옮겨진 레벤하웁트는 혼자였다. 들어선 닉을 본 그는 별말을 꺼내기도 전에 천천히 고개를 저었다.

"그건 무슨 의미지?"

"아무것도."

이상한 기분이 들었지만 워낙 마음에 안 드는 인간이니 그러려니 했다.

진이 없다면 그냥 말없이 가야겠다 하는 애초의 생각은 어느새 접고 결국 묻고야 말았다.

"진이 여기 왔었나?"

"아침에."

그래, 여긴 왔었다 이거군.

"어디로 간다는 얘기는 없었고?"

"내가 경고했잖나."

자신을 비난하는 투였다. 이게 무슨……?

그때 닉의 휴대폰이 울렸다. 진이었다. 화급히 병실을 나오며 전화를 받았다. 어느새 2시가 넘어 있었다.

"대체 어디인 거야?"

성큼성큼 복도를 벗어나는데도 아무 말이 없었다. 첫마디가 근심과 짜증이 뒤섞여 있어 마음이 상한 건가? 하지만 얼마나 근심했다고!

"진? 여보세요?"

귀를 기울이니, 뭔가 안내 방송도 나오는 시끄러운 곳이었다. 대체 어디지?

— 공항이에요.

닉의 걸음이 멈추었다.

— 사표는 이메일로 보냈어요.

"뭐……?"

아침에 그리 설레며 바라보았던 햇빛이 비치는 입구는 아직 저만치 있었고 닉의 시선은 그곳에 고정되어 있었다.

— 다시 돌아오는 게 아니었어요. 내 잘못이야.

말투가, 자신을 기억하지 못하는 것 같던 사무적인 어조로 돌아가 있었다. 어째서……?

— 각자 주어진 대로 살아요, 우리.

"대체 그게 무슨 말이야?"

닉이 한 단어 한 단어를 천천히 발음했다.

— 6년 전의 당신이 현명했다는 말이에요.

알아듣지도 못하겠고 알아듣기도 싫다. 공항이라니?! 6년 전 진을 보내던 순간의 소름 끼친 끔찍함이 다시 되살아나며 온몸이 부들거리기 시작했다.

"일단 얼굴 보고 얘기해. 내가 지금 갈게."

순식간에 말라 버린 입술을 축여서는 재빠르게 중얼거리는데, 다시금 안내 방송이 들려왔다.

— 이제 탑승해야 해요.

"안 돼, 그러지 마. 잠깐만, 잠깐 기다……"

뚝. 그대로 전화가 끊겼다. 멍하니 선 그의 눈앞에는 이제 환한 빛 따위는 없었다. 그저 온통 암흑뿐.

※

"이 선생, 내일 내 수업 대신 해 주기로 한 거 잊지 않았지?"

"아, 예."

퇴근하려고 가방을 챙기는 진에게 리스닝 파트의 김 선생님이

다가와 말을 걸었다. 한껏 미안한 미소로 약속을 확인하는 그 말에 진은 고개를 끄덕여 보였다. 미국에서 유학했던 경험이 있는 분이고 진과 같은 나이의 동생도 있다고 해서 아직 한국말이 서툰 진이 가장 편하게 지내고 있는 선생님이다.

"4시에 나오면 되는 거죠?"

"응, 미안해. 남편이 자기네 아트 홀 개관 공연이라고 꼭 와야 된다고 해서 말이야. 티켓값도 S석이 겨우 5천 원이라면서 말이야."

내일 공연을 보고 와야 한다면서 조금 늦게 출근한다고 그 전 수업을 진에게 부탁한 것이다.

"오페라 공연료가 싸기도 하네요."

"그러게. 난 영화가 좋지, 오페라처럼 고상한 거 잘 모르는데. 이름은 들어 봤지만. 카르멘이라나?"

"아, 예……."

묻지도 않은 이름을 들어 버렸다. 이전까지의 자신의 생각을 송두리째 바꿔 놓았던 그 오페라였다.

"내가 미안해서 이 선생 티켓 좀 챙겨 달라고 했더니, 크리스마스 시즌이라 다 매진이래."

목도리를 두르던 진이 서둘러 만류했다.

"전 괜찮아요. 한 번 봤거든요."

한 번이면 충분했다.

"아, 그래? 대충 무슨 얘기야? 좀 알고 가야 망신 안 당할 것 같은데, 관심이 없으니까 인터넷 검색해 봐도 눈에 안 들어오는 거야."

"촉망받는 군인이었던 남자가…… 여자를 잘못 만나 결국 인생을 망치는 이야기예요."

자신도 모르게 시니컬한 말이 흘러나왔다. 돈 호세. 카르멘. 그들의 이야기를 본 것이 몇십 년 전 이야기 같았다. 겨우 1년 조금 넘은 일인데.

"그래? 아…… 남편이 벌써 아래에 와 있다네. 먼저 갈게."

김 선생님이 똥 씹은 표정으로 휴대폰 문자를 확인하고는 서둘러 자리를 떴다. 결혼한 지 겨우 5개월 된 입장에서 반길 만한 내용은 아니니 당연하다. 손을 흔들어 보이고 씁쓸한 시선을 내리니, 자신의 휴대폰도 문자가 왔는지 깜박이고 있었다.

[오늘은 어땠어, 우리 딸?]

엄마였다. 밤 10시가 넘었지만 답을 보냈다. 목장의 하루는 일찍 시작해서 일찍 마감하니 지금쯤 주무실 시간이었지만, 중간에도 계속 휴대폰을 확인하며 그녀의 답을 기다리실 것이니 시간을 가리지 않았다.

[잘 지냈어요. 엄마도?]

그제야 가방을 챙겨 엘리베이터로 향했다. 어학원에서 유학을 준비하는 학생들에게 영어를 가르치는 일이 고되지 않느냐는 물음에, 10시까지 수업하고 나면 목이 좀 아프다고 했더니 이후로는 전화보다는 문자를 자주 하셨다. 목을 아끼라는 뜻이셨다.

자신을 생각해 주는 엄마의 마음에 가슴 언저리가 간질간질했고, 그때마다 영국에서 끝내 만나지 못하고 온 에밀리 생각도 나면서 우울해졌다. 저를 데려갔던 과정이야 어땠든 그녀가 자신을 사랑했다는 것만은 확실하니까.

전화 통화는 몇 번 했지만 가서 보고 싶은 마음이 굴뚝같았다.

하지만 영국에는 갈 수 없다. 너무 끔찍해서.

끔찍했던 것은 테러가 아니라 그 이전에 찾아온 자각이었다. 오페라 시작 전에 악셀이 건네준 팸플릿을 훑기에는 닉으로 가득 찬 머리가 허락하지 않은 탓에, 영어도 아닌 프랑스어로 된 오페라는 처음에는 눈에 들어오지 않았었다. 하지만 거듭되는 카르멘의 유혹에 결국 넘어간 돈 호세가 정숙한 약혼녀 미카엘라를 비롯해 직업이며 모든 것을 잃고 범죄자의 길로 들어선 장면에 이르렀을 때, 악셀이 티슈를 건네주었다.

결혼해서 아이까지 둔 닉 앞에 다시 나타난 자신은 닉에게 해악만 될 뿐이라는 것을 깨닫자 눈물이 흘러 견딜 수가 없었던 것이다. 병원에서 오랫동안 정신을 잃고 있었던 것은 테러 때문에 천장이 무너져서가 아니었다. 이미 자신이 돌아와서는 안 되었던 것이 아닌가 하는 충격에 휩싸인 탓이었다.

깨어난 뒤에 결혼 생활에 대해 들었을 때의 작은 위안은 은행을 그만뒀다는 이야기에 순식간에 사라졌다. 그를 기억하지 못한 척하는 것이 아니라 아예 기억을 잃었어야 하는 것이었다.

장미를 내밀며 '사랑은 반항하는 새'를 부르던 카르멘을 돈 호세가 무시한 것처럼, 닉이 보냈을 때 떠나온 채로 그냥 살았어야 하는데! 괜히 돌아가서는 닉을 망쳐 버린 것이다.

은행을 그만둔 것뿐만 아니라 나중에는 그가 가진 모든 것을 내놓게 만들지도 몰랐다. 카르멘이 돈 호세를 파멸시켰듯이 어리석은 자신이 닉을 말이다.

도덕관념도 없고 저만 아는 이기적이고 어리석기까지 한 자신이 끔찍하게 싫었다. 그래서 영국을 가장 빨리 떠나는 비행기를 잡아탔다.

떠나는 것은 빨라도 여기저기 경유하는 것이었는지, 직항이라면 11시간이면 오는 거리를 한국에 도착할 때까지 36시간도 더 걸렸다. 하지만 진은 시간의 흐름을 느낄 수 없었다. 경유지인 아부다비 공항에서는 마치 스스로를 벌주려는 듯 꼬박 21시간을 공항 의자에 앉아 있었어도 자신에 대한 환멸감은 조금도 덜해지지 않았으니까.

34.
싫으면 말해

한국에 와서도 집에 가 있기는 싫었다. 자신이 한 짓을 아무도 모르지만 스스로는 알고 있으니까. 거울 속에 비치는 자신도 보기 끔찍한데, 소중한 가족들에게는 당연히 보여 주기 싫었다.

은행 일도 싫었다. 그래서 서울의 한 어학원에서 영어를 가르치는 일로 취직을 했고 작은 오피스텔에 머물고 있었다.

엄마는 가끔 다니러 오시는데 바로 지난번에는 제 얼굴을 보자마자 말씀하셨다. 다 때려치우고 고향에 내려와서 쉬라고. 얼굴 꼴이 말이 아니었던 모양이다.

혼자만의 시간이 필요했고 그 시간에 대한 후유증이랄 수도 있겠다. 이미 저지른 일에 대해 아무리 괴로워해도 달라지는 건 없지만, 가족들과 웃고 마주할 수는 없었다.

혼자 밥을 먹고 혼자 일을 했다. 익숙하지 못할 것도 없었다. 아무 생각도 않고 아무 느낌도 갖지 않은 채로 시간이 흘러가길 바랄 뿐. 심지어 엘리베이터 벽의 거울조차 외면하며 아래로 내려와서는 로비를 벗어나 건물 앞으로 나섰다.

크리스마스가 코앞이라, 거리 여기저기에서 트리며 장식들이 번쩍거렸지만 역시나 진의 시선을 끌지 못했다. 그저 바닥 여기저기에 얼어붙은 눈을 피해 걸어가는 것에나 신경 쓸 뿐. 그렇게 무심한 채로 지하철역으로 몇 걸음 내딛던 진의 발걸음이 그대로 멈춰섰다.

돈 호세는 자존심이 상한 카르멘이 그의 가슴에 집어 던진 뒤 바닥에 떨어진 장미를 주워 들었고, 그렇게 치명적인 유혹에 빠져든 그는 카르멘 대신 감옥에 가고 인생을 망쳤다. 저 앞에 선 남자는 그런 불행한 미래를 예감하고 자신을 보냈던 것이다. 그만큼 현명했던 사람이 왜 다시 내 앞에 나타났을까? 내가 간신히 놔준 걸 얼씨구나 다행으로 생각하고 살아가지 않고?

검은색 모직 코트의 목깃 위로 금발 머리를 드러낸 그 남자는 지나가는 몇몇 여자들이 흘끔흘끔 돌아보는 것에도 개의치 않고 오로지 진에게 시선을 맞춘 채 담배를 하나 꺼내 물었다. 담배라니. 대체 언제부터 피운 거지?

아, 또 궁금해하다니. 그에 대해 하나부터 열까지 모든 것을 다 알고 있어야 직성이 풀리던 시절은 이제 잊기로 해 놓고. 멍청이.

그러나 생각처럼 시선마저 그만둘 수는 없었다. 금발 머리라 눈에 띄는 건 아니었다. 늘씬한 키에 넓은 어깨와 더불어 높은 코와 섬세한 눈을 우아하게 감싼 눈썹이며 빚은 듯 완벽한 입술 선 등,

두 번 세 번 돌아볼 정도로 그가 잘생기다 못해 아름다운 사람이라는 건 사실이니까.

흰 담배 연기가 두어 번 차가운 대기 중으로 퍼져 나간 뒤에야 옆의 쓰레기통에 담배를 비벼 끈 그 남자, 닉이 이윽고 그녀에게 다가왔다. 진은 여전히 멍하니 선 채였다.

완벽한 입술 선을 움직여 투덜거렸다.

"추워."

그녀를 뚫어져라 내려다보는 푸른 눈동자에 담긴 건 그 밖에도 많았지만 어쨌거나 처음 나온 말은 그랬다. 추위가 진 자신의 탓인 것처럼 들렸다. 그동안에 피해 의식이라도 생겼나? 그의 불평이나 불행은 모두 자신 때문일 거라는? 아니, 그럴 리 없다. 이렇게 멀리 도망쳐 왔는데. 그는 완벽하게 제자리로 돌아가지는 못했어도 더 이상 망가지지는 않았을 텐데.

"내가 알 바 아니에요."

진은 그제야 정신을 차리고 무심히 중얼거렸다. 그리고 그를 피해 옆으로 걸음을 옮기려 하자, 그가 막아섰다. 다시 반대쪽으로 한 걸음 비켜났지만, 역시 그가 막아섰고.

코트 주머니에 두 손을 넣은 채 느긋하게 내려다보는 폼이 호락호락 보내 줄 기세가 아니었다. 하긴, 한국의 대치동을 지나가다 들른 건 아닐 테니, 그냥 물러설 리가 없지. 영국에서 왔든 아니면 지난번 들은 대로 홍콩에서 왔든 말이다.

그때 옆의 도로가에 검은색 승용차 한 대가 와서 멈추었다. 그를 위한 차인 모양이었다. 그가 그대로 그 차를 타고 떠나 줬으면 했다.

그래서 진은 그를 올려다보았다. 할 말이 있다면 어서 빨리 하라고. 다시 영국으로 돌아갔을 때 한동안 성공했던 무심한 얼굴로 말이다.

닉은 그때처럼 그녀를 봐주지 않았다. 대신 손을 내밀어 두터운 파카 주머니에 넣었던 진의 손목을 잡았다.

"그렇게 가 버렸으니 내게도 설명을 요구할 권리는 있겠지."

진이 잡아 빼기도 전에 그의 손이 수갑처럼 단단히 감겨들었다. 어쩐지 결코 놓아줄 것 같지 않아서 진의 목소리가 높아졌다.

"벌써 옛날 옛적이 돼 버린 일 가지고 이제 와서 뭘 따져요? 난 이제 기억도 잘 안 나요."

1년도 넘은 얘기다.

솔직히 처음에는 그가 바로 따라올까 봐 얼마나 겁을 먹었는지 모른다. 그래서 처음 한동안은 엄마에게 가지도 않고 숨듯이 서울에 머물렀다. 조용히 시간이 지나가자 그는 애초에 자신을 잡을 생각이 없었던 게 아닌가 하는 생각도 들었고. 이제는, 다 희미해졌다고 스스로 위안하던 참이었는데.

"우리 사이에 시간이 그렇게 중요했다면 6년 만에 돌아왔을 때 내 앞에서 팬티를 벗지 말았어야지."

닉은 자신을 떼어 내려던 그때처럼 신랄하고 날카로웠다. 자신이 다시 돌아갔던 일을 비난하는 것 같았다. 자신 때문에 케이직 은행을 나온 걸 후회했던 거고? 뭔가 이런저런 불이익을 당했을 수도 있다.

그가 이렇게 찾아왔다는 것은 아직 포기하지 않았다는 뜻일 수도 있다고 생각했는데, 그게 아닌가 보다. 자신을 비난하기 위해 온 것일 수도 있다.

갑자기 밀어닥친 자책감으로 진이 멍해진 사이 그가 차로 이끌었다. 뒷좌석 문이 열리자, 진은 해명이나 설득 혹은 사과가 부족했다면 충분히 해 주겠다는 심정으로 차에 올랐다.

뒤이어 옆자리에 닉이 오르자 저도 모르게 훨씬 더 안쪽으로 옮겨 앉았다. 그런 자신에게 줄곧 닉의 시선이 고정되어 있는 걸 알았지만 초조하게 창밖만 바라보았다. 얼마 걸리지 않을 것이라고 간신히 스스로를 다잡았다.

후회했다면 케이직 은행으로 돌아갔겠지? 돌아가지 못했나? 설마 아니겠지?!

홱 돌아보았지만, 이제는 닉이 창밖을 바라보고 있었다. 앞좌석에 기사가 있으니 시원하게 물어보기도 그랬다.

이윽고 차가 멈춘 곳이 SY호텔인 것으로 보아, 불안은 현실이되었다. 정말로 SY은행으로 옮긴 것이다……! 심지어 그는 카운터에 들르지도 않고 엘리베이터로 향했고, 엘리베이터가 도착하기 전에 다가온 매니저가 그에게 룸 키를 건넸다. 대체 왜? 자신을 비난하기 위해 온 것이 아니었나?

여전히 그에게 손목을 잡혀 있던 진의 입매가 굳어졌다.

"The Banker의 올해의 리더십 공로상을 받았거든."

그녀의 생각을 읽었는지 엘리베이터에 타서 층 버튼을 누른 닉이 약간의 빙글거림과 함께 확인시켜 주었다. 그의 수상에 축하의 말을 건넬 상황은 아니었다. 아니, 축하는커녕 한 대 때려 주고 싶을 정도였다.

"이제 팔은 놔도 될 것 같은데요. 도망 안 가요."

"도망갔던 건 인정하는군."

진이 어깨를 으쓱였다. 엘리베이터의 반들거리는 황금빛 벽에 비친 그는 값비싼 샴페인처럼 그녀의 뒤에 서 있었다. 마실 자격이 없는 자신이 그것을 고이 내버려 두길 잘했다는 생각이 다시 한 번 들 정도로.

그래, 7년 전 그의 마음을 되새겨 주고 나면 쉽게 끝날 일이다. 메울 수 없었던 그들 사이의 간극도 다시 일깨워 주면 더욱 확실할 테고.

그런 생각은 룸의 문이 닫히자마자 등 뒤에서 제 허리를 감아 오는 단단한 팔에 그대로 얼어붙었다. 그리고 귀찮아서 대충 귀 뒤로 머리카락을 꽂아 넣은 탓에 드러나 있던 귓가에 다가온 입술이 속삭였다.

"싫으면 말해."

그 입술이 예고도 없이 귓바퀴 전체를 단숨에 머금었다. 대번에 어깨가 움츠러들었고 대답할 타이밍을 놓쳤다. 그의 손 하나는, 살이 빠져 맞는 바지가 없어서 입었던 헐렁한 밴드 바지의 뒤쪽으로 기어들더니 순식간에 엉덩이를 가르고 내려갔다.

급하게 숨을 들이마셨던 잇새로 진 자신도 알아들을 수 없는 불분명한 신음이 터져 나왔다. 그것을 닉이 저항의 표현으로 받아들였으면 하고 바라기에는 그의 손가락이 더 아래로 내려가는 순간 다리가 벌어지는 행동과 매치되지 않았다.

"잠깐만."

간신히 입을 열었지만 귓바퀴를 씹을 듯 빨아 대다 뺨으로 넘어온 닉의 입술이 그것을 덮기 전에 속삭였다.

"그건 네가 마지막으로 전화를 끊던 순간에 내가 했던 대사 같은데?"

자신이 매정하게 끊었던 전화를 말하는 것이다. 그러니 그도 들어주지 않을 것이란 소리였다. 싫으면 얘기하라는 말은 애초부터 빈말이었던 것이다.

그가 입술을 덮음과 동시에 바지 안에서는 손가락이 몸 안으로 파고들었다. 순식간에 다리에 힘이 풀려 주저앉는 진의 허리를 감고 그대로 들어 올린 닉이 빠르게 걸음을 옮겼다. 마약 중독자가 극심한 금단 증상 끝에 약을 들이켜는 기분이 이럴까.

머릿속이 어찔해진 진이 손을 허우적댔지만 몸속에서 움직이는 손가락들은 멈추기는커녕 더욱 깊고 은밀하게 파고들었다. 소파 근처에 갔을 진이 경련하듯 온몸을 떨었고 닉이 걸음을 멈추고 상체를 소파 등받이를 짚어 의지하도록 해 주었다.

나름 배려하는 건가 싶었지만, 진이 숨을 한번 몰아쉬기도 전에 닉이 그녀의 바지와 팬티를 끌어 내렸다. 낯선 곳에서 맨살이 드러나자 당황한 진이 놀라서 제 옷가지를 잡았지만, 닉은 그녀의 손을 쉽게 떨구고는 무릎 아래까지 가차 없이 내려 버렸다.

"닉!"

거친 숨소리는 대답이 아니다. 다리 사이로 들어온 손이 이번에는 그녀를 강제적으로 준비시켰다. 도드라진 살점을 꼬집듯 자극하다가는 다시 그 사이로 파고들었고 이어 손가락을 더한 것이다.

원하지 않는 상황임에도 그의 손길에 파블로프의 개처럼 반응하는 자신의 몸이 당황스러웠고, 이제 막 젖기 시작한 것을 확인하고 매정하게 손을 떼는 닉도 낯설었다. 이렇게나 성급하고 거친 그는 처음이었다. 오랜만이어서는 아닐 것이다. 6년 만에 다시 만났을 때도 이러진 않았으니까.

대체 어쩌다가 또 이렇게 됐을까. 자신은 그저 마무리를 할 생각이었는데.

그런 후회도 벌거벗은 엉덩이에 급하게 다가온 그의 남성 주위로 옷가지가 함께 닿아 오고 나서는 소용없다 싶었다. 간신히 앞섶만 풀고 삽입을 시도할 정도로 그가 흥분했다면 결코 멈출 수 없을 테니.

두어 번의 급한 시도 끝에 그가 웅크린 채 바들거리는 그녀의 몸속으로 버겁게 파고들었다. 순간 견디기 힘겨운 신음을 터뜨린 사람은 등 뒤의 그였다. 더 깊이, 더 가까이 파고들기 위해 기를 쓰고 허리를 밀어붙이는 것 또한 그였다. 이런 게 오래전 닉이 말했던 순간이 아닐까? 자신을 꼭 말려야 한다고 당부했던 순간 말이다.

하지만 이후 진은 생각 없는 인형처럼 그에게 휩쓸려 신음하고 쾌락했다. 이렇게 될까 봐 도망친 거였는데. 모든 것에 눈감은 채 그저 닉만 바라보고 그에게만 매달릴까 봐. 그와 함께라면 자신은 멍청이가 돼 버리니까.

그런 가식적인 자책은 두 사람을 둘러싼 환장할 것 같은 광기 속에서 어느새 사라져 버렸다. 마지막 순간 닉의 거웃이 무성한 치골이 진의 엉덩이에 짓뭉개듯 거칠게 비벼졌고 동시에 그녀의 정수리에 이를 박고 있던 입에서 뜨거운 숨결이 쏟아졌다. 고통스런 쾌락에 경련하듯 떨던 닉이 소파 위에 손톱을 세웠던 진의 손등을 감싸며 으스러지듯 쥐었다. 그리고 그녀의 가장 깊은 곳에 닿아 있으면서도 부족한지 거듭 허리로 짓쳐 들었다.

통증으로 미간을 희미하게 일그러뜨린 와중에도 진은 생각했다. 이제 그가 진정됐을 테니, 설득할 차례라고. 뭐라고 말하면 그가 조금이라도 빨리 포기하게 만들 수 있을까 고민하는데 닉이 소파 등받이에 늘어진 그녀가 아직도 입고 있던 다운 파카를 벗겨 냈다.

그 와중에도 진이 너무 깊은 결합으로 인한 통증에서 벗어나고자 하체를 조금이라도 꿈틀거릴라치면 허리를 가차 없이 밀어붙여 조금의 거리도 용납하지 않았다.

이어 그녀의 셔츠까지 성가시듯 잡아채 벗겨 내고 드러난 상체에 여전히 옷을 걸친 몸을 겹쳐 왔다. 조금도 가라앉지 않은 거친 숨결도 다시 다가와 드러난 어깨며 목줄기를 걸신들린 듯이 빨고 물어뜯을 듯이 핥아 댔고.

이런 닉은 정말 처음이었다. 마지막 순간에 몸을 가득 채우며 작정한 듯 몸 안에 파정하고도 바로 욕실로 데려가 급하게 몸을 씻어 주지 않는 것도 처음이고.

그 의미가 제 머릿속에서 제멋대로 부피를 늘려 갔고 그렇게 어리석은 자아가 다시 들썩이자, 그것을 지탱하는 것이 몹시 힘들어졌다.

"무거워요."

소파 등받이 위로 그녀를 덮치듯 누르고 있는 닉의 상체가 무거운 것은 아니었지만, 진 에반스와 이유진 둘 다 지독한 거짓말쟁이니까 상관없었다.

닉이 지체 없이 몸을 일으키자, 그가 그때까지 입고 있던 탓에 그녀의 몸을 커튼처럼 가리고 있던 검은 모직 코트가 멀어지며 진의 벗은 몸을 스쳤다. 그 느낌 때문인지, 아니면 영원히 그대로 있을 것 같은 그의 남성이 순식간에 빠져나간 허전함 탓인지 몸이 부르르 떨렸다. 닉이 코트를 벗어 그녀를 감싸고는 그 너머의 소파에 앉혀 주었다. 닉이 오늘 처음 보여 준 세심함이었다.

닉이 어딘가로 멀어졌지만, 여전히 열기로 눈앞이 흐릿한 진은 제대로 정신을 차릴 수가 없었다. 게다가 얼마 가지 못해 엉덩이 사이로 무언가 흐르는 느낌이 들었고 그의 코트에 묻을까 봐 어쩔 줄 몰라 움찔거리는 순간 닉이 다시 눈앞에 나타났다.

맨다리에 맨발. 시선을 들지 않아도 그 위도 마찬가지로 모두 벗어 낸 것을 알 수 있었다. 코트째로 진을 안아 드는 닉의 얼굴은 이제 시작이라는 듯 여유로웠다. 정신을 차릴 겨를이 없는 건 진뿐이었다.

"피임해요."

욕실 벽을 잡고 간신히 서 있던 진이 여전히 그녀의 등에 붙어 선 채로 숨을 고르고 있는 닉에게 중얼거렸다.

그는 샤워기 아래로 들어와 그녀를 어린애 다루듯 씻겨 주는 것이 채 끝나기도 전에 그녀를 벽에 밀어붙였더랬다. 물기와 미끈거리는 샤워 젤의 도움으로 삽입은 빨라졌지만, 쾌락은 한층 길었다. 그리고 또다시 진의 몸속에 파정했다.

한 번이라면 우연이겠지, 너무 흥분해서 실수했을 수도 있겠다 싶지만, 연이은 두 번이라면 실수가 아니다. 게다가 오래전, 지금보다 훨씬 미숙하던 시절에도 닉은 실수를 용납하지 않던 사람이었다. 의도한 적은 있어도. 그러니 지금이 그를 말려야 할 때다.

마지막 순간 눈치 빠르게 몸을 빼내려는 진을 갈고리처럼 칭칭 감아 안은 그가 토해 낸 극한의 만족감이 담긴 신음이 뿌연 욕실 안 어딘가에 아직도 맴도는 것만 같았다. 결코 실수가 아니었다.

못 들을 리 없을 텐데, 얼굴을 그녀의 목덜미에 묻은 닉은 대답이 없었다. 따뜻한 물줄기가 쉴 새 없이 그들의 몸으로 쏟아지고 있다 해도 못 들었을 리 없다.

"피임하라고요."

딱딱하다 못해 흡사 명령조가 튀어나오고 나서야 그는 움직였다. 그나마도 뱀파이어처럼 앙 하고 그녀의 목을 물고는 장난스레 웅얼거렸고.

"싫어."

정말로 의도적이었다는 말이다.

진은 그 이유를 생각하고 싶지도 않고 듣고 싶지도 않았다. 그래서 제 얘기만 했다.

"1년이 그리 긴 시간은 아닌 것 같은데, 그 시간이 당신을 이렇게 무모하게 만들 줄은 몰랐네요. 그럼 어서 얘기 끝내요, 나가서 사후 피임약이라도 사 먹게."

그의 말을 먼저 들어 보고 그에 맞게 판단해야겠다 싶었다.

목덜미에 박혀 있던 닉의 이가 떨어져 나갔다.

"사후 뭐?"

"3일 내로 먹으면 되는 피임약 있어요. 좋은 세상이죠."

진이 아무렇지 않다는 투로 덧붙였다. 오래전, 자신이 임신했을까 봐 그가 전전긍긍하던 시절을 꼬집음과 동시에 그의 무모함을 일깨워 주려는 의도였다.

닉이 한숨을 쉬었다.

이후 다시 씻겨 주는 손길에 서두르는 기색은 없었다. 천천히 그녀를 다 씻기고 난 후 자신의 몸은 서둘러 씻었다. 그리고 거실에 널려 있을 자신의 옷을 가져다주는 대신 두툼한 로브를 입혔다.

얼른 옷부터 입고 대화를 끝냈으면 해서 자신의 옷을 요구하는 그녀의 말에 그는 대꾸도 없이 드라이어를 켰고, 자신과 그녀의 머리를 번갈아 가며 말렸다. 따갑고 간질거리며 수시로 눈앞을 덮는 앞머리 사이로 닉의 얼굴이 보였다 안 보였다를 반복했지만, 진은 끝까지 눈을 뜨고 마주 서 있는 닉을 올려다보았다.

"빨리 얘기 끝내요."

드라이어가 꺼지자마자 다시 종용했지만, 마침 울린 도어 벨 소리에 닉은 잠깐 안에 있으라며 욕실을 나갔다.

다시 돌아온 그에게 이끌려 나가 보니, 작은 테이블에 먹을 것이 준비되어 있었다. 마주 앉아 밥 먹을 상황은 아니었다. 그러기도 싫었고.

일상적이든 그렇지 않든 이제 닉과 무언가를 함께 해서는 안 된다. 그것을 거부함에 있어 자신의 의지가 약하다는 것은 방금 전 증명했으니 어서 이곳에서 나가야 했다. 눈에 보이면 유혹에 넘어가고 만다. 그러니 보이지 않는 곳으로 멀찍이 떨어져야 하는 것이다.

"배 안 고파요."

고집스럽게 말하자, 마찬가지로 흰 로브를 입고 앞서가던 닉의 손이 다시금 그녀의 손목을 잡았다.

"난 배고파. 너 기다리느라고 저녁도 못 먹었거든."

다시 족쇄처럼 채워진 손. 왜 자꾸 이런 기분이 드는지 모르겠다. 이전에는 그가 잡아 오면 언제든 쉽게 떨어져 나갈까 봐 겁이 나곤 했었는데. 그래서 자신 쪽에서 힘껏 마주 잡아도 늘 가슴 졸이며 노심초사했는데.

그 아이러니에 짜증이 터져 나왔다.

"그러게 왜 미련하게 기다렸어요? 누가 그러라고 했어요? 그냥 만나자고 전화하지 그랬어요, 피할 생각 없었는데."

"아차차. 못되게 말하는 누군가가 언젠가 내 전화를 끊어 버린 뒤로 그 문명의 이기를 이용하는 법을 잊어버렸네."

공항에서 끊은 전화가 다시 기억났다. 눈물이 나서 더 이상 말을 이을 수가 없던 그 전화. 그랬는데도 그는 결국 케이직 은행을 나왔다니 다시 속이 뒤집어졌다.

35.
그럼 경찰을 불러

결국 닉의 고집에 테이블 앞에 앉은 진이 타박했다.

"대체 어쩌려고 그랬어요? 케이직으로 돌아갔어야죠."

자신은 생각할수록 속이 상해 미칠 것 같은데, 닉은 지나치다 싶을 만큼 태연했다.

"너도 네 멋대로 하잖아? 멋대로 전화 끊고, 멋대로 가 버리고."

닉이 무릎에 펼쳐 준 냅킨이 진의 손안에서 잔뜩 구겨졌다.

"당신이 제자리로 돌아가길 바랐어요. 어릴 적 추억을 되새기고 싶은 내 한때의 치기 때문에 당신이 가진 것들을 내동댕이치길 바라지 않았다고요."

"아! 7년이 꽤 길었나 봐. 차 앞으로 뛰어들게 했던 열정이 이제 '어릴 적 추억'도 모자라 '한때의 치기' 수준까지 떨어지다니. 다

내 잘못이야, 미안."

아까 자신이 1년이 짧네 어쩌네 하고 비아냥거린 말을 그대로 따라 하는데 대꾸할 말은 없었다. 열정이란 말로는 모자라는 표현이었으니까. 한국에 와서 엄마를 만나지 않았더라면 결국 아무 차에나 뛰어들고도 남았을 거다.

그렇게 견뎌 온 시간 끝에 기다리던 것은 한 번만 더 그를 갖고 싶다는 유혹이었다. 그 유혹은 에덴동산에서 선악과를 따 먹을 것을 종용하던 뱀의 속삭임과 다름없다는 걸 깨닫고 말았지만. 한 번은 두 번이 되고, 두 번은 그의 파멸을 불러온다는 것도.

이제 그만두는 것은 자신에게 달려 있음도 알고 있었다. 그래서 힘껏 도망쳐 왔지만 아직 그녀 스스로도 받아들이지 못하고 번뇌하고 있었다.

하지만…… 어떻게 그래? 어떻게 그를 놓느냐구!

닉이 토마토주스에 스트로를 꽂아 주자, 결국 눈물이 치밀면서 가슴이 터질 듯 아파 왔다. 양심 따위 저버린 채 그와 함께 파멸하든 어쩌든 일단은 다 움켜쥐고 싶은 욕심이 다시금 가슴속에서 울부짖기 시작한 것이다.

눈을 꽉 감고 심호흡을 거듭했다. 간신히 눈물을 삼키고 눈을 떴지만 스트로를 물고 있는 그가 자신을 보고 있을까 봐 시선을 들지는 못했다.

"왜? 버리자니, 아까워서 제대로 쳐다보지도 못하겠어?"

어느 정도 정곡을 찌르는 말이었다. 버린다는 말은 어감이 썼고 아깝다는 말은 좀 상스러웠지만.

"귀신이네요."

"근데, 왜 버려? 냉큼 주워 갖지 않고?"

비아냥거린 그녀만큼이나 닉 또한 남의 말 하듯 무성의하게 이죽거렸다.

"버린다니요? 감히 평민 따위가 어떻게 후작님을 버릴 수가 있겠어요?"

"버렸든 도망쳤든 간에 네가 날 떠났다는 사실은 달라지지 않아."

닉은 상처받았다는 듯이 희극적으로 가슴을 움켜쥐었다.

"당신도 날 떠난 적이 있으니 비긴 걸로 치고 굿바이 해요."

"싫은데? 퉁치기엔 내가 손해 보는 거래야. 넌 6년이나 와신상담했지만 난 겨우 1년으로도 죽을 뻔했다고. 즉 내 감정이 더 진하다는 거지."

말이 통하지 않았다. 진은 자신의 감정과 싸우는 것만도 피곤했다.

"어린애들처럼 말장난할 기분 아니에요. 피곤해서 어서 집에 가서 쉬고 싶다고요."

"사흘 안에 약을 먹지 않으면 임신이 되는 건가?"

뜬금없는 말에 진의 시선이 그제야 들렸다. 순진한 듯 눈을 깜박이는 저 남자가 무슨 생각을 하는지 짐작이 가려 했다.

"설마."

그가 어깨를 으쓱이며 스테이크를 썰어 그녀의 앞에 놓아 주었다.

"잘 먹어 둬. 사흘 동안 애쓰려면."

진의 눈이 커졌다. 그의 말은 결코 농담이나 과장 따위가 아니었다. 지금의 그는 바로 7년 전의 무모하게 돌진하던 자신과 똑같았다!

입에 침이 말랐다. 임신이 두려워서가 아니다. 그와의 시간을 견딜 자신이 없어서다. 지금 당장 집으로 돌아간다 해도 사흘 밤낮을 펑펑 울 것 같은데.

"사람을 억지로 잡아 두는 건 범죄예요."

"그럼 경찰을 부르든가."

그는 태연자약하게 휴대폰을 건네주었다.

"여기서 내가 잡혀가면 그나마 있던 SY은행의 자리가 날아가는 건 물론이고, 영국 귀족이 한국에 와서 여성을 감금하고 성폭행하다 현행범으로 체포되었다고 뉴스에서 난리가 날 거야. 그럼 나는 세계 어딜 가도 얼굴을 들고 다니지 못하겠지?"

앞질러 가는 그의 상상력에 진의 입이 떡 벌어졌다. 잘못 봤다. 그는 7년 전의 자신과는 아예 차원이 달랐다.

"빙고. 진담이야."

그가 씩 웃으며 스테이크 한 조각을 입에 넣고 맛나게 씹었다. 그녀가 그가 그런 꼴을 당하게 만들 리 없지만, 설사 그런다 해도 그는 분명 감수할 것이다.

속상하다 못해 울음이 터질 것 같은 입가를 다잡고 간신히 물었다.

"내가 싫다는데 대체 왜 이러는 거예요?"

입 안의 것을 천천히 씹어 넘긴 닉이 장난스럽게 포크로 그녀를 가리켰다.

"넌 6년 만에 내 앞에 나타났던 이유가 뭐였는데?"

제 편할 대로 화제를 전환해서 상대를 혼란스럽게 하는 것 또한 자신의 방식이었는데.

"당신 비서실에까지 들어갈 줄은 몰랐어요. 난 그냥—"

"그냥? 그래, 그냥 내 주위를 어정거리고 싶었던 이유는 뭐였는데?"

어정거리다니. 기분 나빴지만 아주 틀린 말도 아니었다.

"말했잖아요, 치기였다고. 유부남이 된 후작님도 후릴 수 있는지 알아보고 싶었나 보죠."

최대한 가볍게 말하려고 했지만 빙글거리는 푸른 눈동자는 속아 넘어가지 않았다.

"그런데 그 후작님이 제대로 넘어가서 다 팽개치고 덤벼드니까, 그건 또 너무 부담돼서 겁을 먹고 도망쳤다 이건가?"

"잠깐 즐기려고 했는데 결혼까지 해 달라니, 그건 싫은데. 뭐 그런 거죠."

"그건 오다가다 만난 사람들 사이에서나 통할 법한 얘기지. 널 속속들이 알고 있는 내게 통할 것 같아?"

꽤나 정 떨어질 법한 말만 골라 해도 그는 대수롭지 않게 대꾸했다.

"7년은 사람이 변할 만큼 긴 시간이에요."

"흐응."

역시나 콧방귀를 뀌었다. 다시 스테이크를 썰어 그녀에게 옮겨 주려다가 그녀가 이전 것도 먹지 않은 것을 보고는 이번에는 포크를 그녀의 입가로 가져갔다. 그녀의 반응을 아예 무시하기로 작정한 것 같았다.

진은 그걸 무시하고 다시 원점으로 되돌아가 고집을 부렸다.

"난 내가 떠난 이유만 설명하면 되는 줄 알았는데요?"

"안 먹으면 대화도 없어. 대화를 계속하고 싶어? 그럼 먹어."

푸른 눈동자는 입을 꾹 다문 진보다 더욱 고집스럽게 그녀를 향하고 있었다. 결국 콧김 소리가 날 정도로 한숨을 쉰 진이 입을 벌렸고 닉은 기특하다는 듯 미소 지으며 빈 포크를 거둬들였다.

"떠난 이유만이라니? 모두 연결되는 얘기 아닌가? 작년, 스무살, 열여덟 살, 열 살, 그리고 일곱 살 때까지."

다른 건 알겠지만, 열 살은 무슨 말인지 모르겠다. 그때 아무 짓도 하지 않았는데?

"열 살 때 난 별 기억이 없는데요?"

"네가 아니라 내가. 네가 열여덟 살 때 내게 요구했던 행동을 나는 네가 열 살, 그리고 내가 열두 살 때 하고 싶었다는 얘기야. 그때 꿈에서 널 보고 처음으로 몽정을 했거든. 그리고 보면 우리 사이를 시작한 건 네가 아니었네. 굳이 따지자면 편지를 보내지 않은 것부터가 시작이긴 하지만."

"열 살? 그때 난 완전 젖비린내 나는 애였는데요? 심지어 가슴도 나오지 않았고."

진의 믿을 수 없다는 표정에 닉이 미간을 찌푸렸다.

"설마 귀족들이 그 영혼까지 고귀할 거라고 생각하는 건 아니지?"

그가 다시 포크를 내밀었고 진은 멍하니 입을 벌렸다. 진이 다시 씹기 시작하자, 또다시 즐겁게 스테이크를 썰던 닉이 중얼거렸다.

"말해 두는데 그놈의 가슴이나 엉덩이에 집착 좀 하지 마. 내가 가슴 크기로 여자를 골랐다면 솔직히 넌 그 줄의 맨 끝에 서 있었을 테니까."

한밤중으로 넘어가는 시간. 진은 기진맥진한 채로 침대에 늘어져 있었다. 모로 누운 그녀의 들려진 한쪽 다리 아래로 등 뒤에 포개진 숟가락처럼 밀착해 누워 있는 닉의 남성이 파고든 채였다. 그리고 가슴에 집착하지 않는다던 남자가 집요하게 물고 빨아 댄 가슴은 여기저기가 화끈하고 아릿할 지경이었고.

뿐인가. 그녀가 숨을 크게 쉬기만 해도 닉은 그녀의 목 아래로 둘러진 팔과 허리를 감은 팔을 당기며 더욱 다가들었다. 저녁 식사를 마치고 침대로 끌려오다시피 해서도 두어 번의 파정이 더 있었던 터라 다리 사이가 질척했다.

평소의 그는 꽤 깔끔한 편임에도 불구하고 지금의 그는 몸을 씻거나 닦아 낼 의지보다는 진과 연결되어 있는 것이 더 중요한 사명쯤 되는 것처럼 질기게 달라붙어 있었다.

물론 그는 몸으로 하는 대화만 원한 것은 아니다. 진은 이제 신음할 기운도 없을뿐더러 말할 기운도 없었다. 그가 진에게 그녀 자신의 행동을 돌아봐야 하는 질문들을 끊임없이 되풀이했기 때문이다.

그는 교묘한 질문들로 진이 안타까워하며 후회하게 만들었다. 이렇게 될까 봐 생각하지 않으려고 억지로 묻어 두었던 일들까지 모두 끄집어내서 말이다. 떠난 이유에 대한 설명을 요구한 것은 학원 앞에서 그녀를 호텔로 데려오기 위한 속임수였을 뿐. 그가 듣고 싶은 말은 '후회한다, 그러니 다시 돌아가겠다' 였다. 그 정해진 답이

나올 때까지 식사며 섹스를 무한정 반복할 작정인 것만은 분명했다.

또한 그녀가 임신해도 상관없다는 것도 진심이었다. 진은 그것이 그가 정말 나락으로 굴러떨어져서 뭐든 될 대로 되라는 식인 것 같아서 두려웠지만, 그는 개의치 않고 매번 그녀의 몸속에 파정했다. 그는 에밀리의 말대로 아직도 추해지고 있는 중인가? 자신을 위해?

한국에 돌아와 어렵게 에밀리에게 전화를 걸었었다. 오랫동안 망설인 자신이 무색하게도 에밀리는 너무도 반가워 울음 섞인 목소리로 반겨 주었다.

"이젠 다 기억해요. 외우던 전화번호를 아무리 눌러도 엄마가 받지 않아서 편지를 쓰게 된 것도, 그리고 집에 불이 났던 것도."

— 그랬구나.

"에밀리는 한 번도 묻지 않았어요. 어째서 불이 났는지. 화재를 조사하던 이들이 물으려 해도 제가 충격을 받았다며 못 하게 했죠."

— 그저 네가 살아난 것만으로도 감사했으니까.

"편지 쓰는 걸 아빠가 못 하게 해서…… 자는 척하고는, 거실에 켜 놓았던 촛불을 몰래 가지고 들어와서 편지를 쓰다가…… 촛불이 쓰러졌어요."

진의 목소리가 떨렸다.

— 그만 말해도 된다. 소방관들로부터 대충 들은 얘기야.

에밀리가 다독여도 진은 멈추지 않았다.

"그리고…… 뜨거운 방 안에서 절 안고 나가던 아빠의 등에서 느껴지던 연기 냄새가 생생해요. 아빠는 나 때문에 돌아가신 거예요."

— 그건 네 아빠가 선택한 거야. 그리고 그것으로 너를 서둘러 입양한 잘못을 대신할 수도 없는 거고. 널 그렇게 데리고 오지 않았더라면 모두 일어나지 않았을 일이니, 넌 계속 우리를 미워하고 원망해도 된단다. 죄책감 따위는 가지지 않아도 돼. 네 아빠도 너를 살렸다는 것으로 만족할 거야.

다시 눈물이 흘렀다.

— 네가 행복했으면 하고 바랐다. 그때도 지금도.

"그때도 괜찮았어요. 에밀리가 정말 잘해 줬잖아요."

— 미안하다. 네가 정말 행복하려면 부모님께 돌려보냈어야 했는데. 내가 욕심이 지나쳤어.

에밀리의 목소리도 떨렸고, 자꾸만 끊어졌다.

"울지 마세요."

— 지금은 좀 편해졌니?

다시 눈물이 흘렀다.

"영국에 갔었는데 사정이 있어서 못 뵙고 왔어요."

— 그랬구나. 후작님은 만나 뵈었니?

에밀리는 무언가 알고 있는 것 같았다. 자신과 닉에 대해서.

"만났는데……."

다시 울음이 차올라서 말을 끝낼 수가 없었다.

— 아직 후작님께 시간이 필요한가 보구나.

"무슨 시간이요?"

— 이제 널 한국에 보내 줘야 한다고 날 설득하실 때 그러셨다.

생각해 보니, 한국에 데려간 것은 에밀리였다. 부모님을 찾은 것은 닉이라고 했고.

"뭐라고 했는데요?"

— 그때는 널 데려올 수 없다고, 얼마간의 시간이 필요하다고 하셨어.

"무슨 시간······?"

— '추해질 시간'이라고 하셨다.

그 '추해질 시간'이라는 건, 그가 케이직을 그만둔 것과 관련이 있는 것이겠지. 그러니 떠나온 것이 잘한 일이었다. 아니, 아예 돌아가지 말았어야 했다.

그렇다 해도 바로 실수를 바로잡았으니 어떻게든 그가 자신의 자리로 돌아가길 바랐는데 이 모양이 되다니. 자신이 그를 설득할 수 있을까? 자신처럼 의지박약인 인간이? 대체 어떻게 해야 할까.

"날 보내는 게 내게 가까워지는 길이라던 말에 대해 설명해 봐요."

"설명은 네가 하는 줄 알았는데?"

속삭임 같은 질문이었지만 다행히 등 뒤의 그는 잠든 척하지 않았다.

"당신 아이가 아니라는 걸 알면서도 셀린과 결혼한 이유가 구체적으로 뭐였어요?"

닉이 그녀의 목덜미에 묻었던 얼굴을 비볐다.

"다 지나간 일이야."

가슴속에 맺힌 응어리가 더욱 크고 단단하게 뭉쳤다.

"대체 더닝튼 후작님께 '추해질 시간'이 왜 필요했던 거예요?"

진의 목소리가 떨리자, 그가 담담히 중얼거렸다.

"에밀리랑 통화했나 보군. 반가웠겠어."

"말 돌리지 말고! 대체 무슨 짓을 한 거예요? 그리고 지금도 무슨 짓을 하고 있는 거예요?"

격앙된 감정 때문에 진이 가슴을 들썩이자 닉의 손이 다가와 가만히 토닥였다. 눈물이 흐르는 뺨도 더듬더듬 닦아 냈다. 뜨겁게 달아오른 채 부들거리는 머리도 찬찬히 쓰다듬었다. 그녀와 달리 여유가 묻어나는 느릿느릿한 손길이었고 그것은 그녀를 더욱 미치게 만들었다.

"대체 뭐야, 얼른 말해요!"

그의 얼굴 아래서 진의 목덜미가 부르르 떨렸다.

"그대로는 널 가질 수 없을 게 뻔했어."

시트 위에 늘어져 있던 진의 주먹이 힘껏 쥐어졌고 그의 손이 다가와 그 주먹을 비집고 손가락을 밀어 넣었다. 하지만 위로는 되지 않았다.

"가질 수는 있었겠지. 하지만 그리 오랜 시간은 아닐 것 같았어. 그때의 네가 배타적인 귀족 사회에 들어왔다면 넌 사방에서 들어오는 압박을 견디지 못했을 거야. 귀족들이 얼마나 이가 갈리도록 지겹고 역겨운 족속들인데. 에드워드 8세는 왕위를 내려놓고서야 사랑하는 사람과 결혼할 수 있었고, 그러고 나서도 그 아내는 심지어 공작 부인이라는 칭호조차 받지 못했어. 너에게도 다르지 않았을 거고. 그러다 보면 어느 날 네가 나를 훌쩍 떠날 것만 같았어. 그게 아니라도 네 감정이 너무 맹목적이라 금세 다 타 버리거나 부서져서는 다시 회복하지 못할 것 같아서 겁이 났지."

"그래서 당신 스스로를 끌어내리려고 했다고요? 끝이 뻔히 보이는 결혼을 하고 가문의 사업을 박차고 나오면서? 당신 그렇게 바보예요?!"

"응. 널 가지려고 혈안이 돼서 아무것도 보이지 않았어. 미칠 것 같았지."

"내가 돌아오지 않으면 어쩌려고 했어요?"

"내가 갈 생각이긴 했지만 계획해 둔 6년이 지났는데도 주저되더군. 잘 살고 있는 네가 날 밀어낼까 봐 겁을 먹었고, 또 네가 돌아오지 않아서 다행이라는 생각도 했어. 네가 내게 돌아오려고 얼마나 노력했는지도 알지 못한 채 말이야. 네가 잘 해낸 것이 자랑스러워."

닉의 목소리에 뿌듯한 기운이 섞여 들었다.

"물론 지금이라고 많이 달라지진 않았어. 우리가 결혼한다면 넌 social climber(출세주의자) 취급도 모자라 제대로 된 칭호를 받지 못할지도 몰라. 그게 아니더라도 너 스스로 무척 스트레스를 받을 테지. 그래서 너랑 결혼을 하지 말아야겠다는 생각을 한 적도 있었어. 음, 그 테러가 터지기 전까지는."

결혼 얘기가 나오자 진은 겁이 덜컥 났다. 못 들은 척 넘기려 다른 말을 꺼냈다.

"그 모든 일들을 내가 달가워하지 않을 거라는 생각은 안 해 봤어요?"

"벌써 6년 전에 했지."

"그런데요?"

"날 당장 갖지 못하는 것에 비하면 그 정도는 네가 참아 주리라 생각했어. 나도 양보하고 너도 양보하고."

하.

진이 어이없어하든 말든 닉이 그녀를 더욱 당겨 안았다. 그 움직임을 따라 몸 안에서 그의 남성도 움직이며 존재를 과시했다. 원래부터 그 자리에 있었던 것처럼. 6년, 아니, 7년 동안 내내 말이다.

"근데 왜 프러포즈를 못 알아들은 척해?"

진의 가슴이 덜컹했다. 그가 꼭 당겨 안고 있는 바람에 감출 수가 없었다.

"어, 언제요?"

"테러 전까지는 너랑 결혼하지 말아야겠다는 생각을 했다고 말했잖아. 그 말은 테러 이후로 너랑 결혼을 꼭 해야겠다는 말이잖아?"

이게 웬 억지람?

"차라리 아까 경찰을 부를 걸 그랬나 봐."

진이 중얼거리자, 닉이 그녀의 등에 쿡쿡대는 웃음을 묻었다.

"부르라니까. 넌 지금도 내가 아주 많이 부담스러운 것 같으니까 내가 기꺼이 좀 더 추락해 줄게. 기다려, 금방 갈게."

속상해서 발을 굴렀더니, 그가 하체를 더 밀어붙여 왔다.

"또 하기만 해 봐요!"

"임신할까 봐 그래? 벌써 했을걸. 생물을 배워서 알겠지만 임신에 필요한 정자는 딱 하나라구."

"제발 입 좀 다물어요."

"그럴 생각이었어. 어제부터 한숨도 못 잤다구."

닉이 뒤척이며 편한 자세를 잡았다.

"왜 못 잤어요?"

"널 만나러 오는데 잠이 오는 게 이상하잖아?"

물은 사람이 잘못이라는 투였다. 얼마 가지 못해 등에 닿은 그의 가슴이 안정적으로 오르내리기 시작했다. 자면서도 칭칭 감긴 팔다리에서 힘을 빼지 않으니 진도 하는 수 없이 눈을 감았다. 몸도 마음도 너무 지쳤다. 일단은 한숨 자고 일어나 맑은 정신을 되찾아서 다시 그를 말려 봐야겠다 싶었다.

36.

Hello, Liar?

"우린 어울리는 사람들이 아니에요."

"그래? 생각은 자유니까."

다음 날 아침. 닉의 성화에 그들은 다시 아침 식사를 마주하고 앉아 있었다. 밤새 꾼 혼란스런 꿈 때문이 아니더라도 입맛이 있을 상황이 아니었다.

"그러니까 이제 케이직 은행으로, 그리고 영국으로 돌아가요."

"혼자는 안 갈 건데."

음식 뚜껑을 열면서 말 안 듣는 아이처럼 얄밉게 대답하는 닉 때문에 답답해서 한숨이 나왔다. 대체 어쩌려고.

"방금 얘기했잖아요, 우린 어울리는 사람들이 아니라고."

"들었어. 그런데 꼭 어울리는 사람들끼리만 함께하라는 법은 없잖아? 생각을 실천으로 옮기게 되면 엄청난 후회를 하게 되더라고. 경험자인 내 말을 듣도록 해."

닉의 시선이 어제처럼 로브 차림인 진의 배 언저리로 내려갔다 올라왔다.

"음, 함께 갈 사람이 늘어도 난 괜찮아."

또다시 임신 타령이다. 이제 당연히 함께일 거라는 전제 조건이 깔린 그 말에 진은 짜증이 났다.

"오래간만에 회포를 푼 건 어젯밤으로 끝내요. 나도 즐거웠어요. 그럼 됐죠?"

"즐거웠는데 왜 끝내야 해? 평생 계속해도 돼. 나를 맘껏 쓰게 해 준다니까."

그는 선심 쓰듯 말했다.

"닉."

"응?"

진의 경고 조의 부름에도 닉은 진지함이라고는 코딱지만큼도 없이 건성으로 대답했다. 그러고는 뭘 먹겠냐는 듯 음식들을 돌아가며 가리켜 보였고.

진이 싸늘한 표정을 지었지만 닉은 토마토주스를 건네며 말을 꺼냈다.

"케이직 은행을 그만뒀다는 말에 겁먹고 도망간 거 알아."

어투는 날씨 얘기하듯 가볍다고 생각했는데, 어쩐지 진에게 향하지 않고 무심히 흐르는 시선은 조금 화가 난 것도 같았다. 도망간 것 때문에 화가 많이 났었나? 그래서 1년이나?

물론 그가 따라오길 기대한 것은 아니었다. 이렇게 올 거라면 어째서 1년이나 걸렸는지 궁금한 것일 뿐.

"그래서 빌어먹을 카르멘을 보여 준 악셀을 밟아 버리고 싶은 걸 간신히 참았지."

오페라에 대해 악셀에게 얘기한 적은 없다. 하지만 악셀은 그들 두 사람에 대해 대강은 알고 있다. 그러니 공연 중 눈물을 쏟던 자신을 보고 짐작한 것을 닉에게 얘기해 주었을 수도 있고, 눈치가 빠른 닉이 넘겨짚었을 수도 있겠지.

진은 뭐라고 대답할지 말을 고르며 주스 잔의 밑동에 맺힌 물기를 하릴없이 손가락으로 문질렀다. 밀어내는 건 통하지 않으니 사실대로 말하고 진지하게 호소해 볼까?

"꼭 그 오페라를 봐서는 아니었어요."

"적어도 결혼하고 나서 봤으면 빼도 박도 못하는 거였잖아?"

모닝빵에 버터를 바르던 닉이 부아가 나는지 공중에 대고 버터 나이프를 휘둘렀다. 포르투갈 어딘가에 있을 악셀을 향해서다. 진의 얼굴이 새파랗게 질렸다. 그가 악셀을 정말로 어떻게 할까 봐서가 아니라 결혼이라는 단어가 또 나왔기 때문이다. 놀라지 않은 척 평정을 가장했지만, 눈치 빠른 닉은 눈을 가늘게 떴다.

"가엾어서 어쩌나, 난 곧 너와 결혼할 생각인데."

진은 힘겹게 침을 삼켰다. 프러포즈인지 협박인지 구분이 가지 않았다.

"지금이라도 경찰을 부르든가. 불러서 이렇게 말해. '난 정부를 원했는데, 이 남자가 결혼하자네요' 라고. 그래도 걱정 마, 내가 널 혼인 빙자 간음으로 고소하진 않을 테니까."

농담이 아니었다. 닉은 결혼이라는 말을 함부로 입 밖에 낼 만큼 가벼운 사람이 아니니까.

진은 당장이라도 뛰쳐나가고 싶은 욕구를 느꼈다. 공항이든 어디든 이곳을 벗어나 최대한 멀리, 갈 수만 있다면 달나라까지라도 가고 싶은 심정이었다.

"Mistress. 네가 원하는 게 그거였지? 하도 고매한 귀족인지라 사기 결혼 하고 이혼한 멍청이에게나 어울릴 법한 여자로 너를 취급하려던 놈의 '아내'도 아니고, 고작 정부 말야. 정말 네가 원하는 게 그거라면 가서 다시 아무 여자하고라도 결혼하고 올까? 여차하면 셀린도 있으니 오래 걸리지 않을 거야."

기왕 한 결혼이니 그가 불행하기를 바란 적은 없었다. 아이까지 있는 그를 유혹해 놓고 할 말은 아니었지만.

그저 그가 너무 그리웠다. 그래서…….

"아니면 내가 가문의 사업을 마다하고 나와서 빈털터리가 됐을까 봐 이젠 싫어진 거야?"

마지막 말은 지독한 농담이었다.

"미안. 아무리 네가 발끈하길 기대했더라도 할 말은 아니었어. 취소할게."

스스로에게 욕설을 중얼거리는 닉 또한 상황이 그다지 마음에 들지 않는 표정이었다.

아무래도 터놓고 얘기해야 할 것 같았다.

"당신이 날 위해 그 무엇도 포기하길 바라지 않았어요."

닉은 너무도 자신을 잘 알기 때문에 지나간 일이라고 무작정 우겨 대는 것은 통하지 않을 테니까.

"그래, 케이직 은행을 그만둔 것. 그게 비열하게 널 버린 것보다도 더 충격이었으니 냅다 도망갔지, 안 그래?"

처음엔 질문이었는데,

"그저 잠시 잠깐씩 나와 함께 있는 것으로 족하니, 악셀까지 들이대면서 부담 없는 정부가 되고 싶었던 건데 일이 틀어진 거지."

점차 확신으로 변해 가고 있었다.

"그것도 모자라 널 그렇게 버린 것에 대해서 날 단 한 번도 원망한 적 없는 것 알아?"

"소송도 피해자가 고소 취하하면 끝나는 일이잖아요. 내가 따지고 싶지 않다고요. 당신은 그냥 제자리로 돌아가면 끝나는 일이에요."

서둘러 대화를 끝내고 싶어 애원하듯 속삭였다. 그러자 닉이 그녀를 빤히 바라보았다.

"너만 날 사랑하는 것 같아?"

그 이후의 말은 듣고 싶지는 않았다. 그 말이 자신의 욕심을 한없이 부추길까 봐 소름이 끼쳤다. 결혼이며 사랑까지, 모두모두 낯선 단어들뿐이었다. 희망이 아니라 고문이고 기쁨이 아닌 능욕이었다.

"거기까지만 해요. 출근해야 하니까."

"또 피하네. 내보내 달라고 정중히 부탁해도 될까 말까인데. 그리고 7시 출근이잖아, 그것도 오후."

정확했다. 대체 뭘 어디까지 알아본 거지?

그의 말을 빌려 짐작해 보건대, 학원 앞에 서 있던 것도 끝나는 시간에 맞춰서 왔던 모양이다. 대체 뭘 어디까지 알아본 거지?

"오늘은 좀 일찍 나가야 해요. 4시까지."

"그 일찍은 오전 10시는 아닌 건 확신하니 피하는 건 그쯤 해 뒤. 내가 이미 경험해 본 바로는 하등 쓰잘데기없는 짓거리더라구. 그러니 그냥 받아들여."

그가 내민 버터 바른 빵이, 계모가 내미는 독을 바른 사과처럼 보였다. 한 입 깨물면 파멸하는. 아니, 그를 파멸시키는.

"이러지 말아요, 제발."

저도 모르게 반쯤 울먹였지만 닉은 끄덕도 하지 않았다. 전 같으면 들어주는 시늉이라도 했을 텐데.

"딱하군. 그런데 테러 때문에 카르멘의 끝까지 보지 못했지?"

희극적인 표정으로 생색을 내더니 그나마도 다른 얘기로 빠진다.

"스포일러를 하자면 돈 호세가 끝내 자신을 거절한 카르멘을 칼로 찌르지. 그리고 자신을 체포해 달라고 하면서 끝나. 난 어떨 것 같아?"

"그건 그냥 픽션일 뿐이에요."

불안감이 어린 자신의 얼굴을 넘겨다보는 닉은 상냥한 미소를 띠고는 있지만, 시선만은 무자비했다.

"그 픽션을 보고 도망친 네가 할 소리는 아닌 것 같은데?"

"당신이 날 죽일 리 없어요."

물론이다. 그녀가 겁나는 건 닉이 조금이라도 망가지는 것이니까. 설사 그가 자신을 죽인다 해도 그로 인해 그가 치러야 할 대가가 마음 아플 뿐.

"물론이지. 그런 방법은 안 써. 이거 만들 때 네가 가르쳐 줬잖아."

들고 있던 스트로로 샤워 후 흘러내린 앞머리를 슬쩍 들어 올린 닉이 이마의 상처를 드러냈다.

"그때 내가 얼마나 겁에 질렸는지 눈치챘다면 넌 결코 내 곁을 떠나지 않았을 거야."

"무슨 말이에요?"

내가 대체 뭘 가르쳐 줬다는 거지?

"내가 널 사랑한다는 걸 너도 알았더라면 그게 가장 큰 무기가 됐을 거라는 말이야. 넌 단순히 내가 널 다치게 하지 못하리라는 것을 확인할 생각이었겠지만, 난 네가 자해 같은 걸 할까 봐 벌벌 떨면서 모든 계획을 접을 뻔했거든."

닉이 들고 있던 스트로를 주스 잔에 희극적으로 꽂아 넣었다. 이제 이마의 상처가 가려졌는데도 진의 불안감은 가시지 않았다.

"그때는 벌벌 떨었지만 지금의 뒤바뀐 상황에서는 꽤나 유리하다는 말이야."

자신이 얼마나 사랑하는지 그는 알고 있었다. 진땀이 났다.

"난 운전 안 해요."

"자꾸 맹한 척 굴지 마. 하다못해 길거리만 나가도 널리고 널린 게 차라고."

"당신이 그런 바보 같은 짓을 할 리 없어요."

"케이직 은행을 나온 것도 넌 상상 못 했잖아? 그 '바보 같은 짓'은 그때의 너처럼 극단적으로 나가고 싶은 내 생각의 반의반도 되지 않아. 혹시 알아? 내가 당장이라도 내려가서 차에 뛰어들어서 식물인간이 될지?"

진은 함부로 말을 하는 닉을 노려보며 사납게 아랫입술을 깨물었다. 말이 씨가 된다고, 상상조차 하기 싫은 일이었다. 하지만 그는 유쾌하게 웃었다.

"거봐. 그러니, 후회할 일 만들지 말고 그냥 항복해. 눈 딱 감고 받아들이라고. 피할 수 없으면 즐기라는 말도 몰라?"

"싫어요."

진이 고집스럽게 중얼거렸다.

"그래? 그럼 누가 이기나 해보자고. 난 사흘이 아니라 보름간 휴가니까."

피식 웃은 그가 토마토주스를 들이켜더니 감탄사를 뱉었다.

"와우! 토마토가 영국과 달리 무진장 신선해! 어서 마셔 봐, 산모한테 좋을 것 같아."

진은 주스에 입도 대지 않은 채로 사레가 들렸다.

"출근은 나 혼자서도 할 수 있다니까요."

그날 오후 출근을 위해 나서는 진을 위해 갈아입을 옷이 배달되었고 닉이 따라붙었다. 엘리베이터 앞에 선 진이 부루퉁하니 중얼거리자 그는 열 번도 더 한 말을 다시 반복했다.

"보디가드라고 생각하라니까. 산모를 보호해야지."

그때 위에서 내려온 엘리베이터의 문이 열렸다. 안에는 네 사람이 타고 있었는데, 두 사람은 검은 정장에 귀에 무언가를 꽂은 것으로 보아 보디가드인 듯했다. 닉은 '저 봐'라는 얼굴 표정을 지었다.

"쪼꼬키이······!"

안에 탄 뒤 문이 닫히기도 전에 들려온 칭얼거림에 진이 뒤를 돌아보았다. 보디가드로 보이는 두 사람 옆에는 키가 훌쩍 큰, 어른은 아니고 중고등학생으로 보이는 남자애가 서너 살쯤 돼 보이는 여자아이를 안고 있었다.

남자애는 무슨 파티라도 있는지 턱시도를 맵시 있게 **빼입었고**, 웃음기를 머금은 입가며 동글한 눈가는 아직은 많이 부드럽고 섬세했지만 좀 더 자라면 여자깨나 울리고 다니겠다 싶을 만큼 잘생긴 얼굴이었다.

앙증맞은 노란 드레스를 입은 여자아이도 어찌나 귀여운지 눈을 뗄 수가 없었다. 눈처럼 흰 피부에 인형처럼 새까만 눈과 콧방울, 그리고 앵두 같은 빨간 입술이라니. 백설 공주가 저렇지 않았을까 싶을 정도였다.

"쪼꼬키이이이잉……!"

칭얼거림은 그 앵두에서 나온 소리였다. 그때마다 잔뜩 주름 잡히는 콧등도 귀여웠다.

"파티 시작하기 전이라 안 되는 거 알잖아. 밝은색 드레스라, 아무리 조심해도 더럽힐 거라고. 그러면 예쁜 옷 입혀 준 엄마한테 미안할 건데. 안 그래?"

"야쏙!"

대뜸 작은 새끼손가락을 내밀어 약속 시늉을 한다.

"그래, 초코케이크 먹게 해 준다고 오빠가 약속했어. 근데 파티 끝난 뒤였잖아? 그나마도 공주님이 이렇게 떼쓸 줄 알았으면 오빠는 약속 안 했을 거야."

아직 어려서 초코케이크 발음이 그렇게나 귀여웠던 모양이다.

"키잉……!"

이제는 두 손을 마주 잡고 조르기 시작하는 걸 보면 원하는 걸 얻어 내는 순서를 제대로 알고 있는 꼬마다.

"룸으로 가져다 놓으라고 부탁할 테니까, 이따 파티 끝나고 가서 꼭 먹자."

이따가는 싫은지 순식간에 어깨를 늘어뜨리고 구슬픈 표정이 되자 오빠가 달래듯 안고 있던 팔을 흔들었다.

"우는 거야? 엄마가 걱정하시는데. 그럼 아빠는 화내실 거고."

정말 눈물이 났다기보다는 동정심을 유발하기 위해서였나 보다. 그 말에 대번 고개를 들고는 도리도리 젓는 걸 보면 말이다.

"아코, 기특해라, 우리 은조 공주."

엉덩이를 다독이더니 마침 1층에 도착해 열린 문으로 나선다. 아이는 마치 화사한 꽃다발이라도 된 양 활짝 미소를 지으며 오빠의 뺨에 쪽 하고 입술을 눌렀다. 남자애가 답으로 작은 뺨에 한 번 입을 맞추자, 저는 두 번 세 번 입을 맞추었다. 애교가 흘러넘치는 꼬마와 자상한 오빠다.

뒤이어 내린 진은 멀어지는 그들에게서 시선을 떼지 못했다.

"귀엽네요."

"저만할 때 너는 백만 배는 더 귀여웠어."

닉이 무심하게 대답했고 어제부터 툭툭 건네지는, 그 적응 안 되는 말들에 진은 눈을 굴렸다.

"못 믿겠으면 너 닮은 딸을 낳든가. 아들인지 딸인지는 임신 몇 개월부터 알 수 있는 거지?"

너무 기가 차서 대꾸하고 싶은 말이 한가득이었지만 계획한 일을 위해 말을 아껴야 할 때였다.

그날 밤. 닉은 역시나 학원 앞에서 기다리고 있었다. 푸른 벤치 파카 차림으로 어제처럼 하염없이 서서 입에서는 하얀 입김을 피워

올리고 있는 그를, 7층에서 내려다본 진은 한참이나 생각을 거듭한 후에야 학원을 나섰다. 그리고 당연히 차에 태우려는 닉에게 생각하고 있던 것을 말했다.

"집에 가서 쉬고 싶어요. 정말 피곤해요."

"호텔에서도 쉴 수는 있어."

"낯선 곳 싫어요. 그리고 당신 때문에도 힘들어요."

출근 전까지 침대에 붙들려 있지 않았던가. 샤워하러 들어가는데 다리가 후들거려 그가 안아서 옮겨 준 걸 떠올렸는지 가만히 자신을 내려다본다.

초조해진 진이 말을 덧붙였다.

"나도 생각할 시간이 필요하다고요."

"넌 생각이 너무 많아졌어. 그 생각은 지난 1년 동안 내가 다 했으니 넌 따라오기만 하면 된다니까."

"제발! 머리가 터질 것 같다고요!"

"좋아, 오늘 밤만. 내일이 금요일이니까 내일 밤에 다시 만나. 오피스텔까지 태워다 줄게, 타."

진이 거의 악을 쓰고 난 뒤에야 그는 반보 물러났다.

"가는 길 복잡해요. 나 혼자 갈게요."

"전혀 안 복잡하던데? 의심 가기 전에 타."

그녀가 사는 곳까지 알다니 숨이 막힐 지경이었다. 하긴 학원에 대해 아는 사람이 그것을 모를 리 없지만.

"피곤하게 머리 굴리지 말고 그냥 쉬어."

오피스텔에 도착한 뒤 내리는 그녀의 뒤통수에 대고 하는 말도 별반 다르지 않았다. 아주 잠깐 틈을 내어 주긴 하지만 더는 허용하지 않을 거라는 뜻이었다.

"알았어요."

닉이 탄 차는 진이 엘리베이터에 타고서야 움직이기 시작했다. 서두르지 않고 엘리베이터에 오른 진은 초조함에 발을 구르기 시작했다. 학원에는 오늘 급하게 그만두겠다고 말했고 엄마한테는 언제든 전화할 수 있다. 그러니 떠나기만 하면 된다.

복도를 뛰다시피 걸어서 오피스텔로 들어서자마자 캐비닛에서 허겁지겁 배낭을 꺼내 옷장으로 갔다. 거하게 슈트 케이스를 챙길 시간은 없었다. 공항처럼 기록이 남는 곳은 아무래도 닉의 손바닥 안일 테니 일단은 국내에 있기로 했다. 그렇다면 다른 계절 옷도 필요 없으니 옷 두어 벌과 속옷, 그리고 나중을 대비해 여권만 챙겼다.

모자를 눌러쓰고는 급히 문을 나섰다. 이제 내려가서 택시를 타고 기차역이든 어디든 가면 되리라는 생각을 하며 문을 닫고 돌아서는데— 누군가 그 문 뒤 벽에 등을 기대고 있었다. 푸른색 벤치파카를 입은 남자.

진은 유령을 본 듯 하얗게 질려 그대로 멈춰 섰다.

"Hello, Liar?"

그 남자, 닉이 심장도 녹일 만큼 매력적인 미소를 지어 보였다.

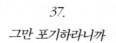

37.
그만 포기하라니까

벽에서 몸을 일으킨 닉이 얼어붙은 진에게 다가와 귓가에 속삭였다.

"그렇게 애석해하지 마. 지금 놓쳤다 해도 언제든 찾아낼 거였으니까. 내가 1년이나 지나서 찾아온 이유는, 널 찾아내는 데 오래 걸려서가 아니라 내 스스로가 네게 인정받을 기회를 갖고 싶어서였을 뿐이라구."

"……내게 인정받을 기회라니요?"

진은 이제 닫혀 버린 오피스텔 현관문을 바라보며 멍하니 중얼거렸다.

"외조부나 아버지의 후광 없이도 내가 해낼 수 있다는 것. 얘기했잖아, SY은행에서 리더십 공로상을 받았다고."

그럼 작년에 그걸 받고 싶다고 말했던 이유가? 그때 이미 이 모든 걸 계획하고 있었다고?

"고작 나한테 인정받는 게 중요해요? 그 많은 걸 다 팽개치고 나와서?"

"응. 난 너만 중요해. 너한테도 내가 세상의 전부이듯이."

"난…… 아니에요."

닉이 코웃음을 쳤다.

"물론 예전에는 그랬지만 지금은 정말 아니에요."

"아, 그래? 그럼 왜 도망을 가는 건데?"

"어, 엄마한테 가려고 했던 것뿐이에요."

닉은 혀를 찼고, 진은 떨리는 제 혀를 깨물었다.

"문이나 여시지, Liar. 거짓말하느라 정말 피곤해졌을 텐데 얼른 들어가서 쉬자구."

안 된다. 닉과 함께 있으면 그나마 도망칠 기회도 사라질 테니, 어떻게든 보내야 했다!

"드, 들어가서 쉴게요. 이번엔 정말이에요."

제기랄, 입술이 떨렸다!

"한국인으로서 나름 자부심이 있는 것 같더니만, 피노키오처럼 코라도 길어지면 정말 영국인처럼 보일까 해서 자꾸만 거짓말을 하는 거야? 영국인이 아니라도 너랑 결혼해 준다니까. 그리고 네 코는 지금 그대로가 딱 좋아. 더 길면 키스하기만 불편하다고."

그가 도도하게 높고 차가운 코를 제 뺨에 문질러 오자, 진은 속이 상해 발을 구르고 싶은 심정이었다.

"이건 가택 침입이에요."

닉의 목울대를 울리는 웃음이 귓가를 찌릿하게 파고들었다.

"그래서? 경찰 부르고 싶어? 불러. 내가 반의반도 하지 않았다
는 말을 못 알아들었어? 그놈의 경찰, 제발 좀 불러 줘. 구급차도
괜찮아. 마침 옆에 난간도 있네. 우와, 1층 로비가 내려다보여! 저
기로 떨어지면 머리가 토마토처럼 박살 나겠지? 그걸 보는 네 심정
이 어떨지 벌써부터 미안해지네. 머리가 박살 나면 말 못 할 테니,
사과는 미리 해 둘게. Sorry, baby."

너스레를 떨던 닉이 급기야 상체를 내밀어 난간 아래를 내려다
보자 진은 온몸에 소름이 돋았다. 그래서 화급히 번호 키를 눌렀
다. 띠띠띠띠.

패배감에 젖은 진의 앞에 한동안 다시 들어갈 일이 없을 줄 알았
던 오피스텔의 내부가 드러났고, 닉이 그녀의 뻣뻣한 등을 부드럽
지만 단호하게 밀었다.

딩동.

좌절감에 머리를 쥐어뜯으며 엎드려 있던 진이 얼어붙었고 그녀
의 엉덩이 사이를 핥던 닉의 혀도 멈추었다. 누구지? 설마……

"어, 엄마인가 봐요!"

반찬이나 먹을 것을 들고 시시때때로 오시곤 했는데 미처 그 생
각을 하지 못했다. 반항하느라 한바탕 기운을 쓰고 지쳐 있던 진이
전기에라도 감전된 듯 와들 떨자 닉이 그녀를 꼼짝 못 하게 누르고
있던 팔다리를 떼어 내며 일어섰다.

"그래? 그럼 내가 나가 볼게."

"안 돼! 내가 나갈게요! 당신은 어디 숨어 있어요! 요, 욕실에

라도!"

숨이 넘어가기 일보 직전이 되어 몸을 뒤집는 진을 보며 닉이 고개를 저었다.

"싫은데?"

"무슨…… 앗, 안 돼!"

비명을 지른 진이 침대 아래에 떨어진 셔츠로 손을 뻗자 닉이 한발 빠르게 여기저기 널려진 진의 옷을 냉큼 잡아채서는 침실 밖으로 나갔다. 오피스텔에 들어서자마자 말 안 듣는 아이라도 되는 듯 그녀를 옆구리에 안아 든 모욕적인 자세로 침실에 데려와서는 사정없이 벗겨 낸 옷들이었다.

진은 급한 대로 이불을 두르고 방문 앞까지 갔지만 차림새 때문에 고개만 비죽 내밀었다. 현관 쪽은 조용했고 종이 가방을 든 닉이 문을 닫고 있었다.

"그게 뭐예요?"

"아까 기사한테 부탁해 뒀던 거야. 너 먹이려고."

이런, 엄마가 아닌 줄 알면서도 자신을 놀린 것이다. 분해진 진이 침실 문을 닫아걸기 위해 움직였지만 재빨리 다가온 닉이 문 틈새로 발을 집어넣었다. 그가 발을 다칠까 봐 놀란 진은 얼른 다른 손을 내밀어 닫히던 문을 잡았다. 그 바람에 이불깃을 놓쳐서 벗은 몸이 훤히 드러났고. 이런, 망할!

소리 없는 비명을 지르며 침대로 달아난 진은 다시 이불로 몸을 칭칭 감았다. 다리 사이에 이불깃을 밀어 넣고 꼭 오므려서는 몸 앞쪽의 매듭까지 가리기 위해 침대에 바짝 엎드렸다. 패색이 짙었지만 진은 기묘할 정도로 마지막까지 저항하고 있었다.

침대에 닿은 제 심장이 쿵쿵 뛰는 게 느껴졌다. 종이 가방을 화장대 위에 올려놓은 닉이 어린애처럼 누에고치 같은 모습을 보며 한심하다는 듯 고개를 저었다.

"속 좀 그만 썩여."

"당신이야말로 정말 작정했군요."

"네가 가르쳐 줬잖아. 대강 작정해서는 성공 못 한다는 걸."

"제발 이성적으로 생각해 봐요. 어떻게 봐도 당신 손해라고요. 내가 곱게 보내 줄 때 가는 게 좋다니까!"

"손해는 이미 봤어. 셀린의 아버지가 죽기 전에 글로스터 백작 지위를 내게 주고 싶어 했지만 마다했거든. 그리고 정 배려해 주고 싶으면 다리에서 힘이나 좀 빼 줘. 그러다 쥐 날라."

백작이라면 영지까지 있는 작위인데 그걸 마다하다니.

바락 소리를 질렀다.

"바보, 멍청이!"

닉에게 처음으로 욕을 한 충격은 둘째였다.

"아버지에게 작위는 그것 말고도 일곱 개도 넘어. 백작도 이미 두 개나 있다고."

닉은 이제 팔짱을 끼고 화장대에 기대서는 눈이 새빨개진 진이 분을 삭이지 못하고 이불을 물어뜯는 것을 지켜보았다.

"쯧. 먹는 게 부실해서 먼저 좀 먹으려고 했더니만. 어떻게 할래? 점잖게 일어나서 먹을래, 아니면 내가 하고 싶은 짓 먼저 할까?"

"먹고 나서는 뭐 하는데요? 갈 거예요?"

닉이 픽 하니 웃었다.

"무슨 논리가 그래? 당연히 내가 하고 싶은 짓을 하겠지."

"안 먹어!"

"그럼 하는 수 없지, 뭐."

닉이 유들유들한 말과 달리 단숨에 셔츠를 머리 위로 벗어 냈고 진은 겁에 질렸다. 곧 실오라기 하나 걸치기 않게 된 그는 사정 봐 주지 않고 진의 두 발목을 위협적으로 잡아챘다.

"얌전히 다리 벌려. 이러다 나 제대로 흥분하면 넌 오늘도 못 쉴 테고 자칫하면 내일 출근도 못 하게 된다고."

학원을 그만뒀다는 말은 안 할 것이다. 내일 출근하는 척 학원에 가서 중간에 다시 도망칠 기회를 잡을 수도 있을 테니.

얼마 가지 못해 이불이 벗겨지고 그녀의 몸을 덮다시피 엎드린 닉이 입술을 맞대기 직전에 중얼거렸다.

"음, 오늘 무리하면 안 되는 또 다른 이유가 생각났어."

뭐지? 뭔데??

"내일 네 가족을 만나러 가야겠어. 그게 제일 빠를 것 같아."

"……절대 안 돼요!"

닉이 쿡 웃었다.

"무리하라는 말이야?"

"다 안 된다고!"

"돼."

닉이 제 입으로 항의하는 진의 입을 틀어막았다.

"사랑해."

엎드린 채 닉의 팔베개를 베고 있던 진은 귓가에 다가오는 그 말이 가진 울림에 얼굴을 침대 시트에 묻었다.

"널 그렇게 힘들게 해 놓고 할 말은 아니지만 한 번은 말해 주고 싶었어. 내가 네게 품고 있는 감정이 광기와 흡사하지만 그래도 사랑이라는 단어에 좀 더 가까운 것 같았거든. 음, 감동받아서 우는 것 같지는 않은데?"

눈물이 쑥 빠지긴 했다. 속상한 신음을 흘리며 숨을 들썩이던 진은 반항적인 어조로 내뱉었다.

"진짜 이건 아니라고요……!"

"그만 포기하라니까."

닉의 손이 그 뒤통수를 가만히 쓰다듬었다.

"내가 힘들어서 떠날까 봐 겁이 났다고 했죠? 그래서 날 보냈다고."

"그랬지."

"지금 나도 그렇다는 걸 모르겠어요? 나 때문에 이런저런 것들을 포기한 당신이 언젠가 후회할까 봐…… 그래서 날 떠날까봐……."

처음으로 털어놓은 속내였다. 그가 포기한 것들에 대한 후회가 자신에 대한 미움으로 변할까 봐. 궁극적으로 두려운 것은 그것일 터였다.

"지금도 겁나고 두려워 미치겠다고요."

"어, 참아. 어차피 날 떠나면 그 이상으로 힘들 거잖아."

"내가 힘들어지는 건 싫다면서요! 당신 후회할 거야!"

"새로운 작전이야? 후회라면 지난 몇 년 동안 지겹도록 했어. 그러니, 핑계 그만 대고 항복해."

진이 대놓고 징징댔지만 닉은 역시나 끄덕도 하지 않았다. 다시 침대 시트에 얼굴을 푹 파묻은 진이 뭐라 뭐라 웅얼거렸다.

"욕하는 것 같네. 한국 은행에서 일하면서 몇 가지 배웠는데. 아직 덜 피곤한가 봐?"

닉의 손가락이 그녀의 엉덩이를 쿡 찔렀고 진이 다리를 마구 굴렀다.

"난 심각하다고요."

"나도 장난 아니야. 그래, 힘들겠지. 아주 힘들었어."

목소리에는 여전히 장난기가 섞여 있었지만 진을 내려다보는 시선에는 자신이 겪은 시간에 대한 씁쓸함이 진하게 묻어 있었다.

"그래서 네가 날 떠날까 봐가 아니라, 내가 에드워드 8세처럼 후회하게 될까 봐 널 보낸 것이라는 핑계까지 만들어 냈지. 그러면 좀 견디기 쉬울까 봐. 그런데 잘 안 되더라고. 모든 걸 가진 것 같았지만, 네가 없어서 늘 힘들고 외로웠어. 이렇게 날 떠나면 너도 그럴 거야. 네가 그런 시간을 겪을 걸 뻔히 아는데, 내가 널 어떻게 보내겠어? 안 그래?"

그가 다시 진의 엉덩이를 찔렀다. 경고 조였다.

"지금도 겁이 나고 앞으로도 그렇겠지. 하지만 함께라면 적어도 외롭지는 않을 거야. 그리고 네가 한 약속 지켜. 니콜라오처럼 날 절대로 팔아 버리지 않겠다고 했잖아."

자신도 그렇지만 닉도 별의별 핑계를 갖다 붙이고 있었다.

"말도 안 돼. 이익……!"

진이 어떻게든 빠져나갈 수 없는 상황이 속상해 죽겠다는 듯 몸부림을 치자, 닉이 낮게 웃으며 그 등을 쓸어내렸다. 크고 따뜻한 손. 가슴이 저릴 정도로 그리웠던 손. 정말 함께해도 되는 걸까?

크게 한숨을 내쉰 진이 시트에 눈물을 문질러 닦았다.

"우리 엄마 카리스마 장난 아닌데. 아마 당신 뼈를 발라 버릴걸요."

마치 싸움에서 진 꼬맹이가 집으로 도망가며 어깨 너머로 던지는 말 같았다.

"먼저 편지에 대해 말씀드리고."

닉이 회한을 담아 중얼거리자 진이 휙 돌아보았다. 그냥 고개만 돌린 그녀를 닉이 끌어당겨서는 마주 안았다. 간접 조명 아래서 보석처럼 빛나는 푸른 눈동자가 그녀를 향하고 있었다.

"편지 얘기는 아예 하지 않는 게 좋겠어요."

다시는 못 볼 줄 알았는데.

"왜?"

안타까우면서도 믿어지지 않을 정도로 가슴이 벅찼다.

"그랬다가는 음, 뭐랄까. 용서의 차원이 아니라, 응징의 차원이 될 것 같아서? 아마 당신을 트랙터로 밀어 버릴지도 몰라요. 목장에 집채만 한 트랙터들이 있거든요."

수염이 자라나기 시작한 턱을 쓸어 보고 싶었다. 그러면 안 되는 것을 알면서도 손을 내밀었다.

"그래도……."

"결국 편지로 부모님을 찾아 준 것도 당신이었잖아요."

앞으로 그들이 함께하든 안 하든 닉이 그 문제에 대해 계속해서 죄책감을 느끼는 것은 바라지 않으니 한 번은 말해 두고 싶었다.

"먼저 보냈어야 했던 편지지."

닉이 턱에 힘을 주어 진의 손에 문질렀다.

"연락이 오지 않으니까 기억이 틀렸나 하고 조금씩 주소를 바꿨던 기억이 나요. 어차피 제대로 가지 않았을 거야."

"처음 편지를 내가 부쳤더라면 그때 부모님을 찾았을 테고 주소를 바꿀 일도 없었겠지. 국가명도 내가 덧붙여 줬어야 했던 거고."

"당신이 그래야 할 의무는 없었어요."

"아니, 있었어. 널 조금이라도 생각한다면 네가 가족에게 돌아갈 수 있도록 애썼어야 했어. 널 붙잡아 두는 게 아니라."

"당신도 어렸어요. 열 살도 되기 전이었잖아."

닉도 자신을 열심히 변호해 주는 진의 얼굴을 쓰다듬었다. 검은 눈동자가 조명을 받아 빛날 때마다 가슴이 저려서 눈물이 흐를 것 같았다. 하지만 짚고 넘어갈 것은 짚고 넘어가야 하는 것이다.

"어른이 돼서도 한참이나 후에, 그것도 나 편할 때 편지를 이용했으니 이기적인 개자식이 맞아."

닉이 스스로를 조소하며 입술을 비틀었다.

"당신하고 함께 있어서 좋을 때도 있었어요."

좋을 때도 있었다는 것은 나쁜 때도 있었다는 뜻이지만, 사실은 그렇지 않았다. 진은 늘 좋았고 늘 행복했다. 지금도 눈앞에 닉이 있다는 것이 너무 기뻤고. 미안함 따위는 당장 구석에 처박아 버릴 만큼.

"네가 내 버릇을 망친다니까."

그의 입술이 다가와 입을 맞췄다.

"또 그럴 건 아니잖아요."

한 번, 두 번.

"다른 짓을 하고 있잖아."

"뭐가 더 남았어요?"

허리에 감겨 있던 손이 엉덩이 아래로 내려갔다.

"전에 네가 하자고 했던 것 기억나?"

내가 뭘 하자고 했더라?

진이 멍하니 눈을 깜박이자 닉의 손이 안쪽으로 파고들었다.

"생리할 때, 그, 음……."

스스로 기억했다기보다는 닉의 손가락이 가 닿은 부위로 인해 강제로 기억을 떠올렸다. 그건 닉이 다른 여자애를 쳐다볼까 봐 그랬던 거고!

"게다가 지금은 생리 중도 아니잖아요?"

"그러니까. 난 짐승이 아니니 네가 불편한 생리 중엔 안 한다고 했잖아."

"자, 잠깐만요!"

"응, 나 그 단어 좋아해."

그들 사이에서 '잠깐만' 이라는 단어는 언제부턴가 '무시해' 라는 뜻이 돼 버렸다.

띠띠띠.

다음 날 아침. 주방에서 물을 마시던 닉은 갑자기 들려오는 번호 키 소리에 반사적으로 현관 쪽으로 걸어 나갔다. 진의 집에 저렇게 들어올 사람이 대체 누구지? 그리고 왜 짜증 나게 혹시 레벤하웁트인가 하는 생각이 드는 거고?

조심스럽게 문이 열리고 뒷모습을 보이며 들어선 사람은 웬 여성이었다.

그녀는 현관문을 조용히 닫는 것에 더 신경을 쓰느라 문이 닫히고 난 뒤에야 돌아설 수 있었다. 이윽고 닉을 발견한 상대와 그 모습을 지켜보고 있던 닉 모두 잠시 멍하니 서로를 마주 보았다.

순간적으로 도둑인가 생각했지만 도둑이 고급스러워 보이는 밍크코트를 입고 뭔가를 바리바리 싸들고 남의 집을 털러 오진 않을 테지. 그리고 진과 닮은 여성의 얼굴을 확인한 닉은 도리어 자신이 안절부절못해야 하는 상황이라는 것을 깨달았다.

상대의 입장에서 보면 상체는 벌거벗고 바지는 허리에 간신히 걸친 사내가 첫새벽부터 자신의 딸 집 한가운데에 서 있는 판이니 말이다. 게다가 물컵을 든 채 얼어붙어 있는 자신의 헝클어진 머리며 눈동자는, 모두 다 새카만 한국 사람들과는 달라도 한참 다른 생김새가 아닌가.

정신을 차린 닉은 턱시도를 입었을 때처럼 정중하게 허리를 숙여 인사했다. 허리를 펴고 보니, 진의 어머니도 놀란 기색을 감춘 뒤였다. 한국은 결혼하지 않은 남녀의 관계에 대해 그다지 개방적이지 않은 데다가, 상대가 좀 더 보수적일 수 있는 세대인지라 닉은 자신이 먼저 입을 열어야겠다고 생각했다.

한데 영어를 못 알아들으시면 어쩌나 하는 생각이 떠올라서 영어를 하시는지 먼저 여쭈어야 하나 생각하며 우물쭈물하는데 뜻밖의 말이 들려왔다.

"닉인가요?"

진을 찾으러 미국에 자주 다니셨다더니 영어가 낯설지 않으신 모양이었다. 한데 내 이름을 어떻게 아시는 거지?

38.
목매던 개구리

"예, 닉 웨즐리입니다."

그의 대답에 진의 어머니의 표정이 한순간 매섭게 변했다. 아랫
입술을 사납게 이로 악물며 코로는 분한 숨을 내뱉었고. 게다가 닉
이 인사를 덧붙이기도 전에 홱 돌아서시더니 다시 현관문을 열었
다. 기세로 보아서는 당장 큰소리를 치거나 내쫓거나 하실 줄 알았
는데, 이건 더 황당했다. 정신을 차린 닉이 서둘러 따라 나갔다.

밖에서도 문고리를 잡고 조용히 닫다가 닉이 그 문을 열고 나가
자 홱 돌아서서 빠른 걸음으로 엘리베이터로 향하시니, 닉도 무작
정 몇 걸음 더 따라갔다. 그냥 가시게 두는 것은 아닌 것 같아 따
라 나오기는 했지만, 대체 뭐라고 말씀을 올려야 하는 상황인지 알
수 없어서였다.

오늘 찾아뵐 생각이긴 했지만 이렇게 갑작스럽게 마주칠 줄 몰랐었다. 그런데 자신이 누구인지 알자마자 외면을 하시다니. 진 때문에라도 최대한 잘 보여야 하는 분인데 첫 만남부터 이렇게 꼬이니 초조해졌다.

진의 어머니는 따라 나온 그를 쳐다보지도 않고 장갑 낀 손으로 엘리베이터의 버튼을 신경질적으로 반복해서 눌렀다.

"저어, 오해하실 만한 상황인 것은 알지만,"

성함을 알지도 못하고 또 안다 해도 한국은 이러저러한 호칭이 많아서 다짜고짜 미시즈 리, 라고 부를 수도 없는 상황이라 닉은 저도 모르게 말을 더듬었다. 한데, 그 말이 들리자마자 휙 돌아보신다.

"당신이 누군지 알아요."

낮게 쏘아붙이는 어투나 눈빛은 무시무시했다. 어디까지 아신다는 거지?

"이렇게 뵙게 되어서 죄송하지만,"

"당연히 죄송하겠지요, 유진이가 꿈에서 당신을 부르며 우는 것을 한두 번 본 게 아니니까."

그 말씀을 하시고는 떨리는 아랫입술을 다시 악물었다. 진처럼 새빨개진 눈동자가 원망스레 그를 노려보았다.

그도 본 적이 있었다. 런던의 아파트에서 진이 자면서 울던 것을. 그도 가슴이 찢어질 것 같았는데 어머님은 어떠셨을까. 입이 열 개라도 할 말이 없었다.

"그래서 다시 영국에 보내 줬더니 돌아온 뒤로는 자지 않을 때도 울더군요."

그런데 그 상대가 한국까지 따라와 있으니 분하실 법도 했다. 그러면서도 큰 분란을 만들지 않으려고 가시는 듯했고.

닉이 목이 메는 것을 간신히 참고 말했다.

"이제 다시는 울리지 않으려고 합니다."

제 딴에는 진심을 담은 말이었는데, 진의 어머니는 코웃음을 치셨다. 그리고 턱을 치켜들고는 닉을 코 아래로 노려보았고.

진과 비슷한 정도의 키라 아무리 몇 걸음 떨어져 있다 해도 그를 코 아래로 노려볼 수 없는 높이인데 그게 가능하다. 진의 말대로 정말 포스가 대단하신 분이었다.

그래서 저도 모르게 변명이 나왔다.

"이번에는 유진이 도망간 겁니다."

"이번에는?"

닉은 움찔했다. 당황한 참에 비열하게 진의 핑계를 댔지만 제 과오까지 털어놓는 실수를 저지른 것이다. 그도 그렇지만 진의 어머니도 그 단어 하나로 무언가를 유추하시다니 꽤나 예리한 분이셨다.

"제가 저지른 잘못에 대해 끊임없이 반성하고 있습니다."

"이번에도 제대로 못 했으니 우리 애가 도망 왔을 테고요."

그걸 핑계라고 대느냐는 말씀이었다. 하긴 도망가기 전에 알아서 챙겼어야 하는 것이 맞다.

"이제는 잘 잡아 두겠습니다."

"두고 보죠."

꼭 다물렸던 입술이 억지로 열리는 것이 진과 똑같았다. 신기한 기분이면서도 그것만으로도 진만큼이나 좋아하게 될 것 같은 분이었다.

"그러지 않아도 오늘 찾아뵐 생각이었습니다."

그때 엘리베이터가 도착했다.

"그것도 두고 보죠. 이건 유진이가 좋아하는 거예요."

진의 어머니는 여전히 냉정한 말씀과 함께 들고 있던 것을 발치에 내려놓고는 엘리베이터에 타셨다. 닉은 벌써 닫히기 시작하는 엘리베이터 문에 대고 다시 허리를 숙였고, 그가 고개를 들었을 때에는 이미 문이 닫히고 난 뒤였다.

아시아 시장에 처음 왔을 때에 엘리베이터에 탄 상관들을 향해 허리를 숙이던 부하 직원들을 보고 지나치다고 생각했는데, 지금 심정 같아서는 조금이라도 더 잘 보일 수만 있다면 바닥에 엎드릴 수도 있을 것 같았다.

딩동.

벨 소리에 진은 비몽사몽간에 눈을 뜨고 일어나 앉았다. 바닥에 떨어진 닉의 셔츠를 보고 그제야 지난밤이 떠올랐다. 닉이 보이지 않았다. 응?

다시 벨 소리가 났다. 으응?

이상해서 거실로 가서 인터폰을 보니 문 밖에 선 것은 닉이 맞았다. 한데,

급하게 달려가 현관을 여니 닉은 인터폰에 보인 것처럼 상체를 벌거벗고 있었다. 게다가 발은 맨발이었고. 이 추운데 대체 왜 이러고 나갔던 거지? 이까지 덜덜 떨면서?

게다가 한 손에는 물컵을, 또 한 손에는 가방을 두 개나 들고 있었다. 뭘 사러 나갔던 건가? 그런데 가방은 이것저것 먹을 것을 챙겨 오시던 엄마나 들 법한 가방인데? 잠깐, '엄마가 들 법한'이라

고? 으으응?

"미안, 비번을 몰라서 널 깨워야만 했어."

진을 지나치던 닉이 우뚝 멈추더니, 굉장히 중요한 말인 양 덧붙였다.

"그…… 편지에 대한 건 네 말대로 나중에 말씀드리는 게 좋겠어. 음, 결혼부터 하고 나서."

"한국에서는 모르겠지만 영국에서는 결혼식 안 할지도 몰라."

"누가 하자고 했나?"

"서운해하지 마. 축하받고 싶은 사람이 없어서 그래."

"안 한다고요."

"혼인신고는 물론 할 거야."

"그것도 안 해요."

"부모님이 돌아가시고 나면 혹시 모르겠어."

"안 한다니까."

"내가 해 달라는 말이야."

"……."

"그때 청혼하면 받아 줘."

"글쎄요."

"못되게 굴지 말고 미리 대답하라고."

"언제 받을지도 모르는 청혼에 대한 대답을 지금 하라는 말이에요? 옵션도 yes 하나인데?"

"그래."

"그동안 다른 남자가 생길지도 모르는데? 살아 보니까, 악셀도 그렇고 세상에 괜찮은 남자가 꽤 많더라고요. 우물 안에서 목매던 개구리랑 결혼하고 나서 더 괜찮은 남자가 나타나면 어떡해요?"

"내가 고작 '우물 안 개구리' 정도란 말이야?"

"악셀도 꽤 잘나가는 남자예요. 같이 다니면 당신만큼이나 여자들이 목을 빼고 돌아본다고요."

"내가 너더러 못됐다고 얘기했던가?"

"98번만 더 하면 100번이에요."

"횟수를 잘 세네. 그럼 어젯밤에 내가 네 몸속으로 몇 번 들어갔는지도 기억하겠네?"

"왜 또…… 자, 잠깐 셀 수 없이 많이 그랬어요! 더 채울 필요 없다구!"

"그래? 그건 어제고 오늘은 그보다 적게 하면 서운하겠네. 내 사랑이 식었다고 생각할 거 아냐?"

"아니얏! 절대 그렇지 않아!"

"개구리가 자꾸 말만 하면 더 경박스러워 보이니까 몸으로 보여줄게."

"나 출근해야 된다니까요!"

"같은 수법 쓰지 말고 어서 키스나 해 줘. 네 키스가 부족하니까 내가 아직도 개구리인 거잖아. 어서 날 왕자님으로 만들어 줘."

"닉……!"

39.

외전

벤 이야기

    전통적으로 왕실이 주최하는 로열 아스콧 경마 대회의 셋째 날은 날씨가 화창했다. 십만이 넘는 사람들이 모인 경기장은 시끄럽고도 즐거운 묘한 흥분으로 가득 찼다. 로열 인클로저 발코니 아래 내려다보이는 너른 경기장의 초록 잔디 위로는 햇살이 찬란하게 부서졌다.

    주위에는 100년 전 복장을 한 신사들과 화려한 모자를 쓴 레이디들이 천지였다. 드레스 코드가 철저하기로 유명한 로열 아스콧이 아니라도 왕족과 귀족들은 품위를 유지해야 하니 지금과 별다르지 않았을 것이다.

    드레스 코드가 십 대에게는 조금 관대하지만 벤은 어머니의 강요로 모닝코트는 물론 검은색 top hat까지 쓰고 있었다. 그는 귀족으로서의 자부심이 없는 것은 아니지만 모닝코트를 입은 자신이 조금 우스꽝스럽다고 생각하는 열두 살에 불과했다. 그래서 지금 상당히 기분이 나빴다.

게다가 사춘기인 그는 선정적인 붉은 드레스에 한쪽 눈까지 가리는 우스꽝스러울 정도로 커다란 꽃을 머리에 매단 어머니가 여기저기 인사를 시키는 바람에 잔뜩 짜증이 나 있었다. 아까 점심의 메인으로 나온 스테이크 곁의 앙증맞은 홍당무 장식을 본 사람들이 모두 웃을 적에도 입가를 허물어뜨리지도 않을 정도였다.

식사 후에 어머니는 비협조적인 그를 버려두고 여전히 사교적인 행각을 계속하고 있었다. 왕족과 귀족들만 들어올 수 있는 로열 인클로저에 있다는 것이 무척이나 기쁜 듯 어머니는 모든 사람들에게 스스로의 존재를 알리고 싶어 했지만 단 한 사람에게는 그렇지 못했다.

그 사람은 바로 저쪽에 늘어선 테이블 중 하나에 앉은 나이 든 귀부인이었다. 동시에 아까부터 벤이 꼼짝도 하지 않고 시선을 주고 있는 사람이었고.

부인의, 옅은 푸른색 드레스와 그에 어울리는 챙이 달린 모자 아래의 회색 눈이 드디어 그의 시선을 알아챘는지, 아니면 우연인지 그를 향했다. 그 순간을 고대했던 벤은 눈을 깜박거리지도 않고 그녀를 쳐다보았다.

아마 그는 기대했던 모양이다. 어릴 적에 늘 그랬듯 그녀가 자신을 향해 미소 지어 주기를. 그녀는 자신을 알아보지 못했다고 판단하기에는 좀 무리가 있을 정도로 오래도록 그를 응시했지만 알은척을 한다거나 예의상으로라도 미소를 지어 주지는 않았다. 그때였다.

"넌 이름이 뭐야?"

갑자기 그의 앞으로 불쑥 다가선 여자애가 물었다. 그보다 한참이나 키가 작은 걸 보면 대여섯 살쯤 되었을까. 부모는 어디 갔는지, 아까부터 주위를 뛰어다니며 정신없게 굴던 꼬맹이였다.

혹시 꼬맹이를 내려다보는 잠깐 사이 부인이 자신에게 미소를 지어 주었으면 어쩌나 하고 서둘러 시선을 들었더니 부인의 시선은 제 앞의 꼬마를 향해 있었다.

벤은 일단 불청객을 치우고 싶었다. 그래야 부인의 시선이 다시 자신에게 향할 테니까.

"Earl of Gloucester(글로스터 백작)."

학교에서는 성가시게 달라붙는 애들에게 이 정도만 말해도 태반은 물러서는데 옅은 노란색의 실크 드레스를 입고 머리에 회색의 꽃을 단 여자애는 그러기는커녕 도리어 활짝 웃었다. 앞니가 두 개나 빠진 걸 보여 주면서 말이다.

"안녕, 얼. 같이 놀래? 너, 내 바비 인형처럼 예뻐. 그 애 이름은 피터야."

벤은 어이가 없어서 눈을 굴렸다. 지난 학기에 저더러 예쁘다고 했던 녀석을 펜싱 대결에서 울음을 터뜨릴 때까지 몰아붙였었는데, 이 꼬맹이에게 검을 휘두를 수는 없고. 여자애의 머리에 달린 꽃이라도 잡아 뜯으면 금세 울음을 터뜨리며 도망갈 것 같았지만 부인이 아직 지켜보고 있으니 모양새 나쁘지 않게 눈앞에서 치우고 싶었다.

그래서 낮게 쏘아붙였다.

"바보. 그건 이름이 아니야. 작위도 몰라? Duke(공작), Earl(백작) 이런 것 말야."

"아, 그 작위? 그런 거 우리 아빠도 있어. Vis…… 음, 발음이 어려워."

겨우 자작(Viscount)이군, 이라고 콧방귀를 뀌는데 여자애가 덧붙였다.

"난 겨우 후작 하나지만. 뭐라더라? 음."

뭐? 후작은 공작의 후계자이니 이 애 아버지는 공작이라는 말이다. 보통 작위를 말할 때 제일 높은 작위인 공작을 말해야 하는 건데 애가 아직 어려서 뭘 모르니 자작만 들먹인 것 같았다.

게다가 후작은 백작인 자신보다 높은 지위다. 여자애가 다시 보였지만 고리타분하게 예를 갖출 생각은 없었다.

그러고 보니 공작도 흔하다. 자신도 후작이 될 뻔했는데. 벤은 들리지 않게 콧방귀를 뀌며 다시 귀부인을 흘끗 바라보았다.

그때 여자애가 중얼거렸다.

"맞다, 더닝튼 여후작."

더닝튼이라고? 벤의 딱딱해진 시선이 다시 여자애에게 뚝 떨어졌다. 무슨 말인지도 모르고 외운 듯 또박또박 말하고는 제대로 말한 자신이 기특한지 다시금 우스꽝스러운 이를 드러내며 웃는 꼬맹이 따위가 누구라고?

그제야 제대로 본 아이의 눈동자는 경기장 너머의 하늘만큼이나 새파랬다. 기억 속 아버지의 눈동자처럼.

그때 오늘의 첫 경기가 시작된다는 방송이 흘러나왔고 여자애는 '우왓, 시작하나 봐!' 라고 외치며 유리문 너머 발코니로 부지런히 달려가 버렸다. 벤은 멍하니 생각했다. 그렇다면 그가 쳐다보던 귀부인이 내내 여자애를 쳐다보던 것도 우연이 아니었다는 말이 된다.

뻣뻣한 시선을 다시 귀부인에게 향하니 그녀가 보디가드인 듯 뒤에 섰던 아에게 손짓을 했고 지시를 받은 이는 부지런히 여자애에게 다가갔다.

부인은 이제 유리 난간에 찰싹 달라붙어 밖을 내다보는 여자애에게 배려와 애정을 듬뿍 담은 시선을 보내고 있었다. 어릴 적 벤 자신에게 향하던 것과 똑같이. 저 방정맞은 여자애가 바로……

그때 벤의 시선을 가리며 누군가 여자애에게 다가갔다. 우아한 모자를 쓴 여성과 벤이 내내 우스꽝스럽게 생각하던 모닝코트와 모자가 근사하게 잘 어울리는 키 큰 남성이었다.

대번에 그들이 누구인지 알 수 있었다. 여성이 여자애와 똑같은 드레스를 입고 있었기 때문이다. 여성이 여자애의 한쪽 손을 잡았고 검은색 top hat이 잘 어울리는 남성이 허리를 구부려서는 손으로 여자애의 몸 앞쪽을 안전하게 가로막았다. 두터운 유리 난간이 부서져서 귀한 딸이 다치기라도 할까 봐 걱정되는 모양이었다.

바로 그 사람이었다. 벤이 한때 아버지라고 불렀고 이후로도 사실을 알게 되기 전까지는 그리워했던 사람. 친해지고 싶었지만, 그럴 기회를 얻지 못하고 헤어졌던 어머니의 전남편. 하지만 자신의 아버지는 아니었던 사람. 그리고 지금은 저렇게 다른 가족을 이루고 있는 사람.

벤의 멍한 시선이 행복해 보이는 더닝튼 공작 가족의 모습을 훑고 또 훑었다.

"벤자민?"

처음 부른 것이 아닌지 어머니가 왜 그리 못 듣느냐는 표정으로 다가섰다. 여전히 커다란 꽃에 한쪽 눈이 가려진 어머니는 걱정스레 그를 주시하고 있었다. 벤은 눈을 깜박였다.

아. 내게도 가족이 있었지. 어릴 적 기억에만 매달려 남을 부러

워할 것이 아니라 저를 염려해 주는 어머니를 돌아보는 것이 우선이라는 것을 벤은 그 순간에 깨달았다. 그가 쭈뼛거리며 손을 내밀자, 그 뜻밖의 상황에 잠시 놀란 듯 서 있던 어머니는 곧 무척이나 기쁜 듯 팔짱을 껴 왔다.

"즐기고 있니?"

학교에 들어간 뒤로 제 쪽에서 먼저 손을 내민 건 처음인 것 같았다. 그만큼 소원했다.

"그럭저럭이요."

"다행이구나."

어머니가 다시 미소를 지었다. 그가 즐기고 있다는 말에 기뻐서가 아니라 오래간만의 긍정적인 대답 때문이리라. 벤자민은 어깨를 으쓱였다. 그게 뭐 힘든 일이라고 그랬는지.

사람들이 발코니로 옮겨 가고 있었고 두 사람도 자연스레 그쪽으로 향했다. 미소 짓는 어머니의 어깨 너머로 더닝튼 공작 부인을 향한 더닝튼 공작의 미소가 스쳐 갔다. 여자애와 닮은 얼굴로 짓는 미소는 늘 벤 자신이 바라 마지않던 환한 미소였다.

어릴 적 자신을 무심히 스쳐 가던 시선의 이유를 알게 된 이후로 그리움 대신 원망을 품기도 했지만, 그때의 그는 행복하지 않았던 것일 뿐. 이제는 행복하니 저렇게 활짝 웃는 것일 터다. 각자의 자리에서 행복을 찾는 것이 중요한가 보다.

발코니에 도착하니 기수들이 환한 햇살 아래서 경기장으로 나서고 있었다. 벤도 자신이 배팅한 말을 가리키며 어머니에게 오랜만에 환하게 웃어 보였다.

악셀 이야기

"안녕?"

공부를 위해 마주 앉은 아이는 오늘도 말이 없었다. 그를 바라보기도 하고 눈을 깜박이기도 했지만 인사조차 없었다. 영어를 할 줄은 안다기에 다른 한국 아이들처럼 한마디라도 영어를 더 배워 볼까 해서 쉴 새 없이 말을 걸지는 않겠구나 기대했더니 정도가 심해도 너무 심했다.

애초에 유학원에서 소개받을 때 학생 측에서 제시하는 페이가 한동안 여행을 할 수 있을 정도인지라 오케이 하긴 했지만, 얼마 안 있어 영국으로 함께 가 달라는 요청을 수락할지 말지 굉장히 망설이게 할 정도로 마주 대하기 힘든 아이였다. 아니, 스무 살이라니 여성이라고 해야 하나.

가만히 그를 바라보는 검은 눈망울을 보면 헬렌 켈러 같은 장애인은 아닌 것 같은데. 악셀 자신도 설리반 선생님은 아니니 곤란했다. 이대로라면 계속 가르치기 힘들 것이다.

"이것 좀 볼래?"

악셀은 자신의 카메라를 넘겨주며 뷰파인더를 들여다보라고 했다. LCD 모니터가 없는 구식 카메라인지라 눈을 가까이 대고 들여다보아야 했다. 아이는 시키는 대로 눈을 가까이 가져갔다.

"일단 허락도 없이 찍어서 미안."

지난번 수업을 위해 오던 길에 정원 한편에 우두커니 앉아 있던 아이의 얼굴을 찍은 사진이었다.

"기분 나쁘다고 하면 지울 거야. 하지만 지우기 전에 네 얼굴을 잘 봐."

멍하니 뜬 눈이 깜박이면서 초점을 잡고 있었다.

"내가 공부를 가르치라고 고용된 선생이긴 하지만 이대로는 넌 공부를 할 수 없을 것 같아."

나이는 겨우 스물이지만, 칠십 살쯤 된 노파만큼이나 사연 많은 슬픈 눈을 한 진이라는 아이는 한동안 스스로의 얼굴을 들여다보고 있었다.

"넌 우는 법을 잊어버린 사람 같아. 울어야 잊을 것 같은데 울지 못해서 계속 그 무언가에 연연해하는 것 같다고. 나도 사연이 없지는 않지만 널 보고 있으면 나까지 슬퍼서 울고 싶어지는데, 어째서 울지 않아? 사람은 좀 울어도 돼. 그러면 좀 나아질지도 몰라."

아이의 눈에 천천히 고인 눈물이 뷰파인더에 떨어졌다.

공부에 집중하게 된 뒤로도 아이는 그를 멍하니 바라보다 눈물을 흘리는 일이 잦았다. 아이가 자신을 보는 것이 아니라는 것쯤 알고 있었다. 자신과 닮은 누군가거나 자신이 연상시키는 누군가겠지. 자신이 앨리스의 고향인 한국에 와서 그녀의 흔적을 찾는 것처럼.

그 생각은 진의 책상 위에 한동안 펼쳐져 있던 신문 속에서 무료하게 카메라를 향하고 있던 사내의 얼굴을 보고 굳어졌고, 더닝튼에 가서 진의 상사라는 닉 웨즐리를 만났을 때 확실해졌다. 진에게서 자신에게로 옮겨 오던 그 남자의 시선에서 느껴지는 것은 적대감이었으니까.

그럼에도 그 남자에게 매몰차게 대하지 못한 것은, 약혼자이기를 부탁하던 진의 얼굴보다 모든 걸 다 가진 그 남자의 시선이 처음 만났을 때의 진보다 더 슬퍼 보였기 때문이다. 자신과 같은 실수를 하고 있는 이의 얼굴이었다.

그래서 악셀은 그가 어서 자신의 실수를 깨닫기를 바랐다. 그리고 부러웠다. 자신의 실수를 바로잡을 기회가 아직은 남아 있는 그 남자가.

— fin

후작과 나

너에게로 가기까지

1판 1쇄 찍음 2019년 4월 22일
1판 1쇄 펴냄 2019년 4월 29일

지은이 | 정유석
펴낸이 | 정 필
펴낸곳 | **(주)뿔미디어**

기획 · 편집 | 박경희, 권지영, 문지현
표지 디자인 | 김수진

출판등록 | 2002년 9월 11일 (제1081-1-132호)
주소 | 경기도 부천시 소향로 17, 303(두성프라자)
전화 | 032)651-6513 / 팩스 032)651-6094
E-mail | scarlets2012@hanmail.net
블로그 | http://blog.naver.com/dahyangs
비북스 | http://b-books.co.kr

값 10,000원

ISBN 979-11-315-9713-2 03810

※파본은 구입하신 서점에서 교환하여 드립니다.